10/86

To Michael URBAN

with all best wishes

[signature]

托马斯·品钦早期小说的叙事迷宫

The Narrative Labyrinth of Thomas Pynchon's Early Fictions

侯桂杰◎著

黑龙江人民出版社

图书在版编目(CIP)数据

托马斯·品钦早期小说的叙事迷宫／侯桂杰著.
—哈尔滨:黑龙江人民出版社,2016.5
ISBN 978-7-207-10734-3

Ⅰ.①托… Ⅱ.①侯… Ⅲ.①品钦,T.—小说研究
Ⅳ.①I712.074

中国版本图书馆 CIP 数据核字(2016)第 108446 号

责任编辑：姚虹云
装帧设计：周　磊

托马斯·品钦早期小说的叙事迷宫

侯桂杰　著

出版发行	黑龙江人民出版社
地　　址	哈尔滨市南岗区宣庆小区1号楼
邮　　编	150008
电子邮箱	hljrmcbs@yeah.net
网　　址	www.longpress.com
印　　刷	北京万博诚印刷有限公司
开　　本	880毫米×1230毫米　1/32
印　　张	11
字　　数	320千字
版　　次	2016年5月第1版　2021年1月第2次印刷
书　　号	ISBN 978-7-207-10734-3
定　　价	38.00元

版权所有　侵权必究　　　　举报电话:(0451)82308054
法律顾问:北京市大成律师事务所哈尔滨分所律师赵学利、赵景波

序

一般说来，小说阅读应该是一件令人愉悦的事情。不过，阅读那些过于偏爱叙述策略创新且得到批评界赞誉的现代或后现代小说，常常会令人感到难堪、泄气，甚或怀疑自己的阅读能力。假如不是为了研究，普通读者恐怕很难会花时间认真阅读这类小说。

托马斯·品钦的小说就属于这一类。这位被批评家誉为创作眼界极为开阔，风格极具夸张、幽默、荒诞的小说家，在自己的作品中把物理学、工程学、天文学、化学、数学、历史、宗教、政治、互联网、音乐、文学、戏剧、电影等各类学科知识信手用于自己的创作之中，构建出了一个犹如知识迷宫般的小说世界。不仅如此，品钦的小说世界还以标题怪异、结构复杂、人物众多、语言杂糅，以及叙述不拘常规而闻名。典型的例子有二：乍看起来，他的第一部小说《V.》（*V.*，1963）这一标题不知所云，让人有些摸不着头脑；而第三部小说的标题《万有引力之虹》（*Gravity's Rainbow*，1973）则很容易让人联想到物理学、天文学或与此相关的什么神秘学科。这部小说不仅有人物有四百之众，而且还构建了复杂的故事线索、叙述枝节横生、时空相互交错，极大地挑战了读者的记忆力、领悟力、词汇量、知识域或其他与人类智商相关的东西。

面对这样一位既得到高度赞誉，也受到百般挑剔甚或批判的小说家，要从他的作品中理出一些头绪是不容易的。侯桂杰博士的这部讨论品钦早期小说叙述策略的专著，从一个侧面为我们开辟了解读品钦小说的一个新的路径，让我们有机会领略到品钦小说的内部构建及其意蕴。具体地说，这部由博士论文修改而成的专著主体共分为四个部分，分别从品钦生平与创作、品钦小说的叙事结构迷宫、品钦小说人物塑造的迷宫以及品钦小说叙事话语的迷宫四个方面，较为全面、细致地分析了品钦早期小说的叙述策略。其中，她对品钦小说各种"迷宫"的分析和对品钦小说人物特点与人物塑造原则的分析犹见其学术功力。比如说，她把品钦的叙述结构分为多层和开放性两种就是对品钦早期小说叙述策略的一种很好的归纳和总结；她还梳理出品钦《万有引力之虹》中的众多人物，如流浪汉、乞丐、妓女等社会底层人物，医生、律师等中产阶级人物，另外还有政府首脑、政客、投机商人、极权主义与无政府主义者、殖民与被殖民者、吸毒与贩毒者、各种变态狂等等。她在这部专著中对这些人物都做了较为细致的介绍和评析，读来引人入胜，不愿放手。

　　侯桂杰博士在读书期间，刻苦努力，遇到难解问题特别爱较真。这种学习态度给我留下了深刻的印象。说实话，如果没有这份刻苦和爱较真的学习态度，很难想象她能如期完成这部讨论品钦叙述策略颇为艰深且颇有学术价值的博士论文，而且还取得了很好的成绩。我十分感谢她让我给她的这部专著做作序。借此之际，我衷心祝愿她在学术道路上越走越远，取得更多、更大的成绩。

乔国强
2016 年 2 月于上海"美岸栖庭"

目 录

第一章 品钦生平及创作 …………………………………… (1)
 一 隐士作家的写作之路 ………………………………… (6)
 二 迷宫叙事作品及渊源 ………………………………… (32)
 三 国内外品钦研究现状 ………………………………… (53)

第二章 品钦小说的叙事结构迷宫 ………………………… (71)
 一 品钦小说叙事结构迷宫的基础 ……………………… (71)
 二 多层叙事结构 ………………………………………… (78)
 三 开放性叙事结构 ……………………………………… (104)

第三章 品钦小说人物塑造的迷宫 ………………………… (132)
 一 品钦小说中人物的特点和人物塑造的原则 ………… (133)
 二 戏仿与反讽塑造反英雄人物 ………………………… (146)
 三 通过空间叙事预示人物的命运揭示内心 …………… (169)
 四 外部特征和言行描写揭示物化、异化的人 ………… (193)

第四章 品钦小说叙事话语的迷宫 ………………………… (208)
 一 品钦小说叙事话语的互文性 ………………………… (211)
 二 品钦小说叙事话语的陌生化 ………………………… (241)

参考文献 ……………………………………………………… (297)

APPENDIX …………………………………………………… (331)

第一章　品钦生平及创作

本书以美国作家托马斯·品钦(Thomas Pynchon,1937—)为研究对象,主要基于下面三个原因。

首先,托马斯·品钦是一位备受争议的美国后现代主义代表作家,其早期的三部作品被誉为后现代主义经典作品。到目前为止,品钦共创作长篇小说八部、短篇小说集一部。可以说同那些多产的作家相比,品钦的作品算不上丰厚,但他的每一部小说都会引起批评界的热议,一直是欧美文坛关注的热点。品钦的第一部长篇小说《V.》(*V.*,1963),被称为一部奇书,在美国文坛引起了一场轰动,获"福克纳基金最佳处女作奖"。品钦的第二部小说《拍卖第四十九批》(*The Crying of Lot 49*,1966)成为"二战"后美国后现代主义文学的经典之作,当年获美国全国艺术与文学院的罗森塔尔基金奖。1973 年,其第三部巨著《万有引力之虹》(*Gravity's Rainbow*)出版,震动了美国文学界,堪称品钦的巅峰之作。著名批评家爱德华·孟德尔逊把《万有引力之虹》和《堂吉诃德》、《浮士德》、《尤利西斯》、《白鲸》等著作并称为"百科全书式的叙述作品"(Mendelson,1976:161)。1974 年,该书同辛格的短篇小说集一同获美国全国图书奖(National Book Award)。同年,小说评审团一致推荐《万有引力之虹》作为普利策奖(Pulitzer Prize)候选作品;然而普利策协会否决了评审团的推荐,认为该小说"无法卒读"、"浮夸"、"滥用笔墨"且有些地方"伤风败俗",最后该年度普利策奖空缺(Kihss,1974:38)。

这也说明了批评家们对品钦作品所存在的争议。1975年,品钦荣获美国艺术文学院豪威尔斯文学艺术奖(William Dean Howells Medal),但他却令人意外地拒绝了此奖项,并郑重做出说明,让公众领略到他对名利的淡泊和与众不同。1988年,品钦接受了麦克阿瑟奖金(MacArthur Fellowship)。1990年,品钦的第四部长篇小说《葡萄园》(Vineland)出版,虽然这部小说开始受到了许多负面的评论,却受到小说家拉什迪的热评。1993年,品钦获得了诺贝尔文学奖提名,此后品钦几次获诺贝尔文学奖提名。1997年,品钦的第五部长篇小说《梅森和迪克逊》(Mason and Dixon)出版,被《时代周刊》评为年度全美五部最佳小说之首。进入21世纪,品钦笔不停歇,又相继出版了三部小说:《抵抗白昼》(Against the Day,2006),《性本恶》(Inherent Vice,2009)和《放血尖端》(Bleeding Edge,2013)。虽然反响没有超越其早期的三部经典作品,批评界对这些作品的评价也褒贬不一,但依然承袭了品钦一贯的神秘写作风格,不去刻意迎合任何读者。品钦的这种独特的写作风格,使品评家们很难将其进行归类。有人称他为"黑色幽默小说家";也有人称他为"实验派小说家";还有人称他为"癫狂现实主义作家";又有人称他为后现代"元小说家"或"超文本小说家"。众多的称号也表明了品钦的与众不同和其在写作方面的才华。因此,著名的美国文学评论家哈罗德·布鲁姆将他与堂·德里罗、菲利普·罗斯和科马克·麦卡锡一起列为当代四个最重要的美国小说家。

其次,品钦的作品奇特怪诞,被称为迷宫般的百科全书式作品。其作品以构思奇谲、语言晦涩、文采神秘荒诞、隐喻深含哲理、主题庞杂而为人称道,同时也让普通读者望而却步。他的作品涉及了物理学、工程学、天文学、化学、数学、历史、宗教、政治、互联网、音乐、文学、戏剧和电影等自然科学和社会科学的方方面面知识,眼界极为开阔,风格极具夸张、幽默、荒诞。可以说,品钦小说的名字就是让读者难以逾越的第一座迷宫,没有接触过品钦作品的人会感觉到

《V.》、《拍卖第四十九批》和《万有引力之虹》这样的名字完全不像小说的名字,更猜测不到其作品的内容,给人的感觉更像是非文学领域的专业书籍。尤其是品钦早期的一篇短篇小说《熵》,会让人误以为是关于物理学熵理论的专业论述。除了小说的名字令人难以琢磨,品钦小说中的语言极其晦涩难懂,堪称语言迷宫。小说中不仅使用了高雅和粗俗的外来语,还使用了大量的非文学领域和自然科学术语,各种符号、图形、公式、理论等,如同百科全书。没有一定的专业知识背景的读者很难读懂品钦作品中各种奇怪的符号、公式和原理。而品钦小说的情节更是扑朔迷离,其小说情节复杂、构思奇特、夸张、荒诞,而且几乎没有完整的故事情节。其线索纷杂、枝节横生,过去与现代时空交错,故事没有最终的结局,让读者感到困惑和无助,如入迷宫。在品钦小说纷繁情节迷宫中,读者会接触到众多的性格各异人物,在《万有引力之虹》中出场人物多达400位,堪称人物迷宫。《葡萄园》和《性本恶》让读者领略了加州的风光,滑稽装疯的嬉皮士、吸毒者、沉迷于电视的"类死人"、依赖于大麻的滑稽警官。《梅森和迪克逊》让读者了解了梅森和迪克逊对独立前美国南北划分界限的无限困惑,以及他们截然相反的性格与命运。《抵抗白昼》让读者跟随寻求黑暗庇护的各色"弃民"们穿越美洲、亚洲和欧洲,走遍了世界各地,经历了众多的事件。《放血尖端》以独特的视角,让读者领略了美国9·11恐怖袭击前后,依靠地下"深网"对抗公共"浅网"的"幽灵"们。在品钦小说中形形色色的人物中,他最为关注的是下层社会的人们。其主人公大多为处于病态的后现代"边缘人"、"塑料人"、"弃民"或"物化的人",性格趋向于自恋型的偏执狂,其行为懒散、荒诞、滑稽和夸张,内心处于纠结和矛盾的挣扎中。品钦小说中所表现的主题可以用"庞杂"来概括,小说涉及了自然科学和人文科学的各个领域,难以用一个具体的话语来概括。其中一个主题就是"熵":品钦把自然科学和人文科学巧妙地融合起来,用自然科学的概念"熵"来隐喻这个充满不确定因素的后现代社会,"熵"成为品钦作品一个贯彻始终的主题。除了"熵"主题,品钦作品还体现了"复魅"和"无序"主题,通过"复魅"和"无序"来质疑技术理性和极权主义,通过这种方式品钦对西方文化和美国文化进行了深刻的反思。在叙事技巧上,品钦除了采用传统的反讽、夸张、戏仿等修辞手段,还采用了各种陌生化叙事技巧,如拼贴与杂糅、迷宫与含混、黑色幽默、元叙述等等,品钦通过对传统的"追寻"叙事模式进行戏仿,包括对传统侦探、间谍叙事模式的戏仿,颠覆了传统的"追寻"叙事模式,形成了品钦式的百科全书式的后现代热寂文本。因此,国内学者孙万军说:"谈起品钦的作品,可以用'迷宫'来概括,其晦涩难懂是有名的。"(孙万军,2011:23)

再次,品钦还是个著名的"隐士",从不抛头露面,总是让作品先行。他拒绝接受各种奖项、淡泊名利、特立独行。他的这种行为方式使他成为美国文坛奇人。当《V.》引起轰动并获奖后,媒体和公众却对其作者托马斯·品钦一无所知,媒体上和作品中没有关于作者的任何说明。《纽约时报》中有一篇对《V.》的评论把品钦说成是一名住在墨西哥的隐士,媒体据此开始对品钦进行了长期的、锲而不舍的追踪,然而媒体的追踪一直无果。有的杂志甚至刊登了关于寻找品钦的文章。《纽约时报》也刊登了《致品钦的公开信》:"亲爱的托马斯·品钦,你不会不想读你小说的首批评吧?"但依然无人回应。1966年,《拍卖第四十九批》出版并获奖。随着两部作品的相继成功,人们对品钦的好奇心日渐提高。然而不管媒体如何穷追猛打,品钦依然我行我素,除作品之外不留给公众任何信息。后来有人在《Soho 周报》上发表的一篇文章,声称托马斯·品钦实际上是另一位隐士作家 J. 塞林格的一个笔名(Batchelor,1976:22),而品钦对这一说法的回应是"不坏,继续努力"(Tanner,1982),此后就销声匿迹,毫无消息。直到1973年《万有引力之虹》问世,品钦又一次轰动美国文坛。该小说当年获得了全美图书奖,读者们一直渴望见到品钦的庐山真面目,然而出版社只安排了一位戏剧演员为其出面领奖,并发表了获奖演说,让公众大失所望。1975年《万有引力之虹》获豪威尔斯文学艺术奖章,但是品钦谢绝了这一奖励,他在给评委会信中写道:"豪威尔斯奖是一种巨大的荣誉。而且,金质奖章也有利于保值,但我不想要这个奖章。请不要把我所不欲的东西强加于我,这不仅会使艺术文学院有专断之嫌,而且还会使我承担无礼之名……我知道我的行为方式也许应当更君子一些,但是说'不'的方法似乎只有一种,那就是:不。"①

品钦说"不"的方式更激发了公众和媒体对他的兴趣。记者和追踪的人查到了他读书的中学,但品钦早有防备,事先托付母校校长不要向任何人透露有关他的信息,所以追查的人看到的是没有照片的新生登记表,也没有成绩报告单,而且品钦的朋友们也都为他守口如瓶。② 后来有人了解到他曾在海军服过两年军役,于是便追查到品钦服役的军队了解情况,但却发现他的服役记录因办公室的爆炸而全部被焚毁。由此可见,品钦为人十分低调,而且非常注重保护自己的个人隐私。品钦这种特立独行的低调处事风格在充满竞争的美国社会实为罕见,更加难能可贵。了解到品钦为人低调的风格,媒体便给品钦起了一个"隐士作家"的称号。但品钦本人却并不认同"隐士"这一称号,他说:"我相信'隐士'一词是记者们发明的,它的意思就是'不愿意与记者谈话'。"

正所谓"小隐隐于山,大隐隐于市",品钦能在喧嚣躁动的美国现代都市淡泊名利、独善其身,让自己成功隐身于其中、不受媒体和

---

① 托马斯·品钦著,张文宇、黄向荣译:《万有引力之虹》,译林出版社2011年版,第1页。原文见 Winston, Mathew. The Quest for Pynchon. *Twentieth Century Literature*, Vol. 21, No. 3 (Oct., 1975), p. 286.

② Winston, Mathew. The Quest for Pynchon. *Twentieth Century Literature*, Vol. 21, No. 3 (Oct., 1975), p. 278 – 286.

外界的侵扰,他自己本身就像一座难以开启的迷宫,让研究者、媒体、公众和读者倍感好奇和神秘,因此对其本人创作意图和作品的研究就成为了一个巨大挑战,也等待着研究者去拨开笼罩在这座迷宫之外的迷雾,找到开启迷宫的钥匙。就是这样一位文坛奇人,"隐士",其作品已经成为研究后现代主义文学的必读之作。2005 年《万有引力之虹》和《拍卖第四十九批》入选美国《时代周刊》创刊以来世界上百部最佳长篇小说,此次共有 91 名作家的作品上榜,其中有 9 名作家各有两部作品入选,包括诺贝尔文学奖得主福克纳和贝娄以及纳博科夫、伍尔夫、奥威尔等人。由此可见,品钦在美国文坛享有极高的位置。

一 隐士作家的写作之路

尽管品钦总是远离人们的视线,过着自己的"隐士"生活,但是随着品钦作品的不断问世,他的名气越来越大,研究品钦作品的人也越来越多,品钦的庐山真面目也被逐渐解开,通过各种渠道人们还是对他有了一定的了解。托马斯·品钦,1937 年 5 月 8 日,出生于美国的一个中产阶级家庭。5 月 8 日是一个特殊的日子,1945 年这一天盟军在欧洲宣布德国军队投降,成为欧洲胜利纪念日,这个日子后来经常出现在品钦的作品中。品钦的父亲老托马斯·鲁格斯·品钦生于 1907 年,卒于 1995 年;其母凯瑟琳·弗朗西斯·班尼特生于 1909 年,卒于 1996 年;家中有三个孩子,托马斯排行老大,还有一个妹妹和一个弟弟。全家早年住在纽约长岛的格兰克夫,后来搬到东诺维奇的牡蛎湾镇。品钦的父亲曾任一家工程公司产业调研员,志愿消防部门的领导,当地共和党俱乐部部长,高速公路监管员,后任牡蛎湾镇长。殷实的家境让品钦从小就接受了良好的教育,从中学到大学品钦一直品学兼优。品钦一生为人低调,性格刚毅,无论是在成名前还是在成名后,他一直躲避公众和媒体,过着隐士的生活。

托马斯·品钦博学多才、勤奋刻苦、强悍耿直和谦虚低调的品性源于其家族的遗传。品钦的先祖原居住在英国,家族中不乏能人。1533年家族中的一位尼古拉·品钦曾任伦敦市名誉市长。品钦家族在美国历史上也起到了不能说是十分重要,但也是不可小视的作用(Pearce,1984:3)。1630年,家族中的一支威廉·品钦家族漂洋过海来到美洲新大陆开拓马萨诸塞湾殖民地。威廉·品钦负责管理马萨诸塞湾的专利和财政,并参与开拓罗格斯伯里和斯普林菲尔德两个殖民地。在新大陆,威廉·品钦通过自身的勤奋积累了一定的财富,并与当地的印第安人交好。威廉曾为马萨诸塞州赢得了原属于康涅狄格州的斯普林菲尔德。他性格强悍、耿直、不畏权势,在担任地方行政长官期间主持公道,一度在当地被称为"法官品钦"。但在1650年,威廉写了一本关于异教小册子,要纠正清教徒的"共同错误",该书触怒了当时在新英格兰占主导地位的清教徒,在波士顿市场被焚毁。威廉被要求返回英国作出解释。这段经历被品钦写到了《万有引力之虹》一书中,主人公威廉·斯洛索普也写了质疑清教的书,得罪了当局。威廉·品钦被迫返回英国,留下儿子约翰·品钦在美洲照看家业。

约翰·品钦曾在军队里担任军官,享有很高的社会地位。但随着时间的流逝,品钦家族江河日下。美国独立战争期间,品钦家族先是参加了保守的托利党,后来又成了新建共和国的忠实公民。美国著名作家霍桑的《带七个尖角阁的房子》中出现了一个反面人物品钦的角色,因为美国早期姓品钦这个姓氏的人很少,似乎暗指品钦家族。这引起了品钦家族的不满,当时康涅狄格州特福德三一学院的院长托马斯·鲁格斯·品钦(1823-1904)对霍桑提出了抗议。霍桑回应说他的人物并不是故意来描写品钦家族的祖先的,但霍桑还是对此事表示了歉意,并写了道歉信作为书面凭据(Hollander,

1900:8-12)。托马斯·品钦的父亲就是这位品钦的侄孙。①

先祖从英国到美洲新大陆移居、开拓和创业的历史,从刚正不阿的执政官到对清教教义的质疑,对家族名誉和正义的捍卫,对政治的关注,都反映了品钦家族一贯的从不服输的性格。这都对品钦的写作产生了很大影响。品钦继承了家族的勤奋和博学。他的家族背景为小说《秘密融合》(1964)和《万有引力之虹》(1973)中主人公的家族史提供了原始材料。品钦就读于牡蛎湾中学时就喜爱写作,并表现出写作方面的才华,经常给学校校报《紫色和金色》的专栏投稿。除了专栏稿件外,他还给校报写过短篇小说,曾获"年度优秀学生"奖励。中学毕业时,他还作为代表在毕业典礼上致辞。这些少年时代的练笔为其日后创作奠定了基础。

1953年,品钦中学毕业后获得了康奈尔大学提供的奖学金,学习工程物理专业,第二年到美国海军服役,成为一名通讯兵。1957年,品钦服役期满,他重返康奈尔继续学习。可能是军队服役的经历改变了他对工程物理专业的看法,认为文科或文学专业更能发挥他的巨大写作潜能,于是他转到文理学院,改学英语专业。改变专业是品钦做出的让他日后走上写作生涯的重要决定,但品钦并没有完全放弃工程物理专业,他仍然保持了对自然科学的兴趣,品钦的刻苦好学给康奈尔大学的许多老师都留下了深刻的印象,有的老师还记得品钦在工程物理专业学习时对复杂的基础分子理论产生了

---

① 所有关于品钦家族历史的信息主要来自标准传记:Henry F. Waters, Genealogical Gleanings in England (Boston: New-England Historic Genealogical Society,1901),II,p. 845-867; Joseph Charles Pynchon, Record of the Pynchon Family in England and America (1885; rev. W. F. Adams, Springfield:Old Corner Book Store, 1898); Hazel Kraft Eilers, "At the Sign of the Crest', Pynchon Coat-of-Arms", Hobbies,73 (February,1969),112-113;and several town histories, of which the most useful is Mason A. Green's Springfield: 1636-1886(Boston:Nichols,1888)。

浓厚的兴趣,甚至到了痴迷的地步(McConnell,1972:1034)。在同学眼中,品钦是刻苦好学的榜样:"他好像永远都在读书——他是那种读数学书来作为娱乐的人……品钦的一天从下午一点开始,一碗意大利面和一杯饮料就让他开始了一天的学习……他会一直阅读、学习到第二天凌晨三点钟。"①就是这样如饥似渴的广泛阅读使得品钦博学多才,文理兼通,为日后创作百科全书式的作品打下了坚实的基础。

品钦重返康奈尔后非常低调,虽然他学业成绩优秀,却无缘各种荣誉。康奈尔大学一位著名英文教授看到了品钦一篇文章,认为这是一篇非常优秀的文章。当他把品钦叫到办公室,问他这么好的成绩怎么没有得到奖励时,品钦谦虚的认为获奖的同学都比自己更加优秀和聪明。② 他的这种谦虚、低调的处事风格在人人都渴望一夜成名和成功充满激烈竞争的美国社会是极为罕见的。更难能可贵的是,品钦将这种处事风格保持了一生,这也是其隐遁生活的主要原因。

品钦改学英语文学专业后,有幸聆听了著名俄裔美国作家弗拉基米尔·纳博科夫和欧美当代文学理论大师H. M. 艾布拉姆斯的课程。应该说纳博科夫的作品对品钦产生了很大影响,尤其是《洛丽塔》中赫伯特和洛丽塔的形象,日后改头换面出现在品钦的作品中。甚至有人认为品钦是纳博科夫的弟子,其实不然,两人没有什么较深的交往,品钦只是旁听过纳博科夫的课程,但他根本听不懂纳博科夫浓重的俄国口音。纳博科夫对品钦也没有什么印象,不过纳博科夫的妻子薇拉对品钦的笔迹还有一些印象,因为品钦的书写

---

① Lewis Nichols, "In and Out of Books", *New York Times Book Review*, 28 April 1963, p. 8.

② Winston, Mathew. The Quest for Pynchon, *Twentieth Century Literature*, Vol. 21, No. 3 (Oct., 1975), p. 283.

与众不同,引人瞩目,显示出品钦特立独行的风格。[①] 而 H. M. 艾布拉姆斯对品钦的印象极深。艾布拉姆斯曾看过品钦的学期论文,觉得其水平很高,不像是出自本科生之手,于是怀疑他抄袭。后来艾布拉姆斯约见了品钦,和他面对面探讨他的论文。通过探讨他确信了品钦的写作能力,断定论文确实出自品钦之手,而并非抄袭。他对品钦的写作水平大加赞赏,并在后来的学生面前宣读过品钦的学期论文(Hollander,1996:179 - 180)。艾布拉姆斯的文字被公认为是"批评权威的标准",是康奈尔大学英语文学的终身教授,能受到他的赞赏,足以看出品钦的写作天赋非同一般。

在大学三四年级时,文笔出色的品钦曾任康奈尔大学本科生的文学刊物《康奈尔作家》(*Cornell Writer*)的编辑。这份工作使他有机会能接触到文学创作,也激发了他文学创作的热情。在这里他结识了一位好友柯克帕特里克·塞尔(Kirkpatrick Sale)。塞尔是《康奈尔太阳日报》(*Cornell Daily Sun*)的编辑,1958 年品钦与他合写了科学幻想音乐剧《明斯特罗岛》(*Minstral Island*),描述了一个由 IBM 公司统治的未来世界(Gibbs,1994)。这说明大学时代的品钦就对科学技术的发展及其对人类未来的影响有了一定深度的思考了。关于小说创作,据他的同学朱尔斯·西格尔(Jules Siegel)记录说,品钦早在 1957 年就开始撰写一些短篇故事,甚至还写过法语四行诗。从 1959 年到 1964 年,品钦陆续发表了 5 篇短篇小说,其中 4 篇都是在大学期间创作的,第五篇出版于 1964 年。后来这 5 篇小说都被收集到了《笨鸟集》又译《缓慢的学习者》(*Slow Learner*,1984)中。他的第一篇短篇小说《小雨》(*The Small Rain*,1959)就刊登在《康奈尔作家》上。《小雨》取材于发生在 1957 年的事件,这篇小说的人物和情节是基于品钦自己在海军的经历和体验。内容讲

[①] Alfred Appel, Jr., "An Interview with Vladimir Nabokov", *Wisconsin Studies in Contemporary Literature*, 8(Spring 1967), p.139.

述了一名大学毕业生莱文在路易斯安那州服役的经历,封闭单调的军营生活让莱文变得懒惰、无所事事、与世隔绝。后来在参加灾区救援中,目睹了飓风造成的巨大破坏与死亡使他的心灵受到了震撼,思想产生了微妙的变化,欲打破自己封闭的生活。品钦通过莱文表面的玩世不恭和冷漠,揭示了他面对死亡时的困惑、不安以及对新生活的渴求。莱文是品钦一系列游离于社会之外的主人公中第一个形象,包括《V.》中的普鲁费恩和《万有引力之虹》中的斯洛索普,此后品钦的小说中的主人公都有莱文的影子。"小雨"来自文艺复兴时期的一首匿名诗,海明威在《永别了,武器》中也曾引用过这首诗,用来表达主人公亨利在战场上对恋人凯瑟琳的思念,是对残酷的战争的一种反讽。品钦将"小雨"作为小说的题目也同样起到讽刺的作用,"小雨"暗指飓风带来的破坏,所以和死亡相关。批评家约瑟夫·史雷德(Joseph Slade)认为莱文是品钦小说中第一个没有能让荒原恢复活力的救世主形象。如果说在艾略特的《荒原》中小雨预示着生机与希望的话,而品钦小说中的小雨带来的却是死亡和破坏——一个真正的荒原。在这篇小说中品钦有意识地使用了一些军队中的俚语和术语,并且还营造了完全异于文学修辞的语境——将科学术语类推到文学语境中。如将军队生活称之为"闭合电路"、个体生命,都被限定在了某个特定的"频率"上。这是品钦首次尝试将自然科学原理应用到文学语境,尽管在有些批评家眼里,这种写作修辞手段有些不成熟,甚至是怪异或不成功(David Seed,1988:18)。不过,品钦在他的第二部短篇小说《维也纳的生与死》(*Mortality and Mercy in Vienna*)中终于营造了一种适于多样文学引喻的文体语境。

几乎在《小雨》出版的同时,《维也纳的生与死》于1959年春发表在康奈尔大学英语系的文学季刊《回声》上。小说主人公西格尔是一个政治委员会的成员,从海外返回华盛顿,期待在一个聚会上见到自己的女友蕾切尔。但聚会的主人鲁皮修斯却将聚会交与他打理，自己扬长而去。西格尔在聚会上遇到了一群有心理问题的人，后来聚会发展到失控，西格尔选择了从这个"丛林"中逃离。小说展示了一个无序、混乱的现代"丛林"社会，人们面临着各种心理危机，逃避着责任，面对着堕落和罪恶束手无策。小说的题目出自于莎士比亚的喜剧《量罪记》，剧中性情温和的维也纳公爵离开维也纳出巡时，把公国的政务托付给了严酷的安哲鲁，他可以全权代表公爵，决定维也纳人的生与死。品钦在小说中将西格尔处于安哲鲁位置，面对聚会上的各种心理有问题之人，但他却是聚会上的旁观者，没有像安哲鲁那样去干涉和控制人们的纵欲，而是选择了逃离。而在《量罪记》中的公爵实际上并没有离开维也纳，而是伪装起来，暗中观察安哲鲁的管理，最后维护了正义和善良。该剧揭示了正义法律的重要性和资本主义法律的虚伪性，以及执法者安哲鲁的伪善。品钦借用了《量罪记》的人物和情节，反映了现代"丛林"社会的无序和混乱。值得一提的是，小说中的"聚会"日后成了品钦小说中的典型场景，包括在《熵》中的楼下聚会、《V.》中的"全病帮"聚会、《万有引力之虹》中阿努比斯号上的狂欢。

品钦的第三部短篇小说《低地》(Low-lands)于1960年发表在《新世界写作》上。这篇小说的主人公承袭了《维也纳的生与死》中的逃离，进入了一种虚幻世界。小说的主人公丹尼斯·弗朗吉是个海军退伍老兵，虽然在纽约有律师的工作，但是意志消沉，游离于现实之外，对单调的家庭生活不满，等同于品钦笔下《V.》中的普鲁费恩的另一个"溜溜球"(Slade, 1978: 75)。弗朗吉无所事事，同一个捡垃圾的人喝酒聊天，过去的一个战友皮格·保丁也来加入，后来被弗朗吉的妻子赶出家门。他们来到了由黑人波林勃罗克看守的一个巨大的垃圾场，弗朗吉在夜晚被吉卜赛女郎尼莉莎的歌声所吸引，跟随她穿过各种交错管道来到她们居住的一个自我封闭的地下世界，这个世界仿佛迷宫一般，令他迷醉。故事最后以弗朗吉许诺与吉卜赛女孩在一起，完全沉入到自己想象的虚幻世界之中而结束。虽然品钦现在把这篇小说仅仅看作是一种静态的人物勾勒,或者一次练笔习作,但小说具有很多的象征意义。"低地"是小说中街道下面与世隔绝的巨大垃圾场,又是吉卜赛人居住的地下世界,它是弗朗吉逃避家庭和社会责任,让自己沉浸在幻想之中的迷幻之地,揭示了人类实际上正生活在一个巨大的垃圾场中,这个垃圾场越来越深,就像艾略特的"荒原"一样。在小说中,品钦首次尝试对人物的心理世界进行了梦幻般的描写,模糊了梦想或是幻想与现实之间的区别,使小说具有一种神秘的色彩,也为日后品钦小说的神秘虚幻风格埋下了伏笔。值得讽刺的是,弗朗吉为了逃避家庭和社会的责任,来到地下的垃圾场和吉卜赛人的地下世界来寻找所谓的虚幻自由,实际上是又重复了最初的幻想的迷幻世界和死路,也就是说又走向了自由的反面。主人公从封闭的自我世界走出,期待一种自由,却又走进另一个封闭的虚幻世界,溜溜球从起点又回到了终点。品钦通过这篇小说揭示了美国社会中下层人的困惑和无助,同时也展示了对他们的生存空间和对下层人物的同情,而日后品钦的作品都与这个主题相关。

1960年春发表在《凯尼恩评论》上的《熵》(*Entropy*)是品钦最具代表性的短篇小说,该小说入选了1961年的美国最佳短篇小说。著名品钦评论家托尼·坦纳认为它是品钦第一篇最重要的短篇小说,许多批评家也注意到了这篇小说复杂的结构(Tanner, 1971: 153)。《熵》中的故事发生在1957年2月华盛顿的一座两层的公寓内,楼下"肉球"穆利根和他的朋友在举行狂欢聚会,聚会已经持续了40多个小时了,客人们醉生梦死、丑态百出。一个叫索尔的人因与妻子吵架从防火通道爬进穆利根寓所,随后更多的客人涌入,噪音加剧,有人开始大打出手,聚会濒临混乱的边缘。楼上的卡利斯托和女友奥巴德企图救治一个奄奄一息的小鸟。卡利斯托正醉心痴迷于一种唯我论的实验,他深信宇宙家们的预言:如果温度长期停留在同一个温度保持不变的话,能量就会耗尽,熵值达到最大化,就会形成"热寂"。因此他们用七年时间建造了一个密封的、自足、独立的生态系统温室,与外界隔绝,来逃避外界的一切喧嚣。最后小鸟死去,因为温室中的能量即将耗尽、退化、形成"热寂"。楼下穆利根和他的聚会者们呈现出一种懒惰和无动于衷的状态,虽然不是一个封闭空间,但在精神上也如同濒临死亡,呈现熵化状态。楼上楼下形成两个封闭的孤立的系统,即物理空间的封闭和精神空间的封闭。在死亡的边缘,奥巴德砸碎了温室的玻璃,穆利根开始行动起来,唤醒处于混乱状态的人们开始自救,恢复秩序。故事最后两个人等待室内和室外的温度达到平衡和夜幕的降临。品钦通过小说告诫人们:生命摆脱死亡唯一的办法就是冲破禁闭的空间,相互交流,来对抗熵化。在这篇小说中,品钦第一次清晰无误地将科学概念"熵"引入他的小说中。品钦并不是很随意地来使用"熵"这一术语,他在康奈尔大学学习工程物理时所选的几门物理学的课程足以解释他小说中科学术语所指的准确性。《韦伯斯特新国际词典III》对"熵"有如下定义:(1)(在热力学中)是一个物理的量,用来衡量系统中没有用来作功的能量的多少;(2)(在统计力学中)是一个衡量机械系统物理状态的功能的量和要素;(3)(在信息理论中)指衡量语言或代码系统在传递信息过程中的有效性的量;(4)宇宙中能量和物质退化所达到的终极状态:构成要素内部的一致状态,缺乏形式、模式、层次或差异性。在《熵》中,品钦借用了以上除了第二个统计力学以外的三种定义,并通过多样的讽刺手段来展示这三种定义的体现和适用性。无论是在卡利斯托的温室里、穆利根的聚会中,还是在索尔的楼下寓所里,分别形成了第四、第一和第三种熵定义的类推示意图。卡利斯托痴迷于能量最终的耗尽,宇宙的"热寂";穆利根的聚会者们处于一种冷漠、懈怠状态,两者都极具讽刺性地代表了不作功的能量。最后一种熵定义展示的是索尔与妻子就信息论进行的辩论,以及他与穆利根就人类话语中包含的大量的"噪音"所进行的探讨。第一个熵定义作为一种武器攻击了流行于美国社会、处于昏睡状态的聚会者们;品钦借第三个熵定义讽刺了人与人之间无意义的交流;第四个熵定义抨击了卡利斯托不堪一击的知性主义,他同那些聚会者一样存在惰性,最后反而是奥巴德果断砸碎了温室的窗户,把她自己和卡利斯托从温室中解救出来。在小说中品钦除了运用了诸多的传统叙事技术手段,如暗指、对照、排比、反讽等等,还特意将一个科学的概念引入小说中,并阐述了其不同的含义,实际上是提醒读者关注小说的主题"有序"和"无序"或"混乱"的关系,用看似"无序"的世界同局部、封闭的"有序"世界进行对抗,最终建立一种有序的世界以对抗不断"熵化"的世界,然而品钦在小说的结尾却并没有给出明确的答案。此后,"熵"一直是品钦作品中所关注的主题之一。值得一提的是,在这篇小说中还体现了品钦对音乐的热爱和独特的理解,他把另一种艺术媒介——音乐应用到了文学作品中。《熵》中不仅提到了大量的音乐家和音乐技巧,而且小说的结构布局广泛采用了赋格曲的形式和技巧。赋格曲是盛行于巴洛克时期的一种复调音乐体裁,又称"遁走曲",意为追逐、遁走。赋格的结构与写法比较规范。乐曲开始时,以单声部形式贯穿全曲的主要音乐素材称为"主题",与主题形成对位关系的称为"对题"。之后该主题及对题可以在不同声部中轮流出现,主题与主题之间也常有过渡性的乐句作音乐的对比。小说中楼上楼下两个寓所形成对照,叙事在两者之间轮流进行,穆利根和卡利斯托都以同样的姿势从静止状态中醒来,楼下的电子噪音与楼上温室的自然之声形成对比。甚至是寓所的物理位置也是按照五线谱的印刷布局的(David Seed,1988:50)。卡利斯托、穆利根和索尔先后出场,形成三种声音,品钦自如地将三种声音编织在一起。卡利斯托的冗长的独白与楼下聚会的混乱和碎片话语形成鲜明的对照,而噪音逐渐潜入他的沉思,然后陷入寂静。卡利斯托的口述、索尔的谈话和杜克的音乐理论提供了清晰的对应阐述,因此不同维度的熵被巧妙地编排成曲。在多种主题之间,又加上了来自室外的雨声,后来的宾客之声和聚会播放的音乐之声,构成了一首完整的赋格曲,与有序形成对抗。此后,丰富的音乐知识和对音乐语言的驾驭成了品钦小说的一大特色,没有一定音乐素养的常人是无法体会到这种叙事特色的,这也是品钦小说晦涩难懂的原因之一。但在《熵》中,读者还很难确定品钦本人的观点,他以令人眼花缭乱的方式彻头彻尾地嘲讽了各种学说理论,但并没有给出一个确定性的答案,品钦以各种各样的形式阐释和检验了不同意义熵,而熵的多义性又反衬了它形式的多样化。毫无疑问的是,"熵"此后成为了品钦小说中众多主题中一个永恒的主题。

品钦的第四篇小说《玫瑰花下》(Under the Rose)于1961年5月发表在《高贵的野蛮人》上,该小说于1962年获欧·亨利二等奖,并被收录到了《1962年欧·亨利获奖小说集》里。后来《玫瑰花下》又被品钦改写为长篇小说《V.》的第三章。这是品钦第一次尝试间谍形式的小说,小说情节非常简单,背景是1898年埃及的城市亚历山大。英法两国为争夺非洲殖民地,法绍达危机在苏丹爆发前夕,小说的主人公英国间谍波彭泰因和他的德国对手牟德维尔普多年来一直在进行一场决斗。波彭泰因和他的同事古德费洛一起去参加奥地利领事馆举办的一个宴会,遇见了维多利亚·雷恩——古德费洛刚刚到手的女友,她和父亲及妹妹正沿尼罗河观光旅游。不走运的是,雷恩小姐还与一位考古学家休·邦戈-沙夫茨波里情投意合。波彭泰因很快发现邦戈-沙夫茨波里实际上是德国间谍。他们一同乘火车前往开罗暗中跟踪保护受到暗杀威胁的英国总领事洛德·克罗默,随着法绍达危机的爆发,主要人物都汇集在埃兹别基耶花园里的剧院。波彭泰因阻止了暗杀,并随维多利亚和古德费洛追踪德国间谍来到齐奥普斯,在这里波彭泰因被枪杀,他的两个同伴被放走。小说虽然表面上是一个动态的间谍冒险故事,但实际上却以一种静态的心理描写呈现出来,夹杂了品钦对于个人和历史关系的思考。主人公波彭泰因大量连续的追忆思绪延缓了叙事的流动,品钦将其塑造成一种喜欢冥想的人物,把他的个人困境延伸到对历史的思考当中。正如批评家理查德·波里尔所说:"我们被拖进'间谍活动'中,对我们来说这不仅仅是一次冒险,而变成了一种认知活动。"①主人公波彭泰因陷入对过去个人英雄主义的怀旧情绪中,并感到荒谬和无助,因为历史不再由某个人所创造,而是被大众所创造。品钦在此讽刺了波彭泰因等人企图以个人的力量阻止历史的车轮前进的荒谬做法。其中,品钦运用了一个数学的"钟形曲线"对波彭泰因的死亡轨迹进行了预测,这种修辞手法品钦在日后的《万有引力之虹》中再次得到体现。此外,品钦还对传统的间谍小说的题材进行了戏仿,将其戏仿为一种游戏。在小说中波彭泰因意识到自己职责和角色的荒谬,把自己装扮成普契尼歌剧《曼侬·莱斯科》中的一个角色,用滑稽的表演来释放自己压抑的情绪。古德费洛尽管追求维多利亚,但自己却是个性无能者。同时这部小说也是对同类间谍小说,如约翰·巴肯的《绿斗篷》和亚瑟·柯南·道尔的《准将杰拉德》互文性戏仿。不仅如此,品钦还讽刺了现代科技给人类带来的灾害。他把小说中的德国间谍邦戈－沙夫茨波里塑造成一个带有机械手臂的半机械人,他杀死了波彭泰因,揭示了在人类与机械的对抗中,机械的高效击败了人类与人性,对人类造成了戕害。表明了品钦对人类科技进步和人类前途的担忧,这些主题在品钦日后的小说中都得以淋漓尽致的展现。

品钦的第五篇短篇小说《秘密融合》于1964年出版。不同于前四部小说的是,这次品钦关注的不是成人世界,而是一群住在西马萨诸塞小镇中的男孩子们的秘密世界。故事聚焦在两个男孩子蒂姆·桑德拉和格罗弗·斯诺德的智力对比上,一个天生聪慧,一个是当地男孩子的天才领袖。小镇上的男孩子们在格罗弗的领导下,

---

① 'ntroduction', Prize Stories 1962: the O. Henry Awards (New York: Doubleday,1962), p. 11.

组成了一个秘密的社会,要筹划一场革命。他们的藏身之地是一座废弃的老房子,在这里孩子们可以远离父母的掌控,自由活动。格罗弗要求孩子们早早到他家集会,报告每个孩子的工作进展,并模仿道格拉斯的电影,对孩子们进行"斯巴达克斯行动"军事训练,包括用从修路工人得来的木棍和红旗,来袭击在田野中事先用粉笔画好记号的想象中的建筑。一个叫作巴林顿的黑人家庭搬到了小镇上,他们家里的男孩卡尔·巴林顿立刻被格罗弗的团伙接纳,孩子们平等对待他,认为是"种族融合"(秘密融合)。而镇上的成年人却对巴林顿一家充满了敌意,并想方设法地对这家人进行排斥和凌辱。他们打匿名电话骚扰驱赶巴林顿一家人,甚至把垃圾倒在他们家门前的草坪上。孩子们对成人的做法感到愤愤不平,但是发现这样做的人包括他们的父母,他们感到羞愧,但却又无能为力,最终还是远离了黑人男孩卡尔·巴林顿。在这部小说中,品钦第一次揭示了美国社会种族歧视问题,表达了对黑人的同情,并把种族融合的希望寄托在孩子的身上。大卫·西德认为,《秘密融合》在揭示种族歧视问题并没有真正触及问题的实质,是孩子们的融合行为对成人身上所背负的政治负担进行了补偿,而小说的讽刺性很大程度是依赖于孩子对种族事件的无知上;如果品钦能将孩子的理想和种族歧视的细节之间达成良好的平衡,小说会更成功。因为在小说结尾处,卡尔在孩子们的心中只是被成年人远离的,一些话语、形象和可能性汇集而成的一个合成图像。结尾的不确定性似乎证实了卡尔不可能再回到孩子们的藏身之地,所以种族的问题也就没有最终得到解决。然而,品钦在后来的《万有引力之虹》中,彻底揭露和批判了种族歧视的问题。[①] 此外,《秘密融合》在叙事手法上,包括在人物塑造、故事情节和主题展现上都与马克·吐温的两部小说《汤姆

---

① David Seed, *The Fictional Labyrinths of Thomas Pynchon*. University of Iowa Press, 1988, p. 69–70.

·索亚历险记》和《哈克贝利·费恩历险记》形成互文。在人物塑造上,蒂姆和格罗弗的关系和对话与哈克贝利和汤姆之间形成互文;黑人男孩卡尔与黑奴吉姆形成互文。在情节上,蒂姆和格罗弗逃离家长的掌控与黑人结友,与哈克贝利和汤姆营救吉姆形成互文。在主题上,都揭示了美国社会种族歧视的现象。

这五部短篇小说是品钦对自己大学学习交出的令人满意的答卷,使他以优异的成绩获得学士学位。在康奈尔,品钦还认识了他一生中的重要朋友理查德·法理纳(Richard Farina)。法理纳在品钦的生活中起到了异乎寻常的作用。品钦不妥协的生活方式和对自由的关注,直接来自于法理纳的影响。两人有很多相似之处:都学习了工程和英语两个专业,都爱好写作,还都在《康奈尔作家》上发表过几篇短篇小说和一些诗歌。但不同的是,法里纳性格外向,喜欢表演,还是一位才华横溢的摇滚歌手,录制过两张个人专辑,集摇滚歌手、作曲人、剧作家、短篇小说家于一身。法里纳对品钦的写作生活产生了很大的影响,品钦对音乐的热爱以及在小说中对音乐的描写都源于他的这位挚友,两人对彼此的作品相互推崇,惺惺相惜。品钦与法里纳的友谊极其深厚,1963年8月,品钦专程从远方赶去参加法里纳的婚礼,并担当伴郎。不幸的是,法里纳于1966年死于一次摩托车事故,在其葬礼上,品钦担任护柩送灵人。关于法里纳的死亡,有人说是蓄意制造车祸,因为法里纳和品钦都参加过反政府的学生运动,参与过运动的学生一些人是"被自杀"的。有人说,品钦的日后隐遁除了个人的为人处事的低调,或多或少都与挚友的死亡相关。后来,品钦将自己的作品《万有引力之虹》献给法里纳,在其扉页上写道"谨以此书献给法里纳",足以看出他对法里纳的怀念和友谊。在1983年,品钦还为法里纳的小说《长期忧郁看来得靠我自己》(*Been Down So Long It Looks Like Up to Me*)撰写引言,回忆起两人的大学生活,并含蓄地将法里纳理想化为他所喜爱的50年代末不与世俗妥协的人。品钦笔下的法里纳是一个机警的、超然的孤独者,没有获得学位,便离开了康奈尔大学。他的第一任妻子把他描绘成"令人难以置信的冒险者"①。在古巴,他积极支持卡斯特罗的叛乱;在北爱尔兰,他与爱尔兰共和军并肩作战;他在巴黎、伦敦、纽约和加利福尼亚之间过着云游的生活。他的小说《长期忧郁看来得靠我自己》就是对美国现状的滑稽讽喻。小说中的主人公格诺西斯试图想通过豁免或免疫的方式来实现自由,也就是通过疯狂地扮演来自流行文化中的一系列角色来找到一种自由解脱的方式。他表面上沉迷于消费主义,但内心却避免被固定化和社会身份的认同,他的行为是无政府的、故意制造混乱嬉闹,把之前的经历当作下一个角色的跳板。格诺西斯通过自己消极的反抗来定义自由,他不满病态的美国——在她的国土上原子弹爆炸产生的可怕的蘑菇云和社会生活中的处处标准化的工作程序。法里纳的这部小说给品钦日后创作《万有引力之虹》提供了不少有益的借鉴。两者的小说极具相似性,都是以滑稽卡通的形式来对美国文化进行反思和批评,虽然法里纳小说的讽喻范围没有品钦的广泛,但他在作品中开启了用一个复杂的充满阴谋和威胁性的机构来反衬个人的脆弱的写作形式,这对品钦日后的类似创作不无影响。法里纳和品钦的叙事技巧也存在着多方面的类似之处,如采用怪异的名字起到异化的效果,现实与虚幻世界的交替,迷宫般的寓言构建等等。法里纳的性格、爱好和作品,无一不对品钦产生了持久的影响。

1959年大学毕业后,品钦面临着诸多选择,但出于对音乐和写作的热爱,加之受美国当时黑人爵士乐的兴起和"垮掉一代"作家凯鲁亚克和诺曼·梅勒等人作品的影响,他选择了和朋友们住进了纽约的格林尼治村,并开始着手创作他的第一部长篇小说《V.》。当时正值美国60年代即将兴起的各种社会反叛运动和艺术运动的

---

① J. C. Batchelor, The Ghost of Richard Fariña´, *Solo Weekly News* (28 Apr,1977), p. 20.

前夜,在格林尼治,品钦接触了不少活跃的先锋艺术家,这些艺术家是他在《V.》中塑造艺术家群落"全病帮"原型。在格林尼治村过了几个月放荡不羁波西米亚的生活,后来由于经济的原因,品钦向福特基金会递交了一份申请,因为这个基金会有项目要资助一批成名作家为表演团体写作剧本或歌词。在申请书中品钦详细叙述了他的学习经历、如何开始写作生涯的、在康奈尔大学写作研讨课上所受到的训练、已经完成的作品和正在进行的创作。但由于当时的竞争者都是已经成名的作家,品钦落选自然是在情理之中了。但是这份申请书成了日后品钦研究者们希望见到的十分珍贵的第一手材料。这份申请在 1977 年列在了《美国文学手稿》的目录中,但却鲜有人见到。1989 年,福特基金会档案员罗伯特·B. 考拉萨克(Robert B. Colasacco)将这份申请整理出来,并辗转到了几位学者手中。有人联系品钦要将其内容公开,但遭到了拒绝。随后品钦要求福特基金会五十年之内不能公开此材料的内容,最终基金会还是尊重了品钦的要求。从这件事情上可以看出,品钦对自己的隐私进行保护的一贯做法,绝不张扬,拒绝哗众取宠。

虽然研究者们暂时还看不到这份材料,但是从披露的点滴信息中可以得知,除了短篇小说创作,品钦还写了四部独幕剧和二十首诗。其中,两个独幕剧是写实性质的,一个是西方心理戏剧,另一个是音乐喜剧。另外还有申请资助的一个新戏剧。在这份申请中,品钦将自己的写作生活分成五个主要阶段:第一阶段就是最初的创奇战争故事;第二阶段由于无神论或逻辑实证主义影响下的科幻小说;第三阶段就是浪漫主义阶段模仿托马斯·沃尔夫、F. 司各特·菲兹杰拉德和拜伦;第四阶段是两年的海军服役生活之后回归古典主义,模仿亨利·詹姆斯、纳尔逊·艾格林和威廉·福克纳;第五阶段返回康奈尔大学进行三四年级的学习,受凯鲁亚克和金斯堡的影响开始涉及垮掉一代作家的拜伦式浪漫主义风格写作。但很快他不满足于这种写作,开始转向伏尔泰的"Candide – like"憨第德、老实人类型故事,预示了他写作中的讽刺风格趋于成熟。[①] 从上述信息中可以看出,品钦从少年到大学时期的创作实践为其后来的创作积累了丰富的材料,打下了坚实的基础。

由于申请福特基金未果,为了缓解经济状况,品钦离开纽约城的格林尼治。1960年2月,品钦接受了西雅图波音公司技术写作的工作,为美国空军的波马克地对空导弹的技术刊物《波马克军事通讯》编写安全方面的文章。其中人们得以公开见到的一篇名为《整体》的文章,是品钦当时为航空航天安全而撰写的,主要描述了空运IM-99A导弹的安全技术。在波音公司的技术写作经历为他后来的文学创作提供了许多素材和灵感,包括品钦对科学技术的深刻思考和将科学术语引入到文学话语领域,以及他的作品所涉及的自然科学领域的知识都来源于他工程物理学背景,也是导致他的作品更加晦涩难懂的原因之一。

为了专心投入他的长篇小说《V.》的创作,品钦离开波音公司,前往墨西哥。1963年他曾在墨西哥城的《流逝时光》杂志担任摄影记者,同时完成了他的第一部长篇小说《V.》。1963年4月《V.》出版,获得成功,被称为后现代小说的经典之作。1964年2月获"1963年福克纳基金最佳处女作奖",同年还获得了"美国国家图书奖"提名。这部小说让美国文学界了解了品钦的写作才能和其独特的写作风格,从此品钦走上了自己的文学创作道路。1964年,品钦来到加利福尼亚,他本想到加州大学伯克利分校攻读数学专业的研究生,但是不知何原因他的申请没能通过招生评审。于是,在加州的这段时间,品钦主要致力于文学创作。这也是品钦创作思想最为活跃的时期,在此期间他脑海中酝酿了几部长篇小说,以至于在1965年品钦放弃了可以在本宁顿大学教授文学的机会。他曾在信

---

① Weisenburger, steven C. Thomas Pynchon at Twenty-Two: A Recovered AUutobiographical Sketch[M]//*American Literature*,1990(4):692-697.

中说他已在两三年前就下决心要一下子写出三部小说来。虽然品钦后来澄清说当时是一时心血来潮,但他强调说他当时确实意志非常坚定,不想放弃任何一部。① 60年代中期,除了文学创作之外,品钦还给报纸杂志写一些评论性的文章,例如,他曾给奥克利·霍尔(Oakley Hall)的小说《魔术师》(*Warlock*)写过简短的评论,刊登在1965年12月出版的一期《假日》杂志上,并和其他七位作者(包括约瑟夫·海勒、阿尔弗雷德·卡津等)的评论一起被收集到了一个名为《以书为礼》的栏目中(David Seed,1988:1)。除了作品评论,品钦还关心政治,写过政治报道。1966年品钦曾就上一年加利福尼亚洛杉矶沃兹地区的种族暴乱写了一篇关于此次暴乱的后果和影响的报道,题为《深入沃兹人思想的旅行》,发表在《纽约时报》上。而这些文章并没有给品钦带来丰厚的经济收入,导致品钦无法潜心创作他酝酿许久的一部小说——《万有引力之虹》。由于经济的原因,他不得不暂时放下这部长篇小说,以加州为背景,匆忙写就了他的第二部小说《拍卖第四十九批》来解决金钱方面的短缺。1966年《拍卖第四十九批》出版,果然给他带来了成功和声誉。1967年,该小说获"罗森塔尔基金奖",缓解了他的经济状况。就这一点,品钦在《笨鸟集》"前言"结尾处中有所提及。他说:"我接下来写的一个短篇是《拍卖第四十九批》,现在市场上把它当作长篇小说销售,在这部小说中我似乎忘掉了我之前所学到的大部分东西。"②可见品钦并没有将《拍卖第四十九批》看作是长篇小说,只是一部应急之作。但就是这部相对较短的小说,集中展现了品钦的后现代迷宫叙事风格和特色。在他的作品中,共有三部作品是关于加

---

① McLemee, Scott. *You Hide, They Seek*. Inside Higher Ed. 2006-11-15.

② Thomas Pynchon, Slower Learner. New York: Little, Brown, & Co., 1984, p.22.

利福尼亚的,包括《拍卖第四十九批》、后来的《葡萄园》和《性本恶》被称为"品钦加州三部曲",从中读者可以感受到他对加州生活的深厚情感。

在创作之余,品钦还积极参加政治活动,保护自己的权利。1968年,他参加了反对越南战争的抗议活动,并在"作家及编辑抗议战争税"上签名,反对美国插足越南战争。关于这件事,《纽约邮报》和《纽约书评》都有报道,并详细列出了签名人的名单(New York Review of Books, 1968: 9)。通过这件事,足以说明品钦的政治立场和他维护正义的毫不妥协之举。这种做法又同他成名之后的隐士生活形成了鲜明的对照。所以,有人说品钦的隐居生活多因在康奈尔时参加学生运动而害怕报复的理由纯属无稽之谈,反而说明品钦为人光明磊落、刚正不阿、淡泊名利。

品钦对文学创作的执着和努力终于有所回报,1973年2月28日,他第三部长篇小说《万有引力之虹》出版,立刻引起轰动,成为了品钦后现代主义巅峰之作。最初品钦给此书命名为《无忧的快乐》(Mindless Pleasure),可以想见品钦在创作过程中的艰辛与快乐,只不过在出版时换成了《万有引力之虹》。此书获得了巨大的成功,第一年就销售了45000册。这部迷宫般的百科全书式的小说,全方位展示了品钦所具有的知识和写作才能,小说涉及了物理学、工程学、弹道学、化学、数学、历史、宗教、政治、音乐、文学和电影等各领域,语言晦涩难懂,主题丰富繁杂,情节复杂怪诞,风格荒诞幽默,堪称天书,被誉为后现代百科全书式的迷宫作品。《万有引力之虹》给品钦带来了巨大的成功,好评如潮,各种奖项和荣誉接踵而来。1974年,该小说获"美国国家图书奖";1975年,获"豪威尔斯文学艺术奖",品钦谢绝了此奖项。然而就在《万有引力之虹》引起轰动之时,品钦却意外地从人们的视线中消失了,任凭读者和媒体追逐,十年音讯皆无。

直到1983年,企鹅出版社重印法里纳的小说《长期忧郁看来得靠我自己》,品钦为该书写了导言。1984年,品钦整理出版了自己早期的短篇小说集《笨鸟集》,共收录了他早期的五篇短篇小说——《小雨》、《低地》、《熵》、《玫瑰花下》和《秘密融合》,并包含了一篇自传性的导言。在"导言"中,品钦对自己早期的五篇短篇小说分别进行了评价和反思,并提到了自己得以借鉴的一些著名作家和作品,如:T.S.艾略特的《荒原》、海明威的《永别了!武器》、凯鲁亚克的《在路上》、索尔·贝娄的《奥吉马奇历险记》、诺曼·梅勒的《白色黑人》等等,还有爵士乐和摇滚乐对他产生的影响。同时他指出了自己这些早期作品的不足之处。由于品钦很少发表对自己作品的言论,这篇导言已经成为研究品钦创作思想的宝贵资料。1988年4月,品钦为加西亚·马尔克斯的小说《霍乱时期的爱情》撰写书评,并在《纽约时报》上发表。在拒绝接受豪威尔斯奖项之后,1988年秋品钦终于接受了麦克阿瑟奖。

继《万有引力之虹》后,品钦近17年没有作品推出,直到1990年,品钦的第四部小说《葡萄园》与读者见面。这部小说以加州葡萄园为背景,被称为"品钦加州三部曲"中的第二部。在内容上,这部小说没有《万有引力之虹》那样晦涩难懂,但依然承袭了品钦的一贯的迷宫叙事风格:人物繁杂众多,事件怪异奇谲,线索纷杂。这部小说关注的是美国极权政治,可以说是品钦版的《1984》。然而这部小说一开始受到了一些负面的评论:Joseph Tabbi 认为,《葡萄园》"缺乏启示录式的预言"(Joseph Tabbi,1994:89);Brad Leithauser 指出,"在《葡萄园》杂乱的外表下找不到任何有深度的思想、美感或神韵,缺少总体上令人震撼的东西"(Brad Leithauser,1990:28);Louis Mackey 认为《葡萄园》不具有《万有引力之虹》的"缜密的结构和丰富的语言,也没有悲壮和震慑的内容"(Louis Mackey,1993:13);Alan Wilde 承认小说中缺少"一种令人信服和惊奇的力量"(Alan Wilde,1991:71);David Cowart 也认为"《葡萄园》缺少品钦以往作品如《V.》和《万有引力之虹》的文化内涵和历史深度",小说中关于大众文化的描写"沉闷、枯燥、累赘"(David Cowart,1990:67)。尽管如此,这部小说得到了备受伊朗政府追杀的印度裔英国小说家萨尔曼·拉什迪的积极评价。拉什迪是不畏强权政治的小说家代表,而品钦也将自己看作是与强权抗争的异端作家,两位作家相互支持,意见相同。品钦在1989年3月12日写给《纽约时报书评》的信中曾向拉什迪和其妻子美国小说家玛丽安·威金斯致谢,感谢他们"提醒我们这些为异端而写作的作家的职责,并提醒我们注意,权力与非理性同样是人类不共戴天的仇敌,使比我们自己想象的更加勇敢、智慧和有用"(Thomas Pynchon ,1989:23)。这说明品钦对自己作为作家的职责有着清醒的认识,不会创作迎合公众品味的作品。

  1993年,品钦获诺贝尔文学奖提名,而当年的奖项归属美国黑人女作家托尼·莫里森。此后,品钦几次获诺贝尔文学奖提名。然而对一贯淡泊名利的品钦来说,这丝毫不能减少他的创作热情。1997年,品钦的第五部长篇小说《梅森和迪克逊》出版,他在书中向麦克阿瑟基金会致谢。小说长达773页,首版就发行了20万册,当年被《时代周刊》评为全美五部最佳小说之一,而且久居畅销书榜。小说背景为独立战争前的美洲殖民地,英国天文学家查尔斯·梅森和勘探员杰罗米·迪克逊受英国皇家学会之命,前往美洲殖民地勘察并划定梅森-迪克逊线——宾夕法尼亚州与马里兰州分界线和美国革命前南北分界线的传奇经历。这部小说依然承袭了品钦庞杂纷繁、百科全书式的迷宫叙事风格,在思想性和批判性上日益成熟。虽然这部小说受到了一些负面的评论,但大多数评论家都认为它是一部伟大的后现代经典之作,甚至有人认为它堪比甚至是超过了《万有引力之虹》,应是品钦最伟大的作品。如,Frank McConnell在《公益》杂志上评价说:"品钦的《梅森和迪克逊》是我在过去的20年中读到的最好的小说,现在我可以大胆地说只有三个人继承了美国小说的璀璨精华:他们是梅尔维尔、福克纳和品钦……因此我可以告诉你们如果你们没有读过《梅森和迪克逊》,你的生活将会是没有创造性的。"①著名评论家哈罗德·布鲁姆在《波士顿人》上说:"品钦的风格一直是疯狂搞怪、异常滑稽,他已经超越自己,这部小说的奇妙之处就在于它让人过足了瘾、让人出乎意料。"②这无疑是对品钦作品的肯定和最高的褒奖,也说明品钦的文学创作进入了一个新的时期。

在写作道路上品钦顺风顺水,在个人的婚姻生活方面也很圆满。1990年,品钦和他的文学代理人梅勒尼·杰克逊结婚,1991年他们的儿子杰克逊·品钦出生。《梅森和迪克逊》就是品钦献给妻儿的大作。但由于梅勒尼是美国著名总统希奥多·罗斯福的曾孙女,其祖父是美国最高法院法官罗伯特·H.杰克逊,所以品钦在纽约居住的行踪逐渐被人所知。《梅森和迪克逊》出版后不久,美国有线新闻网(CNN)一个摄影队在曼哈顿拍到了有品钦镜头的一个短片。喜欢隐居生活的品钦对此行为感到愤怒,为了保护自己的隐私,他打电话给CNN,要求不要播出他的镜头。品钦对侵犯自己隐私的媒体从来都不妥协。他的第一任文学代理人堪迪达·多纳蒂奥与他合作20多年,1982年两人合作结束。此后由他未来的妻子梅勒尼担任文学代理人。1986年多纳蒂奥将品钦写给她的120多封信件卖给了私人收藏家卡特·伯顿,这些信件的书写时间为60年代到80年代,是品钦最有创造力、最多产的黄金时期,非常珍贵。1996年,伯顿去世后,其家人将这些信件捐赠给了纽约的摩根图书馆。起初摩根图书馆还允许读者查阅这些信件,后来品钦得知此事,后强烈要求伯顿家族和摩根图书馆在他有生之年不公开这些信件,所以研究者们暂时还看不到这些宝贵的资料。品钦对个人隐私

---

① Frank McConnell, *Commonweal* ,08/15/97.

② Thomas Pynchon, *Mason & Dixon*, New York: Henry Holt and Company, Inc. 1997. p.3.

的全力捍卫,彰显了他独特的行事风格。2003 年,企鹅出版社再版英国左翼作家乔治·奥威尔的小说《1984》,品钦应邀为这部小说作序,他不仅对这位前辈艺术家给予了高度评价,表明了自己对极权主义的憎恨,还流露出他对人类理性抵制强权政治的力量所抱有的乐观主义精神。

因为品钦坚持不和媒体见面引发了外界对品钦的一些谣传和诋毁,甚至将他与恐怖分子联系起来。或许是为了反击这些谣传,2004 年品钦的形象两次出现在动画片《辛普森一家》中。一次是品钦头上套着一个牛皮纸袋滑稽地向路人宣传一本小说,说他自己喜欢这本小说就像喜欢摄像机镜头一样。另一次是在厨房里说着与他自己三部小说题目相关的双语:"这些鸡翅真是美味(《V.》)!我要把这个配方写进万有引力之虹食谱中《万有引力之虹》,放在油炸 49 马铃薯旁边(《拍卖第四十九批》)。"品钦这种一反常态的做法,就是要反击那些诋毁他形象的人,同他的小说一样极富幽默感。品钦在《辛普森一家》中的形象(如图 1 所示)。

图 1　品钦在动画《辛普森一家》中的形象

2006 年 7 月,美国亚马逊网站预告了品钦还未定名的新小说,并刊载了品钦自己写的作品概要。他宣称,小说的情节发生在 1893 年芝加哥世博会与第一次世界大战战后之间。"世界性的灾难将在几年内迫近,"品钦在介绍中写道,"这个时代的上层人士中间充满了普遍的无限制的贪欲、虚伪的虔诚、白痴般的软弱和罪恶的意图。"后来,一位企鹅出版社的发言人证实,之前的概要确为托马斯·品钦所写。由于品钦每次推出新作都会轰动一时,所以读者和媒体都翘首以待。而品钦每次又不肯露出庐山真面目,所以美国《娱乐周刊》委托纽约的法医造像专家斯蒂芬·曼库西,按照品钦1955年高中年鉴上的照片为基础,利用专业技术模拟出他69岁时的容貌。可滑稽的是,据《纽约时报》当时的评论称,此像中的男士有点像警方通缉令中的某类型犯罪者。尽管如此,7月30日《娱乐周刊》网站再度刊出这张模拟人像,以此迎接品钦的新作。11月21日《抵抗白昼》出版,长达1085页,是品钦最长的小说。小说描述的是1893年芝加哥世博会至第一次世界大战间发生的故事,刻画了来自美国、摩西哥、欧洲、中亚等地方的100多个人物,众多的人物令人眼花缭乱,纷繁的事件盘根错节。《抵抗白昼》一问世便受到了品论界的热议,褒贬不一。英美几乎所有重要报刊,如英国的《泰晤士报文学增刊》、《伦敦书评》、《旁观者》、《经济学家》,美国的《纽约书评》、《纽约客》、《出版家周刊》、《纽约时报书评》等都发表了长篇专论。短短数月,网上不仅已经有"维基百科"建立的专项条目,还出现了专门讨论此书的博客网站。如,Keith Gessen 在《纽约杂志》上评论说:"《抵抗白昼》令人精疲力竭、无比纠结甚至会导致偏执狂,但阅读品钦并非不是一件乐事。"①Stuart McGurk 在《伦敦报》上说:"如果《万有引力之虹》是品钦的"尤利西斯",那么《抵抗白昼》便是他的"芬尼根的苏醒",令人困惑吗? 当然不是,毫无疑问,简直太精彩了。"②《卫报》的 Michael Chabon 评论说:"品钦的《抵抗白昼》同我过去的几年所阅读的书相比,其中的每一句、每一场景、每一个思想都能给我带来更多

---

① Keith Gessen, The Year in Books, *New York Magazine*. 12/4/06.
② Stuart McGurk, *The London Paper*. 12/13/06.

的纯粹阅读上的快乐,我宁愿这部小说比千页更长。"①还有人认为这部小说是历史编纂元小说的典范。不管批评界如何评价,品钦一贯相信读者的判断力,企鹅出版社宣传此书的最后三句话据说就是他亲自撰写的:"读者来判定,读者要警觉。祝你们好运!"品钦的信任是他留给读者最好的礼物,他再一次用作品证明了他的与众不同的写作才能。

当读者还没有从《抵抗白昼》的迷宫中走出,2009年8月,品钦的第七部长篇小说《性本恶》出版,被称为"品钦加州三部曲"中的第三部。这部小说一反品钦作品晦涩难懂的风格,写得清新易懂,只有369页,叙述的是20世纪70年代的加利福尼亚,被品钦自称为是"半黑色、半迷幻玩笑"的小说。有人认为这部作品是品钦的自我解构之作,它消解了《V.》、《万有引力之虹》、《梅森和迪克逊》、《抵抗白昼》等小说所具有的迷宫般的繁杂效果,呈现出来的是卡通人物式的简单直接。也有人说73岁的品钦终于写出了一部可以让人读懂的小说,以侦探小说的形式完成了一个并不可怕的滑稽故事。Craig Seligman 在《华盛顿邮报》上评论说:"虽然小说的名字暗示着这是一部寒冷、阴暗的小说,但实际上却是品钦最具阳光的小说,他或许没有完全放弃他的悲观情绪,但是却没有了令人窒息的紧张场面,尽管小说描述的是他20和30岁开始写作,前途未卜之时。"②Albert Rolls 在英国网上杂志 *Berfrois* 上评论说:"《性本恶》并不是一个简单的乡愁作品,尽管在它发表之初一些评论家们如此认为,实际上小说揭示了一个问题——消费主义倾向——60年代反文化时代的核心问题,而品钦早在20世纪70年代中期就已

---

① Michael Chabon, That's the best thing we've read all year, *Guardian Unlimited*. 11/25/07.

② Craig Seligman, *Washington Post*. 08/03/09.

经意识到这个问题了。"①小说充满了73岁的品钦对60年代洛杉矶那个曼哈顿海滩的乡愁记忆——不仅仅因为他是一个亲历者,更因为他隐秘地怀念着那些嬉皮青年们的天真烂漫和革命理想。2014年,导演保罗·托马斯·安德森将这部小说改编为同名电影,并在第八十七届奥斯卡金像奖中荣获最佳改编剧本的提名,作为对后现代主义大师品钦的致敬。

2013年9月17日,企鹅出版社出版了品钦晚年最新力作《放血尖端》(*Bleeding Edge*)。这是一部后现代侦探小说,长达477页。这部小说具有鲜明的时代特点,主题涉及受9·11恐怖袭击的美国纽约和受因特网控制而改变的世界,表明了品钦对现代网络社会和媒介以及晚期资本主义之间的多重关系的深刻反思。小说的标题"bleeding edge"源自软件工程中的一个术语,意思是比"尖端"(cutting-edge)技术更为先进的革新,但由于这种技术并未接受可靠的系统检测,所以其尖端性也意味着潜在的巨大危险(但汉松,2014:7)。小说出版后,受到了很多批评家的积极评论。其中,《华盛顿邮报》的普利策获奖图书批评家迈克尔·德瑞达写道:"小说充满了狂妄的言语和激情以及阴谋中的阴谋,《放血尖端》简直是怪论连篇,精彩绝伦"②;《洛杉矶书评》的迈克尔·贾维斯将这部小说比喻为现代版的网络朋克文学;《苏格兰人》的斯图尔特·凯利称这部小说"确定无疑的一部杰作"③。但仍然有一些评论家对这部作品产生非议,《纽约时报》的书评人角谷美智子延续了对品钦近年创作的一贯负面看法;《卫报》的塔里萨·史蒂文森甚至认为这是

---

① Albert Rolls, *Inherent Vice's Two Directions Berfrois*. 02/13/14.

② Michael Dirda, "Thomas Pynchon's Bleeding Edge", *The Washington Post* (September 11, 2013).

③ Michael Jarvis, "Pynchon's Deep Web". *Los Angeles Review of Books* 10 September, 2013. Web.

一部插科打诨的作品。但国内学者但汉松从品钦化的"9·11"、网络社会的恐怖寓言和互联网与后人类主义这三个方面对这部小说进行了特色分析,品钦暗示我们互联网与世贸中心一样,是全球化时代的精神图腾,也同样可能变成恐怖主义暴力的复仇对象,后"9·11"时代的反恐战争与恐怖主义将延绵不绝,因为分布式存在的互联网无孔不入(但汉松,2014:13)。品钦晚年的这部力作,又一次向世人证明了他对美国社会敏锐的观察能力和对未来网络社会中人的生存的担忧。

二 迷宫叙事作品及渊源

后现代主义文学是第二次世界大战之后西方社会中出现的范围广泛的文学思潮,于20世纪70至80年代达到高潮。无论在文艺思想还是在创作技巧上,后现代主义文学都是现代主义文学的继承和发展,但却与现代主义有本质的区别。

首先,作为一种社会文化思潮,后现代主义是二战后西方后工业社会的直接产物。"后工业社会"是持新保守主义立场的美国社会学家丹尼尔·贝尔首先提出的概念。他认为后工业社会将以科学技术和信息为先导,以服务为目标,整个社会由知识架构起来,传统生产方式和社会结构被摧毁。

其次,从社会学和文化学视角来看,科学和技术的迅猛发展,人类知识领域的空前扩张,深刻地影响了乃至规范着人类的心理倾向和行为模式。科学的成就使一切事物失去神圣性、神秘性和纵深感,以至被"非神秘化",并进而改变了文化在社会生活中的地位和人的文化意识,导致了广泛的"反文化"和"反美学"。例如,电视成为最强大的主流媒体,并和无孔不入的消费文化相结合;广告和广告形象对社会的方方面面都产生了强大影响,等等。文化享受已经不再是精英阶层的专利,而是成为可以批量生产的商品。没有任何艺术天赋和艺术修养的人也可以利用科技知识生产出"艺术品"来，这些对后现代主义文学思潮的崛起具有决定性作用。

再次，在哲学思想上，存在主义和后结构主义开始盛行。以海德格尔、萨特等人为代表的存在主义主要反映了西方现代人对存在的困惑，体现在文学上就表现出试图赋予"荒诞"以崇高意义的努力。存在主义哲学对西方文学的影响是巨大的。在法国，甚至直接产生了"存在主义文学"思潮，并诞生了萨特和加缪两位世界级文学大师。而后结构主义又称解构主义，对文学的影响要更加直接一些。后结构主义借用结构主义术语和概念来推翻结构主义的理论基础，主张消解几千年来西方传统的哲学观念，否定一切终极永恒的东西，包括历史和真理。在文学上，后结构主义否定文学作品在它们使用的语言范畴内可能确立自己的结构、整体性与含义。后结构主义的代表人物雅克·德里达一方面承认文学作品表达出意义，因而是可读的；但另一方面又认为任何作品都包含着不可调和的矛盾，从而使作品的意义琢磨不定。他在《论文字学》中写道："于是，我们从一开始就陷入了不断发展的象征符号的无动因的游戏之中。把这些象征符号联系起来的无动因的轨迹应该理解为一种运作，而不是一种状态；它是一种积极的运动，一种不断瓦解动因的过程，而不是一种一旦形成便一成不变的结构。"也就是说，后现代消解并荡平了意义。

不同于其他文学思潮，后现代主义文学内部流派和思潮众多，很多后现代作家和批评家的自我理论体系本身就存在矛盾之处。尽管如此，后现代主义文学主要有以下几个特征。

（1）彻底的反传统。后现代主义文学不仅仅反"旧的"传统，对于现代主义文学试图建立的"新的"传统也彻底否定。他们认为文学和艺术应该是建立在对现有秩序的解构基础之上的。在理论上，后现代文学不依托任何理论。在体裁上，对传统的叙事形式乃至"叙述"本身进行解构。因此，后现代主义文学是一种"破坏性"的文学,即某种意义上的"反文学"。

(2)摈弃所谓的"终极价值"。后现代主义者认为一切传统意义上的崇高的事物和信念都是从话语中派生出来的短暂的产物,不值得"真诚"、"严肃"的对待。客观世界和人自身都被异化了,历史失去了方向和意义,社会体系不可改变。后现代主义作家不愿意对重大的社会、政治、道德、美学等问题进行严肃认真的思考,他们不仅无视对这些问题的关切,甚至无视这些问题本身,他们不再试图给世界以意义。

(3)后现代主义文学崇尚所谓"零度写作",反对现代主义关于深度的"神话",拒斥孤独感、焦灼感之类的深沉意识,将其平面化。在后现代文学中,写作消失了内容,而转向写作自身。作家仅仅把话语、语言结构当作自己为所欲为的领地,写作成为一种纯粹的表演、操作。例如,后现代主义作家往往蓄意让作品中各种成分互相分解、颠覆,让作品无终极意义可寻。

(4)后现代文学蓄意打破精英文学与大众文学的界限,出现了明显的向大众文学和"亚文学"靠拢的倾向。有些作品干脆以大众的文化消费品形式出现,试图模糊文学与非文学的界限。

(5)在文体上,惯用矛盾(文本中各种因素互相颠覆)、交替(在文本中对于同一事物的不同可能性的叙述交替出现)、不连贯性和任意性、极度(有意识地过度使用某种修辞手段以达到嘲弄它的目的)、短路(运用某些手段使对作品的阐释不得不中断)、反体裁(破坏体裁的公认特点和边界)、话语膨胀(把在文学创作中一直处于边缘地位的话语纳入主流)等手段,使得读者对作品的解读困难重重。

后现代主义文学的写作原则和风格虽不尽相同,但其本质都是"反文学"、"反理性"、"解构"。后现代主义文学流派主要有六种,如表1所示。

表 1　后现代主义文学流派

后现代主义文学流派	代表人物及代表作品
存在主义文学	让-保罗·萨特《恶心》、《存在与虚无》；阿尔贝·加缪《局外人》、《鼠疫》；西蒙娜·德·波伏娃《第二性》；诺曼·梅勒《裸者与死者》；索尔·贝娄《奥吉·马奇历险记》
荒诞派戏剧	欧仁·尤奈斯库《秃头歌女》、《犀牛》；塞缪尔·贝克特《等待戈多》；让·热奈《女仆》、《阳台》；阿瑟·阿达莫夫《拙劣的模仿》
法国新小说	娜塔丽·萨洛特《金果》；阿兰·罗伯-格里耶《窥视者》；米歇尔·布托尔《变》；克洛德·西蒙《弗兰德公路》
美国垮掉的一代	杰克·克鲁亚克《在路上》；艾伦·金斯堡《嚎叫》
黑色幽默文学	约瑟夫·海勒《第二十二条军规》；库特·冯尼古特《五号屠场》；托马斯·品钦《V.》、《拍卖第四十九批》、《万有引力之虹》；约翰·巴斯《羊孩贾尔斯》
拉美魔幻现实主义文学	加西亚·马尔克斯《百年孤独》、《霍乱时期的爱情》；阿莱霍·卡彭铁尔《人间王国》；胡安·鲁尔弗《燃烧的原野》；米格尔·安赫尔·阿斯图里亚斯《总统先生》、《玉米人》

美国文学从 20 世纪 60 年代起开始进入后现代。以二战后美国出现的"垮掉的一代"和黑色幽默文学为主。前期从巴勒斯 1959

年的长篇小说《赤裸的午餐》开始,在20世纪60年代中后期达到高潮。主要作家有托马斯·品钦、约翰·巴思、巴塞尔姆、霍克斯为主要代表,被称为"后现代四大家"。美国后现代主义文学的兴起与美国所处的政治和社会状况有着紧密的联系。

一般认为,由于政治和社会两方面的因素,美国文学创作在20世纪60年代经历了一个特殊的重建时期。这个十年开始于约翰·F.肯尼迪就任美国总统,继而开辟了一个短暂的希望期。然而,1962年古巴加勒比海导弹危机几乎将全世界置于核武器战争,一年后肯尼迪总统遇刺身亡。在他的后继者林顿·B.约翰逊和理查德·尼克松任职期间,爆发了越南战争和广泛的反越战的抗议,民权运动开始兴起,黑人权利运动,在这十年中暴力谋杀和持枪犯罪数量增长惊人。所有这些因素都促成了反文化运动的兴起,主要开始于50年代的"垮掉的一代"作家,而后又不断扩大加入了"嬉皮士"、吸毒、波普和爵士乐、性解放和左派联盟等运动。青年人被称为这些运动中主力军,他们表达对美国政府和官方权力机构的普遍怀疑和对年轻人的价值观和自然本性的信任。

反文化运动的精神主要表现在当时的流行文化上,比如音乐(甲壳虫乐队和著名的伍德斯托克音乐节)和电影,也包括文学这种"严肃"艺术。而美国文化在那个时期却与世界其他地方有所不同,因为美国20世纪60－70年代的小说比以往任何时代都更加关注历史和政治,并且倾向于通过非现实主义的模式来反映"社会现实"。所以小说的内容和形式都发生了巨大的变化,产生了后现代主义的荒诞派、元小说写作等。因为美国内外交困,社会问题成堆,在社会生活的各个层面上荒唐怪诞的现象到处皆是,人的自由意志已经丧失,人的个性和自我日渐消亡,这样的时代使得作家们只能用一种近乎滑稽嘲弄的喜剧来表达人类生存状态的悲剧性的荒谬,即黑色幽默。荒诞派作家往往反剧正写,一脸严肃地描写卑微琐屑的芸芸众生。小说中的人物企图在混乱不堪的世界中发现或建立秩序,在杂乱无章的生活中寻觅或想象出意义来,让读者对人物的无用功感到滑稽可笑之时,又体会到他们的困惑、沮丧、痛苦和空虚。① 品钦早期的作品《V.》《拍卖第四十九批》和《万有引力之虹》就是其中的代表。

《V.》是一部结构非常复杂的作品,晦涩难懂,对人们的传统阅读经验进行了挑战。这部小说共有 16 章,两个主人公:普鲁费恩和斯坦西尔。普鲁费恩从海军退伍后,一直过着浑浑噩噩的生活,工作时有时无,被称为"大傻瓜蛋"和"活人溜溜球"。② 他经常混迹于酒吧,同一些水手和酒吧女招待在一起。同时,他还和纽约的一群所谓"全病帮"的前卫艺术家们混在一起,这些艺术家包括画家、音乐家、演员、舞蹈家等等,他们每天忙活的事情主要是喝酒和搞聚会,虽然看似有个性,但实际上,他们的生活似乎没有什么意义,以嬉皮士的方式和社会对抗,躲避着时代的平庸和麻木。斯坦西尔,是个世纪婴儿,自出生母亲就不知去向。父亲曾做过英国情报局的特务,死于 1919 年在马耳他调查六月骚乱事件中,情况不明。斯坦西尔在 1945 年以前,曾懒懒散散,把睡觉当成人生主要乐趣。后来在翻阅父亲留下的日记时,发现父亲经常写到一个神秘的"V"符号,但是这个"V"到底是什么,父亲并没有说明,这引起了他的好奇心,或许同他母亲的失踪有关,于是他开始追踪 V 的来历。但是斯坦西尔患有人格错位症,他用第三人称来称呼自己,他追踪"V"的方式也是自相矛盾的,既接近又避开。最后,斯坦西尔发现这个"V"变化多端,以各种形式出现,有时是人,有时是物,有时就是个

---

① 托马斯品钦著,叶华年译:《V.》,译林出版社 2003 年版,"译序"第 10 页。

② Schlemiel,又作 Schlemihl,是文学上的原型之一,由德国作家 Adelbertvon Chamisso(1781 – 1838)小说 *Peter Schlemil* 同名主人公而来的专指笨手笨脚,容易上当且生来倒霉的人。

符号,也可能指的是一个不断乔装打扮的女间谍,在各个历史时期出现在国际政治危机的现场。两个主人公没有太多的交集,他们通过普鲁费恩的女友蕾切尔在"全病帮"聚会上见面,之后普鲁费恩陪同斯坦西尔去马耳他追踪有关其父的死因。最后,两者在马耳他的瓦莱塔分道扬镳,斯坦西尔再次踏上追寻"V"的路程前往斯德哥尔摩,普鲁费恩则奔跑在瓦莱塔大街上。品钦在描述普鲁费恩这个形象时,读者依稀能看到他第一部短篇小说《小雨》中莱文的影子,也有品钦在海军服役对水手生活熟知的痕迹。对"全病帮"艺术家的描写源于他在格林尼治所结识的先锋派艺术家。小说中的第三章则是对他的短篇小说《玫瑰花下》的改写。与其短篇小说相比,这篇处女作无论是在主题和叙事结构上都非常复杂和深刻。两个主人公普鲁费恩和斯坦西尔都是被社会力量排挤到边缘的小人物,通过这两个"边缘"人物的生活轨迹,展示了当代社会由秩序走向混乱的图景。同时描写了人类的退化堕落,由于熵的作用,一些人逐渐演变为无生命的物体,就像小说中的"V"一样,最后完全物化了,而普通人通过所谓的"整形"而变成了牺牲品。品钦在小说中将人类的病态与异化放大,说明人类社会和人类的全部历史正在逐渐地走向缓慢的死亡和热寂。这是托马斯·品钦通过"V"这个神秘符号来曲折表达的中心意思。这部小说不仅描写了社会的病态和混乱,其叙事结构和叙事手段也让人眼花缭乱。在叙述时间上,现在和过去交替出现,叙事空间不断转换。叙述者在叙述自己的事件时经常采用第三人称方式,叙事层次复杂,叙事中插入叙事。在情节上,采用了并置、拼贴、碎片、戏仿、反讽、迷宫等叙事手段,基本上没有完整的故事情节,并且没有确定的结局。在人物塑造上,人物都属于反讽人物,被称为多余人、局外人和漫画人,人物语言和行为都十分荒诞;有时故意将主体神秘化,"V"在小说中是主体,但始终是模糊或若即若离,无法确定斯坦西尔要找的"V"到底是谁。在语言使用,风格上,夸张、比喻、无意义双关、故意曲解、空洞字眼反复使用达到荒诞、幽默、滑稽的效果。品钦通过他自己独特的视角和写作手法营造了他自己的第一座迷宫，被称为后现代黑色幽默小说的经典之作。

《拍卖第四十九批》尽管是一部匆忙之作，并且小说从篇幅、情节到结构上相对短小紧凑，但却集中体现了品钦的后现代迷宫叙事手法。小说的名字像《V.》一样令人费解，是品钦设计的第一道迷宫。小说主要描绘了一个住在加利福尼亚州基尼烈的年轻家庭主妇俄狄帕·马斯，被前男友、已故房地产大亨皮尔斯指定为他的遗嘱执行人。为了调查皮尔斯生前的遗产，俄狄帕前往皮尔斯的家乡圣纳西索，在那里她与指派律师梅茨格一道整理皮尔斯的账务。在调查过程中，俄狄帕发现了一系列奇怪的人和事：她在酒吧发现了一个弱音邮递号角符号和"W.A.S.T.E."（垃圾）的字母组合词，而这个符号和缩写词不断地出现在各个地方，都暗示着什么。后来她明白这个符号原来是过去和政府合法的邮递系统竞争的地下邮递系统的暗号，于是她开始调查这个隐藏起来的邮递系统。可是当她逐渐进入到迷宫一样的环境中时，皮尔斯的遗产引出一个人骨做香烟过滤嘴的故事，这个故事又与一个17世纪的戏剧《信使的悲剧》相连，戏剧中提到了一个"特里斯特罗"的词，俄狄帕又去查找这个戏剧的不同版本的剧本。有人告诉她，皮尔斯藏有大量的邮票，并且有几张上面印有邮递号角标记，俄狄帕意识到她正在揭开一个隐藏很深的重大秘密。她又遇见了一个名叫约翰·内法斯特的科学家，发明了永动机，可以违反热力学第二定律而产生永恒运动。她还发现一些人利用伪装成垃圾桶的"W.A.S.T.E."信箱在传递信息。之后，俄狄帕返回基尼烈，发现自己的心理医生已经发疯，而她的丈夫马斯已经吸食迷幻药而沉浸在自己的世界中，无法与人沟通交流。俄狄帕感到无比困惑和孤独，她返回圣纳西索，却发现《信使的悲剧》的导演自杀，她所有的线索中断了。最后的一个线索是有一个神秘的人要竞买皮尔斯的第四十九批邮票，俄狄帕带着兴奋和好奇的心情前去拍卖会,以了解特里斯特罗的真相。小说在俄狄帕坐在拍卖厅里静静地等候竞买人的出现,戛然而止。

关于《拍卖第四十九批》在美国有众多的评论,小说内容虽短,但内容丰富,题材涉及社会和历史的方方面面,如宗教信仰、种族歧视、政治斗争、军事战争、阴谋暗杀,雅俗文化、物质消费、科学理念、工程技术、都市神话、爱情、友谊、毒品、畸恋、民间艺术、卡通、电视传媒、戏剧、摇滚等等。就其主题而言,品钦第一次明确地提出了熵增原理。虽然在品钦早期短篇小说和《V.》中曾间接地暗示了这个主题,但是在这部小说中品钦继承和深化了这一主题。小说中的永动机其主体是一个封闭的箱子,箱子里有个麦克斯韦精灵,它能对箱子里的气体分子进行分类,把运动速度快的分子集中在某一区域造成高温区,这个区域与其他低温区的温差造成能量流动,可用来驱动热力发动机。由于麦克斯韦精灵对分子分类时不耗功,所以这台机器不发生熵增现象。但俄狄帕发现这一切根本不存在麦克斯韦精灵,发动机根本不运动,这个隐喻说明熵增现象不可避免。小说的另一个主题是生活的物质化与精神的贫困化。主人公俄狄帕是一个愿意思考、想探明真相的人,但她也深陷这个物质的消费社会不能自拔。小说还揭示了两个世界:地上世界和地下世界,地上世界是政府垄断的美国邮政体系,地下世界是特里斯特罗邮政系统,口号就是"W.A.S.T.E.",两个世界相对抗。小说还揭示了测不准原理,这是量子力学中对微观粒子的位置和动量、方位角和动量距、时间和能量等共轭量不能同时测量准确的一种表述。人类对世界的认识也是一种测量,如果我们对局部看得很清,对整体就不可能有很好的把握,有些事情可能永远也弄不清楚,所以作者给了我们一个不确定的结尾。关于叙事技巧,品钦主要应用了迷宫、杂糅、戏仿、双关、戏中戏和歧义等。这部小说让我们如入迷宫的感觉,就是因为品钦故意设计了类似迷宫似的情节,到处是岔路,意义是分歧的,也是不确定的。《拍卖第四十九批》这部小说被誉为品钦的迷宫小说。

《万有引力之虹》气势恢宏，无可比拟。小说主要描述的是1944年12月到1945年9月，第二次世界大战后期的故事。关于小说的题目"万有引力之虹"，有些研究者认为是炮弹和导弹在空中划过的轨迹，是死亡的象征，但具体指什么，至今还无定论。小说描绘的是二战中伦敦频繁受到德国V-2导弹袭击，英国的情报部门"白色幽灵"希望发现这种导弹的秘密。令人奇怪的是，正好是盟军情报交换站工作的美军中尉泰荣·斯洛索普和女人产生性行为的地点，往往是德国导弹袭击的下一个目标。于是，在以苏联流亡生物学家波因茨曼为主的英国军事情报机构谋划、导演之下，展开对斯洛索普的监视并跟踪调查。斯洛索普被派到埃尔曼·戈林赌场去寻找这种给英国和同盟军带来巨大威胁的火箭，斯洛索普在荷兰美女间谍卡婕的陪同下学习各种语言和导弹知识，在学习中他发现用于火箭的G型仿聚合物和导弹上十分重要的部件S装置的一些情况，还发现了商界、政界和敌国勾结的内幕。斯洛索普为摆脱监视，仓皇出逃。他来到法国，化名英国战地记者伊恩·斯加佛林，前往瑞士苏黎世，踏上了寻找拉兹洛·雅夫和G型仿聚合物和S装置等一系列秘密的旅途。最后，他发现在大萧条时期自己被父亲卖给雅夫做实验:用G型仿聚合物为刺激，产生条件反射的勃起，导致他在火箭降落于某个地点之前会产生强烈的欲望。他辗转来到已被盟军占领的德国火箭制造重地北豪森，此时英、美、苏各国都在抢这里的导弹部件，在这里他遇见了为导弹而来的黑人支队领袖恩赞、美军马维少校和苏联情报官齐切林等人。在北豪森工厂隧道，斯洛索普遭到马维的追杀。他乘热气球来到柏林，巧遇飞贼兼瘾君子"酸爷"，在波茨坦会议期间为保丁取大麻，被齐切林抓获。齐切林用药从他嘴里得知导弹计划，将其释放，继续跟踪。之后他随"格纳布太太"号船经过德国人曾经的导弹基地佩纳明德救了"老马"，又前往库克思哈文等待"老马"给他办理的"退伍"证，一路历经艰险,逢凶化吉、死里逃生,最后肉体奇怪地"解体"了,不知死活,更不知其原因。最后小说以载人火箭发射结束,发射时间不明,火箭尚在空中……作者托马斯·品钦最终把他给写没了。品钦以这种开放式的结尾宣布了他要强调的东西:世界是一片混乱,本来就没有逻辑,因此更没有有逻辑和结尾的故事存在。至此,熵的世界观再次在这部小说中得到了体现。

《万有引力之虹》是一部十分复杂的、带有神秘色彩和象征符号色彩的小说,结合并详述了品钦早期作品的许多主题,包括战争、物质的增殖、文化偏执狂、种族主义、殖民主义、情报和特务组织、共时性和熵等等,由于这本书的晦涩和复杂,很难解读。这部小说在问世之后的几十年里,衍生出大量的分析和评论,它被认为是美国后现代主义文学的典型文本之一。品钦在小说中采用了他一贯的追寻叙事模式,之前的《V.》和《拍卖第四十九批》采用的也是追寻叙事模式,但是却对传统的追寻模式进行了戏仿,没有了英雄,只有后现代的"溜溜球"、"偏执狂"的家庭主妇和被自小用作试验品的半机械人。斯洛索普一方面追寻导弹及真相,同时也在追寻对人生的解悟,后现代主人公的追寻只能是没有结果的追寻。小说的结构异常的复杂,各种事件齐头并进,大量的情节并置,时空交错,叙事手段多样。如:迷宫、元叙述、碎片、重复、并置、反讽、戏仿、夸张、含混等等,体现出荒诞、幽默风格。小说中充满了各种隐喻,如:火箭、虹、作用力和反作用力、塔罗牌、烤箱、黑色、性变态、另一个世界、白衣女人、吉尔吉斯之光、马桶下面的世界、卡祖琴、腺样增殖体、王座、金刚等等。小说取材广泛,对物理工程学、弹道学、化学、生物学、数学、历史、宗教、音乐、文学和电影等各领域均有涉猎,堪称百科全书式的后现代迷宫。

小说《葡萄园》背景发生在1984年的加利福尼亚州葡萄园县,为了进行"反大麻运动",联邦检察官布洛克·冯德带领警察抄了老嬉皮士索伊德的家。索伊德一直独自抚养着女儿普蕾丽,她今年

14岁,从未见过母亲弗瑞尼茜,并为之苦恼。索伊德为了获得政府的精神残疾补贴,每年都要公开装疯一次。冯德是弗瑞尼茜当年的情人,这次公报私仇,致使索伊德无家可归,各奔一方。普蕾丽随母亲当年的好友、女忍者DL及其日本搭档武志辗转各地,了解到母亲的详细情况。母亲弗瑞尼茜来自工人革命家庭并继承了其革命传统,在革命电影集团任摄影师。被检察官冯德引诱叛变革命,被关押在集中营,后来被DL等人救出,遇上嬉皮士索伊德,与他结婚,生下普蕾丽。冯德闻讯后,强迫他们夫妻分手。根据他的安排,索伊德和女儿离开弗瑞尼茜前往加州葡萄园,每年装疯一次,以此向冯德报告,并获得政府补贴。弗瑞尼茜成为告密者,为司法部政治情报处工作,同另一告密者弗兰士结婚,生下儿子贾斯汀。后来里根政府裁员,他们夫妇被裁掉。小说最后,大家都来到葡萄园,弗瑞尼茜和普蕾丽母女相见,而冯德企图绑架普蕾丽,但被一个村落里的类死人绑架处死。普蕾丽睡在葡萄园的林间草地上,在黎明时醒来。这部小说的主题上承袭了品钦一贯的熵主题——控制与反控制、阴谋与反抗的主题。品钦在《葡萄园》中重新审视了20世纪60—80年代美国右翼保守主义政治的历史遗产,暴露了后现代社会中媒体政治与权力谱系的隐性关系,揭示出公民自由与国家利益之间的矛盾所隐含的美国民主社会的悖论(王建平,2009:66)。在叙事上小说也承袭了追寻模式,但不同于品钦前三部作品的是小说融合了东方的文化,包括日本的忍者文化和东方佛教的因果报应。承载了东方忍者文化精义的女忍者的出现,无疑给混沌的西方精神世界带去了希望的曙光(杨萍,2011:125)。东方文化中的因果论在《葡萄园》中相对于西方文化的自由任性而存在,成为作者寄希望于重塑道德观念的一种手段(杨萍,2010:59)。除此之外,这部小说依然保持着品钦特有的幽默感,并且主人公的追寻终于有了圆满的结局,这也是这部作品与早期小说不确定性主题的一大不同。

《梅森和迪克逊》一出版就获得了评论界广泛的好评。据说托马斯·品钦在 1975 年就已开始动笔写这部小说了。小说的背景是独立战争前的美洲殖民地,描述的是英国天文学家查尔斯·梅森(Charles Mason)和勘探员杰罗米·迪克逊(Jeremiah Dixon)奉命对美国宾夕法尼亚州和马里兰州进行土地勘测,划定一条分界线,以解决两州土地纠纷的历史。这条分界线因此被称为梅森－迪克逊线,也叫宾夕法尼亚州与马里兰州分界线,就是美国革命前南北分界线。梅森－迪克逊的勘察与划定不仅构成了小说的主要情节,而且还连接了美国历史各个重要时期,显示出贯古通今的历史感。繁复众多的人物、事件以及纵横交错的线条构成了巨大的迷宫,展现主人公梅森与迪克逊在这片神秘国土上对勘察的意义和新世界理想产生的困惑与迷茫,由此引出关于美国民族国家的立国基础及其意义的思考(王建平,2009:65-66)。小说共分三个部分。第一部分"经纬度",以 1760 年梅森与迪克逊前往开普敦观测太阳视差,确定地月系质心到太阳的平均距离为起点,以两人回到伦敦而结束。第二部分"美洲",梅森与迪克逊奉英国皇家学会之命前往美洲执行勘察任务,确定宾夕法尼亚州南部富有争议的边界线。第三部分"最后的中转",以梅森定居美国结束。故事跨越了美洲、欧洲和非洲三大洲,经历了半个世纪。小说囊括了美洲殖民地历史的方方面面,包括对西部的向往、被忽视女性历史、美洲土著印第安人、黑人奴隶、泥土占卜、自然论、地球中空论、外星人绑架等等,还包含了一些来生、奴隶制度、东方风水等哲学思想的探讨和关于自动装置或机器人的寓言。美国独立战争中的领袖,包括乔治·华盛顿、本杰明·富兰克林、托马斯·杰斐逊,英国作家、文论家兼诗人塞缪尔·约翰逊,英国皇家天文学家纳维尔·马斯基林的观测金星凌日法、约翰·哈里森的航海计时器都在小说中出现。小说编造了涉及耶稣会士和其中叛依者的错综复杂的阴谋论,中间穿插着荒诞不经的叙述。在语言上,品钦使用的是 18 世纪末文献中记录的拼写、语法和句法,进一步说明了这部小说不是迎合时代潮流的作品。久远的语言让阅读这部小说变得更加困难,要想读懂就要花大量的时间和精力。品钦对语言的熟练驾驭能力,使他很快形成一种自己的语言风格,这种风格早在《万有引力之虹》中就已经尽显无疑,而《梅森和迪克逊》的出版说明在 24 年间品钦的语言风格并没有减退。不仅如此,品钦还注重细节的描写,包括人物的口音、风俗习惯、服饰和旅行方式等等。因此,大多数评论家认为《梅森和迪克逊》是品钦《万有引力之虹》所达到水准的可喜回归。甚至有人认为这部小说是品钦最伟大的作品。品钦通过这部小说对美国建国前历史和文化进行了深邃的思考,撼动了美国革命前理想主义的基石。

《抵抗白昼》是品钦最长的小说。故事发生在1893 年美国芝加哥世博会到第一次世界大战爆发后的近 30 年时间里,这正是西方世界里发明和想象携手、冒险和贪婪并进的骚乱时代。19 世纪 90 年代的美国,科学的发展和新技术的应用成为时代潮流,以爱迪生为代表的科学家成为大众英雄和成功的符号,消费文化和资本巨头出现,都市社会开始形成,这一片歌舞升平的繁荣进步景象到 20 世纪 20 年代的爵士时代达到顶峰。而此时的欧洲,战争的阴影已出现,人类面临巨大灾难似乎仍浑然不觉,正如品钦所撰写的概要所说:"一场世界性的灾难正在逼近,这是一个贪欲横流、集体沉沦的时代,虚假的信仰、颓丧的低能,还有邪恶的企图大行其道……当这个确凿稳定的时代在耳边分崩离析,无法预知的未来接踵而至,书中的大多数人物仍在努力追寻自己的生活。有时他们试图把握命运,有时却造化弄人、身不由己……若说此书呈现的不是世界本相,也只是略有改动而已。据说这正是本书的主要目的之一。"①

全书共分为五章,分别是第一章"山脉上的光"(The Light Over the Ranges)、第二章"冰洲石"(Iceland Spar)、第三章"两地同现"

———————
① 引自企鹅出版公司对此书所做的推介,http: //against—the—day. pynchonwik. i com /wiki/index. php · title = Against_the_Day。

(Bilocations)、第四章"反抗时间"(Against the Day)和第五章"离别大街"(Rue de Départ)。第一章"山脉上的光"从1893年的芝加哥世博会开篇,在这次世博会上美国首次展出了电照明的技术,从此"人造日光"走向千家万户,也成为了孕育20世纪科技变革乃至当代人类文明的创世之源。第二章"冰洲石"既写了受美国财阀资助的科考队去格陵兰岛和北极圈寻找冰洲石的历险经过,又写了美国科罗拉多矿山的工头韦伯·特拉沃斯被资本家斯卡斯代尔·维布的雇佣凶杀害的故事。在韦伯被杀后,他的大儿子职业赌徒里弗和二儿子地质学家弗兰克决意为父报仇。第三章主人公们纷纷向东旅行,其中韦伯的小儿子数学天才齐特接受了仇家的资助先去了耶鲁,后与亚希米恩前往德国哥廷根大学研究数学,齐特妻子达莉辗转到达意大利威尼斯,里弗从美国逃亡到了瑞士,而弗兰克也卷入到墨西哥革命的腥风血雨中。第四章"反抗时间"同时也是全书标题,特拉沃斯家族的血仇终于有了了断——邪恶的资本家维布被他的影子替身送进了加特林牧师所谓的"财阀地狱";里弗和亚希米恩则在畸形疯狂的性爱里试图寻找灵与肉的自我;齐特完成了从新疆喀什到贝加尔湖的朝圣,在旅途中他不仅一睹香巴拉圣城的幻容,而且那个一直纠缠他的鬼魂(即父亲韦伯)也终于对他耳语道:"你解脱了。"末章只有20多页,在渡尽世界大战的劫波后,齐特重新回到他和达莉的婚姻中;里弗与亚希米恩返回美国西部和弟弟弗兰克以及前妻组成了奇怪的家庭;里弗的儿子小小年纪就学会了摆弄炸药;就连一直漂泊的那群热气球探险家们竟然也全都娶妻生子,一切恢复正常。这是品钦小说中少有的大团圆的结局,说明品钦已经开始重新思考和审视这个现实的世界。

这部小说沿袭了品钦一贯的风格:奇谲、纷乱、华丽,几乎所有的品钦式要素都囊括其中:历史、科学、宗教、惊悚、探险、妄想、恶搞等。品钦似乎戏仿了所有的文学体裁:如少年探险故事、科幻小说、西部拓荒故事、连环漫画、惊悚犯罪小说、侦探间谍小说、流浪汉小说、隐晦的色情读物等不一而足(刘雪岚,2008:214)。书中人物众多,除了主要人物还包括热气球飞行员、赌徒、企业巨头、吸毒成瘾者、天真的和颓废的人、科学狂人、萨满巫师、通灵者、魔术师、间谍、侦探、女冒险家和职业杀手。人物的各种探险奇遇遍布北半球大部分国家和地方,从"世纪之交的纽约到伦敦和哥廷根、威尼斯和维也纳、巴尔干半岛、中亚、神秘的通古斯事件发生时的西伯利亚、革命期间的墨西哥、战后的法国、默片时代的好莱坞,以及一两个连地图上也没有明确标出的地方"[①]。

关于这部小说的主题,可以从小说的题目"Against the Day"也是第四章的题目推测出来,那就是书中的人物都在抵抗白昼。因为白昼代表上帝之光普照的世界,是上帝亲选"子民"的世界,也就是"社会精英"的世界。而小说中的人们绝大多数都是被忽视的"弃民"们,他们则永远生活在黑暗之中。品钦在卷首引用了美国黑人爵士乐手塞罗尼斯·蒙克的一句话:"永远都是黑暗,或者说我们不需要光。"所以小说中人物都在抵抗白昼,寻求黑夜的庇护,寻求第四维时空的超脱,盼望能逃离现实的桎梏,按自己的意愿生活(刘雪岚,2008:216)。然而除了这个主题之外,这部小说向读者昭示了更多的复杂的主题。有鉴于此,在小说出版当天就创办了《抵抗白昼》维基网站,以帮助读者们了解众多的人物、事件和主题。而小说的结构更似迷宫,以至于评论家抱怨说这是一部"关于一切"的小说,甚至很难说清楚"它究竟不关于什么"。国内学者但汉松根据门德尔松的"百科全书式叙事"和弗莱的"百科全书型形式"的循环式类型学对这部小说进行了解读,他认为品钦的这部作品不仅意味着他对传统百科全书式叙事的继承,也表现了一种超越。

《性本恶》被品钦自称为是"半黑色、半迷幻玩笑"的小说,一反

[①] 引自企鹅出版社对此书所做的推介,http://against—the—day.pynchonwik.icom/wiki/index.php·title=Against_the_Day.

他作品艰涩难懂的风格,小说写得清新易懂,被书评人角古美智子称为"品钦的简装版"。小说共有21章,描写的是20世纪六七十年代的洛杉矶。主人公私家侦探多克·斯波尔泰罗受前女友莎斯塔之托调查一桩针对她现在的情人——房地产大亨米奇·沃夫曼的阴谋。沃夫曼的太太和其情人合谋要把沃夫曼送进精神病院。在开始调查不久,莎斯塔和沃夫曼离奇失踪,多克发现他们的失踪与他调查的另外一些案件有关联,这些案件牵涉了形形色色的人物:坐牢者、保镖、摇滚乐手、情报部门的作探等等。多克来回穿越洛杉矶的高速公路,游历在这座连环杀人案后正处于妄想狂阶段的城市中。他马不停蹄地辗转在赌场、摇滚乐队的寓所、按摩院、亚洲主题的俱乐部、沙漠中一个废弃的乌托邦村庄、一个"静修所"。他还要对付各种想要阻挠他的对手:同他一样的侦探"大脚"、一个影子公司派出的险恶使者、一个职业杀手等等。品钦以他细致的叙事写实手法描绘了20世纪70年代初的洛杉矶,《性本恶》是一个简单杂乱的侦探故事,让可爱的吸毒者与洛杉矶警察局及其"反颠覆分子"的特工斗智斗勇,小说充满了诙谐与幽默。《性本恶》的译者但汉松认为品钦虽然收了三成内力,但《性本恶》依然揭示了一个巨大的寓言:亚特兰蒂斯和莫里亚这两个罪孽深重的大陆在远古沉没,"天使之城"洛杉矶成了幸运后裔的栖息之舟,但这个诺亚方舟却不能保证旅客的救赎,因为他们在上船之前就已罪孽深重(但汉松,2011:91)。这部小说继承了以钱德勒、凯恩为代表的"黑色小说"对于洛杉矶神话的转写和城市空间的追寻传统,但同时又反映了年代这个后现代城市特有的空间语法。品钦借私家侦探的"隐秘之眼"对70年代末的洛杉矶进行了一种臆想症式的"认知绘图"。这种"绘图"最后指向基于南加州地缘政治的"反历史",构成了品钦对年代美国历史政治的一种复调式想象(但汉松,2014:24)。通过《性本恶》品钦完成了他对加州生活——也是他人生分水岭的缅怀。

早在《葡萄园》中,品钦就已深刻预见了计算机将如何改变我们的宇宙观和生命观。《性本恶》中主人公多克已经在旧日同事的机房里见识了因特网的前身——尚处于试验阶段的"阿帕网"。在小说《性本恶》结尾处多克在高速公路（互联网隐喻）的浓雾中等待的未来，就是因特网及其所带来的网络时代的崛起。可以说，《性本恶》在某种意义上构成了他下一部小说的预告片。果然在 2013 的新作《放血尖端》中品钦以"互联网"作为贯穿全书的叙事背景和隐喻焦点，叙述了"9·11"恐怖事件发生前后的纽约。在小说的封面上，吞吐着海量数据的网络服务器群在黑暗中闪烁，宛如曼哈顿夜色中的摩天楼群，而这不难让人想起那已经坍塌的双子塔。小说的背景是在 2001 年春天的曼哈顿"硅巷"（Silicon Alley）——美国东部的 IT 业中心，但却在经历一场惊心动魄的转折。这场发生于 1995 年至 2000 年间的网络公司投机热及之后的大崩盘被称为"互联网泡沫"（Dot-Com Bubble），代表这一新兴经济的纳斯达克指数从 2000 年 3 月暴跌，在 2002 年 10 月时已抹去了 IT 界约 5 万亿美元的市值，导致一半左右的网络公司倒闭。小说中的人物和故事正是在这样背景下展开，女主人公马克欣·塔诺是一个专门调查金融欺诈的私人侦探社的头儿，由于其准前夫霍斯特·莱夫勒的金融欺诈致使她丧失了注册反欺诈调查员的执照。霍斯特现在与马克欣保持着友好关系，他在世贸中心的第一百多层上租了一间办公室。马克欣现在是两个儿子的监护人，住在纽约的上西城。纪录影片制作人雷哲·德斯帕德受雇于一个电脑安全公司 hashlingrz，该公司由网络亿万富翁加布里埃尔·艾斯经营，但雷哲发现这个公司有问题，于是他向马克欣求助调查此事。马克欣发现这个公司的巨额款项流向一个表面不存在的网站，并且这个网站同阿拉伯有关联，而后马克欣被跟踪。马克欣逐渐了解到艾斯公司涉嫌恐怖主义的非法往来账目加密存储在一个秘密的"深网"（Deep Web）里。这个网络与公开的"浅网"（Surface Web）不同，它利用动态网页技术进行加密，因而不能从外部通过超链接访问，也无法被搜索引擎检索，所以"深网"既成为了保护商业和政治敏感信息的堡垒,又向那些无根、无权的网络社会"贱民"提供一个逃离之所(DeepArcher 正是逃离 departure 的双关语),从而让人们得以摆脱那个监视与控制无处不在的"浅网"。用户可以通过贾斯汀和卢卡斯开发的软件 DeepArcher 作为进入"深网"的导航。艾斯公司凭借黑客艾瑞克的高超技术才得以破解闯入。马克欣发现艾斯公司的一部分资金转入莱斯特·崔普斯的账号,马克欣去见了他,他害怕了,准备退回这部分钱,但是第二天莱斯特自杀了。马克欣发现他的死与右翼分子——邪恶特工温达斯特有关,温达斯特在政府圈子中出入,他公然希望美国犹太人能就以色列间谍问题跟他合作,而此前温达斯特得知马克欣调查艾斯公司之事后,对她施加过压力。温达斯特曾在 1973 年 9 月 11 日参与了智利政变军人的飞机轰炸总统阿连德官邸事件,也是 2001 年"9·11"重要的当事人,他的复杂身份代表了美国情报机构与基地组织的某种关联,曾一度想利用艾斯金钱网络为美国全球战略服务。但联邦调查局对事件的进程出现了误判,因此"9·11"后温达斯特遭到本国情报部门的暗杀。温达斯特死后,马克欣决定不再卷入调查事件中。"9·11"恐怖袭击后,霍斯特等人幸免于难,劫后余生的人们沉溺于"深网"之中。由于贾斯汀等人设计的网络技术能自动抹除节点间访问的痕迹,并能随机生成新的动态链接,这种匿名性对于政府网络控制而言是非常危险的。当贾斯汀和卢卡斯得知导航和 Root 被政府秘密部门窃得后,他们遂将源代码变为开源发布在互联网上,让它以最大限度的共享来反抗政府对之进行逆向工程破译的图谋。然而,当人们用"深网"来逃离"浅网"时,却未能、也无法去打破科技的工具性,而是依附了这种工具性,反而使人们又陷入了一种新的困境和悲剧中。这部小说告诉读者:"9·11"事件并非是无可理喻的历史突变,而是互联网浪潮、全球资本主义和后人类主义互动交战的产物。人类在这一历史事件之后对信息时代技术政治的反思,将制约虚拟现实空间中人的处境与未来(但汉松,2014:5)。

纵观品钦的作品,其创作历程可分为早(1963-1973)、中(1990-2006)、晚(2013—至今)三个阶段。其早期的三部作品《V.》(1963)、《拍卖第四十九批》(1966)和《万有引力之虹》(1973)被誉为后现代主义的代表作品,这20年是品钦文学创作的黄金时期。中期三部作品《葡萄园》(1990)、《梅森和迪克逊》(1997)和《抵抗白昼》(2006)虽然秉承了他的一贯风格,诡异、奇特,但其成就和反响均没有超过《万有引力之虹》,并且批评家对这三部作品的评论也是褒贬不一。可以说这20年是品钦对美国社会、历史、文化和政治重新进行深刻思考的时代。晚期两部作品《性本恶》(2009)和《放血尖端》(2013)。《性本恶》是品钦对自己年轻时代嬉皮士生活的一个回顾,少了一些悲伤,多了一些团圆的结局。《放血尖端》是品钦对恐怖主义和网络社会的批评和质疑,表明晚年的品钦依然对社会有敏锐的观察力和非同常人的思考。

品钦作为后现代主义代表作家,同其他作家相比,不能算是多产,但他的每一部作品都具有独特的品钦式标签。品钦的作品就像是历史的万花筒,折射出美国社会乃至人类社会历史和文化的不同阶段,同时也反映了品钦对后现代社会中人的现状的担忧。品钦作品中之所以会具有典型的迷宫叙事特征,除了品钦处于美国的特殊政治、历史阶段和他本人的文理百科知识和博学外,还有他对文学创作的独特理解和文学家对社会的特殊使命感。品钦虽然很少发表言论,并且一直过着隐居生活,但始终保持着对社会现象和发展动态敏锐的观察力,这从他早期积极参与学生运动和反越战游行以及写给一些作家的信件中就能看出来,尤其反映在他的作品上。无论是他的短篇小说,还是八部长篇小说,都从不同侧面反映了后现代社会光怪陆离的方方面面。他的每一部作品都从不迎合读者,想要给予读者的就是警示和提醒,让读者在不断的猜测、困惑、绝望、惊愕、荒诞、诙谐、幽默、高雅、粗俗、笑声和泪水中获得启示。正可谓虽然隐居市井,但却心怀天下。

品钦独特的写作风格很难说受到某一个特定作家、哲学家、艺术家、科学家和社会学家的影响,除了"垮掉的一代"作家和艺术家外,对品钦创作有一定影响的作家有 T.S.艾略特、欧内斯特·海明威、亨利·米勒、梅尔维尔、乔伊斯、福克纳、索尔·贝娄、赫伯特·高尔德、菲利浦·罗斯和诺曼·梅勒,品钦对他们的作品都很欣赏。品钦的科幻叙事可能来自数学家诺伯特·维纳的控制理论,德国物理学家海森堡的测不准原理和艾萨克·阿西莫夫的科学幻想小说和非虚构作品。能在品钦作品中直接找到痕迹的有美国俄裔作家纳博科夫,美国历史学家和小说家亨利·亚当斯,阿根廷迷宫作家博尔赫斯,英国诗人、小说家罗伯特·格雷夫斯,英国人类学家、民俗学家弗雷泽,美国诗人惠特曼、艾米丽·狄金森,美国侦探小说家达希尔·哈米特,德国诗人里尔克,奥地利裔英国哲学家维特根斯坦,德国社会学家和哲学家马克斯·韦伯,奥地利精神分析学家弗洛伊德,苏联生理学家巴甫洛夫等等,这些人都给品钦的创作提供了灵感和源泉。除了利用传统的文学创作资源,品钦还善于捕捉时代流行的文化符号和媒介,如电影、电视、网络、音乐、诗歌、漫画、广告、歌舞剧、外来语、占卜、特异功能等等,甚至融合了东方文化的色彩,包括中国的《易经》、日本的忍术,还有非洲的曼陀罗等等,所有这些资源,不论是高雅还是低俗的、不论是传统的还是异端学说,都通过品钦的奇思妙想和非凡的写作能力完美地结合起来,形成了他迷宫般的百科全书式的叙事风格。

本书选取了品钦早期最具代表性的三部作品《V.》《拍卖第四十九批》《万有引力之虹》,其中《V.》是他的第一部长篇小说,也是品钦踏入文坛的标志性作品。《拍卖第四十九批》篇幅虽短,但在描写社会万象、刻画人生百态方面具有经典的后现代性,被美国众多高校选为文学课的教材。《万有引力之虹》是品钦后现代主义的巅峰之作,奠定了他在美国文坛的重要地位。

总之,品钦以其独特的笔触和非凡的想象力,营造出一个个神秘、幽默、荒诞、滑稽、充满魔幻的迷宫世界,让读者进入其中,思考、质疑、碰壁、领悟、迷惑、迷失、猜解、回味。值得注意的是,不同于传统的现代主义小说叙事,品钦对小说的叙事模式进行了大胆的创新,形成了自己独特的、迷宫般的、百科全书式的叙事风格,被称为后现代主义元小说。品钦小说之所以晦涩难懂,却魅力无穷的主要原因就在于他的这种独特的叙事方式。上述三部作品打破了以往的线性叙事传统,情节众多,结构复杂,叙述时空颠倒跳跃,叙述角度多变,缺乏合乎逻辑的线索。在人物塑造上,没有典型的人物形象,人物形象趋向于模糊、虚幻、破碎,具有不确定性。在文体上,打破了文学与科学的界限,高雅与通俗并存。在技巧上,采用戏仿、反讽、拼贴和杂糅、迷宫与含混、元叙述等手段。本书从叙事学的角度,根据经典叙事学、后现代叙事理论,结合品钦的早期三部作品,在文本细读的基础之上,从叙事结构、人物塑造和叙事话语三个方面来分析品钦小说的叙事迷宫。

三 国内外品钦研究现状

(一) 国外品钦研究

品钦很少对自己的作品作任何评论,他曾说过:"我不知道从什么地方了解到这样一个观念,那就是作者的私生活与他的小说无关。而大家都知道,现在的事实几乎和我的看法是完全相反的。"(Pynchon,1984:21)他的隐退为读者和研究者留下了巨大的空间。

由于品钦本人和其作品的强大诱惑力和挑战性,品钦已成为世界文学批评的焦点。国外对品钦的研究颇为丰硕,并且近年来一直在升温,每年都有大量研究成果问世。随着20世纪60年代中期第一批研究品钦的文章发表和1974年第一本研究品钦的专著出版,此后文章接连不断,有关学位论文、学术专刊接连出版。到目前为止(2016 年 1 月 26 日),在美国国会图书馆中查阅有关品钦研究的专著已有 60 部、论文集 30 多本,在"Literature online"有上千篇的期刊研究文章,在"Proquest"检索到题目含"Thomas Pynchon"的 UMI 博士论文 124 篇、硕士论文 11 篇、学士论文 1 篇。此外,十几家关于品钦的网站出现,使用的语言不仅包括英语,而且还有法语、德语、荷兰语、瑞典语、意大利语、波兰语、捷克语、塞尔维亚 - 克罗地亚语、匈牙利语、俄语、日语、韩语和其他几种语言。1979 年一本专门刊登品钦研究的通讯杂志 Pynchon Notes 开始发行,30 多年来一直在世界范围发行。该杂志每年发行两期,截至 2012 年已经发行了 62 期。① 能有一本专门研究自己作品的学术杂志,这是对现世作家的一种罕见荣誉,也是一种积极的肯定。由此可见,品钦越来越受到全世界文学研究者的瞩目。

Pynchon Notes 的编辑 Khachig Tölölyan 和 Bernard Duyfhuizen 教授将品钦研究分成三个阶段,在这三个阶段中品钦研究呈现出复杂的波浪式趋势。概括地说,第一个阶段(70 年代中期到 80 年代中期)早期的研究主要从美学和解构批评的视角来分析品钦小说中的主题,在 80 年代后期还出现了一些较新的人文主义批评研究和超验主义阅读研究。第二个阶段(80 年代后期到 90 年代中期)以后结构主义批评为主,大量形式主义的批评开始涌现,而且品钦小说中令人困惑的政治话题引发了新的批评浪潮。第三个阶段(90 年代早期到 21 世纪初)历史、政治、后殖民主义批评、文化批评和性别研究成为一种新的研究趋势。

值得注意的是,品钦的作品尤其是《万有引力之虹》,催生了一个巨大的解释产业。其中道格拉斯·富勒(Douglas Fowlers)的《万有引力之虹读者指南》(*A Reader's Guide to Gravity's Rainbow*,1980)

---

① *Pynchon Notes*.

提供了一篇关于《万有引力之虹》论文,对于文本中的场景逐一进行解读,并且还附有几个附录,解释小说中出现的重要意象(如音乐、电影、流行文化)、赫雷罗人的词汇、仿聚合材料 G 的问题及小说中的人物。

1988 年史蒂文·维森伯格(Steven Weisenburger)的《<万有引力之虹>指南:品钦小说中的来源和语境》(*A Gravity's Rainbow Companion: Sources and Contexts for Pynchon's Novel*),为阅读这部巨著提供了详细的注释。2006 年,此指南又经维森伯格修订扩展再版。同年扎克·史密斯(Zak Smith)推出的《托马斯·品钦小说<万有引力之虹>中每一页上发生的事件图示》(*Pictures Showing What Happens on Each Page of Thomas Pynchon's Novel Gravity's Rainbow*)让读者大开眼界。2008 年,一本由帕特里克·J.哈雷(Patrick J. Hurley)编辑的词典《品钦小说人名词典》出版,为品钦小说研究者和爱好者提供了一个有利的工具。2012 年,剑桥大学出版了由英格·H.达尔斯加德(Inger H. Dalsgaard)等编著《剑桥托马斯·品钦指南》,为品钦小说研究者提供了一个很好的参照。

除了对品钦小说的工具性解释之外,早期研究主要集中在品钦小说的风格、主题和思想上。20 世纪 60 年代早期,评论家厄南恩(Anon)围绕品钦的三部小说发表了大量的评论文章。当时批评界将品钦归为黑色幽默小说家,认为《V.》具有"黑色幽默"和"荒诞"的特点。美国小说家、批评家弗里德里曼(Friedman)借用"黑色幽默"一词,将他所收集的 60 年代以来的 13 位作家在美国各大报刊发表黑色幽默短篇小说冠名为《黑色幽默》。这 13 位作家中就包括品钦(Friedman,1965:237)。

品钦研究的第一个阶段,批评界主要关注品钦小说中的各种主题和思想:偏执狂思维和追寻、熵与毁灭、不确定性与歧义性、历史与科学等等。约瑟夫·史雷德(Joseph Slade)的《托马斯·品钦》(1974)是第一部研究品钦的专著,他总结了品钦小说中涉及的各种题材:物理学、化学、信息论、历史、心理学等等,解释了品钦小说中的追寻情节和有关熵、偏执狂和美国清教主义等主题的重要意义,并认为品钦阅读了亨利·亚当斯、马克斯·韦伯、诺伯特·维纳和威利·塞弗等人的作品。史雷德的研究为综合研究品钦奠定了基础。

品钦小说中的偏执狂和追寻主题是批评家们关注的一个焦点。1966年,史戴芬·多纳迪奥(Stephen Donadio)分析了《拍卖第四十九批》中的偏执狂主题。此后,许多研究者都对该主题进行了研究。米勒斯·巴罗斯(Miles Burrows)分析了《拍卖第四十九批》中的"偏执狂追寻"(Miles Burrows,1967)。马克·理查德·西格尔(Mark Richard Siegel)的《品钦:<万有引力之虹>中的创造性偏执狂》(1978)提出了对抗力概念"创造性偏执狂",并围绕此点分析了《万有引力之虹》的多重主题。彼得·L.库伯(Peter L. Cooper)的《符号与症状:托马斯·品钦与当代世界》(1983)将战后作家分成了两大类:新现实主义作家和反现实主义作家,品钦被归为后一类,他认为品钦代表反现实主义的趋势,并将品钦与同时代的其他作家予以比较,强调了其对隐喻的使用。然后,从问题与方法、科学与文学、隐喻与偏执狂等三个方面分析了品钦的小说。查尔斯·普利(Charles Pooley)在其硕士论文《<万有引力之虹>中的各种偏执狂》(1998)定义并分析了小说中出现的各种偏执狂类型。

《V.》出版后,库尔特·詹崔(Kurt Gentry)于1963年撰写了《一个名为 V. 的女性追寻》(*The Quest for the Female Named V.*)一文,从此批评界开始了对品钦小说的追寻主题探析。如,奥登(W. H. Auden)的"追寻的英雄"(W. H. Auden,1968:370);大卫·K.科比的《现代版的追寻》(*David K. Kirby*,1971:207);道格拉斯A.麦基(Douglas A Mackey)的《托马斯·品钦的彩虹追寻》(1980);哈桑(Ihab Hassan)的《追寻:当代美国文学的历险形式》(1986)等。

研究品钦小说的学者都会注意到品钦作品中的"熵"主题。西方许多文学评论一再提到品钦对熵定律的运用,如哈瑞斯(Charles Harris)的《品钦和熵视野》(1971),阿伯纳里(P. L. Abernerhy)的《品钦<拍卖第四十九批>中的熵》(1972),莱文(George Levine)和莱弗里兹(David Leverenz)编撰的论文集《无忧的快乐》(1976),孟德尔逊(Edward Mendelson)编撰的《品钦评论集》(1978),大卫·考沃特(David Cowart)的《品钦:引喻的艺术》(1980),托尼·坦纳(Tony Tanner)的《托马斯·品钦》,曼格尔(Anne Mangel)的《<拍卖第四十九批>中的麦克斯韦精灵、熵和信息》(1992)等等。

对科学素材的关注使得一些评论家认为品钦应属科学幻想小说家。1980年5月美国哈佛大学文学教授艾伦(Daniel Aren)来华作学术访问,谈及战后美国文学时说:"(品钦)在作品中写些离奇古怪的情节,甚至利用科幻小说的形式。"(艾伦,1980:12)有的学者认为品钦是一位实验小说家,如约瑟芬·亨登的《美国当代实验小说概况》一文中就把品钦归入实验小说家(约瑟芬·亨登,1981:21)。

对于品钦作品中不确定和歧义性主题的关注也是这一时期研究的焦点。托马斯·希尔·史考伯(Thomas Hill Schaub)的《品钦:含混的声音》(1981)认为不确定性和歧义性主宰着品钦的文本语料库,通过聚焦《拍卖第十九批》和《万有引力之虹》,他把品钦的形式理解为矛盾与可能性的幻象。莫莉·海特(Molly Hite)的《托马斯·品钦小说中的秩序》(1983)探析了品钦小说的秩序观,并得出结论:品钦小说的秩序是多重的、冲突的,暗示着一个多元的宇宙观。

历史是品钦创作的一贯主题。《拍卖第四十九批》和《万有引力之虹》出版之后,研究者们主要关注的是其风格、主题和思想。同时,历史主题也成为研究者开始关注的一个领域。*Pynchon Notes*的编辑约翰·克拉夫特(John Krafft)认为品钦小说既不属于现实主义,也不属于形式主义,应属于实验历史小说。历史在品钦小说中既是表现的主题,又是一种写作策略。小说中的主人公用自己的方式构建历史,而不是成为传统的政治或商业历史版本的牺牲品。主人公对历史的构建类似于品钦对小说的构建,都是异质的。俄狄帕面对欧洲和美国历史,想通过文学史来重塑一个美国,我们也可以通过文学历史来重塑一个美国(John Krafft,1984:283-286)。理查德·波利亚这样评价品钦小说的历史内涵:"品钦的读者最终总是惊奇地发现,他们读的根本不是小说,而是历史。"(Richard Poirier,1986:53)

对品钦小说中历史和科学素材的研究促使一些评论家开始关注品钦小说的形式问题。形式批评是品钦研究的第二个阶段的主流,批评家们开始关注品钦小说的体裁模式。托马斯·莫尔的《关联的风格:<万有引力之虹>和托马斯·品钦》(1987)对品钦小说中的重要模式提供了更为广泛的分析,如电影、人物、科学等(Thomas Moore,1987)。他拒绝将文本的多样性看成是对秩序的戏仿,他认为在一个超验的、神秘的秩序内,存在着各种有效的、潜在的联系。凯瑟琳·休姆(Kathryn Hume)的《品钦的神话:<万有引力之虹>之解读方法》(1987)试图完全超越《万有引力之虹》的后现代解释,把这部小说看作虚构神话的一个序曲,其目的在于描绘文本终极价值。她认为《万有引力之虹》揭穿了神话。她的研究方法与后现代精神相抵触,她认为后现代文本阅读忽视了价值模式,而品钦通过二元对立和折中方式所要体现的正是这种价值模式。爱德华·孟德尔逊认为《万有引力之虹》是品钦所精心构建的一种系统的体裁模式——"万有引力的百科全书"。艾略特·布拉哈根据韦斯特的《史奈尔的梦幻人生》、威廉·加迪斯的《承认》、品钦的《万有引力之虹》、德里罗的《拉特纳之星》等几位作家作品中的梅尼普讽刺形式撰写了论文,同孟德尔逊颇具影响力的文章形成对立。在这篇文章中还提及了《V.》和《拍卖第四十九批》以及其他当代小说中的梅尼普讽刺形式。布拉哈提出的梅尼普讽刺形式包括如下特征:"文体多样性(哲学多元化)、幻想与哲学、哲思与百科全书知识、反书籍立场、边缘文化立场和狂欢文学。"(Elliot Braha,1979:19)布拉哈的模式是以米哈伊尔·巴赫金和诺斯罗普·弗莱的著作为基础建立起来的,尽管它的建立是依据有限的批评谱系,但是他的研究对于孟德尔逊的百科全书式叙事观点来说是一个颇有裨益的纠正。希奥多·D.卡波坦的《转动时间之手:托马斯·品钦的梅尼普讽刺体》(1990)将研究重点落在品钦小说的体裁问题上,探讨了体裁在品钦小说中的体现(Theodore D. Kharpertian,1990:17)。他认为很少有批评家能从《万有引力之虹》中鉴别出梅尼普讽刺体形式,他的研究提供了一个综合的体裁模式,使我们能更清楚地了解到品钦对文学所做出的独特的、持久的贡献。

品钦研究的第三个阶段,研究者们开始把视线转向品钦小说中的政治、历史、文化、法律、宗教、性别、种族和种族压迫问题,出现了系统研究品钦小说形式与文化政治关系的著作。如,斯戴芬·马蒂西奇(Stefan Mattessich)的《托马斯·品钦作品中的反时间和反文化欲望》(2002)分析了品钦五部作品中二度写作与美国社会生活中个人反文化视角之间的关系。尼伦·阿巴斯(Niran Abbas)的《托马斯·品钦:边际阅读》(2003)是根据1998年"国际品钦周"大会上的论文编辑而成的,从亚文化和边缘文化的视角解读品钦的文化史观。这些研究拓展了后现代主义议题,揭示出品钦小说的社会关注和历史意识。塞缪尔·托马斯(Samuel Thomas)的《品钦与政治》(2007)阐述品钦的政治美学,涉及品钦小说中自由、战争、财产、劳工、社区、民主、极权体制等问题。大卫·威斯林(David Witzling)的《每个人的美国:托马斯·品钦、种族和后现代文化》(2008)侧重品钦对种族问题的探讨,寻找其叙述策略与社会批判之间的关联性。肖恩·史密斯(Shawn Smith)的《品钦与历史:托马斯·品钦小说中的元历史修辞和后现代叙事形式》(2009)把品钦定位为历史小说家,指出他在小说形式上的创新旨在阐述一种睿智的历史哲学。他认为品钦"不仅是卓越的美国后现代作家,还是一位锐意创新的深邃的历史小说家,虽然他在风格和技巧上与卢卡奇所推崇的古典历史小说家的写实主义迥然有别,但其全部作品的主题却是对现代社会巨大变革的关注"。西蒙·德·布尔西埃(Simon de Bourcier)的《品钦与相对论:托马斯·品钦后期小说的叙述时间》(2011)通过比较《梅森和迪克逊》和《抵抗白昼》,指出品钦小说令人迷失、难以忘怀的时间之旅体现了相对论的哲学意蕴。大卫·考沃特(David Cowart)是研究品钦较为持久的一个学者,他主要从历史视角,结合后现代的研究手段对品钦作品进行探究。他的《托马斯·品钦和历史的黑暗通道》(2011)对品钦50年的写作进行了评价,肯定了他在文学史中的重要地位,同时敏锐地分析了品钦小说中涉及的历史问题,并探讨了品钦历史观的连续性。埃文斯·兰辛·史密斯(Evans Lansing Smith)的《托马斯·品钦与地下世界的后现代神话》(2013)阐述了品钦小说中的一个重要的神话:滑落到地下世界,这个地下神话赋予了品钦每一部小说以雏形和意义,并从后现代视角分析了这个由各种文化构成的、调侃式的组合神话。

一些批评者开始对品钦小说中的女性角色予以关注,如马乔丽·考夫曼分析了《万有引力之虹》中的女性人物(Marjorie Kaufman,1976:197-227)。石割隆喜(Takayoshi Ishiwari)曾批评品钦在《拍卖第四十九批》里把性别关系写成了"主人和奴隶的自虐性关系的变体",说他把女主人公俄狄帕写成了一个没有个性和血肉的"女奴",一个"应自虐性美学话语的召唤而生、被困于男性统治的权力结构之中、主要起美学主体的作用的女性'木偶'"(Takayoshi Ishiwari, 2001:33-42)。

还有一些学者将品钦作品与其他作家的作品进行比较研究,如品钦与纳博科夫的比较研究。苏珊·斯特瑞尔从后现代现实观和艺术观的角度分析纳博科夫对品钦的影响,并从人物命名、女性形象、男性寻求者的特点、艺术表现方式等方面较具体地探析了《V.》

与《塞巴斯蒂安·奈特的真实生活》的相似性(Susan Strehle,1983:30-50)。托尼·坦纳也认为品钦作品在"组织方式上"与纳博科夫的作品相像,但他没有对作品进行具体比较(Tanner,1972:172)。佛克马认为品钦作品的后现代性多于纳博科夫的作品,代表了60年代出现的美国后现代小说运动(Aleid Fokkema,1991:83)。

还有一些学者将品钦与托尼·莫里森进行比较研究,这方面主要以帕泰尔为代表。他认为,《V.》对奴隶制描写在细致程度上与莫里森的《宠儿》不相上下,在恐怖程度上甚至超过后者,因为《宠儿》里的奴隶主施暴主要出于"经济动机",并不随意杀人,而《V.》里的殖民者则可被看作随意施暴的"虐待狂",因为他们认为黑人既"低劣"又"无用"(Patell,2000:88-90)。帕泰尔还曾以《最蓝的眼睛》与《V.》的开头为例,比较两部作品在后现代美学语言游戏上的相似性(Patell,2000:106)。

此外,奥拉夫·塞沃瑞金比较了安伯托·艾柯的《傅科摆》与《万有引力之虹》的叙事异同(Olav Severijnen,1991:327-41)。杰弗里·洛德将格雷厄姆·斯威夫特的《洼地》与《拍卖第四十九批》进行对比,探讨了两部作品中的神秘事物与历史、发现和重现关系(Geoffrey Lord,1997:145-163)。还有研究者经常将品钦与博尔赫斯、加西亚·马尔克斯、詹姆斯·乔伊斯、唐·德里罗、约翰·巴思、诺曼·梅勒、唐纳德·巴塞尔姆、吉尔伯特·索伦蒂诺、亨利·米勒、约瑟夫·海勒、库尔特·冯内古特、威廉·巴勒斯、尹什米尔·瑞德等作家及其作品进行比较研究,这些研究都为国内外品钦研究提供了丰富的材料和视角。

总之,从关注品钦小说的风格、主题、思想到体裁形式,国外品钦研究经历了从单一的解释到多角度的批评阐释过程。从黑色幽默小说家、历史小说家、科幻小说家、实验小说家、新现实主义小说家到后现代元小说家,品钦归属的多样性也表明了品钦作品在叙事形式上的新颖、内容庞杂、主题的多样性让批评家们难以把握和归类,但是,品钦作为后现代主义小说家的典型代表已无可置疑。2009年剑桥大学出版社出版了布闰·尼科(Bran Nicol)著的《剑桥后现代主义小说导论》(The Cambridge Introduction to Postmodern Fiction),将后现代主义小说分为七类:(1)早期后现代主义小说;(2)美国元小说;(3)后现代历史小说;(4)后现代—后殖民小说;(5)两种后现代体裁:赛博朋克和玄学侦探小说;(6)"后现代状况"小说。品钦被划在后现代主义元小说作家之列。

  元小说又被称为反小说,其主要范式为戏仿,即对小说这一形式和叙述本身进行反思、解构和颠覆,导致了传统小说和叙述方式在形式和语言上的解体,认为传统叙事是无效的、虚假的。元小说主要揭示叙述的虚假,事实即幻想,意义在于小说的创作与解读的过程中。本书认为品钦的《V.》《拍卖第四十九批》《万有引力之虹》三部小说都体现了元小说的核心特征,戏仿和语言游戏是其主要叙述方式,要求读者积极的阅读并参与意义的构建,因此本文将品钦小说归为后现代元小说,并据此展开叙事批评。

(二)国内品钦研究

  同国外相比,国内品钦研究起步相对较晚,目前正处于发展阶段。《V.》1963年问世,直到2003年才由叶华年先生译成中文,相隔整40年。品钦的第二部作品《拍卖第四十九批》1966年出版,1989由林疑今翻译出版,也相隔了23年。品钦的第三部巨著《万有引力之虹》1973年付梓,直到2008年才有张文宇先生的中译本,而早在8年前张文宇先生就翻译了品钦的第四部小说《葡萄园》(1990)。品钦的第七部小说《性本恶》(2009)由但汉松翻译,于2012年3月由上海译文出版社出版。然而,品钦的第五部小说《梅森和迪克逊》(1997),第六部小说《抵抗白昼》(2006)和第八部《放血尖端》(2013)目前还没有中译本。

  笔者认为国内品钦研究可分为两个阶段:2000年之前为起步

阶段,2000 年之后为丰富发展阶段。第一阶段刊登在各种期刊和文集的介绍性和研究性的论文只有十几篇,主要有钱满素和刘雪岚两位学者,研究主要集中在《拍卖第四十九批》上。2000 年之后,国内品钦研究开始进入发展阶段,对品钦及其作品的研究也取得了一定的进展。自 2003 年始,大量的研究文章围绕《V.》展开。2005 年以后,出现了一批年轻的学者,包括孙万军、陈世丹、但汉松、王建平、赵宏维等。其中孙万军的品钦作品研究较为全面,出版了两部专著,将国内品钦研究提高到了一个新的阶段。从 2001 年至今关于品钦作品研究的论文有 74 篇,2004 年至今关于品钦研究的硕士论文有 38 篇、博士论文 3 篇、专著 3 本。

1. 国内品钦研究的第一阶段(1978 – 2000)

这一阶段是对品钦引进介绍时期。1978 年,品钦被介绍到中国,在当时一些学者的眼里,品钦是黑色幽默的代表。1979 年,陈焜和王逢振将品钦归为黑色幽默小说家。而吴定柏认为品钦小说属于科学小说(吴定柏,1980:3)。1981 年,由瞿世镜翻译的《美国的政治小说》一文将品钦小说定为政治小说(瞿世镜,1981:53)。1988 年,由王晓路翻译的《二十世纪美国文学概览》一文认为品钦属于美国 60 年代先锋派小说家(王晓路,1988:7)。可见这一阶段国内对品钦的界定不一,并受国外研究的影响。钱满素的《"全部秘密在于保持弹跳"——读品钦的〈叫卖 49 号〉》(1993)是我国第一篇对品钦作品进行详尽分析的文章。钱满素这篇文章从多元视角入手,借用文化批评、文本批评、形式主义、历史主义方法,对文本作了较为细致的解读,这篇文章是中国学界借助新的学术话语对品钦作品进行原创性分析的首次尝试,为国内品钦研究迈出了第一步(戴爱莲,2010:50)。

在这一阶段,学者刘雪岚针对品钦的前三部小说发表了五篇文章,她认为熵是品钦创作的一个核心主题,贯穿在其所有作品中。

她还分析了作品中的追寻叙事模式。刘雪岚的研究为后来研究品钦的学者提供了良好的参照。

早期的关于品钦介绍的文献有:钱满素主编的《当代美国小说家论》中刘象愚的《托马斯·品钦创作初探》一文(1987),常耀信《美国文学简史》(1990),杨仁敬《二十世纪美国文学史》(1999),李公昭《20世纪美国文学导论》(2000)。这些学者将品钦归为黑色幽默作家,均未对品钦作品做详细分析。

2. 国内品钦研究第二阶段(2000—至今)

在这一阶段研究品钦的论文逐渐增多,有60多篇。2001年陈广兴发表了两篇关于品钦《葡萄园》的论文,主要分析小说的结构严谨性和逻各斯元话语。2003年开始,叶华年的译本《V.》和他的两篇关于《V.》的论文,为国内研究品钦提供了一个很好的参照。围绕着《V.》有一些论文发表,主要有:李平的《"物"时代的灵魂游荡——读〈V.〉》(2003);唐建清的《〈V.〉后现代小说迷宫》(2003);戴从容的《这是一个怎样的世界——读托马斯·品钦的〈V.〉》(2004)等。从此,国内品钦研究开始走上综合的道路,不仅仅就一个作品进行研究和分析,这一时期"熵"依然是关注的主题。陈世丹以研究《拍卖第四十九批》入手,发表了两篇有意义的论文:《论<拍卖第49批>中熵、多义性和不确定性迷宫》(2007)和《文学叙事文本中的科学知识再现——以<拍卖第49批>为例》(2010)。他指出品钦使科学知识在文学叙事文本中再现,用热力学和信息论的熵来暗喻社会的混乱,用信息论的多义性和物理学的不确定性来揭示后现代社会中事物的复杂性和不确定的现实世界。他认为品钦的叙事文本表明后现代科学与后现代艺术都在追求差异,在本质上颇为相似。王建平的论文《<万有引力之虹>的隐喻结构与人文关怀》(2008)分析了小说中三个主要隐喻"火箭"、"性"、"彩虹",认为它们是构成小说主题的依托和潜结构,指出这三个隐喻背后的本体之间是一种复杂的相互制约、映衬、影响的关系,反映了作者对后现代美国社会的深刻分析和冷静思考(王建平,2008:81)。

孙万军把中国品钦研究推向了一个新阶段。2005 至 2007 年间他发表了六篇研究品钦的论文。其中,《追寻失落的意义——从托马斯·品钦的作品看后现代主义小说的追寻主题》、《品钦后现代小说对追寻叙事模式的创新》和《论品钦后现代作品中的"复魅"主题》主要探讨主题;《主体的幻化与人性的真实——托马斯·品钦后现代主义作品中的人物形象透析》侧重分析人物;《探究后现代小说〈V.〉的叙事轨迹和后现代叙事对元叙事的质疑》则以叙事技巧为论述的要点。孙万军的研究从主题、技巧、人物塑造等方面入手,对品钦的作品进行了多角度的研究。2006 年,孙万军完成了他的博士论文《托马斯·品钦作品中多元化和动态发展思想研究》。2008 年,他在博士论文的基础上出版了《品钦小说中的混沌与秩序》。2011 年出版了专著《美国文化的反思者——托马斯·品钦》,该书从主题思想、叙事方式等方面对品钦的小说进行了全面解读,将品钦定位为后现代主义代表作家,他认为品钦作品是对整个西方文化传统和美国社会文化的全方位反思。孙万军的研究将国内品钦研究推向了一个高度,是国内品钦研究的一个里程碑。

刘风山在博士论文的基础上出版了专著《奇幻背后的世界:托马斯·品钦小说研究》(2011),论述了品钦小说中各种各样的奇幻叙事。从历史、科技发展、两性关系、伦理道德、宗教文化等角度分析了品钦小说中人类社会生存与发展至关重要的现实问题,认为品钦作品解构性地展示了一幅现当代西方社会的现实性画卷,反映了后现代西方知识界对于这些问题的哲学与理论的再思考,体现了品钦深刻的人文主义关怀。他的研究为国内品钦研究又打开一扇新的大门。

这一阶段还有从历史角度进行研究的学者,王建平的三篇论文

《<梅森和迪克逊>:托马斯·品钦对美国例外论》(2009)、《<葡萄园>:后现代社会的媒体政治与权力谱系》(2009)和《历史话语的裂隙——<拍卖第四十九批>与品钦的"政治美学"》(2010)主要从历史和政治的角度来分析品钦的作品。同时期提及历史的还有杜志卿,他说"《V.》是一个穿透生活现实和历史迷雾的文本"(杜志卿,2008:3)。这两位学者都注意到品钦小说中的历史和政治主题,并结合作品进行了一定的分析。

另一位学者但汉松的《<拍卖第四十九批>中的咒语与谜语》(2007),从咒语和谜语切入,考察它们作为情节因素和文本策略在小说内外生成的斥力与引力,并对其背后蕴藏的不确定美学做出评析,为理解欣赏品钦小说提供了一个新视角。2008年他对品钦新作《抵抗白昼》(又译《反抗时间》)作出了解读,认为这部小说是一种百科全书式叙事文类。他说在阅读《万有引力之虹》中感受到了品钦本人的爱与怕。他独特的观点给研究品钦的学者提供了一个不同的视角。

这一时期还有一些论文,如:吕惠的《后现代启示录:〈拍卖第49批〉中的熵和启示文学》;熊艳艳的《一位后现代人的命运——浅析〈拍卖第49批〉中的俄狄帕》,关注都是"熵"主题;何卫的《意象的转变与权力话语的丧失—托马·斯品钦〈V.〉解读》(2006)认为意象与话语,是文学的基本要素。文本意象的模糊、多重和隐化所蕴含的不确定性特征、写作技巧的暴露,体现了艺术的陌生化效果,标志着作者话语特权的丧失,在人物、作者、读者间建立了一种新型的关系,话语与文本历史间构筑了一种新的平衡。该文第一次提到了品钦叙事话语是一种艺术的陌生化,具有启发意义。陈橙的《物化后的荒诞文明——论品钦〈V.〉中的物化》(2007)从卢卡奇的物化理论和弗洛伊德的精神分析来解释小说中的物化现象。郑小芸的《一座没有出口的迷宫——读托马斯·品钦〈拍卖第四十九批〉有感》(2009)分析了这部小说中俄狄帕追寻迷宫、皮尔斯财产迷宫和语言迷宫。杨丽的《解析〈V.〉登场女性人物的"他者"地位》,分析品钦对女性道德和价值背离与社会不公产生的质疑和他对女性社会问题的审视与反思。

这一阶段品钦研究的硕博论文开始涌现,现有的38篇研究品钦的硕士论文中,有13篇关于《拍卖第四十九批》的研究,有7篇围绕《万有引力之虹》进行的研究,这些研究大都集中在熵、黑色幽默、不确定性、存在主义和后现代性这几个方面;有5篇关于《V.》的研究,其中有两篇是从叙事学的角度来进行本文分析的。王建的论文《走出时空碎片和叙事迷宫——托马斯·品钦〈V.〉之叙事学解读有感》(2009)从叙事学的叙述者、叙事聚焦、叙述时间和空间以及熵几个方面对《V.》进行了分析。刘进秀的《论品钦＜V.＞中的时间与空间》分析了《V.》中的时间与空间,并指出现代小说中的空间形式如情节并置、主题重复、多重故事和反讽等在《V.》中均有所表现。还有4篇关于《葡萄园》的研究,对多部作品进行分析的有6篇。宋泽楠的《从原型批评的角度解读品钦作品中的存在主义意义》(2007),赵洁琼的《后现代主义视域下品钦作品的独特性研究》(2011)对品钦的三部主要作品(《V.》、《拍卖第四十九批》及《万有引力之虹》)从主题、结构及叙事三个角度进行了系统分析。丰蕴从巴赫金理狂欢理论视角分析了托马斯·品钦及其短篇小说(2011);胡云菁运用当代西方空间理论探究品钦笔下"另一个世界"的文化寓意(2010);张新礼指出品钦小说是经典叙事与通俗文类的交织文本(2010)。此外,赵宏维研究了在中国语境下品钦译介的接受及其变异(2007);张晓娟将《万有引力之虹》与刘索拉的《女贞汤》在拼贴叙事上进行了比较研究(2008),不失为一种有意义的尝试;赵屹芳以《万有引力之虹》、《白雪公主》和《五号屠宰场》为例,分析了后现代碎片艺术(2010)。

此阶段博士论文有3篇,分别是孙艳的《重构托马斯·品钦的热寂式文本:兼评＜慢慢学＞、〈V.〉、＜拍卖第49批＞》探讨了热寂学在具体语境中的比喻用法;孙万军的《有序与无序:托马斯·品钦作品中多元化和动态发展思想研究》(2006)关注的是品钦小说中的秩序;刘风山的《奇幻背后的世界:托马斯·品钦小说研究》(2008)探讨了各种奇幻的叙事手段。这些论文从不同的角度对品钦作品进行了综合研究,为国内品钦研究奠定了基础。

在这一阶段介绍性的研究稍有变化,主要有:王守仁《新编美国文学史第四卷》(2002),董衡巽《美国文学简史(修订本)》(2003),常耀信的《美国文学教程精编》(2002)开始将品钦定为后现代派作家,但关于品钦作品的中文翻译和熵的译法跟后来的学者有些出入。如,他将 entropy(熵)译为平衡信息论(常耀信,2002:363),陈世丹的《美国后现代主义小说艺术论》(2002)将品钦确切归为后现代主义小说家。然而,毛信德的《美国小说发展史》(2004)仍将品钦列为黑色幽默小说家,简单介绍了品钦的三部小说,并认为《万有引力之虹》是对世界的现代和未来的荒谬虚构,同其他"黑色幽默"作品一样,缺乏真正的时代价值(毛信德,2004:466)。杨仁敬的《美国后现代派小说论》(2004)把品钦列为后现代黑色幽默小说家。汪小玲的《美国黑色幽默小说研究》(2006)也把品钦列为黑色幽默小说家,主要分析他的滑稽戏仿追寻模式。"品钦以宇宙为背景,以丰富的科学知识和超乎寻常的想象,反映宇宙的荒谬、阴暗和神秘,渲染出一个充满鬼魅的荒凉世界"(汪小玲,2006:254)。曾艳兵的《西方后现代主义文学研究》(2006)也把品钦归为黑色幽默小说家。所以说,黑色幽默无疑是品钦作品的一大标签。

比较研究方面除了张晓娟的硕士论文,刘建华在《"危机与探索"——美国后现代小说研究》(2010)中将品钦的《V.》与纳博科夫的《塞巴斯蒂安·奈特的真实生活》进行比较,指出两个作家的作品具有相似性,认为品钦是对他的老师纳博科夫的借鉴与发展。这种发展不只是在表面上,更多的是在精神上。刘建华得出结论:尽管纳博科夫和品钦有很多差异,但在大胆质疑传统艺术观和世界观等方面,他们都表现出独特的后现代作家的眼界(刘建华,2010:94)。刘建华进一步将品钦的《V.》与纳博科夫的《塞巴斯蒂安·奈特的真实生活》和莫里森的《最蓝的眼睛》相比较。他认为莫里森超越纳博科夫的一个主要方面,就是在于她对黑人的关注。他说:"作为美国人和同代人,莫里森与品钦的共同语言显然要多于纳博科夫。莫里森与品钦的人物在生活观、历史观和活力观上有相似之处(刘建华,2010:99)。刘建华的研究无疑将品钦的研究引向了一个全新的比较文学的方向,为品钦研究拓宽了领域。

2010年冀爱莲的《托马斯·品钦研究在中国》一文对国内品钦研究做了总结性的回顾,她认为品钦研究在中国经历了失语遮蔽、单维、多维研究的曲折发展历程,对本文研究具有借鉴意义。

纵观国内外品钦研究,其研究状况从单一的主题思想到形式结构,经历了从简单到复杂,从一元到多元过程,批评方法也日趋多样化、系统化。本文通过梳理将这些研究成果大致分为三种类型:其一,综合研究,即综合研究品钦的生平、言论、思想和作品;其二,作品研究,即研究品钦的一部或多部作品;其三,比较研究,对比研究品钦与其同时代的作家及其作品,如对比品钦与纳博科夫、斯威夫特、艾柯、博尔赫斯、莫里森等作家的创作思想和艺术特色。

托马斯·品钦的小说创作处于20世纪60年代以来各种文学批评理论不断兴起和交汇的时代,因此,研究者和批评家们对其作品的评价和解释一直处于不断的发展变化之中。显然,品钦个人生活的低调和隐遁行为使他不同于同时代的其他作家,也给研究品钦及其作品的人带来了一定的难度。不过总的来说,通过文献的回顾和分类,本文得出了国内外品钦研究的大致脉络:

(1)国内外品钦研究总体呈多维的态势,主题思想研究成果丰硕。作品中的主题如熵、偏执狂、追寻、不确定性和歧义性等都得到了深层的挖掘和研究。作品的风格,如黑色幽默、荒诞、神秘诡异也得到了充分的研究。作品所涉及的内容题材,如物理学、火箭工程学、高等数学、心理学、国际政治、历史事件、音乐、诗歌、戏剧、电影等都在不同程度上得到了研究。作品的形式和叙事技巧，如混乱的叙事时空、荒诞式的人物刻画、雅俗共赏的语言风格、将科学作为隐喻、碎片与迷宫等后现代叙事技巧都成了品钦式的叙事特色，许多学者都在这些方面进行了颇有意义的研究和探索。

（2）国内品钦研究多集中在某一部小说上，如多集中在《拍卖第四十九批》上，对其小说的综合研究和比较研究，尤其是后期作品的翻译与研究广度和深度还有待发展。并且国内品钦研究在很大程度上受国外研究趋势的影响，如何打开国内品钦研究的新视角是国内品钦研究者面临的一个课题。

（3）国内外品钦研究成果中有一些已涉及了叙事学研究，品钦小说的叙事轨迹、人物塑造、叙事时间和空间等方面的研究已取得一些可喜的成果。但主要都是针对单个作品进行的分析和研究。然而对一个作家作品的研究和批评应该从综合的角度，不仅关注个别作品的叙事艺术特色，而且要能将作家多部作品中分析总结出共同的叙事特点。品钦研究恰恰正缺乏这方面关注，基于这种认识，本书作者决定从叙事学的角度，分别从叙事结构、人物塑造和叙事话语三个方面，尝试对品钦的叙事迷宫进行分析。

第二章　品钦小说的叙事结构迷宫

美国后现代主义小说大师托马斯·品钦的世界，就是一座硕大无朋的迷宫，道路错综复杂，障碍林立，扑朔迷离，令人眼花缭乱。叙事结构迷宫是指现代或后现代小说打破时间的线性规律，采用时空交错、情节并置、层次变换、线索纷繁的复杂叙事结构，使读者感到阅读的困难，如入迷宫，品钦的三部小说都具有这种复杂的结构。品钦小说构思奇特，结构复杂，是多种叙事结构相交织的后现代迷宫文本，具有较强的空间性。所以，不可能用单一叙事结构来全面展现其复杂的结构，本章根据经典叙事学、后现代叙事、小说空间形式的相关理论，通过对品钦三部小说原著文本细读，从多元的角度，分析归纳出品钦小说中的两种主要叙事结构，即视角与叙述者关系之间的多层叙事结构、文本空间上的开放性叙事结构，这两种叙事结构都不同程度地体现在品钦前期三部小说中，正是这种复杂的叙事结构构成了品钦小说神秘、荒诞、晦涩、不确定的、开放性的后现代叙事迷宫。

一　品钦小说叙事结构迷宫的基础

品钦的三部小说在叙事结构上都具有迷宫的特征。"迷宫"（labyrinth 或 maze）这个词来自希腊语，在《辞海》中定义为："古希腊神话中，对结构复杂的建筑物之称。今用以比喻不掌握线索便无法解释的错综复杂的结构或布局。"《朗文词典》的定义是:"由错综复杂的通道和死巷构成的体系,很难找到从其内部到达入口或从路口到达中心的道路。(a network of passages or paths that meet and cross each other, through which it is difficult to find one's way.)"迷宫的含义,还可解释为:一个不可解的黑暗中的所在,迷宫内充满了无任何规则的路径,至少包括一个入口、一个中心或一个出口,其间充满不可识别的点与线,那些复杂的路径上找不到识别的标志(刘恪,2007:291)。

迷宫现象的感知,源于人类的生活实践与经验。如:对于洞穴和深渊的探测,对蜿蜒曲折的江河湖泽及其支流网络的静观,对林中交叉路线的沉思,对自身在丛林漂泊、追捕和被追捕的生活记忆等等(雅克·阿利达,1990:40)。人类将这种生存体验记录在古代的绘画、建筑甚至军事战斗中,如孟菲斯古城的埃及迷宫图、克里特迷宫、夏特勒教堂的名图,中国的八卦图军事布阵等。迷宫意识和记忆还体现在神话传说和故事中,如《圣经》中亚当和夏娃被赶出伊甸园后成为漂泊者,霍皮人也被那塔克南人驱逐出保护他们的地下礼堂,被迫穿越可怕的迷宫,闯过泰奥华设置的九个世界,迷宫路线构成了宇宙图,成为人类遵循的线路图。《奥德赛》中的英雄尤利西斯的漂泊旅行,也是一种模拟在迷津路上的远游。特洛伊城也可指迷宫。雅克·阿利达认为:"迷宫表达了人类对于自身漂泊生活的回忆,反映了人类面对死亡之旅所普遍感到的焦虑和不安。"(雅克·阿利达,1990:40)因此迷宫进入文学领域也是自然之事,古代的关于人类的漂泊、复仇、流浪的文学便有迷宫的元素。现代小说更的多是表达了迷宫的主题,刘恪将现代迷宫小说分成如下几类:①心理迷宫,如爱伦·坡的《失窃的信》;②时间迷宫,如博尔赫斯的《小径分岔的花园》;③绘图式迷宫;④内封闭迷宫,如卡夫卡的《地洞》和《城堡》;⑤意识流迷宫,如乔伊斯的《芬尼根的苏醒》、福克纳的《押沙龙,押沙龙》和贝克特的《是如何》等。现代主义迷宫的核心是追求自我意识的展露,是一种意义的表达。在小说和诗歌中部分追求了迷宫的形式,但在本质上在文本里有一个意义的出口,并且大部分现代主义文本并不采用迷宫形式,因此现代主义的迷宫是可理解的迷宫。

(一) 后现代的叙事迷宫

后现代小说具有迷宫式的特征,还来自后现代本身,它从根本上是反本质、反意义的,是对过去的一切的解构,所有的整体都被粉碎成无意义的碎片。因此后现代并不按意义构筑迷宫,后现代迷宫是纯粹的游戏性迷宫。后现代迷宫的物理基础是德国物理学家海森堡在1927年提出的测不准定理。这个定理宣布了物质世界所有物理量原则上可以同时确立测量理论的失效,测不准成了物质的基本属性。物质不能准确测量表明了我们不能对事物进行准确表述。物质的非确定性,提示了一个深层原理:迷宫即事物的本性。这个原理导致了所有后现代写作均不给出终结性的答案,答案总是悬置的,不确定的。后现代迷宫的社会基础是世界犹如一座迷宫。在当代社会人们身处一个网络迷宫的时代,因特网本身就是一个最大的迷宫。城市、街区、超市、办公大楼、盘根错节的公路和立交桥、地铁无一不是迷宫的替代形式。在科学领域没有比基因图、电子芯片和数控技术更像迷宫的东西,这些迷宫有着连续不断的分叉组合,只有这方面的专家堪称迷宫漂泊中的胜利者,而在普通人和小说家看来,这些复杂的迷宫则处处都是临界道路和死路,令人望而生畏。

"如果说现代主义建筑告诉你怎样解读,怎样生活,那么后现代主义的作品则是永远无法解读的迷宫。"(詹姆逊,1997:165)也就是说,所有的后现代小说都有迷宫式结构的特征。佛克马也认为"迷宫"是后现代主义语义世界中心的语义场,它标明没有出路、没有目的、没有具体唯一的方向,一切都未确定(王岳川,1992:342)。所以"迷宫"是后现代写作的一个基本特征。其根源之一便是后现代世界观影响的结果,后现代世界观相信世界多元的,个体的现时反应总是对过去生活的反应,重视过去与自然便带来了他们对现代性激烈的批判态度,并表现一种对未来的期待。人比一切事物都有其可变性,又具有自我设计能力并指向一种终极存在。但消极的后现代可能更相信一种世界的无奈与个人的宿命论。这些理念决定了后现代小说不再采用单一元素、单一线索、单一原因来处理小说中的元素,而是采用多因复合的方法,用新的学科词语表述这种混沌的、复杂的、非线性的理论,并据此来建构后现代文本。因此在本质上决定了后现代结构的迷宫性。其二,后现代思潮的兴起又来源于建筑设计,因此后现代小说家极为注重空间,在此基础上形成的思维特征是一种空间漂移状态,是一种无序状态和多元思维。那么迷宫结构实际由迷宫思维来作为基础的(刘恪,2007:307)。因此,后现代小说家试图寻找一种新的结构方式来再现生活本身的复杂性,以达到表现多个"过去"和"未来"的目的。大多数后现代小说家抛弃了时间的序列性和事件的因果律,代之以荣格所说的空间的同时性和事件的"偶合律"。他们运用时空交叉和时空并置的叙述方法,打破传统的线性时间顺序,追求本文的空间化效果。其三,后现代小说家相信世界是由人类所建构,或者世界本身由它的神秘因素所构建。这也许是迷宫现象最核心的原因,迷宫是世界一切事物的本相,它是各种因素与关系所建筑的。后现代小说家相信我们的宇宙自身便是一个迷宫结构;人的生理解剖也是一个迷宫结构,如人体的螺旋体、脑内神经末梢、基因排序都是具有这种迷宫性质,由此决定人类的思维也必然是迷宫结构。后现代小说家还特别相信并重视新的科学,采用科幻方式的写作,迷宫结构实际也对应新的科学规律。这几个方面的原因使得后现代文本必然采用迷宫结构的方式。

研究迷宫文本结构的朱桃香认为,迷宫结构文本有以下的共性:它基本上是学者型作家用新的叙事形式书写、含纳百科知识的小说;往往以流行文化外壳作掩护,比如侦探小说,从而将叙事营造得跌宕起伏、神秘、充满看点,让猎奇读者疯狂追踪情节,而结局往往让他们跌破眼镜。此外,迷宫文本还是畅销书,用雅俗双码风格创作,在文化符号和商业符号之间、流行的元素和文化的深度之间找到了微妙的平衡。迷宫文本都藏有一个谜,叙事的路线是纵横交错,千头万绪,只有一条路线可以通向谜底所在;它本质上在尝试某种可以无极限延展的叙事形式(朱桃香,2009:11)。对照品钦的小说这些迷宫文本的特点都能一一找到,品钦的三部小说《V.》、《拍卖第四十九批》和《万有引力之虹》都采用了侦探小说的形式,《V.》中的斯坦西尔追踪的是变幻不定的V.的形象;《拍卖第四十九批》中的俄狄帕追踪的是皮尔斯遗产和地下邮政组织"特里斯特罗"的真相;《万有引力之虹》中的斯洛索普追踪的是自身与火箭关系的真相。叙事充满了神秘色彩,让读者也一同走进追踪的迷雾,并且其结局都是不确定的。品钦的三部小说均为畅销书,雅俗共赏,并且文本内藏有一个谜:V.之谜,"特里斯特罗"之谜和火箭之谜;叙事也是错综复杂,只有一条线索可以通向谜底所在,但却需要阿里阿德涅的线,需要"模范读者"的深层参与。由此可以看出品钦的小说是典型的迷宫文本结构。然而小说的迷宫结构是由作家的创作理念决定的,品钦小说之所以采用迷宫结构主要源于其创作理念及其对世界的认识。

(二)品钦的"熵化"迷宫

品钦作为美国后现代主义代表作家,其本人就是一座解不开的迷宫,他一直过着隐居的生活,这也体现了他的创作理念:让作品来说话。用罗兰·巴尔特的话来说就是"作者已死",他指出,文学评论经常把文学形象强行与作家的个人生活经历、兴趣爱好、思想感情联系起来。实际上,这是一个误区,文本的意义应当存在于读者身上,"文本的统一性不存在于它的起点,而存在于它的终点……读者的诞生必定以作者的'死亡'为代价"(Barthes,1989:59)。品钦也深知这个道理,所以他很少对自己的作品发表言论。他的隐退给其作品留下了更充分的空间,让作品在读者与文本的互动过程中得以一次又一次的重写,也产生了大量批评家们对文本的无限解读与阐释,从而使品钦的文本成为另一个意义上的"迷宫文本"。

品钦的工程物理学背景和他敏感善思的个性,使他能把自然科学的概念"熵"运用到对美国社会文化的思考中。"熵"是不能再被转化的能量的综合测定单位(里夫金与霍华德,1987:27)。品钦认为人类社会正在不断走向无序和混乱,世界是一个"熵化"的迷宫,这种无序和混乱正如物理学中的一个概念"熵"。"熵"概念是由德国物理学家鲁道夫·克劳修斯于1854年在《热力学第二定律的另一种形式》的论文中提出的。热力学第一定律是能量守恒定律的一种表述方式,认为宇宙中的物质与能量是守恒的,既不能被创造也不能被消灭,只有形式的改变而没有本质的变化,即热能可以从一个物体传递给另一个物体,也可以与机械能或其他能量形式相互转换,在转换过程中,能量的总值不变(吕慧,2003:88)。而热力学第二定律,即"熵定律",认为在一个封闭的系统中,物质与能量只能沿着一个方向转换,即从可利用到不可利用,从有效到无效,从有序到无序,朝着不可逆的耗散转化,"熵"就是不能转化为功的热能的量度(孙万军,2011:45)。

1856年本杰明·赫尔姆霍茨提出了"热寂(Hot death)说",断定宇宙正在逐渐衰亡,宇宙的"熵"最终必然达到最大值,热寂必然会到来,那是所有的有用能量已被消耗一空,宇宙中再也不会有任何变化发生。宇宙的热寂相当于永恒的宁静(里夫金与霍华德,1987:41)。

"熵"概念提出后,迅速渗透到了其他学科,并逐渐从自然科学领域渗透到人文社会科学。里夫金与霍华德在《熵:一种新的世界观》一书中将"熵"概念广泛运用到哲学、心理学、经济学、政治学、社会学等人文学科（孙万军，2011:46）。20世纪初，美国历史学家亨利·亚当斯第一次将"熵定律"运用到人类历史和社会发展领域。他认为人类社会就是由一个个独立的团体构成的封闭系统，在这个系统中混乱主导一切，"熵"值不断增加，并据此得出结论："生活没有意义，探索也总是以纯粹的虚无空寂而告终，人无处可逃"，"混沌是自然法则，秩序是人类的幻想"（亨利·亚当斯，2003:176）。1950年数学家诺伯特·维纳在《人有人的用处——控制论和社会》中进一步探讨了信息学及控制论层面的"熵化"现象，他说信息世界也具有"熵化"的可能，表现为信息内容的意义单调一致、千篇一律，缺乏诠释与理解的潜能。在信息系统中，信息是系统组织化程度的度量，也是秩序的度量，表示着运动从无序向有序方向转变的过程。而"熵"与之相反，是系统混乱无序程度的度量，表示运动自发、有序地从有序向混乱转变的过程。"熵定律"摧毁了历史是进步的这一观念，也摧毁了科学与技术能建立起一个更有秩序的世界这一观点（孙万军，2011:48）。后现代主义者似乎相信，要在生活中建立某种等级秩序、某种秩序系统既不可能又无必要。如果他们承认一个世界模式，那将是以最大熵为基础的模式，也就是以所有构成成分的同等或然率和同等合法性为基础的模式（王岳川，1992:338）。

品钦小说中的"熵"表现在他对现代人封闭的生活状态的深切关注，即人的"熵化"及其与"熵"的抗争。现代化大工业生产越来越细密的社会分工，给社会创造了巨大的财富，然而却把人限制在了某个行业的某项工作中，使人每天面对着同样的、单一而细微的东西。久而久之，使人视野狭窄，不利于人的相互交流全面发展，使生活单调乏味，容易造成人精神生活的贫瘠和技能的弱化。品钦的第一篇短篇小说《小雨》中的主人公莱文就是生活在封闭的军营中，不断地被"熵化"。品钦的另一篇短篇小说《熵》，就是对"熵定律"的极佳的文学阐释，小说以一幢公寓楼隐喻现代人类社会的封闭和走向"热寂"的状态，在封闭的世界里信息逐渐增大，秩序不断减少，并且由于信息的模糊、多义和不确定性导致社会与人、人与人之间的交流被切断，形成一种商业化的惯性状态。于是"熵值"不断增加，当"熵值"达到最高时，社会就会走向"热寂"和死亡。但品钦并不悲观，他认为同"熵"抗拒的方式就是行动起来，打破封闭的系统，恢复秩序，进行有效的沟通，保持人的活力。《小雨》中莱文开始参加救援行动，拯救那些溺水的人。《熵》中的奥芭德砸碎了与世隔绝的玻璃窗，"肉球"穆利根最后开始努力恢复秩序。《V.》中的普鲁费恩和斯坦西尔都以自己不同的方式与无生命的熵化世界做着斗争。《拍卖第四十九批》中的俄狄帕走出了禁闭自己的孤塔。《万有引力之虹》中的斯洛索普在追查自己的身世与火箭关系的过程中，开始了对生命的感悟。虽然世界正在走向衰亡，维持正常运转的能量在耗尽，但是品钦笔下的人物已经开始了行动，对抗着熵化，尽管这对抗力显得微不足道。正是品钦的作者隐匿的理念和其物理学专业背景，使他从"熵化"的角度来看待世界，将人类社会看成一个"熵化"的迷宫，他将科学理念引入文学领域，使其小说也具有了神秘、混乱、无序、复杂的迷宫般的结构。

二　多层叙事结构

品钦三部小说的叙事结构迷宫首先表现为层层镶嵌、快速切换的多层叙事结构。层层镶嵌的结构增加了小说的神秘性，化解了叙事的可靠性和稳定性；叙事层次之间的频繁切换使小说呈现出时空交错的感觉，促使读者不断调整自己的思维定位，给读者造成混乱、无所适从的错觉。这种多层叙事结构给读者设立了重重障碍，增加了理解的难度，从而体现了小说不确定性的创作原则。本节主要从构成叙述的两个重要方面：视角和叙述者来分析品钦三部小说中的"嵌套式"、"切换式"叙事。

视角(point of view)是指叙述者或人物与叙事文中的事件相对应的位置或状态,或者说,叙述者或人物从什么角度观察故事。视角在叙述中的重要地位是不言而喻的(胡亚敏,2008:19)。观察的角度不同,同一事件会出现不同的品相、倾向、结构和情趣。热奈特认为视角研究谁看的问题,即谁在观察故事;视角的承担者有两种类型:叙述者和人物。视角可分"外视角"和"内视角",本章将在"切换式叙事"一节中详细分析品钦小说中视角的类型及其变化和应用。

叙述者是叙事学中最核心的概念之一,也是叙事文的重要特征。叙事者指叙事文中的"陈述行为主体"(托多罗夫,1989:71),或称"声音或讲话者"(瑞蒙-凯南,1983:87),它与视角一起构成了叙述。叙述者是叙事文内的故事讲述者。关于叙述者类型有各种说法,本书按照胡亚敏的分类将叙述者分成四个类型:异叙述者和同叙述者;外叙述者和内叙述者;客观叙述者与干预叙述者;"自然而然"的叙述者和"自我意识"叙述者。本节将着重以前三种类型来分析他们在多层叙事结构中的作用。

叙事学认为,有些作品只讲述一个故事,因而无层次可言。但有些作品却是故事中有故事,于是就形成了叙述层次。所谓叙述层次,指所叙述故事与故事里面的叙事之间的界限(胡亚敏,2008:43)。瑞蒙-凯南解释说:"一个人物的行动是叙述的对象,可是这个人物也可以反过来叙述另一个故事。在他讲的故事里,当然还可以有另一个人物叙述另外一个故事。如此类推,以至无限。这些故事中的故事就形成了层次。按照这些层次,每个内部的叙述故事都从属于使它得以存在的那个外围的叙述故事。"(瑞蒙-凯南,1983:91)这种大故事中套小故事,小故事中又套更小的故事的形式类似中国套盒或俄罗斯套娃玩具。热奈特区别出内外两大层次,而对于更细的层次不做细究。他将外部层次称为第一层次,指包容整个作品的故事;内部层次被称为第二层次,指故事中的故事,它包括由故事中的人物讲述的故事、回忆、梦等(热奈特,1980:248)。外部叙述层次的叙述者为外叙述者,内部层次的叙述者为内叙述者。外叙述者是第一层次故事的讲述者,他在作品中可以居支配地位,也可以起到框架作用。前者如《V.》中的斯坦西尔,在他所幻想的8个故事中起到支配地位;后者如卜伽丘的《十日谈》,仅起背景作用,作品主要由故事中的人物所讲的故事支撑。有时外叙述者既具有结构作用,又参与主人公的活动,具有行动的性质。内叙述者指故事内讲故事的人,即故事中的人物变成了叙述者。这类叙述者在作品中往往具有交代和解说的功能,如小说中的人物回忆和述说就属于这一类型。后现代小说中的内叙述者的形象与传统有所不同,作者在小说中不加提示地穿插内叙述者讲的故事,有意造成叙述者身份的模糊,给读者制造障碍。外叙述者与内叙述者由于处于同一作品中,它们之间往往存在着一定的联系。这种联系可以是因果关系,也可以是语义关系,或因果和语义关系同时存在,或纯粹是一种形式上的联系,或形成多层次的叙述结构,或通过插入轶事以减缓节奏,或只是为了突出叙述行为本身等等(胡亚敏,2008:44)。

多层叙事结构的代表类型为嵌套式叙事,在嵌套式叙事中外叙述者与内叙述者起到了至关重要的作用。在同一层次叙事中作者可以进行视角类型转换,不断变换视角类型,同一视角也可以进行变异,扩大或缩小,以扩大叙事艺术的表现空间。在不同层次的叙事中,同叙述者与异叙述者之间可以进行变换,外叙述者与内叙述者可以相互入侵,客观叙述者与干预叙述者之间也可以转化,产生"换层叙述"。本书将这四种叙述方式称为"切换式"叙事。由于叙述层次的增加和层次之间的相互切换,进而导致了众多的叙述者(声音),形成了众声喧哗的叙事文本,以下将分而述之。

(一)嵌套式叙事

所谓"嵌套",即指小说故事中又套故事,形成一种"盒套式"的结构,这是博尔赫斯常用的一种叙事结构。从叙事视角上看,品钦喜欢采用"嵌套式"的叙事策略,也就是双层甚至是多层叙事:一个全知叙述者或人物叙述者在讲一个故事,而在这个故事中又有一个人物叙述者讲述另外一个故事,于是便形成了叙述的层次,即约翰·巴思所说的"故事中套着故事的故事"(tales within tales within tales)。托多罗夫认为,"把新故事包在旧故事中的方法叫嵌套"(托多罗夫,2011:42)。他还将镶嵌称为"跑题",他认为嵌套的内在意旨是对所有叙事基本属性的突出强调。因为接纳嵌入故事的故事,它是叙事的叙事。在讲述另一个叙事的故事时,第一个叙事触及它隐蔽的主题,同时在自我形象中反射出来;嵌入的叙事既是这个大的抽象叙事的形象——它所有其他部分都微不足道——也是直接先于它的接纳的故事的形象。成为叙事的叙事,这是所有叙事的命运,它们通过嵌套才会得以生存(托多罗夫,2011:46)。这种嵌套式叙事在品钦的三部作品中都非常普遍。

首先我们来分析一下《V.》中的嵌套式叙事策略。在《V.》中,与斯坦西尔追踪的 V. 相关的五个章节都采用了嵌套式叙事。第三章嵌入了斯坦西尔幻想的 8 个故事,在这 8 个故事中斯坦西尔作为故事中的同叙述者(内叙述者)既是其中的一个次要人物又是一个旁观者。第七章整体嵌入了在佛罗伦萨的故事,其中斯坦西尔不参与故事变成异叙述者。第九章嵌入的是蒙多根讲述的故事,里面又套着一个福帕尔的故事,在这个故事中斯坦西尔作为异叙述者(外叙述者),蒙多根则作为同叙述者(内叙述者),而福帕尔也是一个同叙述者(内叙述者)。第十一章嵌入福斯托·马伊斯特罗尔给女儿葆拉的忏悔信,其中叙述者福斯托是一个第一人称的同叙述者(内叙述者)。第十四章嵌入了恋爱中的 V.,这里斯坦西尔虽然作为异叙述者,但却不时地发表评论,从客观叙述者转向干预叙述者。与普鲁费恩和全病帮相关的十个章节,通过回忆等方式也不同程度地采用了嵌套式叙事。尾声中嵌入了穆罕穆德讲述的一个有关马拉的故事。每种嵌入故事的叙述方式都有所不同,除了采用第三人称全知的叙述者(异叙述者)的视角外,作者还采用了小说中人物的视角(内叙述者)来叙述故事,普鲁费恩、斯坦西尔、蒙多根、马伊斯特罗尔等人物的视角都曾被用来作为叙事的视角,而这些人物都是"不可靠叙述者"。不可靠叙述者是由布思在《小说修辞学》中提出的。布思说:"我把按照作品规范说话和行动的叙述者称作可靠叙述者,反之称为不可靠叙述者。"(Booth,1983:158-159)故事内的同故事叙述者作为人物,经常与作者创作的作品规范有不同程度的距离,叙述经常呈现出不可靠性(申丹,2010:82)。这种多层的嵌套式叙事,增加了小说的叙述层次和叙事的不可靠性。《V.》中最为典型的是第九章"蒙多根的故事",在蒙多根讲述故事中又嵌入了一个福帕尔讲述的故事,是典型的三层嵌套式叙事,并且在叙事中品钦还故意模糊叙事层面之间的界线。如,《V.》中第八章的结尾这样写道:

  约一个星期之后,在锈匙酒吧侧边的一间隔绝的小室里,蒙多根一边喝着低劣的仿慕尼黑啤酒,一边讲述他年轻时在西南非度过的日子。斯坦西尔专注地听着。故事本身与后来的问题花了不到三十分钟时间。但后一星期三下午斯坦西尔在艾根瓦吕的诊所里复述时,这个故事有了很大的改变:按照艾根瓦吕的说法,它已被斯坦西尔化了。

(品钦,2003:255)

  这是第一层叙事,也就是以全知叙述者的视角来进行的叙述。接下来第九章是斯坦西尔讲述的蒙多根的故事,故事讲述的时间是1956年,这是第二层叙事。在这一层叙事中,以斯坦西尔与蒙多根合为一体的叙述者的视角讲述的却是一个梦幻般的故事,是关于1922年蒙多根年轻时在西南非洲经历的事件。如:

第二章 品钦小说的叙事结构迷宫

1922年5月的一天(在这儿瓦姆巴达地区意味着将近冬天),一个名叫库特·蒙多根的慕尼黑工业大学出来的土木工程学青年学生抵达卡尔克莱坦南村附近的白人前哨基地。

(品钦,2003:256)

然而,在蒙多根的叙述中又出现了另一位人物叙述者福帕尔讲述他所经历的事情,发生在德国人对赫雷罗种族大屠杀时期,也就是在1904到1907年之间,形成了第三层叙事。如:

福帕尔刚来到西南非时是个年轻的新兵……"你会发现他们在路边受了伤,或者病了,"他告诉蒙多根,"但是你不愿意浪费弹药……"

(品钦,2003:274)

下面的列表能更清楚地展示这三层具体叙事的关系:

表2 《V.》中蒙多根的故事叙事层次

视角	叙事层次	叙述时间	故事时间	叙述者
作者	第一层叙事	写作时间	1956年	全知叙述者(外)
人物	第二层叙事	1956年	1922年	蒙多根或斯坦西尔(内)
人物	第三层叙事	1922年	1904—1907年	福帕尔(内)

从上表中可以看出,一个梦幻般的故事,50多年后被三个不同的人物叙述者讲述,第三层叙事中的叙述者福帕尔是德国在西南非殖民地的一个富有的庄园主,他以一个殖民者、入侵者视角来讲述他年轻时随德国军队来到西南非时的所见所闻和所作所为。本身

就带有强烈的自我炫耀和冷漠的主观倾向,其可信度已经打了折扣。第二层叙事中的叙述者原本为蒙多根,他以旁观者的视角来讲述他年轻时作为土木工程师在西南非监测天电信号时的所见所闻,他对福帕尔的讲述持有怀疑的态度,而且在蒙多根的讲述中又有梦幻与现实的交叉,其可信度又打了折扣。在第一层叙事中作者通过人物艾根瓦吕的话语向读者明示。这些叙述者都给故事添加了个人色彩。蒙多根的故事又经斯坦西尔转述后,被"斯坦西尔化了",这样一来故事的可信度就被层层打了折扣,叙述者成了"不可靠叙述者"。布思认为,同样的"事实"由作者代言人叙述和故事中某个"靠不住的人物"叙述,其可靠度是不一样的。即,当某个事实通过人物叙述传递给读者时,读者需要判断究竟是否为客观事实,是否被人物的主观性所扭曲。当人物叙述的事实与隐含作者的规范发生差异时,读者就会看到一种"变形了的信息"(申丹,2010:83)。这类不可靠叙述往往涉及故事内人物叙述者对故事事件的不了解或非正确的理解。如,在《V.》中,福帕尔在向蒙多根讲述德国军队对赫雷罗人的杀戮的方法时,说那时候后勤供给十分缓慢,为了不浪费弹药,采用刺刀刺死和电线吊死的方式来杀戮赫雷罗人,立刻遭到工程师出身的蒙多根的反驳。他说有那么多电线和弹药箱,可见后勤供给不是那么缓慢,而福帕尔也没有给予解释,这说明福帕尔的叙述明显带有个人的主观倾向和色彩,是不可靠的。福帕尔为自己开脱罪行,寻找借口,他不为自己残暴的行为感到羞耻,反而以此为荣。小说正是通过在事实与关于事实的评价之间的差异,揭示了德国军队对赫雷罗人和霍屯督人的种族灭绝政策和残酷杀戮,显示了人性的极端丑恶和冷漠。这种不可靠叙述对于作品阐释具有重要意义,有助于读者在阐释作品时能够超越叙述者的感知层面,从而将眼光投向小说的意蕴(詹姆斯·费伦,2010:83)。同时,通过这种"嵌套式"叙事,品钦层层消解了叙事的可信度和叙述者的权威,使读者明白,没有什么权威,一切都是虚构的,不存在什么确定的意义。

品钦小说中的"嵌套式叙事"随处可见,《拍卖第四十九批》中俄狄帕为了寻找特里斯特罗组织的线索,曾去看了一个詹姆斯一世时代的复仇剧——《信使的悲剧》,品钦用大量的笔墨详细描述了这幕戏剧的整个演出过程,剧情充满了复仇、争斗、邪恶、阴谋、屠杀和死亡的场面,如同《哈姆雷特》中的戏中戏一样,这个戏剧故事就是"故事中的故事"。不同于《V.》中的三层叙事,《拍卖第四十九批》中的《信使的悲剧》是两层叙事,可以称为"戏中戏"的结构。如下例:

> 俄狄帕五分钟后发现她自己完全被吸引进理查德·沃芬格为他的17世纪的观众塑造的邪恶景象中去了:末日将至,渴望死亡,感官疲惫,毫无防备,一点忧郁,只因为那一直等待着的又冷又深的内战深渊距离他们只有几年之遥。
>
> (品钦,2010:49)

第一层叙事是作者从全知视角叙述俄狄帕追踪有关"特里斯特罗"组织的线索,第二层叙事是采用戏剧式视角:故事外的第三人称叙述者像是剧院里的一位观众(包括俄狄帕),客观观察和记录戏剧中人物的言行。如下图:

表3 《拍卖第四十九批》中"戏中戏"叙事层次

视角	叙事层次	叙述时间	故事时间	叙述者
作者	第一层叙事	写作时间	20世纪现代	全知叙述者
俄狄帕(旁观者)	第二层叙事	20世纪现代	17世纪	全知叙述者

在观看戏剧中,俄狄帕想获得关于特里斯特罗和人骨碳制成过

滤嘴的线索,剧中图尔恩和塔克西斯邮递系统与特里斯特罗邮递系统的争斗暗示当今美国社会中政治与经济权力方面的类似斗争。其中有"消失的法焦卫队"被邪恶的安杰洛一个一个杀死后丢入湖中,后来他们的骨头又被打捞起来烧成炭,碳制成墨,墨被安杰洛颇具黑色幽默地用来书写他此后写给法焦的所有信件。在第四幕结束时,剧中人物胜利者根纳罗提到了"特里斯特罗"这个词,"但这个词悬挂在空中;它悬在黑暗之中让她迷惑不解……"(品钦,2010:57)剧中的情节是真还是假?其实整个演出和戏剧本身就是虚构的,不可能提供可靠的、真实的信息,这些不可靠的信息却让俄狄帕迷惑不解。戏剧本来就是虚构的,也是对历史事件不可靠的叙述。这个戏剧情节的嵌入给俄狄帕提供了一个线索,但又将她引向岔路,在情节结构上是一种增殖。俄狄帕从这个戏剧中不是简单地了解了类似的骨炭故事,实际上她又面对着更多的信息,她不得不将更多的事件联系起来。如此下去,各种信息像滚雪球一样,俄狄帕感到越来越难以组织与解读她所获得的信息。同时品钦通过模仿詹姆斯一世的戏剧的复杂情节,暗示小说中皮尔斯的财产和特里斯特罗邮递系统之间相互交织在一起的复杂网络。这种"戏中戏"的嵌套式叙事起到了一种隐喻的作用,暗示俄狄帕的无果追踪之旅。一方面它化解了叙事的可靠性,另一方面将主人公引向歧途,继而揭示了小说不确定性主题。

  这种"嵌套式叙事"在《万有引力之虹》中也比比皆是,各个章节都有体现。第一部分片段 4 中,就嵌入了斯洛索普家族墓地和斯洛索普儿时的故事,虽然是斯洛索普家族的故事,但显然是全知叙述者的视角。片段 5 中,嵌入了"海盗"对过去爱情故事的回忆,其中"海盗"是一个同叙述者。片段 14 中嵌入的是卡婕的回忆和她的祖先在毛里求斯枪杀渡渡鸟的故事,但却是从全知叙述者的视角讲述的。在第三部分,片段 3 中黑人支队的故事中嵌入了恩赞身世的故事,也是从全知叙述者的视角来讲述的。片段 5 苏联间谍齐切林的故事中嵌入了齐切林在中亚的故事和同父异母弟弟恩赞的出生经历,齐切林在中亚的故事中他是同叙述者又是内叙述者,在恩赞的故事中,他是异叙述者。片段10中,嵌入了德国女演员玛格丽塔的故事,也是全知叙述者的视角。在片段11德国火箭工程师珀克勒的故事中嵌入他与妻子列妮和女儿伊尔莎的故事,珀克勒是既是同叙述者又是内叙述者。在片段16中,嵌入了海军少尉森村讲述的关于玛格丽塔故事,依然是全知叙述者视角。同时还嵌入了玛格丽塔讲述的关于她自己和布利瑟罗的故事,玛格丽塔本是同叙述者,整个叙述采用的是第三人称全知叙述视角,中间又插入大段玛格丽塔的第一人称叙述。片段29中嵌入了珀克勒讲述的拉兹洛·雅夫的故事,依然是全知叙述者的视角。在第四部分中的叙述变得支离破碎,已经没有了完整的故事,都是对前三部分出现过的人或事件痕迹的各种评论。这些碎片式嵌套式叙事,让读者在层层叙事中来回地穿梭,变幻不定的叙述者在叙述中都添加了自己的主观意识,所以使整个叙事具有不确定性和模糊性。这种"嵌套式叙事"使整个叙事产生一种快速的波动,给读者一种叙述的不稳定性和无序性。然而每一个嵌入的故事都是品钦精心策划的,绝不是空穴来风。有时品钦会从他以前的小说中找到灵感,如在火箭工程师珀克勒的回忆中引用到《V.》中蒙多根在西南非的故事,是为了构建布利瑟罗的过去和黑人支队存在的合理性。为了构建斯洛索普的过去,品钦还引用了他的短篇小说《秘密融合》中的内容。这种嵌入模糊了文本间的界限。

在众多的镶嵌的故事中,最为奇异的嵌入叙事是在第四部分反作用力的片段3中,嵌入了一个"灯泡拜伦的故事"。这个虚构的不可能发生故事再一次对读者的阅读产生了挑战。"灯泡拜伦的故事"似乎不论从情节、内容还是形式,同小说中其他部分都毫不相关,显得非常的突兀。故事中的传奇流浪冒险情节,特别是"灯泡拜伦"这个名字令人感到荒诞不经。然而通过"灯泡拜伦的故事",品钦给读者介绍了一个名为"太阳神"的阴谋集团——国际灯泡卡特尔,总部设在瑞士,主要由国际通用电气、奥司来梅和英国的联合电力工业管理。这个集团历史上确实存在,建立于1924年,品钦从中获得他小说中的形象。故事的主人公是一盏神奇的、永恒不灭的灯泡拜伦,由全知叙述者来讲述。在这个故事中,灯泡拜伦被拟人化了,甚至魔幻化了,它的照明时间超过了一千小时,有了超强的能力,永远不灭,并打算把所有的灯泡组织起来,在柏林建立一个电力基地。这使得国际灯泡卡特尔"太阳神"异常愤怒,他们派出杀手追杀拜伦,但拜伦这些年屡屡化险为夷。

> 它了解灯泡卡特尔一切阴谋,但却无能为力。他注定要永远存活下去,知道一切事情却又无力改变什么。他不在尝试去摆脱因果了。他的愤怒和沮丧会无休止地增长,却又发现自己喜欢这样——可怜而背时的灯泡啊……
>
> (品钦,2011:689)

这个嵌套式的"灯泡拜伦的故事",明显是现实世界不存在的,其实是品钦的后现代的元叙述手法。元叙述对于叙述而言是随机插入与干预,使得第一层叙述和元叙述二者都处于非完整的状态,整个文本皆成为一堆混乱的碎片。这里的"灯泡拜伦的故事"与"斯洛索普的故事"形成了一种平行对照,拜伦是因为永远不灭,而招致太阳神总部的追杀,而每次都能幸免于难。斯洛索普是因为有了预测火箭的能力,也遭到"白色幽灵"的追杀,也最终逃脱了他们的控制。他们都以对抗力的形式出现,都洞悉对手的种种阴谋和伎俩,反对的都是因果论、二元论,都想摆脱控制,最终也摆脱了控制,但却对现实无能为力。这种元叙述的插入,其目的是直接告诉读者这一切纯属虚构,借此表示对现实的无奈。

品钦小说中镶嵌的故事表面看似荒唐,但其中涉及了许多历史上的事件和人物,如关于西南非赫雷罗人的历史,1916年中亚的崛起、德国"染料工业利益集团"(I. G. Farben)的各种活动、斯洛索普儿时被卖给雅夫和当时的经济背景以及与其相关的共济会成员和工业家莱尔·布兰德的故事。这些貌似真实的历史事件和人物,在品钦的笔下都成了虚构的素材,模糊了历史话语与文学话语的界限,模糊了真实与虚构的界限,同时促使读者质疑历史话语的真实性。《万有引力之虹》中的碎片式镶嵌叙事模糊了叙事层次之间的界限和真实与虚构之间的界限,整个叙事呈现出不稳定、混乱、无序、碎片式的特征。这种结构也构成了一种隐喻,暗示文本虚构的无意义。

总之,这种"嵌套式"多层叙事结构,使品钦的小说呈现出复杂、迷离的结构,同时通过不可靠叙述者层层消解了确定的意义,使小说呈现出不确定性。最后,使读者超越叙述者的感知层面,转向作品的深刻意蕴。除了"嵌套式叙事",品钦小说的文本还采用了"切换式"的叙事结构。

(二)切换式叙事

本书的"切换式叙事"主要指视角的变异。视角的变异使叙事呈现出变幻不定、神秘莫测的特征。这种变异,从多种角度展示了人物的不同侧面,使叙述者与人物的关系呈现变动不安的特征,从而模糊了读者与人物之间的距离,拓宽了文本的艺术和审美空间。切换式叙事虽增加了读者阅读的难度,但也激起了读者参与创作的热情。品钦小说视角的变异,首先表现在不同视角类型的综合运用上,小说中运用了多种视角类型:从非聚焦、内聚焦到外聚焦。其次是叙述者的违规,主要有三种情况:同叙述者与异叙述者之间的变换;外叙述者与内叙述者的相互入侵;客观叙述者与干预叙述者之间的转化。以下将分而述之。

1. 多种视角类型的综合运用

与视角紧密相连的一个概念就是聚焦。"聚焦"(focalization)这一概念由法国文论家热奈特提出,厘清了"叙述"(声音)与"聚焦"(眼睛、感知)之间的界限。国内学者胡亚敏结合热奈特的标准,根据叙事文中视野的限制程度将视角分为三大类型,非聚焦型、内聚焦型、外聚焦型(胡亚敏,2008:24)。申丹根据观察者处于故事内外,分成"内视角"和"外视角"两大种类,并总结出九种视角模式,其中五种"外视角"、四种"内视角"。本书将结合三位学者的分类,对品钦小说的视角类型进行综合分析(见表4)。

表4 不同的视角分类

热奈特		胡亚敏	申 丹		
零聚焦 (叙述者>人物)		非聚焦	外视角	全知视角	观察者处于故事外
				选择性全知视角	
				戏剧式或摄像式外视角	
外聚焦 (叙述者<人物)		外聚焦		第一人称主人公的回顾性视角	
				第一人称叙述中见证人的旁观视角	
内聚焦 (叙述者 =人物)	固定内聚焦	内聚焦	内视角	固定式人物有限视角	观察者处于故事内
	不定内聚焦			第一人称叙述中的体验视角	
	多重内聚焦			变换式人物有限视角	
				多重式人物有限视角	

非聚焦型又叫"零聚焦"或"无聚焦",即无固定观察角度的全知外视角,是一种传统的、无所不知的视角类型,叙述者或人物可以

从所有的角度观察被叙述的故事(胡亚敏,2008:25);可以眼观六路,耳听八方,像一个高高在上的全知上帝,控制着人类的活动,所以又称"上帝之眼"。在非聚焦型中,叙述者知道的比任何一个人物都多,这里视角=任意变换的观察角度,传统的叙事文体多属于这一类型。在这种聚焦类型中,如果全知叙述者选择限制自己的观察范围,仅揭示一位主要人物的内心活动,就变成了选择性全知视角。

在内聚焦型视角中,事件都严格地按照主人公或见证人的感受和意识来呈现。只转述这个人物从外部接受的信息和可能产生的内心活动,而对其他人物则像旁观者那样,仅凭接触去猜度、臆测其思想情感(胡亚敏,2008:27)。内聚焦缩短了人物与读者之间的距离,给读者一种亲切感,能充分展示人物的内心世界,淋漓尽致地表现人物激烈的内心冲突和漫无边际的思绪。但是这种聚焦类型会受到严格的视野限制。在内聚焦型中,叙述者知道的等于人物所感知的,视角=(一个或多个)故事内人物的感知。根据焦点的稳定程度,内聚焦型视角又可分为固定内聚焦型(固定式人物有限视角和第一人称叙述中的体验视角)、不定内聚焦型(变换式人物有限视角)和多重内聚焦型(多重式人物有限视角)。

外聚焦型视角即戏剧式或摄像式外视角,在这种视角下叙述者严格地从外部呈现每一件事,只提供人物的行动、外表及客观环境,而不告诉人物的动机、目的、思想和情感(胡亚敏,2008:32)。在外聚焦视角中,叙述者说的比人物感知的少,视角=仅观察人物的外部行为,它排斥了提供人物内心活动信息的可能,使人物和情节有神秘、不可接近的特征。使叙述者与故事保持距离,对所发生的事作冷眼观察。申丹认为外视角型还应包括两种类型:第一人称主人公的回顾性视角和第一人称叙述中见证人的旁观视角,因为这两者都处于故事外,因此也是外视角。

视角的变异可视为对某种准则的违反。卢伯克在《小说的技巧》一书中要求观察点在一部作品中应始终保持一致（Lubbock，1966：64）。然而多数叙事作品都不是运用同一种视角完成的，聚焦方式也不是一成不变的，有些作家在创作中甚至有意使用多种聚焦类型。在后现代小说中，视角的变化已经成为革新小说的重要手段，以借此动摇传统小说的叙述逻辑，扩大叙事艺术的表现空间（胡亚敏，2008：34）。品钦的三部小说多采用第三人称非聚焦全知视角，但在其中穿插了内聚焦和外聚焦视角。这种多种聚焦类型的使用和转换，使得他的小说呈现出神秘、晦涩、荒诞和不确定的效果。如，在《V.》中第三章斯坦西尔在幻想的历史中扮演了八个不同角色。不仅在叙述层次上从第一层的全知外叙事进入第二层斯坦西尔的幻想的人物叙事，在叙述视角上也从全知全觉的第三人称全知外视角切换到内视角；从第一节到第七节都是采用的第三人称人物内视角，分别通过咖啡馆招待P.阿依尤尔、杂役尤素福、身无分文的异国侨民老马克斯、列车长沃尔德泰、车夫哲布勒伊尔、江湖艺人格尔吉斯和酒吧女侍汉娜，从不同的侧面叙述了一个虚构的、想象的过去的历史事件。最为典型的是第七节斯坦西尔扮演的汉娜的内聚焦视角：

> 她可能听到了比她想听到的更多的声音。法肖达，法肖达……这个词如恼人的雨一样在伯布利希啤酒馆里刮来飘去。
> 这是想像，她告诫自己。她一向是个很实际的姑娘，从不想入非非。
> 该死的男人与他们的政治。或许对于他们这是一种性。
> 那块斑痕是真的？她不喜欢它的颜色。
> 哦，天哪，它不肯消失？
> "……如果他们要刺杀克罗默……"
> "……埃兹别基花园……"

爱情？她竖起了耳朵。

什么地方？

"法肖达。"

这不是爱情。汉娜说了声"请原谅"后走开了。

（品钦,2003:98-102）

这里叙述者以汉娜的视角为观察点,描述了她从啤酒馆获得的信息和她个人的内心活动,对其他人物则像旁观者一样去触摸、揣测其思想情感。汉娜受情人——巡回旅行的自称是女用珠宝推销商的莱普西厄斯——的请求,替他留神一个竞争者。然而汉娜听到的却是令她疑惑不解的政治阴谋。这里叙述者知道的等于人物所知道的,这种聚焦方式缩短了读者与汉娜的距离,与人物产生了亲密感,读者跟着汉娜的视角不停地观察、移动,倾听她的内心独白,从侧面断断续续地了解了一个政治阴谋的策划。

而在第八节中,品钦却转而采用了旁观式外聚焦的视角,叙述者就像一架摄影机镜头一样,不动声色、冷眼从外部观察所发生的一切,我们跟着镜头观察到了所发生的一切。如下例：

一个戴着蓝眼镜的男子从走廊靠舞台的那一头急急赶来进入第二间包厢。两个男子在寓意性的"悲剧"塑像处拐弯……他们进入了蓝眼睛男子进去的那一间隔壁的包厢……然后一个穿着印花连衣裙的姑娘从大厅走过来,进入两个男子所占据的包厢。几分钟后她出来了,眼眶里和脸上都有泪水。胖子跟了出来。他们消失在视野之中。一片寂静。突然间脸上红一块白一块的男人穿过门帘走出来,手里握着一支枪,枪口冒着烟……还有一个人一直站在走廊的一头……半蹲的那个身体坍倒下来……

（品钦,2003:103-104）

这种摄像式的外聚焦具有较强的逼真性和客观性,并能造成很强的悬念。读者像是在观看一幕无声的电影,整个过程没有一句台词,只有一个个不连贯的镜头,充满了空白、神秘、恐怖色彩。读者对于人物的动机、目的、思想和情感一无所知,只能猜测,这些人在干什么?他们之间究竟发生了什么事情?姑娘为何要哭泣?那个人开枪打死了谁?读者无法从人物的内心活动中找到这些问题的答案,而且没有任何对白,所以也不能从语言中找到任何线索。由于这些问题的存在和答案的不确定,需要读者进行积极的阅读和解释,通过不断的探索,形成较为合理的阐释。从"戴着蓝色眼镜"的这一外部特征结合前七节中的描述,读者可以猜出这个男人是莱普西厄斯,胖子是古德费洛,穿连衣裙的姑娘是维多利亚·雷恩,脸上红一块白一块的男人是波彭泰因,走廊尽头的那个人是邦戈·沙夫茨伯里,最后是邦戈·沙夫茨伯里杀死了波彭泰因。在读这一段时,尽管读者的在场感是最强的,仿佛一切就发生在眼前,但读者与人物之间的情感距离却是最大的。因为这种视角类型中的人物对读者来说始终是个谜,读者作为旁观者无法与人物产生认同感。

从全知全觉的上帝之眼的非聚焦外视角,转换到第三人称人物内聚焦视角,再切换到摄像机式外聚焦视角,品钦让读者从各个不同的角度对整个事件有了新异而全面的了解。

在《拍卖第四十九批》中主要采用的是第三人称非聚焦外视角,有时也会切换到第一人称人物内聚焦视角。当俄狄帕去拜访博茨教授时,听说在《信使的悲剧》中扮演根纳罗的演员自杀了,外视角开始切换到人物内心的内视角:

> 他们在剥夺我,一个接一个,剥夺了我的男人们。我的精神病医生在以色列人的追捕下发疯了;我的丈夫吸食迷幻药,像一个小孩一样摸索着走进那些房间,他自身那精心构筑的

糖果房的无穷无尽的房间,走得越来越深,并且在离开,不可救药地离开我永远希望可以称作爱的东西;我的一个婚外伙伴与一个十五岁的堕落女孩私奔了;能带我回到特里斯特罗的最佳向导自杀了。我在哪里呀?

(品钦,2010:121)

从俄狄帕的内心独白中读者可以感觉到她内心的绝望、孤独和迷惘,读者仿佛进入了她的内心世界,这是内聚焦的优势拉近读者与主人公的距离,使读者对她的处境感到同情,也预示着她追寻的悲剧性。

《万有引力之虹》中视角的变化更为频繁和复杂。品钦喜欢使用第三人称全知外视角,他的小说大部分使用第三人称,但有时突然会转向第二人称,中间还夹杂着第一人称,叙述者或人物有时会直接面向读者说话。叙事视角的不断变化,也使得读者和小说中的人物及小说的内容不断发生变化。即读者还沉浸在一种视角中,却发现小说的视角在不经意间就已经转换成另外一种了。如:

反常相,弱刺激得到强反应……什么时候开始的?是在睡眠的某个初级阶段:今晚,在去德国的路上,你没有听到蚊子战斗机和兰喀斯特轰炸机的声音,它们用引擎狠狠撞击天空,撼动着、撕裂着、整整一个小时,几朵冬云漂浮在夜晚铆着钢钉的下腹部,被这么多轰炸机频频外出吓住了,震撼不已。你自己的身体却纹丝不动,张开嘴巴吸着气,脸向上朝着狭窄的便床。床靠着墙,墙上没有画、没有图表、没有地图,习惯性地空白着……你的脚朝着屋里另一头一扇高高的细长窗户。

(品钦,2012:184)

这一段中的"你"指的是谁?小说中没有明显的提示,从下文也很

难判断。第二人称"你"的称呼延续了差不多两页,接下来是一段梦幻般的叙述,然后叙述转到了"白色幽灵"的场景:

> 波因茨曼独自一人,在他昏暗的办公室里无助地打着喷嚏,此刻狗舍里的叫声因寒冷而变得软弱无力,他摇着头说"不"……在我身体里,在我记忆里……不只是一个"事件"……是普适于我们的死亡率……这些悲惨的日子……他却早已发抖了,止不住远远凝视着那本书,提醒自己:原有的七个主人,现在只剩下他和托马斯·格温迪两个,照看着他这本可怜的、过了期的备用书……
>
> (品钦,2012:186)

考虑到后面这段叙述,读者也许会根据上下文认为前面的第二人称'你'有可能指的是波因茨曼,但这只能是读者的猜想,因为文本中没有任何证据能证实这一点。迈克尔·莱文指出,《万有引力之虹》中第二人称的代词'你'的使用把小说人物、叙述者以及读者的界线变得模糊不清了:"叙述者的语言中使用'你'时,可能指的是读者,通常叙述者向读者说话时会用这个人称代词。不过有时候,'你'主要指小说人物,即便从语法功能上看读者也可能是被指代的对象。一旦用代词'你'指代的人物身份一开始没有明确的话,就会引起更加模糊的结果……而《万有引力之虹》中'你'这个人称代词究竟排除了哪些指代对象则是一件引人注目的事情。"(Michael Levin,1999:117-131)前面引述的那段叙述中,"你"究竟是否指代的是波因茨曼还是读者,在小说中找不到明确的线索。其结果就是,波因茨曼和读者之间的界线变得模糊不清了。而第二人称的"你"刚转化为第三人称的"他"——"波因茨曼独自一人,在他昏暗的办公室里无助地打着喷嚏",还不等读者完全适应这个转换,接下来的文字中又出现了第一人称的"我"——"在我身体里,在我记忆里"。叙述视角的不断变化造成了读者审美距离的不断变化,从而读者和文本之间的关系也处于不停的变动之中,这就产生了意义的不确定性和人物乃至读者身份的模糊,这种不确定性和模糊性赋予了品钦文本一种动态发展的秩序(孙万军,2011:245)。

2. 同叙述者与异叙述者之间的转换

同叙述者可以是故事中的人物或主人公,他必须讲述自己的或自己所见所闻的故事;异叙述者不是故事中的人物,他讲述的是别人的故事。异叙述者由于不参与故事,因此在叙述上具有较大的灵活性。就叙述范围而言,他可以站在故事之外,掌握故事的全部线索和各种人物的秘密,对故事作详尽全面的解说;他也可以紧跟人物之后,像窥密记者一样,有节制地发出信息。在叙述行为上,他可以施展各种手段造成一个身临其境的氛围,也可以直接告诉读者故事的虚构性(胡亚敏,2008:41)。而同叙述者必须讲自己的或与自己相关的故事,这一点与内聚焦型视角的限制相同。同叙述者也可以作为故事的次要人物或旁观者。这类次要同叙述者形象曾受到詹姆斯的青睐。他认为叙事作品中叙事角度从主人公向旁观者的过渡表明了小说艺术向真实性又迈进了一步。这种次要同叙述者形象具有不可小视的魅力,他不仅拉开了读者与主人公的距离,而且增加了作品的层次感和客观性,并为作品留下了耐人寻味的空间。

叙事学认为,同叙述者与异叙述者之间的变幻主要表现在叙述者的身份发生变化。在《V.》中斯坦西尔化身成七个不同身份性别的同叙述者,使得叙述方式更为复杂多变,增加了读者阅读的难度。斯坦西尔叙述的是一个想象的过去的历史,这其中原本没有斯坦西尔身体上的参与。斯坦西尔应该是外叙述者同时是一个异叙述者,但是为了追求一种身临其境的感觉,斯坦西尔从一个外叙述者变成了内叙述者,从一个异叙述者变成了同叙述者。斯坦西尔从异叙述者变为七个次要同叙述者,使得他有机会接近和了解故事中的主要人物和事件,但又同时受同叙述者身份和视角的限制,对主要人物的行为、心理和发生的一系列事件感到神秘、费解,作品也因此具有撩人的魅力。

故事中叙述人称的交替使用使叙述者与故事之间的关系呈现疏密不定的变化,同时也会造成叙述者身份的不稳定性,而这种叙述身份的不稳定又导致了读者辨认的艰难。在《V.》中马伊斯特罗尔写给女儿葆拉忏悔书中,叙述了二战结束前马耳他首都瓦莱塔被德军轰炸时的所见所闻。在叙述开始时马伊斯特罗尔以第一人称"我"和"我们"开始叙述,接着又采用第三人称"福斯托"或"他"进行叙述,然后又切回第一人称叙述,此后又用"福托斯·马伊斯特罗尔一世"或"福斯托一世"、"马伊斯特罗尔二世"或"福斯托二世"、"福托斯·马伊斯特罗尔三世"或"福斯托三世"和"福斯托四世"四个不同的第三人称来进行叙述,其中不时地穿插第一人称叙述。这种叙述者身份的不稳定性让读者无所适从,如坠九里云雾中。如下例:

> 让我描述一下这个房间……
>
> 福斯托本人只能用三种方式来表述。作为一种关系:你的父亲。作为教名。最重要的是作为居住者。就在你离开不久,他成了这个房间的居住者。
>
> 于是在1938年之前走来福斯托·马伊斯特罗尔一世……我被选为教士……
>
> 马伊斯特罗尔"二世"与你,孩子,和战争一起降临。
>
> 福托斯·马伊斯特罗尔三世在那"十三次空袭日"降世。
>
> 他的继任者福斯托四世继承了一个在物质上和精神上都已支离破碎的世界。

(品钦,2003:343-346)

这种人称的交替使用和叙述身份的不稳定性使读者一开始根本弄不清他们彼此之间的关系，必须经过反复阅读才能将这个支离破碎的人物恢复原貌，他们分别指代不同时期有着不同思想和精神状态的马伊斯特罗尔。这种第一人称叙述者和第三人称叙述者交替使用，不仅使作品的文体有所变化，更重要的是使故事中的人物、事件得到了内外远近多角度的表现，使叙述者与故事之间的关系呈现疏密不定的变化。品钦的这种叙述人称的交替使用，给读者的阅读增加了难度。

同叙述者与异叙述者之间的转换，使品钦小说中叙述者身份极其不稳定，让读者难以辨认。一方面增加了读者阅读的难度，另一方面也体现了品钦小说不确定性的创作原则。

3. 客观叙述者向干预叙述者的转化

第一人称干预叙述者直接对故事中的事件、人物或社会现象发表长篇评论。这类叙述者爱憎分明，情感强烈，他们的语气往往带有惩恶扬善的威慑力量。干预叙述者还可以通过与叙述接受者的对话和问询来表达自己的观点，寻求读者的支持。马伊斯特罗尔通过第一人称干预叙述者对二战时期瓦莱塔年轻人的生活、事业、理想和抱负等各个方面遭受的毁灭性的打击和破坏都做了淋漓尽致的描述和评论；并不断地与叙述接受者其女儿葆拉（读者）进行对话和问询来表达自己的观点，寻求女儿的谅解和宽恕。如下例：

> 在大学里，在战前，在我与你贫穷的母亲成亲之前，我像许多青年一样感觉到一股确实无疑的"伟大"的风如同一件无形的披风在我的肩头飘拂。
> 你原本不在计划之中，因而在某种程度上你遭到厌倦。
> 何种怪物。你，孩子，你是哪一种怪物？
> 可怜的孩子，这些就是围绕着你的教名所发生的悲惨

事情。

　　葆拉,在空袭时没有陪伴你与埃琳娜并非出于敌意。那也不是青年人通常自私自利与不负责任。

　　你的母亲和福托斯多数时候不在你的身边:护士和工兵。

　　福斯托·马伊斯特罗尔犯有谋杀罪:要是你愿意的话,称作疏忽罪。

(品钦,2003:344-394)

这里形成了一个叙述者对叙述接受者的有效叙事交流,葆拉无疑是叙述接受者。通过对叙述接受者与叙述者之间的关系分析,可以构建起不同的叙述者形象;在与叙述接受者交流的过程中,叙述者的形象也得以凸显和强化。在《V.》中,由于葆拉的存在使读者了解了马伊斯特罗尔这个叙述者。同时,叙述接受者的形象也主要是从叙述者的叙述中构建的。叙述接受者在充当人物时,对情节的发展和故事的叙述具有一定的制约作用。我们通过马伊斯特罗尔的叙述读者了解了葆拉的身世,而正是在这个马伊斯特罗尔叙述中提到了斯坦西尔父亲的名字和坏神父的死亡,使得斯坦西尔要陪伴葆拉前往马耳他去追踪线索,从而推动故事情节向前发展。

客观叙事者向干预叙事者的转化,使读者从另一个角度对小说中的人物和事件有了更多的了解和认识。由于干预叙述者有着强烈的主观倾向,可以唤起读者对叙述者的共鸣,使读者产生错误的判断和理解,这也是一种不可靠叙述者。

4. 外叙述者与内叙述者的相互入侵

外叙述者与内叙述者的互相侵入也是一种违规现象,也可称为"换层叙述"。这种"换层叙述"可以表现为外叙述者闯入内叙述层的虚构情节中,参与第二层叙事中人物的生活;也可表现为内叙述者干扰外叙述层的故事。如《V.》中蒙多根的梦幻与现实的交织,蒙多根在"福帕尔庄园"被围困时做了一个奇怪、恐怖的梦:

第二章 品钦小说的叙事结构迷宫

> 在梦里这时是狂欢节……他在一个啤酒馆里……薇拉·梅罗文出现了……拂晓时分她穿过彩绘玻璃窗进来告诉他一个邦德尔人被处决了,这一次是吊死的……这在 1904 至 1907 年大叛乱期间是一种流行的处决方法……福帕尔刚来到西南非时是个年轻的新兵……
>
> (品钦,2003:272-274:)

在梦中,蒙多根作为内叙述者叙述了一个奇怪、恐怖的梦,然而没有任何标记的情况下外叙述者突然闯入,薇拉·梅罗文第一次出现,似乎是在梦里,然而当她告诉蒙多根一个邦德尔人被处决了的时候,实际上已经从梦中不知不觉回到了现实中。接着全知的外叙述者开始叙述起在 1904 年洛特·冯·特罗塔在西南非镇压当地赫雷罗人和霍屯督人的历史,然而又是在没有标记的情况下内叙述者福帕尔突然闯入外叙述者的叙述,开始叙述他年轻时当兵的情形。而这样一来将导致了真实与虚构界限的混淆,使作品呈现出某种令人惊奇或荒诞不经的效果。正如米克·巴尔所说:"福帕尔的回忆就是简单的开始于与蒙多根的对话,然后慢慢由全知叙述者接管,与文本交织在一起以有限全知视角的形式出现,并且没有任何可以作为标记的符号(中断和省略)。叙述声音接管了福帕尔的故事,但福帕尔也在某种程度上闯入了叙述者的叙述。"(Bal,1985:28)

这种梦境与现实的反复交织,外叙述者与内叙述者相互侵入使得文本具有魔幻现实主义的色彩,读者已分不清楚哪里是真实的哪里是虚构的。

又如在第十四章恋爱中的 V. 中,叙述的是 V. 爱上了 15 岁的芭蕾舞演员梅勒尼·勒厄尔莫狄,梅勒尼从比利时只身来到巴黎作为女主角苏凤参加芭蕾舞的演出,赞助商是那个神秘女人。当叙述到那个女人带着梅勒尼去了她自己的房间时,故事情节突然中断,外

叙述者突然闯入进行评论:

> 如果我们尚未猜到,那么"那个女人"又是斯坦西尔疯狂地久久地搜寻的贵妇人 V.。没有人知晓她在巴黎的姓名。她不仅仅是 V.,而且是恋爱中的 V.。赫伯特·斯坦西尔愿意让能打开他的秘密的那把钥匙带上一些人类的激情。在历史上现今这个弗洛伊德时期,我们倾向于认为女子同性恋产生于投射到其他人身上的自爱。如果一个女子开始变得孤芳自赏,也会产生这种想法,即她所属于的妇女阶层也都不赖……
> (品钦,2003:467-468)

而接下来一段又回到了故事中,只不过变换了场景,梅勒尼被剪去长发,穿上异性服装,每次排演时那个女人都坐在后边,默默地观看。她给梅勒尼提供了十多种各种各样的镜子。然后又是外叙述者的评论,评论 V. 需要她的恋物,梅勒尼需要镜子和另一个人看着她享受快乐。她们就是她,自恋。V. 深入到物恋的国度里,染上恋物癖,逐渐变得无生命化,最后导致了梅勒尼的死亡。这样的外叙述者不时地闯入内层叙事情节中进行评论,一方面干扰了内层的叙述,让读者有种支离破碎的感觉,并会不自觉地接受外叙述者的观点,认为 V. 的同性恋导致了梅勒尼的死亡,V. 的最终死亡不值得任何人的同情。

在《万有引力之虹》中当玛格丽塔向斯洛索普叙述她与布利瑟罗的故事时,她采用的是第一人称的视角:

> "他可以把我们赶走。布利瑟罗在那儿是神。……他们在计划着什么事情,跟那个男孩戈特弗里德有关。……我们搬到了灌木林。……布利瑟罗已经变成了另一种动物……变成了狼人……眼睛里没有留下任何人性……他叫我卡婕。

第二章 品钦小说的叙事结构迷宫

……我知道他是疯了,要么是老年妄想症。……我从会议室的窗子望去,看到他们坐在一张圆会议桌旁,中间放着一样东西,灰色塑料做的,闪闪发亮,表面上光亮晃动。'那是什么?'我问。我想勾引德罗尼。他把我带到其他人听不到的地方。'我想是 F 装置用的。'他低声说道。"

"F?"斯洛索普说,"F 装置,你肯定吗?"

"一个什么字母吧。"

"是 S 吗?"

"对了,是 S。他们像学话的孩子一样摆弄这些他们造出来的词……"

(品钦,2012:517 - 518)

玛格丽塔的内叙述被斯洛索普突然打断,插入他对 F 装置的质疑,他认为她把这个字母与 S 弄混了,随后玛格丽塔也将其改成了 S。所以外叙述者对内叙述者的入侵,表明内叙述者对叙述的事实主观意识和不确定性,同时外叙述者的入侵也影响了内叙述者的叙述,外叙述者将自己的主观意识又强加到内叙述者身上,这样读者对叙述的可靠性产生了怀疑,到底是 F 装置还是 S 装置?不得而知了。

通过不同视角类型的综合运用和不同叙述者之间的转化,频繁的叙事层次的切换,让读者与人物之间的距离出现疏密不定的变化,读者始终受到叙述者的控制。总之,我们作为读者,发现自己被叙述者所控;我们的距离——不管是视觉上的还是道德上的——都被层层的转述声音和思维之间视角的微妙变化、被所给的或故意未给的信息所控制了(马克·柯里,2004:26)。这种切换式叙事,使品钦的作品呈现出神秘、漂浮不定、时空交错、荒诞的特点。

总之,品钦小说多层叙事结构中的层层镶嵌的"嵌套式"叙事结构和频繁变换的"切换式"叙事结构,给小说设置了层层障碍,增加了阅读的难度。不可靠叙述者化解了叙事的可靠性和稳定性,从而使读者陷入不确定性的叙事迷宫。

三 开放性叙事结构

开放性叙事结构是构成品钦小说叙事结构迷宫，也就是叙事结构复杂性的一个主要元素。开放性叙事结构是后现代主义小说在文本结构上的空间体现。品钦的三部小说都采用了开放性叙事结构，具体表现为：开放性的结尾；空间上围绕主题的情节并置；不同层次上的主要结构和主题重复。开放性的结尾打破了完整的情节结构，使情节不再是一个封闭的整体。情节并置打破了线性的叙事结构，使现在、过去与未来时空并置在一起，给读者以混乱、无序、时空交错的感觉。不同层次上主要结构和主题的重复，让读者感到事件的循环往复，增殖和无发展。开放式的文本结构让人物和读者都陷入了一个没有出口的熵化迷宫，从而深化了小说不确定性的主题。本节将从开放性文本理论、小说空间形式的相关理论和混沌理论来分析品钦小说的开放性叙事结构。

（一）开放性的结尾

品钦小说中的开放性叙事结构，首先体现为开放性的结尾。安伯托·艾柯曾将文本分为两种："封闭式文本"和"开放式文本"。"封闭式文本"仅仅"旨在引发多少正是凭经验办事的读者去作出恰当的反应"；而"开放式文本"承认、邀请读者参加文本的建构活动（Umberto Eco,1989:8-9）。品钦的文本就属于"开放式文本"，除了第一节所提到的多层叙事所导致的文本空间的开放性，品钦的情节结构也具有开放性。情节结构的开放性是对完整情节结构的突破。情节不再是一个封闭的整体，也不是事件的句号，而是省略号，其结局蕴含多种可能性的开放体系（胡亚敏,2008:133）。

开放性的结尾是指情节可以在任意一点中止，故事不提供符合逻辑的完满结局。我们在品钦的小说中找不到大团圆的美满结局，他的小说在结尾的处理上都属于开放性的，即没有一个确定的、单一的结尾，留给读者的是一个谜和想象的空间，正如华莱士·马丁所说："忠于某种永恒的开放或解决的阙如。"（华莱士·马丁，1990：92）这种开放式的情节被托马斯·多砌特看作是"答滴式"情节。"滴"表示开始即头，"答"表示结束即尾，"答滴式"情节说明这种情节设置没有尾只有头，是充满可能性的情节，把历史看作是断裂的，事件永远发生在此刻（胡全生，2002：105）。

后现代小说开放性的结尾包括结尾缺失和结局的不可达。结尾的缺失与结局的不可达不一定相同，前者处于话语层面，后者处在事件或故事所指层面，一个事件或故事可以没有结局，但可以赋予一个假性的结尾。作为另一种缺失，结局不可达指所述事情没有结果或留下一些空间，它在内在与小说中，作者本人也不能提供任何线索和参考答案（王钦峰，2001：61）。

亨利·詹姆斯等人为这种开放式结局做了铺垫工作，但他的开放式结局还不是后现代主义式的结尾，因为它是靠作者的缄默或隐退得出的，而后现代的开放式结尾则必须靠作者的介入，只有将开放式结局与元小说的试探、反省、说破相结合才能产生后现代的开放性结尾（王钦峰，2001：63）。后现代开放性结尾的奠基人是博尔赫斯，其作品《三月四月》和《接近阿尔莫塔辛》所安排的结局要么是无限，要么是虚无。又如，在其《阿莱夫》接近结尾时，主人公否定了所看到的阿莱夫的真实性，结尾以两个疑问句结束。

品钦小说情节的开放性，首先表现在结尾的不确定性上。也就是说，其小说的结尾与博尔赫斯有异曲同工之处，三部小说都没有一个确定的结尾，结尾缺失或结局不可达。品钦的第一部小说《V.》共十六章，再加"尾声"。然而"尾声"却不是故事的真正结尾，而是对斯坦西尔父亲之死的追叙。斯坦西尔所寻找的"V."依然没有结果，成了一个悬念。他意识到他所寻找的"V.在西班牙，

V.在克里特岛,V.在科孚岛受伤致残,在小亚细亚是个党徒"(品钦,2003:446)。"到这一时刻 V.是一个不同凡响的分散的概念"(品钦,2003:447)。"V.是一个充满巧合的国度,由一个神秘的部门治理。他们的间谍经常在这个世纪的街道上出没"(品钦,2003:517)。V.的所指变幻不定,亦幻亦真。它什么都是,又什么都不是。著名的英国批评家托尼·坦纳(Tony Tanner)指出:"如果 V.无所不指,那么它就一无所指。"斯坦西尔明知道他对 V.的追踪会毫无结果,但依然前行。在第十六章中提到普鲁费恩陪伴斯坦西尔来到马耳他的首都瓦莱塔,然后各自分道扬镳,前者迷失在马耳他的街道中,后者前往斯德哥尔摩去追踪 V.的另一线索。尾声部分则回到过去1919年的马耳他,交代了斯坦西尔父亲之死,但并没有提及普鲁费恩和斯坦西尔的最终结果,普鲁费恩的未来状况如何?斯坦西尔的追踪是否有了结果?都没有交代,让读者无所适从,在不确性中迷失。从话语层看,是结尾的缺失,读者被给了一个像结尾的结尾;从故事层看,无论是普鲁费恩的溜溜球生活还是斯坦西尔对 V.的追踪,其结局都是不可达的。普鲁费恩还是重复着他那无所事事、毫无意义的生活;斯坦西尔自己对 V.是什么都不清楚,所以注定什么也追踪不到。这是一个没有出口的迷宫。

在《拍卖第四十九批》中,主人公俄狄帕遵照已故婚前男友皮尔斯的遗嘱委托,清查他在加利福尼亚的遗产,在调查中她发现了皮尔斯的产业可以说是无以数计、包罗万象,囊括了地产业、航空业、旅游业和烟草业等领域,实在令人叹为观止。皮尔斯的商业网络已经渗透到各个角落,使他能够牢牢控制着社会的政治、经济和文化命脉,操纵着他人的命运。他是权力和财富的化身。"他的遗产就是美国。"即使在他死后,他依然能够像幽灵一样牢牢操控着整个社会,"他甚至比死亡活得长"(品钦,2010:65)。没有人知道皮尔斯的产业究竟有多少,俄狄帕陷入了皮尔斯无尽的产业王国。同时她在调查遗产中发现一个地下邮递组织特里斯特罗,但她同时又觉得或许这个组织根本不存在。她始终在信与不信之间徘徊游移。究竟什么是事实,什么是真相,俄狄帕不知道,她也回答不了,她所能做到的只是继续探查,所以在小说的结尾她"在座位上往后一靠,等待那四十九批拍卖品的叫卖",等待特里斯特罗那神秘的竞拍人出场,故事至此戛然而止。这意味着小说在明显停止一段缺乏最终揭示谜底的段落上,同时使小说的题目也成为一个悬在空中的和弦:像等待贝克特的戈多一样,我们将永远等待第四十九批邮票的拍卖(Bran Nicol,2009:95)。

在《拍卖第四十九批》中,读者同主人公一样也会卷入到追踪之中。最后俄狄帕开始怀疑她自己是否疯了,在接近结尾处她意识到有四种解释能让她遭遇的一切有意义:一是她确实发现了一个秘密网络系统;二是这种发现只是一个幻觉;三是一个针对她的巨大的阴谋误使她认为自己发现了一个秘密网络;四是她在幻想一个这样的阴谋。最后她不能确定哪一个是真的,她掉入一个"虚空"中。读者也同俄狄帕一起掉入了这个"虚空"之中。

"虚空",这个有着无限可能的巨大空间,是我们在阅读其他后现代主义作家的作品后所得出的一个词,在《拍卖第四十九批》结尾处悬在空中。品钦向读者暗示不要从四个选择中进行选择,因为每一个都是貌似正确的。《拍卖第四十九批》中的世界是四个潜在的情节被想象着同时展开的。它如同安伯托·艾柯的逻辑推测,推测使故事不断向纵深发展,从而拓宽了文本的空间,使文本朝向读者的积极阅读。读者又被给了一个没有结果的结尾,读者会猜测:俄狄帕见到那个竞拍者后是否能弄清事情的真相?只怕未必,品钦给作品设计了这么一个没有明确答案的开放性的结局即表明事实是不可能轻易搞清的。真相难明,事物具有不确定性。读者和俄狄帕一样掉入了没有出口的迷宫。

同样,在《万有引力之虹》中,从"尖啸声划破夜空……"开始,火箭就一直在不断地四处爆炸,各个国家、各色人物、各种组织都开始了对德军火箭的研究与追踪。主人公美军军官斯洛索普和女人发生过关系的地点,往往就是德国导弹袭击的下一个目标,于是成为"白色幽灵"控制的对象,为了摆脱"白色幽灵"的控制,寻找自己身世和V-2火箭之谜,斯洛索普一路历经艰险,每每逢凶化吉、死里逃生,最后发现自己身世的秘密:在大萧条期,其父为了供他上哈佛大学,将其卖给化学家拉兹洛·雅夫,用G型仿聚合物做产生条件反射勃起的实验,这就是德国导弹总是跟在他后面爆炸的原因。然而,就在似乎获得了一切秘密、领悟了人生之后,当斯洛索普看到天空出现的彩虹,喜极而泣,身体莫名其妙地四下消散了。作者既没明确交代其死亡与否,更未提及其死亡原因,读者只能从中进行猜测。小说最后以德军载人火箭发射结束,发射时间不明,火箭也尚在空中……各种人物的命运和结果也没有明确的交代,斯洛索普的好友"快蹄儿"是最早消失的一个,没有下文。布利瑟罗到底是死是活,我们也不知道。火箭最后究竟是在哪里发射的,文中并没有透露。一心想除掉同父异母黑人兄弟的齐切林命运如何,他们是否真的点点头擦肩而过?恩赞的黑人支队是否被消灭了?被布利瑟罗装在火箭里等待发射的恋童戈特弗里德是否已到达了天堂?波因茨曼通向诺贝尔的斯德哥尔摩之门在他身后永远地关上之后,他还会继续什么样的阴谋?可以说,品钦没有给我们一个明确的结尾,一切都留给读者来判定,我们依然在迷宫中徘徊。

品钦的三部小说都没有固定的结尾,就故事本身来讲,其结局也是不可达的。这种开放性的结尾给读者留下了自由想象的空间,这种自由比现代主义文本的读者得到的自由大得多,现代主义文本的读者可以通过将信息重组从中顿悟作品的意义。后现代主义文本的读者必须积极地去创作,因为文本是断裂式的叙述结构,读者不可能将片断式的叙述视点统一到一个大视点之下。然而正因为没有了作者的引导,读者才有了更多的自由,处于与作者相等的地位。实际上,作者已从现代主义文本中的隐退,进入后现代主义文本中的死亡。由读者来接管文本的创作,也就是作者与读者共同完成了一场文字游戏。品钦曾告诫读者不要在他的小说中寻找主题、象征和其他抽象的统辖因素。而这种开放性的结尾,给了读者较大的想象空间来思考作品给我们带来的各种意义。

(二)空间上围绕主题的情节并置

品钦小说的开放性叙事结构还体现为一种文本空间上的情节并置结构,也是一种围绕主题的情节并置。人们通常认为雕塑、图片、摄影艺术属于"空间艺术",而文学则属于时间艺术。早在18世纪,德国文艺学家G.E.莱辛就认为,"时间上的先后承续属于诗人的领域,空间则属于画家的领域"(Gotthold Ephraim Lessing,1967:472)。可以说,这种说法具有一定的合理性,因为虽然作品中的人物需要一个活动的空间,但情节主要源自依照时间秩序组织人物行动(Susan Sanford Friedman,2005:194)。然而随着20世纪现代主义和后现代主义文学的异军突起,他们运用时空交叉和时空倒置的方法,打破了传统的单一的时间顺序,展露了追求空间化效果的趋势(约瑟夫·弗兰克,1991:1)。1945年,英国学者约瑟夫·弗兰克首次系统地提出了小说的空间形式理论,初步建立了一个新的小说理论范型。他认为,所谓"空间形式"就是"与造型艺术里所出现的发展相对应的……文学补充物。二者都试图克服包含在其结构中的时间因素"(约瑟夫·弗兰克,1991:II)。弗兰克从创作主体的角度出发,认为20世纪的作家表现出对时间和顺序的颠覆、对空间与结构的偏爱。他们在同一时间里展开了不同层次上的行动和情节。为此,来回切断了同时发生的若干不同的行动和情节,取消了时间顺序,中止了叙述的时间流动。他提出了"并置"的概念。并置指的是在文本中并列地置放那些游离于叙述过程之外的各种意象和暗示、象征和联系,使它们在文本中取得连续的参照和前后参照,从而结成一个整体。

主题—叙事并置结构是国内学者尤迪勇根据传统叙事理论研究和弗兰克的"并置"概念提出的一种空间叙事结构,他对这种叙事模式的描述是:其构成文本的所有故事或情节线索都是围绕着一个确定的主题或观念展开的,这些故事或情节线索之间既没有特定的因果关联,也没有明确的时间顺序,它们之所以被罗列或并置在一起,仅仅是因为它们共同说明着同一个主题或观念。因此,从内容或思想层面,我们可以把这类叙事模式称之为主题或观念叙事;从形式或结构层面,由于它们总是由多个"子叙事"并置而成,所以我们可以把它们称之为并置叙事(尤迪勇,2011:49)。尤迪勇认为将其称为主题—叙事并置是为了研究的方便,更为了同时能既兼顾到内容层面也兼顾到形式层面。本书将其称为"围绕主题的情节并置",以突显主题和情节之间的联系。

尤迪勇总结了主题—叙事并置结构的四个特征:一是,主题是此类叙事作品的灵魂或联系纽带,不少此类叙事作品甚至往往是主题先行;二是,在文本的形式或结构上往往是多个故事或多条情节线索的并置;三是,构成文本的故事或情节线索之间既没有特定的因果关联,也没有明确的时间顺序;四是,构成文本的各条情节线索或各个"子叙事"之间的顺序可以互换,互换后的文本与原文本并没有本质性的差异。然而,构成文本的各个"子叙事"之间既没有特定的因果关联,也没有明确的时间顺序;而作为叙事线索的这些"子叙事"本身往往也是由多个事件组合而成的,构成"子叙事"的这些事件间往往是既有因果关联,也体现出一定的时间顺序。

尤迪勇认为主题—叙事并置模式有两种表现形式:"正体"和"变体"。"正体"的特征是:①构建整个叙事文本的基本组织原则;②构成文本的每一条叙事线索都是完整的、独立的存在;③整个文本的每一个组成部分都是叙事性的,也就是说这些叙事线索都是一个一个的"子叙事";④整个文本的每一个组成部分都是"小说类"的叙事。"变体"的特征为:①主题—叙事并置并不是构建整个文本的组织原则,而是在文本的局部成为表达、强化主题或观念的手段;②构成文本的"子叙事"完整性、独立性被破坏;③构成整个文本的组成部分中有的是非叙事性的;④除了"小说类"的叙事,文本的组成部分中还可能有非小说类的叙事(如诗歌、新闻报道等)(尤迪勇,2011:49)。品钦作品中的空间结构多属于"变体"模式,因为他的作品叙事线索繁多,情节时断时续,时空交错,碎片化极其严重,各种科学知识与各种体裁混杂,各种修辞手段并用,充满了神秘与荒诞和文字游戏。

1.《V.》的双线交替并置结构

至于《V.》的叙述结构,研究者不乏其人,约翰·W. 亨特认为《V.》有三条叙事线索,其中两条大约在 1955 年至 1956 年,分别是关于普鲁费恩在大都市的溜溜球生活,和斯坦西尔对父亲日志中提到的一个神秘的 V. 的追踪故事,在小说中以现在时出现。第三条是集中在维多利亚·维恩的故事上,主要通过斯坦西尔从各处搜集的证据中以各种方式重构的故事,时间跨度是从 1898 年(18 岁那年出现在埃及的亚历山大)至 1942 年(死于马耳他),采用的是过去时。这三条线索相互交织,使每个故事都呈现出一种不连续性(Richard Pearce,1981:32 – 33)。

国内学者刘恪认为《V.》中没有一个完成的叙述主线,它有三条明线和两条暗线。第一条是围绕着普鲁费恩的溜溜球生活展开;第二条是围绕着斯坦西尔对 V. 的调查展开;第三条线索不是很明显,它若隐若现、忽明忽暗,它是 V. 以多种身份在文本中出现;第四条暗线是人们均在经历一个熵化的过程;第五条暗线在寻找 V. 的进程中暗含人类生活的量子理论。这五条线索不断重合、不断分岔,五条线索中的事件有时断裂、有时连接,或者找不到可靠的结果,使线索、事件、故事均在扑朔迷离之间,他把这些线索比喻成文本迷宫中的错综复杂的路径,在小说中没有一人一事走向明确的目的(刘恪,2007:310)。

但大多数学者都认为《V.》主要有两条叙事线索,本书也持这种观点,因为太多的划分会陷入繁琐哲学的尴尬,还会出现概念交叉、削足适履的困境。致力于品钦研究的国内学者孙万军认为,仔细探求《V.》的叙事手法就会发现这部小说深层的叙事结构其实就是一个V字形。大卫·西德在谈到《V.》的叙事方式时说:"构成小说节奏之一的是交织在一起的两个主要系列。一个是以本尼·普鲁费恩为中心,主要发生在纽约的现实系列;另一个是发生于1898到1943年间的历史系列。历史部分由亨伯特·斯坦西尔对一个叫作V.的神秘人物的追踪串联到一起。"(David Seed,1988:71)

不论是三条叙事线索、两条叙事线索、V型结构,还是五条叙事线索,都说明了《V.》的叙事结构在时间上的非线性和文本上的空间性。在文本空间上来说《V.》属于双线交替并置的叙事结构,也就是尤迪勇所说的主题—叙事并置模式的叙事作品。《V.》围绕主题并置了普鲁费恩的故事和斯坦西尔的故事,尽管普鲁费恩和斯坦西尔都生活在现代的都市,但是他们的故事在时间上和空间上没有任何因果联系,之所以并置在一起是因为"熵"化的主题:普鲁费恩和斯坦西尔过着截然相反的生活,一个随波逐流、消极懒散、一个坚持不懈、积极探求。普鲁费恩的消极懒散是因为他不想和这个无生命物体控制的世界有过多的瓜葛,从而沦为无生命物体的奴隶,这是一种消极的抵抗。斯坦西尔的不懈探求也不过是要保存一份生命的活力,起码给空虚的心灵找到一丝慰藉。他们有着共同的敌人——"熵",尽管他们的生活方式不同,但他们都在抗争,都不愿意和这个熵化的世界同流合污。所以他们终于走到了一起——他们是字母V的两条边,最终在底点汇合。然而后现代社会是无意义的社会,他们的抗争无疑是徒劳的,所以两个人在最后还是分道扬镳。普鲁费恩在马耳他的街道上狂奔,溜溜球又回到原点。斯坦西尔到斯德哥尔摩去追踪另一个关于V.的可能是毫无意义的线索,

第二章 品钦小说的叙事结构迷宫

其实也是原地打转。两个故事在文本空间上形成空间并置。小说在章节的安排上也是交错进行的,全书一共十六章,以第一章普鲁费恩的溜溜球生活开始,之后与全病帮的故事交织在一起。关于V.的故事共六章,穿插在其中。以尾声介绍斯坦西尔的父亲在马耳他死亡的真相而结束,形成了现在与过去的时空变换,极大地破坏了线性叙事规律。

围绕着两个主要情节线索,产生出诸多"子叙事",这些"子叙事"分别又在"熵"主题下并置。围绕普鲁费恩这条线索的是几个女人的故事:葆拉的故事、蕾切尔的故事、菲娜的故事、埃斯特的故事,加上"全病帮"艺术家的故事,都不同程度地揭示了品钦的另一个主题:人的"异化"和"物化"及人的伪装的本质。葆拉这个马耳他姑娘为了摆脱熵化状况和父亲关系的冷淡,与水手帕皮结婚来到美国,之后离开他成为酒吧女招待,随同普鲁费恩来到纽约,她化名黑人妓女鲁比掩盖真实的自己,之后跟随斯坦西尔和普鲁费恩回到马耳他,与帕皮擦肩而过后,准备与之团聚,葆拉从终点又回到了起点。蕾切尔这个生活在富裕家庭的女孩爱上了莫里斯车,为了逃避自己的生活环境,只身来到纽约,她爱上了普鲁费恩,普鲁费恩却认为自己是个没有灵魂的人,她的逃避没有了结果,还是陷在了纽约这个都市中。菲娜希望用自己的爱来感化街道上那些流氓,天真地把自己伪装成圣女,却成了他们轮奸的对象。埃斯特这个犹太姑娘,为了掩盖自己的犹太形象,让整形大夫舍恩梅克做了鼻子整形手术后还为其所迷惑,成了他的牺牲品。还有"全病帮"的其他成员故事,如紧张症表现主义画家斯拉伯,只画丹麦奶酪酥皮饼;与妻子关系不和,欲跳楼的唱片经纪人鲁尼·温森姆,他的妻子是整日与人鬼混的小说作家梅菲娅;在V-诺特酒吧演奏爵士乐的黑人音乐家麦克林蒂克·斯费亚;还有擅离职守、嬉闹好色、垂涎葆拉的水手皮格·博丁。这些人都在熵化的社会中迷失了自我,消沉颓废,处于不断的熵化中。这些"子叙事"在熵主题下并置在一起,形成了现代社会都市颓废、混乱的景象,在内容上形成了一种低俗文化的拼凑。

围绕着斯坦西尔这条线索的是他幻想空间中过去有关 V. 的历史事件的并置。在第三章中,V. 作为维多利亚·雷恩出现在埃及亚历山大,引诱了英国外交部的代表古德费洛,间接提到了法绍达危机和波彭泰因的被杀。在第七章中,V. 出现在意大利的佛罗伦萨,见证了波堤利切的维纳斯被盗和委内瑞拉使馆骚乱。第九章蒙多根在西南非的故事中,V. 作为薇拉·梅罗文出现在由于邦德尔人的叛乱被围困在福帕尔的庄园中,见证了德国殖民者对西南非邦德尔人和赫雷罗人的杀戮。在第十一章中,V. 以坏神父的形象出现在马耳他被围困时期,她最终死在飞机轰炸倒塌的残垣中。在第十四章中,V. 在法国以神秘女人身份出现,爱上芭蕾舞演员梅勒尼,导致梅勒尼的死亡。这五个关于 V. 的故事即"子事件"表面上似乎有联系,但却是通过斯坦西尔的想象并置在一起的,而并非真实有联系,其核心是围绕着 V. 不断"物化"的过程和她最终的死亡。尾声中,V. 以维罗妮卡·曼加尼兹出现在马耳他六月骚乱中,斯坦西尔的父亲在离开马耳他的航行中葬身海底。但斯坦西尔却无从得知了。若用如下的图 2 来表示 V. 的情节并置更为清晰一些。

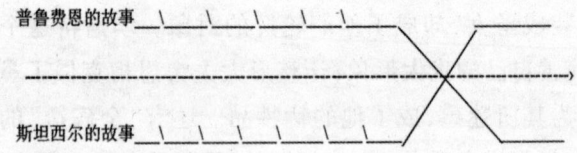

图 2 《V.》的叙事结构

这种双线交替的现在与过去的情节并置,使小说呈现出时空交错、混乱与碎片的感觉,从而扩大了文本的空间,深化了主题。

2.《拍卖第四十九批》不确定的熵化迷宫

《拍卖第四十九批》篇幅虽小,结构紧凑,故事按时间顺序向前推进,但其迷宫般的盘曲的情节和没有结果的结局依然使读者有如坠五里雾的感觉。美国评论界甚至有人称该小说为智力侦探小说、心理惊险小说或神秘小说。品钦自认为不太看重《拍卖第四十九批》,因为他感觉在这部小说中,他已经"忘记了绝大多数我认为我在此之前所学到的一切"(Pynchon,1995b:22)。一些批评家倾向于认为这部小说就其自身来讲不是一部重要的作品,它或逊色于《V.》,或仅作为《万有引力之虹》的一个序曲。《拍卖第四十九批》虽然是品钦作品中相对来说较为易读的作品,其结构不像《V.》那样线索交错复杂,也不像《万有引力之虹》那样庞杂纷乱,但品钦的迷宫手法使它的简洁结构起到了比《V.》复杂结构更强有力的效果,让读者同主人公一同展开对事物确定性的追寻,并使二者同时陷入不确定的迷宫中。迷宫手法是一种无变化、无发展的循环重复的写法,是后现代小说家最擅长的方法,它主要是在技巧层面或材料的处理层面,表现为材料处理途径单调乏味、同语反复和总体循环,给读者制造迷宫的感受,达到不给读者预留出路的目的(王钦峰,2001:90)。后现代的迷宫手法是由后现代小说家从迷宫主题中剥离出来的一种叙事手法。这一手法主要归功于阿根廷迷宫叙事大师的博尔赫斯,他对迷宫叙事做出了巨大的贡献。品钦深受博尔赫斯的影响,他的小说体现了世界是一个熵化的迷宫,并将迷宫手法运用到自己的小说中。但品钦的迷宫手法与博尔赫斯又有所不同,他创造性地将科学话语"熵"引入文学领域,创造了品钦标志性的百科全书式的熵化迷宫文本。

《拍卖第四十九批》迷宫般的情节和信息的不断增殖是品钦迷宫手法的具体体现。品钦将各种偏题、散乱的子情节复制、增殖到本已纷繁的故事里,让阅读者的智识不断下沉,失去理解的方向。

小说的女主人公俄狄帕·马斯在小说的一开始就被给予了一个较为直接的调查任务——被她的过去恋人皮尔斯·英弗拉蒂——"加州房地产巨子"指定为遗嘱合作执行人。在她出发之前的自我思考中插入了西班牙女画家巴罗的三联画,这个看似离题的绘画作品,起到了一个隐喻的作用,暗示她的追踪无果。在圣纳西索的"回声宫"旅馆里插入了梅茨格主演的电影《开除》,在播放电影的间歇不断插入关于皮尔斯财产的广告,现实与虚幻不断交织在一起,而浴室里一罐喷发定型剂的爆炸和她与梅茨格打赌的失败也预示了信息的混乱。这些散乱的"子情节"分散着读者的注意力。在清理繁杂的财产中,她遇到的第一个增殖情节是在视野酒吧的厕所里,看到了 WASTE—We Await Silent Tristero's Empire(我们等待沉默的特里斯特罗帝国)和特里斯特罗的邮政号角标记。在这个酒吧里的人用一种地下方式传递信件,令她感到迷惑不解,引起她调查的好奇心。之后又在范戈索环礁湖听说皮尔斯投资骨炭过滤嘴公司,这是第二个增殖情节。又将她引向观看一出《信使的悲剧》,复仇剧中提到的"图恩和塔克西斯"邮递组织是十七世纪时控制过欧洲邮政系统的巴伐利亚家族。这些偏离的"子叙事",与小说人物并不构成直接的平行,却又能找到隐喻的投射。比如戏剧中有将人骨从湖中取出并制成墨水的情节,而皮尔斯也恰好拥有一家生产"碳骨过滤嘴"的公司,骨头的来源正是二战时尸沉湖底的盟军士兵。《信使的悲剧》提到"特里斯特罗"又将俄狄帕引向对剧本的追查,这是第三个增殖情节。她查了平装本、精装本和"白教堂"残本,却发现了自相矛盾的现象,这一系列调查事件就像是在迷宫里的岔道一样,都是死路。第四个增殖情节是关于"麦克斯韦精灵"的装置,暗示两种热力学的熵和信息的熵。第五个增殖情节是皮尔斯遗产中一批赝品邮票。这些纷乱的情节似乎都有某种联系,但是没有一个事件有一个清晰的解释或结果。当她向周围似乎和 WASTE 有直接关系的人进行询问时,大家都异常警惕,讳莫如深,她似乎已经陷入

第二章 品钦小说的叙事结构迷宫

了一个巨大的、全球范围的阴谋之中——"特里斯特罗"——一个从十六世纪末就开始秘密运作想要暗中破坏西方社会和政体的地下组织。当俄狄帕经历了一次黑夜之旅后,她在各处所发现的符号似乎证实了她对这个秘密系统的怀疑:街道上的垃圾桶中,儿童所唱的歌曲中,到处都是这个词。但她却一直难以接近秘密的中心,一些东西将她与秘密隔开了,她不知道是什么,她的问题不是一些重要的信息被隐藏或被编织的密码之难,而是像在《V.》中一样,线索的增多,信息的过量和不断增殖。信息在传递过程中不断被扭曲,加入了人为的因素,所以俄狄帕就像麦克斯韦的小精灵一样,在做无用的分拣工作,在毫无意义地对抗着海量的信息熵。《拍卖第四十九批》叙事结构如图 3 所示。

图 3 《拍卖第四十九批》叙事结构

博尔赫斯的小径分岔的花园还有一个出口,但是品钦的花园没有出口,到处是死路。读者和俄狄帕一同迷失在圣纳西索的信息熵的迷宫中。

3.《万有引力之虹》的无限延展的多重线索并置

《万有引力之虹》的故事时间主要是发生在二战结束前后的一段时期,地点遍及整个欧洲。整部小说极为混乱而复杂,全书四个部分共 73 个场景。第一部分,耶稣降临节前人们的焦虑和希望。德军火箭轰炸地点与美军军官斯洛索普的做爱地点奇异般的相互吻合,各情报机构开始研究这种奇怪的现象。第二部分,埃尔曼·戈林赌场间谍大战,斯洛索普出逃。第三部分,美军占领的德军火箭基地,斯洛索普调查出自己少年时曾被德国化学家雅夫做实验,在占领区流亡。第四部分,斯洛索普身体消散,化为灵媒,各种对抗力出现,火箭尚在发射中。整部小说事件繁杂,线索纷乱,人物众多,混杂无序,遍布了神秘与荒诞,同时充满了象征隐喻、双关等多种修辞手法。要想在这部小说中梳理出一个叙事结构,是一件庞大的工程。这部小说令人眼花缭乱,堪称后现代主义迷宫。本书尝试根据叙事空间形式理论来分析它的文本叙事结构。

继弗兰克提出文本的空间"并置"概念之后,美国犹他州大学的戴维·米切尔森在《叙述中的空间结构类型》中,提出了桔状空间结构类型。他认为,我们可以从观察一部作品的各部分之间的联系入手。虽然各个事件在空间形式上并不是按时间顺序联系起来的,但它们的顺序并非不重要。对于作为部分之集合的总体,空间形式上的趋向是把总体作为一个有序的、连续的整体来加以支配的。戈特弗里德·本在谈到他的《表象型小说》(1949)时使用了一个比喻,它合适地描绘了已经从中取消时间顺序的结构:"这部小说……是像一个桔子一样来建构的。一个桔子由数目众多的瓣、水果的单个的断片、薄片诸如此类的东西组成,它们都相互紧挨着(毗邻——莱辛的术语),具有同等的价值……但是它们并不向外趋向于空间,而是趋向于中间,趋向于白色坚韧的茎……这个坚韧的茎是表型,是存在——除此以外,别无他物;各部分之间没有任何别的关系。"这个比喻——小说应该按桔状构造——与空间形式有效地发生了联系。小说的空间结构是由许多相似的瓣组成的桔子,它们并不四处发散,而是集中在唯一的主题(核心部分)上(约瑟夫·弗兰克,1991:142)。

本书认为这个桔子的比喻并不十分恰当,既然它趋向于白色坚韧的茎,而且并不四处发散,集中在唯一的主题上,那么用蒜头比喻更加恰当一些。这些蒜瓣围绕着坚韧的茎,彼此紧邻着。这种结构暗示着情节发展的缺乏,小说各章之间没有任何必要的相互联系,向前的推动力是极小的;读者的主要任务是推想作品如何逆向溯源或旁逸斜出,而不是推想作品如何向前发展(接着会发生什么)(约瑟夫·弗兰克,1991:146)。

虽然说《万有引力之虹》的恢宏拒绝任何概括,其混乱的结构就是一个隐喻——世界的无序与混乱和不断走向熵化。然而能使这部小说的各种情节和线索连贯在一起的就是一个反复出现的中心意象"火箭"。小说虽然各种部分之间没有必然的联系,但整部小说都围绕着"火箭"这个中心意象展开,各部分就像蒜瓣一样围绕着一个坚韧的茎紧挨在一起,这个坚韧的茎就是"火箭"。以斯洛索普对火箭的追踪和以波因茨曼为首的"白色幽灵"对其控制为主线,以其他各方与火箭的关系为辅线展开。这些辅线包括:纳粹德国的布利瑟罗和他的 V-2 火箭故事;苏联情报人员齐切林与火箭的故事;其同父异母的黑人兄弟恩赞率领的"黑人支队"与火箭的故事;德国火箭工程师珀克勒、制导员纳里奇和阿赫特法登的故事;海盗普伦提斯的特异功能和灵媒的故事;摩西哥与杰茜卡的爱情故事;化学家雅夫的故事;共济会员、工业家布兰德的故事;斯洛索普同卡婕、盖丽、玛格丽塔、卞卡等几个女人的罗曼史;斯洛索普与"老马"、"酸爷"、博丁、马维上校和斯卡里道兹的故事;小男孩路德维希和旅鼠的故事;"灯泡拜伦"的故事……一系列故事都围绕着"火箭"而展开,它们并不发散,而是集中在"火箭"这个核心上。这些"子故事"有着自己的发展轨迹,它们之间又有着盘根错节的关系,如双面荷兰女间谍卡婕与布利瑟罗、斯洛索普、波因茨曼、海盗、恩赞等人之间的关系,德国女演员玛格丽塔与魏斯曼(布利瑟罗)、坦茨纳、老马等人之间的关系、黑人支队的恩赞与魏斯曼、卡婕、齐切林等人的关系等等。这些故事或情节都不同程度地并置着,它们齐头并进,又相互交织,缓慢无限地向前发展。这个无比硕大的蒜头以"火箭"为茎支撑起小说的文本空间。

小说的第四部分反作用力这个部分,已经没有了完整的故事情节,几乎都是对前三部分出现的事件和人物痕迹的探讨,完全成了一种碎片的拼贴和并置。最典型的就是最后一个片段 73 场景中，并置了 15 个带有标题的片段：

    1. 占领明吉伯柔

    2. 回到"那地方"

    3. 魏斯曼的塔罗牌

    4. 最后的绿色和洋红色

    5. 马

    6. 以撒

    7. 发射前

    8. 硬件

    9. 追赶音乐

    10. 倒计时

    11. 伸入阿波罗之梦……

    12. 俄尔甫斯放下了竖琴

    13. 清场

    14. 上升

    15. 下降

（品钦,2011:791 - 807）

    这 15 个并置的碎片从标题上看似乎彼此之间没有太大的联系,只是局部有些联系。当读者反复将这些碎片进行拼贴时,会发现他们之间有隐秘的内在联系,就是所有这些都是在为"火箭"的最终发射做准备工作。片段 1:占领明吉伯柔,暗示斯洛索普作为火箭人永远被拒绝在家门之外。片段 2:回到"那地方",暗示随着火箭的死亡之虹的到来,人们都已经在毒品中找到了自己的归宿。片段 3:魏斯曼的塔罗牌,预示着魏斯曼的最终命运。片段 4 - 8 都是火箭发射前的预演。片段 9:追赶音乐,暗示波因茨曼的最终归宿。片段10-15暗示火箭最终发射的全过程,与小说最初的第一幕"尖啸声划破了夜空……"形成一个完美的照应。实际上是对小说的各种主题的一个概述。像《拍卖第四十九批》一样,《万有引力之虹》停止在一个具有威胁性、不断迫近的危险音符上,拒绝给小说一个结尾,它仅仅是在一个部分的结尾处停下来,而这个部分又是对前面所有问题的一个质疑。在这种打碎了的叙述中,读者迷失了方向,就会转向小说的主题,在失去了时间结构之后,只有主题能将这种空间上的并存黏合在一起。只要火箭尚在发射中,故事可以无限延展,如果火箭真的发射了,小说也就结束了。因为主题和意义就在文字之中。

品钦小说中叙事结构中的多条线索齐头并进和空间上的围绕主题情节并置,打破了传统的线性叙事结构,使现在、过去与未来时空并置在一起,一方面拓宽了小说文本空间,形成一种开放性文本,诚约读者的积极阅读和参与文本的阐释。另一方面给读者以混乱、无序、时空交错的感觉,从而将注意力转向小说的主题意蕴。

(三)不同层次上的主要结构和主题重复

品钦小说的开放性叙事结构不仅体现在开放性的结尾、空间上围绕主题的情节并置,还体现在不同层次上的主要结构和主题重复,重复循环手法是制造迷宫的一个基本手法,是罗伯-格里耶和博尔赫斯最擅长的手法。这种重复可以是静态形象的重复、也可以是动态的无休止的音乐、也可以是情节的重复,其目的是将读者推入迷宫,使之处处碰壁,找不到出路(王钦峰,2001:91-92)。品钦的三部小说也有这种重复,但这种重复却不像格里耶和博尔赫斯小说中可以容易辨识,它是一种潜在的不同层次上的主要结构和主题的重复,需要读者反复的阅读,细心观察才能体会到。以线性秩序为标准来看,品钦的文本是被无序所主导的,不确定性是其本质。但约瑟夫·M.康蒂发现,品钦的世界是一个复杂系统,可以用混沌系统的规律来进行解读。就像混沌系统的非周期运动一样,品钦的文本是另一类型的有序运动,在表面的混乱之下隐藏着秩序的雏形,是一种"无序的有序":"后现代小说的混乱以开放性、不稳定性和高熵值为特征,其复杂的文本性要求读者与其互动——经常是要求读者时刻付出很大的努力参与互动,有些读者不愿意付出这样的努力。而恰恰是由于这种不断的努力和信息交换让这一类显得无序的小说显示出了自在的规律,就像艾柯所说的,拥有了秩序的雏形。"(Joseph Mark Conte,2002:163)康蒂指出,在混沌系统中有一个主要的原则就是"跨等级自相似结构"。也就是说,结构无论大小都有相似的形式。研究文本复杂性的批评家夏利斯指出:"混沌理论的核心就是发现了隐藏在混沌系统中不可预测性之后有深层的秩序。"(Hayles,1990b:1)夏利斯把这种"跨等级自相似结构"称为"递归对称":"这种观察的关键是递归对称。当同一个常规形式跨越多层不同等级重复出现时,一个图形或系统就呈现出了递归对称。一直延伸消失在远方的铁路枕木就有这个特性;湍急的旋流也有这种特点,一个漩涡套着一个同样的漩涡,里面还有同样的小漩涡。递归对称对于复杂系统的重要性在与,这种视角从不可预见性的发展中看到了可预见性。"(Hayles,1991b:20)

品钦的小说中就存在着这种"跨等级自相似结构",如在《V.》中,题目是一个大写的 V 字,在 1979 年 Bantam Book 出版的《V.》在目录后面用单独的一页印刷了由 42 个小 V 构成的一个巨大的 V 型(如图 4),并且每一章节的题目也特意排版成 V 字形,最后以一个字母 V 结束,如第

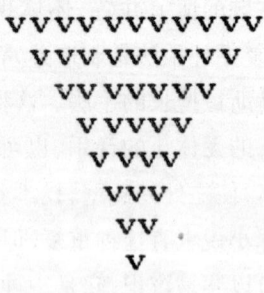

图 4 《V.》中的 V 型图

一章(如图5)。这种精心的排版也反映了小说的主要结构和中心意象是"V"。上文提到《V.》的叙述结构就是一个大写的字母V,两个主人公普鲁费恩和斯坦西尔形成两条主线,构成字母V的两条边;从叙述的时间层面上看,围绕着普鲁费恩的叙述是小说的现在时间,围绕斯坦西尔的叙述构成了历史时间,现在和历史交汇也构成了V的形状。并且V这个意象充满了小说的各章之中,V出现在以字母V开头的事物、地名和人名中,如胜利(Victory)、维纳斯(Venus)、圣母玛利亚(Virgin Mary)、贞女(Virgin)、维苏(Vheissu)、瓦拉塔(Valletta)、维多利亚·雷恩(Victoria Wren)、维罗尼卡·曼加尼兹(Veronica Manganese)、薇拉·梅罗文(Vera Meroving)、恋爱中的V.和老鼠维罗妮卡。V可以是一个代码,水银的街灯呈V字形,相邻锯齿的斜面,楔子,V型拼图,V-诺特酒吧,擦不去的V型斑痕,分开的大腿,候鸟的人字飞行,等腰三角形的三个顶点,彩色金字塔的顶,两个大小相等的箭头顶箭头的矢量。V.几乎可以指一切以V开头的东西,V.的所指变化不定,亦真亦幻,它什么都是,又什么都不是。品钦小说中无数的大大小小的V意象构成了一个复杂的系统,其组合秩序正是"跨等级自相似结构"的递归对称原则。莫莉·海特在谈到《V.》的叙事结构时说:"如果说《V.》没有一条完成的叙述主线的话,它是用其他的方式取得连贯的叙事效果的,一是通过在不同层次上重复主要的结构模式和主题;二是通过把叙述的现在,也就是'真实时间'中发生的事情和叙述的过去即'镜中的反射时间'中发生的事情并置到一起;三是通过重复首字母。这种隐喻式的复线是如此之多,以致使它们赋予了该小说迷

```
Chapter one
In which Benny Profane,
    a schlemihl and
    human yo-yo,
        g e t s t o
        an apo-
            cheir
            V
```

图5 《V.》中的V型标题

宫般的层层相套的结构模式。"(Molly Hite,1983:47)海特所说的"在不同层次上重复主要的结构模式"就是混沌理论中的"跨等级自相似结构"。这种对主要结构的重复就是品钦小说中看似无序的有序,它推动着小说不断向前发展。

同时 V 也是小说的主题,代表着不确定性。V 的不断重复出现,也是对主题的不断深化,使小说呈现出空间化的倾向。

《拍卖第四十九批》虽然是以线性形式出现的,但其主要意象符号 W. A. S. T. E(我们等待着沉默的特里斯特罗)、"特里斯特罗"和弱音邮政号角不断出现,它出现在厕所的墙壁上、舞台上《信使的悲剧》的台词中、信封上、戒指上、儿童的歌谣中、公共汽车的座位背上、自助洗衣店的布告牌上、广告上、母亲与儿子告别的话语中、老人的手背上、垃圾桶上……而 WASTE 的意义为垃圾、废物的意思,"特里斯特罗"是一个非官方的地下邮政系统,弱音号角是一个喇叭被堵上号角,象征着被官方邮政系统压制的地下组织,也象征着一种无声的反抗。下图6为《拍卖第四十九批》中反复出现的弱音号角:

这些符号意象的重复出现,不断深化了主题,过多的信息形成了巨大的"熵"。这些无意义的交流体现了现代社会人与人之间的冷漠和疏离,以及处于无形的社会压力之下的"弃民"的无助与焦虑。

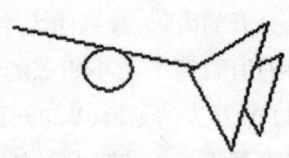

图6 《拍卖第四十九批》中的被堵住的弱音喇叭

在《万有引力之虹》中,从题目来看,"虹"指的是火箭发射的半圆抛物轨迹——死亡之虹,以及和半圆的死亡之虹相对立的圆形。在《万有引力之虹》中,半圆的拱形代表着灾难和不幸,而圆形则象征着和谐、幸福与圆满。正如约瑟芬·亨丁所说:"他(品钦)是美国的戈雅,戈雅的油画是从地狱点燃的耀眼的光,而品钦给我们传递的信息是:死亡规则。"(Richard Pearce,1981:42)小说在火箭发射的尖啸声中开始,又在火箭下落的尖啸声中结束,完成一个抛物线的拱形轨迹——死亡之虹。人的一生和人类历史都应是一个一个圆满的圆形轮回,人从出生到死亡都是重归于自然。然而,小说中的主人公斯洛索普的人生轨迹却是一个同火箭飞行轨迹一样的一个拱形,他的童年的"发射阶段"就决定了他未来的生活轨迹不可能是圆满的圆形。在他童年时代,因为家道中落,父亲为换取他未来去哈佛接受教育的机会,将他卖给德国化学家拉兹洛·雅夫,成为实验对象。雅夫给他注射了化学药物 G 型仿聚合物,从此他的勃起受到了控制,被称为仿聚合物小泰荣。后来这种聚合物被纳粹德国用在 V-2 火箭上,使得他成为各方追踪的对象。像火箭一样他在"起飞"阶段就成为了控制的对象。当斯洛索普逃到占领区调查自己与火箭的秘密时,他像火箭一样飞到最高点,摆脱了发射者的控制。当他了解到事实的真相,身体开始变得虚弱,看到彩虹,那就预示着他自己的最终命运,最后他的肉身在空中消散,就像火箭爆炸最后的解体。但是,品钦并没有让斯洛索普完全消失,他的灵魂依然存在,以示对其命运的反抗。

小说中的另一个人物巴甫洛夫的忠实信徒妄想狂波因茨曼,他的人生轨迹也是一个不圆满的拱形。他的起飞阶段是因为那本被几个由巴甫洛夫的学生轮流保管的,被奉为圣经的神秘之"书"。尽管这本书的保管者一个个都葬身于火箭的爆炸之中,只剩下他一个人孤零零地守着这本破书,但他依然顽固地相信,在人的大脑中存在着一个点,一个特殊的开关能掌控人的性与死亡。要是他能发现控制这个开关的神秘刺激,他就能关闭死亡的大门,从而赢得诺贝尔奖,他就能用性来结束战争。他把斯洛索普看作是他通向斯德哥尔摩的敲门砖,对斯洛索普的阴谋达到了他因果论偏执狂思想飞行的最高点,然而斯洛索普的逃脱使他从顶点向下坠落,直到他错误地阉割了马维上校,使他名誉扫地,并被摩西哥所羞辱,终结了他改变自然的妄想。品钦对波因茨曼主义的憎恨在于他企图从空间中找出一个点来移动整个地球或保持生命周期的循环。在小说中,对抗波因茨曼的代表是罗杰·摩西哥,他告诉波因茨曼,没有什么能解释斯洛索普的性爱地点和炸弹地点的吻合,他说:"炸弹不是狗,没有联系,没有记忆,没有条件反射。"(品钦,2011:61)数学允许无意义、偶然性和可能性的存在。品钦还通过墨菲定律强调了这种可能性:"在算无遗策、绝无纰漏甚至绝无意外的情况下……就会出现纰漏和意外。"(品钦,2011:297)性和死亡都是人类的本性,他们是同质的,只有杀戮是确定的。所以波因茨曼的妄想最终灰飞烟灭,他不仅给动物们带来伤害,也残害了人类,他的拱形之虹也是给人带来伤害的死亡之虹。

《万有引力之虹》中有许多这样的拱形意象:德军北豪森的火箭工厂的拱门、拱道、弧线。表示告别之意的"钟形曲线"和踏上征途的人们的烟头划出的"橙色弧线"(品钦,2011:56)、"拱廊"(品钦,2011:489)、"弧形灯"(品钦,2011:146)等。小说中的人物似乎无法逃脱火箭飞行的抛物线轨迹的影响,斯洛索普和卡婕探讨生活时,他们突然有了一种奇怪的感觉:

> 反正是一条弧线,两个人都确定无疑地感觉到一条抛物线……就好像它是彩虹,他们是它的孩子……
>
> (品钦,2011:280)

卡婕的双面间谍生活轨迹也是一个不完整的拱形,从德国火箭复仇狂人布利瑟罗的手里逃出,又成了波因茨曼诱惑斯洛索普的工具。计划失败后,她不知道自己何去何从,最后希望能找到斯洛索普,却为时已晚,最后她跟随恩赞的黑人支队走向森林,她无法为自己画一个圆满的句号。

第二章 品钦小说的叙事结构迷宫

与给人们带来不幸的半圆形相对的是圆形,维森伯格(Steven Weisenburger)在他《〈万有引力之虹〉背景解注》一书的"导言"中指出,火箭的抛物线是半圆形的,象征着不完整,而圆形在小说中则是圆满的象征:"《万有引力之虹》中无处不在的抛物线拱形象征着病痛、痴狂和毁灭。和其相对的是圆形的曼荼罗,其象征着各种敌对力量的平衡和谐。小说中的饮酒游戏和舞蹈都是按圆圈进行的;赫雷罗人的村庄过去也是按照曼荼罗的形式布置的;小说的每节都有风车、纽扣、圆窗、眼睛、转轮、轮盘、火箭证章,还有其他圆形标记来象征小说的大循环。品钦小说中下层社会的人们,那些弃民们围绕在这些标记的周围……换句话说,火箭轨迹形成的死亡之虹是拱形的,而《万有引力之虹》的形状是圆形的。"(Weisenburger,2006:10)。曼荼罗是梵语的译音,意译为坛场,它是佛教的圣物,是佛教所认为的宇宙的真实,代表了宇宙"万象森列,圆融有序"的和谐通融。曼荼罗在小说中反复出现,常和赫雷罗人紧密联系在一起。曼荼罗在非洲,是欧洲人入侵之前赫雷罗人和谐生活的象征,这种生活顺应自然规律,充满生机与活力。而欧洲人带来了火箭——死亡之虹,对其产生了巨大的冲突,导致赫雷罗人的自杀式灭绝。

拱形与圆形在《万有引力之虹》中反复出现,在不同层次上形成了一种有序的结构,它们相互并置、对照、辉映构成小说复杂结构一部分,品钦将这两种意象放到一起,无疑是用圆形来对抗拱形,以自然的秩序来对抗人类所谓"文明"带来的极端的杀戮和野蛮行为。进而达到深化主题之目的。

《万有引力之虹》中另一反复出现主题意象就是火箭,这个意象反复频繁出现,从第一章的第一句火箭的"尖啸声划破了夜空……",到最后一章最后一个片段火箭"下降"中"火箭的尖头以每秒近一英里的速度下落着,绝对、永远没有声音……",它就像高悬在人们头顶的达摩克利斯之剑,随时都有可能掉下来,摧毁整个世界。仅在第一章"零之下"的 9 个片段中对火箭和爆炸的描写就达

30多处,此时正值二战结束前的1944年冬季圣诞节前后,纳粹德国为挽回败局,疯狂地研制V-2火箭,并以伦敦为目标,进行轰炸。如下表5所示:

表5 《万有引力之虹》第一章中反复出现的火箭意象

第一章	有关火箭的描写
片段1	尖啸声划破了夜空。这种尖啸以前也有过,但那和现在根本没法比。(品钦,2011:1) 东方粉红的天边,冒了一下火花,非常耀眼……亮点已变成一道短直的白线……托着蒸汽尾巴……又升高了一指节宽的距离。不是飞机,飞机不会竖直上升。是新型的德国火箭……火箭完全进入了弹道,此时已彻底脱离视线。(同上:6-7)
片段2	上帝从真空的天外帮他摘走了这根钢铁的香蕉……真的还会有火箭飞过来,落到他头上的可能性也照样存在。(同上:9)
片段3	……说斯洛索普……为交换站查看火箭轰炸情况的。(同上:21)
片段4	这枚导弹应该又在空中发生了提前爆炸,燃烧的残块散落在周围几英里的地方,但大部分还是落入了河中。(同上:22) 可今年夏天他们开始用那些V-1炸弹了。你可能在街上走路,或者在床上打盹,突然间屋顶上放屁般传来"磁"的一声。要是还在向前飞,向最高点升,只是路过——哈,没事了,该别人担惊了……可是如果引擎中断,小心了伙计——它开始下落,尾部燃料脱离燃料引擎泼洒开来,你只有十秒钟找个地方钻进去。(同上:23-24) 可是到了今年九月,火箭弹来了。那些该死的火箭、狗日的火箭,根本叫你缓不过劲来。(同上:24) 长翅膀的子弹……(同上:27) 突然,身后泰晤士河上游几英里处的天空中传来尖锐的破裂声和巨大的爆炸声。(同上:29)

第一章	有关火箭的描写
片段5	外面,又一枚火箭弹沉闷的爆炸声从东方滚了过来,震得窗户啪啪直响,连地板也在颤抖。(同上:35)
片段6	火箭就在这瞬间落了下来。(同上:44)
片段7	……最近又经历了一次突然爆炸——爆炸发出巨响和强光,把屋墙炸塌,砸伤了他的左后腿,伤口还没长好,还需要舔舔。(同上:47)
片段8	火箭爆炸,降落速度比声音还快——然后从炸弹里传出降落的声音,这时候人已经死了、火也烧起来……简直是从天而降的幽灵……(同上:53)
片段9	她清醒过来,正好听到爆炸声最后的余响,严峻而锐利,是冬天的声音……(同上:58) 恰恰在这个时候,火箭突然爆炸了。可怕的爆炸声就在离村子不远的地方:空气、时间,整个气氛都改变了——玻璃窗在冲力下向内打开,又带着木头发出的尖声,嘭的反弹回去。这个过程,整座房子仍在颤抖。(同上:65)

从这个表格中可以看出,对火箭的描写充斥着第一章的每一个片段,开始是普通的导弹,后来是V-1、V-2,每一次爆炸地点各不相同,情形也不一样,破坏力一次比一次严重。对火箭的每一次出现的描写,不仅仅是简单的重复,而且是一种增殖。表明世界正处于人类科技的产物——火箭的威胁之下,到处都是混乱和无序。德国火箭的频繁爆炸和无处不在以及它巨大的威力引起了各方面的关注和无尽的追踪,然而火箭究竟在哪里?从德国北豪森火箭城到导弹基地佩纳明德,最终谁也没有找到。品钦让读者跟随斯洛索普和各方势力一路追踪,但却让读者掉入了火箭的迷宫。

品钦小说正是在看似无序的混乱中,通过不断重复主要结构和主题建立起了一个局部有序的结构,并通过局部秩序来对抗绝对秩序,即用递归性原则代替传统小说中的线性秩序。但是品钦从不赋予任何系统或结构以"真理价值",他不在乎自己所使用系统的稳定性和纯粹性。所以他会指出这些局部秩序的局限性,并对其进行消解,以免把他们绝对化。这样他不断地用新秩序替代旧秩序,建立起了一个动态发展的结构体系(孙万军,2011:242-243),体现了后现代主义以偶然性对抗必然性的法则,以不确定性对抗等级秩序的写作原则。正如批评家皮尔斯(Pearce)所说:"品钦在他的每一本小说中都引导我们去追求秩序,而随着过剩的信息越来越多,事情变得越来越不确定。虽然寻求本身有其必然性,甚至是被赋予崇高,但是最后寻求秩序本身的行为也变得无序可循。"(Pearce,1981:223)无论是《V.》中斯坦西尔对V.的追踪,《拍卖第四十九批》中俄狄帕对特里斯特罗的追踪,还《万有引力之虹》中斯洛索普对身世和火箭秘密的追踪,这种对有序的执着最后都败于无序。所以这种局部的秩序却像迷宫中的一条条岔道,循环往复、无发展,最终将读者引向不确定性的迷宫。

品钦小说的开放性叙事结构,突破了完整情节结构和线性叙事结构。使文本不再是一个封闭的整体,而是一个有着潜在的多种可能的未完成性和开放性体系,需要读者积极阅读和参与。而这种开放性的创作原则就意味着促使读者放弃对原意的求索,以避免作者—读者达成解释的一致性,从而失去解释的创新性和多样性(王岳川,1992:339)。

本章根据经典叙事学、后现代叙事理论和小说空间形式理论,主要分析了品钦小说叙事结构的迷宫,品钦小说的叙事结构的复杂性主要表现在两种叙事结构的并存:多层叙事结构和开放性叙事结构。多层叙事结构表现在视角和叙述者关系上的"镶嵌式"叙事结构和"切换式"叙事结构。层层镶嵌的叙事结构增加了小说的神秘感,化解了叙事的稳定性。叙述层次的频繁转换和叙述者身份的变换化解了叙事的可靠性,模糊了叙述者、人物和读者之间的距离。多层叙述结构给小说增加了层层的阅读障碍,提高了阅读难度,使读者无法完整地理解作者之真实创作意图,继而陷入不确定性的叙事迷宫。开放性叙事结构表现在开放性的结尾,空间上围绕主题的情节并置,以及不同层次上的主要结构和主题重复。开放性结尾,打破了封闭的情节结构,给读者一个想象的空间。空间上围绕主题的情节并置打破了线性的叙事结构,给读者以混乱、无序、时空交错的感觉。不同层次上的主要结构和主题重复形成一种层层镶嵌的递归性叙事结构,给读者以循环往复、无发展,如入迷宫的感觉。开放性叙事结构使品钦小说形成了一个开放性的文本,诚邀读者的积极阅读与阐释。叙事结构就像是支撑一座现代高层建筑的主梁结构:你看不到它,但它却决定了你构思的作品的轮廓和特点(大卫·洛奇,1998:240)。正是多层叙事结构和开放性叙事结构相互交织、共同作用,构成了品钦小说神秘、荒诞、晦涩、不确定的、开放性的后现代叙事迷宫。品钦小说的另一个需要读者穿越的迷宫是人物塑造的迷宫,本书在第二章将揭示品钦小说人物塑造的迷宫。

第三章 品钦小说人物塑造的迷宫

品钦小说除了扑朔迷离的叙事结构迷宫,让读者感到难以穿行之外,读者还要破译的是品钦小说中人物塑造的迷宫。品钦在这三部小说中塑造了众多的主要人物和次要人物,其中《万有引力之虹》除20多位主要人物外,有名有姓的次要人物竟达400多个。人物形态各异,从社会底层人物(流浪汉、乞丐、妓女等)到中产阶级的医生、律师等再到统治阶层的政府首脑、政客、投机商人等等,其中包括极权主义与无政府主义者、殖民与被殖民者、吸毒与贩毒者、各种变态狂等等,这些人物来自不同国家和种族,可以说就是一个人物的万花筒。将众多的人物汇聚到一起,并呈现出各自不同的特色,需要作者独特的人物塑造手法和对文本的掌控能力。品钦作为后现代主义代表作家,曾被誉为黑色幽默小说家、神秘荒诞小说家、超现实主义小说家和新历史小说家,说明其小说中的人物既具有后现代人物的典型特点,又具有现实主义和现代主义人物的特点。所以,品钦小说中人物塑造的方法就不可能完全遵循传统现实主义和现代主义小说的人物塑造的方式。也就是说,品钦小说中的人物塑造手法必然呈现出多元化的特点。

瑞蒙-凯南在《叙事虚构故事》中提出了三种的人物刻画手法:直接说明法、间接展现法和类比法。其中直接说明法指人物的个性特征通过文本中最权威的声音发布出来,就是直接说明人物的个性特征,主要指通过采用直接向读者勾勒人物特点的形容词、抽象名词、喻词的叙述方法。间接展现法指未经叙述者阐明,需要读者仔细推测的人物塑造手法,主要通过人物的行为、语言、肖像和外部环境四个方面展现刻画人物(Rimmon Kenan,1983:61)。在类比法中,瑞蒙-凯南分为名字类比、场景类比和人物类比三种方法进行人物刻画(Rimmon Kenan,1983:69)。本章首先分析了品钦小说中人物的特点和人物塑造的原则。其次根据瑞蒙-凯南有关人物塑造的理论和后现代小说人物塑造的相关理论,并结合品钦小说中人物的特点,从以下三个方面来分析品钦三部小说中的人物塑造技巧:(1)戏仿与反讽塑造反英雄人物;(2)空间叙事预示人物命运揭示人物内心;(3)外部特征和言行描写塑造"物化"、"异化"的人。

一 品钦小说中人物的特点和人物塑造的原则

人物是小说中不可缺少的叙述要素,也可以说人物是小说的灵魂,没有了人物,也就无所谓小说。故事中的人物和事件犹如坐在一个跷跷板两端的游戏者,二者此起彼伏,相互作用,共同促成情节的运动和变化(Lawrence Perrine,1974:67)。查特曼说:"惟有事件和存在者共同存在,方有故事可言。"(Seymour Chatman,1978:113)他所说的"存在者"即人物。瑞蒙-凯南认为:"人物作为抽象故事中的某种建构,通过人物的各种特征被描绘出来。"(Shlomith Rimmon Kenan,1983:59)也就是说,小说中的人物最重要的是具有某种特征。

然而,不同时期的小说家对人物塑造有不同的追求。现实主义小说家遵循艺术模仿生活的美学原则,小说模仿现实、再现现实,因而所追求的是逼真,即事件、环境、地点、人物的描述以现实为其模本。现实主义小说是伴随18世纪的启蒙运动出现的,强调的是社会构成中的个人主义的重要性,人是理智的、自治的、自由的、完整的、可决定自己命运的人(胡全生,2002:74)。现实主义小说就是人物写照,"人物"是其重中之重,故事情节只能围绕人物而展开。此时小说中的人物即人(people),也就是人物要像人。人物,尤其是主人公,必须具备与众不同的外貌、性格、举止、行为甚至语言,必须生活在特定的环境中(陈世丹,2010:3),即典型环境中的典型人物。福斯特在《小说面面观》(1927)中区分出两种人物:扁形人物与圆形人物(Forster,1993:32)。"扁形人物"指某种单一思想或特质的人物(Forster,1993:47)。无论故事情节进展到哪个阶段,出现什么样的情形,这些人物在思想和行动方面都不会出现太大的改变。"圆形人物"则是具有鲜明的多面性和复杂性的人物。"圆形人物"的心理活动比较复杂,也更类似于现实生活中的人(申丹,2010:56－57)。

现实主义小说的人物塑造重点是人物的性格特征,他们认为人物是由特征构成的。其人物塑造的原则是言行一致,内外一致;所有的一切,行为、言语、外貌、环境描写和叙述,都是为了塑造人物的好与坏。现实主义小说具有明确的创作意图和主题,其故事的目的在于表现某种确定的、具体的价值观念、道德原则或人生真理,读者会得出明确的道德结论,受到某种启示。因而,现实主义小说的语意是单一的、明晰的(陈世丹,2010:4)。

20世纪的现代主义小说中的人物,不再是理智的、自治的、自由的、完整的、可主宰自己命运的个人,也不是"常见的"、"典型的"、"普通的"人,而是人格(personality)。因为现代主义小说家们认为,现实不仅包括表层的、客观世界的人和事,它还包括人的内心世界,认为人的内心意识活动的真实同外部世界的真实相比更重要、更本质。因此,小说的根本任务在于表现日常生活表象掩盖下的人的内心世界和主观世界。于是,在现代主义小说中,对外部环境以及事件的描写缩减到了最低限度,更多的笔墨倾向于表现人对外在混乱荒诞现实的体验、感受和反思,深入到人的潜意识和无意识,探索人的内心隐秘,揭示人的绝望和危机感、世界的荒诞和人生的无意义等。这样现代主义小说舍弃了故事情节的完整性和戏剧性,不再有性格鲜明的主人公和人物(陈世丹,2010:4)。所以现代主义小说家塑造的是人格,人物不再像一幅肖像,一目了然。在现代主义小说里,时空漂浮不定,情节淡化,人物的外貌和外部环境已不再是重点,而内心活动如想象、联想、幻觉、幻想、梦境、回忆则成为现代主义小说家描述的重点。人物虽有言语和行动,但多为内心独白或意识流,即使出现外部活动和实际讲话,也难见其动机(胡全生,2002:79)。在这种人物塑造中读者得不到完整的肖像,而是难以辨认的人物,但如果读者"积极"阅读,将碎片整理,还是可以依稀辨认出其人的。所以说,虽然叙事情节的完整性不再是现代主义小说家们的创作追求,但现代主义小说依然保持了整体性、封闭性、单一性,拥有文学语言和艺术技巧的纯粹和高雅。

然而,后现代主义小说的出现,"摧毁了现代主义艺术的形而上常规,打破了它封闭的、自满自足的美学形式,主张思维方式、表现方法、艺术体裁和语言游戏的彻底多元化"(F. 基特勒,1994:13)。后现代主义元小说(或称超小说)是对小说这一形式和叙述本身的反思、解构和颠覆。它虽然保留了小说的外表和轮廓,但它是一边"叙述"故事,一边告诉读者这篇故事是如何虚构的,是一种关于小说的小说。它推翻了"纯小说"的概念,破坏了传统小说的叙述常规(线性叙事、因果逻辑),模糊了它与各种文学体裁的分野,大量采用其他文学体裁的表现技巧,时间跨越过去、现在和未来,人物的名字和身份都是不确定的。因而后现代主义小说中的人物形象是不确定的(陈世丹,2010:5)。如果说在现实主义那里人物即人、在现代主义那里人物即人格的话,那么,在后现代主义那里,人即人影(figure),人物即影像。后现代主义在宣告主体死亡、作者死亡时,文学中的人物也自然死亡。巴尔特认为今日小说里被逐渐废弃的正是人物;而不再写的正是专用名字(Rimmon Kenan,1983:29)。

查特曼在《故事与话语》中提出在强调人物的虚构性的前提下

坚持人物是由特性构成的观点。他将特性界定为"相对稳定持久的个人属性"(查特曼,1978:126)。查特曼的特性论与传统强调个性和典型的人物理论似乎类似。但是它与传统人物理论有着根本的不同,由各种特性构成的人物只是生活在虚构的世界中,它们是文本的存在,不是现实社会的存在,正如多切特转引当代理论家费德曼所说:"小说人物乃虚构的存在者,他或她不再是有血有肉、有固定本体的人物。这固定本体是一套稳定的社会和心理品性——一个姓名,一种处境,一种职业,一个条件等等。新小说中的生灵将变得多变、虚幻、无名、不可名、诡诈、不可预测,就像构成这些生灵的话语。但这并不意味着他们是木偶。相反,他们的存在事实上将更加真实,更加复杂,更加忠实于生活,因为他们并非仅仅貌如其所是;他们是其真所是:文字存在者。"(Thomas Docherty,1991:175 - 176)

也就是说人物呈平面化、空洞化。佛克马(Aleid Fokkema)认为:"当模仿传统被釜底抽薪时,所剩的只能是平面。"(Aleid Fokkema,1991:60)。当人物被平面化时,人物所剩下的只是一个影子,或者说一个符号、一种能指。佛克马认为有六种代码常用来指涉人物。代码一为逻辑代码,它确保同一个人物不可理解为存在同时又不存在,是人同时又不是人。代码二为生物代码,人物必须有"真实"的父母,有各种生理功能,有血有肉有灵魂。代码三为心理代码,支配着人物的性格特征的推断或者具有正常的心理活动。代码四为社会代码,它不仅确保人物的名称和言行有意义,而且给了人物一个社会"位置",如有个家、有项工作,没有这一代码人物便失去了社会根基。代码五为描绘代码,它可给人物一幅"肖像",描绘人的面貌、衣着、举止。代码六为比喻和转喻代码,风暴之夜、拥挤之房、开阔之地均可赋予意义,从中可窥视人物的心灵。(Aleid Fokkema,1991:74 - 76)后现代小说中的人物形象可以说就是对这六种代码的破坏,但并不是要破坏掉所有的代码,只破坏其中之一便可使人物产生改变。国内学者胡全生将其称为六无,即:无理,无本,无我,无根,无绘,无喻(胡全生,2002:77)。

作为后现代主义的代表作,品钦小说的人物已经脱离了现实主义和现代主义小说中人物的概念。从人物的精神面貌上来看,传统的英雄已经蜕变成了反英雄,崇高、伟大和庄严已经让位于了荒诞、滑稽、平庸、猥琐。从人物的性格上来看,人物都有不同程度的性格扭曲,呈现物化和异化的状态。从人物的形象塑造上来看,人物的本体已经虚幻化,固定的本质、身份变成了难以捕捉的影子和碎片(孙万军,2006:66)。总的来说,品钦小说中的人物塑造体现了后现代人物不确定性和开放性的原则,以下结合品钦小说中的具体人物来说明这两个基本原则的体现。

(一)不确定性原则

品钦小说中人物塑造的不确定性原则主要体现在两个方面:其一是切断人物与现实世界中人物的直接关系;其二是否认人物的可认知性。

品钦小说中的人物,有些虽有人的特征性格,但却不断逃避人物本体的确定性,在现实生活中我们找不到这样的人。品钦笔下的普鲁费恩和"全病帮"的艺术家们、斯坦西尔和其追寻的V.、俄狄帕和其在追寻中遇到的人物、斯洛索普、波因茨曼、布利瑟罗等众多的人物都不能与现实中的人画等号,他们是一种抽象的、虚构的存在,存在于虚构的小说之中。他们虽然不是真实世界中存在的人,但是我们可以在现实生活中找到他们微茫的影子,他们散落在我们现实生活的各个地方。托尼·坦纳在品论《V.》时就用"人影(figure)"来代替人物(Tony Tanner,1982:42)。

品钦三部小说中人物的代码都遭到不同程度的破坏。佛克马在分析品钦小说《V.》时,认为V.这个人物就是破坏了逻辑代码。因为在小说中,V.既指人、指物,又指符号,所以在现实生活中不可能存在，V. 只能是虚构的、魔幻的、不确定的存在。《V.》中的主人公之一普鲁费恩由于生物代码遭到破坏，他认为自己是没有灵魂的笨人，没有固定的工作，到处流浪。他将自己的人性降至最低，拒绝卷入各种关系中，包括爱情。他虽然有真实的父母在纽约，直到第十三章普鲁费恩才想起父母，并且父母并没有真正出场。他将自己的生物代码降至最低，被动地生活。《万有引力之虹》中斯洛索普的生物代码也出现了问题，他的性勃起与纳粹的火箭有某种关系，使他身心产生巨大恐惧，造成多疑症。

不仅生物代码遭到破坏，品钦小说中人物的心理代码也会不同程度地遭到破坏。斯坦西尔、俄狄帕、斯洛索普、波因茨曼和布利瑟罗都具有偏执狂的特性：多疑，偏执，神经过敏。《V.》中的斯坦西尔人格扭曲，用第三人称来称呼自己，不能指认自己的身份，却想在纷乱的信息中找出 V. 的踪迹。而牙医艾根瓦吕认为："牙齿上出现龋洞自有它的道理。即使每颗牙齿上都有几个洞，它们也并没有意识组织起来危害牙髓的生命。此间没有阴谋。然而我们中就有斯坦西尔这样的人，他们一定要把世界上偶发的龋洞组合成阴谋小集团。"（品钦，2003:170）《拍卖第四十九批》中俄狄帕想"投射出一个世界"，《信使的悲剧》的演员德里布莱特警告她："你可以用那种方式浪费你的生命而从来不触及真相。"（品钦，2010:61）《万有引力之虹》中的斯洛索普自称是多疑症患者，想要弄清自己的身世之谜。他们都不能以正常的状态来进行推理思维。巴甫洛夫的信徒、笃信因果论的波因茨曼想通过对斯洛索普的勃起与火箭关系的研究，来达到对人的控制。纳粹火箭狂人布利瑟罗的内心被恐惧和黑暗所占据，希望超越人的生命，通过死亡的变形达到存在的永恒。这些人物的心理都呈畸形、扭曲的状态。

品钦三部小说中人物的社会代码也会遭到破坏。人物没有一个完整的家，缺乏父爱或母爱，夫妻不和，家庭成员的关系冷淡，使人物迷失自我。《V.》中的斯坦西尔自小就没有母爱，与父亲的关系也极为冷淡疏远,19岁时父亲去世。母爱和父爱的缺乏,让他对自己都不珍重。在战争期间的马耳他,福斯托和埃琳娜无暇顾及自己的女儿葆拉,致使葆拉在战争的残酷中长大。而后年轻的葆拉与美国水手帕皮结了婚来到美国,但又很快离开了他。《拍卖第四十九批》中的俄狄帕与丈夫马乔无法进行正常的沟通与交流,相互之间的通信也是无意义的。《万有引力之虹》中斯洛索普的父亲在大萧条时期,为了能供他上哈佛大学,将其卖给化学家雅夫做实验,使他对父亲产生无比的仇恨。德国女演员玛格丽塔对待自己的女儿卞卡极其变态,当众鞭打她,导致卞卡出走消失。德国火箭工程师珀克勒和妻子列妮政见不一致、思想不和,他们对自己的孩子伊尔莎缺乏关心和照顾。列妮只顾自己的理想和爱情,珀克勒一心在火箭上,导致妻子带着女儿伊尔莎离开了他,女儿成为纳粹手中的人质,他与女儿的关系紧张、变态,最后伊尔莎消失在纳粹的集中营。苏联情报人员齐切林,千方百计要除掉自己同父异母的黑人弟弟恩赞。在后现代社会,无论是和平年代还是战争年代,亲情和人性都已丧失。由于人物的各种代码的破坏,品钦笔下的人物都与现实生活中的人迥异。

  品钦在塑造人物时还不时地否定人物的可认知性。当我们读完品钦的小说,眼前没有一个完整的、清晰的人物形象,只是一些模糊、破碎的影子。我们不知道V.到底是人还是物?皮尔斯到底是一个人,还是一个阴谋的集团?他到底是一个好人,还是一个坏人?斯洛索普真的与火箭有联系吗?他是真的死了吗?布利瑟罗究竟是死了还是没死?在这种不断期待然而期待不成的过程中,我们不断地被移置,我们与人物之间的关系被解构。人物的描绘代码——肖像代码被破坏,人没有了完整的人物形象,并且人物的性格不稳定,具有多样性,甚至是相互矛盾,失去了所具有的固体本质,必然呈现不可知性。

  我们只知道《V.》中的斯坦西尔简单概况,他的行动似乎只为了一个目的:寻找V.,他与任何人接触的目的也只是为了搜集与V.有关的信息。他对待V.的态度是矛盾的,既希望找到,又不希望找到。做法也是矛盾的:刚接近又避开。而他所追踪的V.更是变化多端,她出现在众多的国度,每一次出现都以不同形式,伪装和制造混乱是她的本性。我们也想象不出《拍卖第四十九批》中俄狄帕的长相,只知道她长得很俊俏,喜欢化妆,有些忧郁,神经过敏,是个典型的家庭主妇。她对于皮尔斯的态度也是矛盾的,她明知道皮尔斯对她没有爱,却对他存有幻想。至于皮尔斯,他从未真正出场过,我们只通过俄狄帕的回忆,听到他的各种腔调的声音,不见其人,但可以感觉到他的阴森和恐怖,他的名字总是跟财产联系在一起,并且已经和他的财产成为一体,不能被看作一个具体的人了。律师梅茨格漂亮的外表与他严肃的职业和轻浮行为不符,俄狄帕与梅茨格第一次见面就上了床,最后梅茨格与"妄想狂"乐队瑟奇的女友私奔了。在《万有引力之虹》中,斯洛索普与他所遇见的女人都是纯粹的肉体关系,他们在一起就是为了发泄自己的欲望,以此来抵抗战争带来的恐惧,但每次带来的却是更大的恐惧。德国女演员玛格丽塔的恐惧和对死亡的渴望也传染给了他。斯洛索普丢失了自己的身份,总是别人的替身。在盖丽·特里平面前,它是齐切林的替身,在玛格丽塔面前,他是马科斯·施莱普兹希比。他又是塑料人、火箭人、猪猪侠,直到身体消散。最后他到底是死了,还是成了灵媒,不得而知。布利瑟罗对于卡婕来说是一个黑暗的烤箱;对于火箭工程师珀克勒,他是一个上了年纪的负责V-2火箭项目的官僚;对于赫雷罗小伙戈特弗里德,他是一个爱人和主人;对于恩赞,他是一个保护人、爱人和崇拜者。尽管他有明显的权力,但是他同其他人物一样有着不起眼的外表,个子矮小,像纳粹2号人物希莱姆那样戴着厚厚镜片的眼镜。像皮尔斯一样,他已经不是一个强大的物理存在,他向外弱化成一个名字、一个谣传、一个控制的原理。他把自己人格化为一种对逃避的渴望,从肉体的疾病中逃避出来,这种渴望充满了上升或者超越的意象。他的行迹未知,死活未定。品钦三部小说中的人物没有了固体本质,没有了一致的本质,也就没有了可知性。

(二)开放性原则

　　后现代文学的人物塑造需要读者的积极参与,既然人物已经同现实中的人物切断了联系,退化成人影,没有了清晰的形象和固定的人格特性,具有不可知性和不确定性,所以品钦在塑造众多人物时把重点放在了文本的技巧上。他采用隐晦的手法,将人物的信息打散,分置于不同情景和时空之下,时而在某处留下一点痕迹或线索,时而会悄然消失得无影无踪,让读者牵魂动魄。因此想要获得有关人物的所有信息,读者必须细心阅读,发现每一个隐藏的蛛丝马迹,进行逻辑拼接,方能恢复人物的原貌。品钦通过这种交流方式,让读者共同来解读人物,所以小说中真正的人物不完全在文本里而在读者的理解和其理解的映像中,探讨的不是人物的心灵,而是读者的心灵。读者必须不断地调整自己的阅读位置,反复重读,成为进行小说创作游戏的人物。品钦小说人物开放性的原则体现在:其一,人物的全貌由各个碎片构成,需要读者将人物恢复其全貌;其二,人物没有最终的定论,需要读者自己来完成。

　　品钦在三部小说中都给读者布下了人物的迷宫,将人物的信息碎片或只言片语分散在小说的各个角落,有时极其隐晦,读者稍不注意就会错过这条信息,就会误入歧途,困于迷宫之中,这也是品钦小说难于读懂的一个原因之一。在《V.》中,所有关于 V. 的章节都被打乱,没有时间顺序,穿插在普鲁费恩和"全病帮"现代故事中。并且在第三章斯坦西尔想象的 8 个故事和第七章"她悬挂在西面的墙上"中并没有指出 V. 就是其中的维多利亚·雷恩。在第七章中,斯坦西尔的父亲西尼德·斯坦西尔与维多利亚·雷恩第一次见面,并受到了她的诱惑。在第九章"蒙多根的故事"中出现的是薇拉·

梅罗文,细心的读者在她与老戈多尔芬的对话中才能猜测出她就是第七章中的维多利亚·雷恩,因为他们曾在佛罗伦萨见过面,谈论过老戈多尔芬所向往的"维苏",并且与他的儿子埃文·戈多尔芬相恋。但这里却没有了埃文·戈多尔芬的踪影。然而思维敏捷的读者会发现,在第四章整形师舍恩梅克的回忆中,提到过他所崇拜的飞行员就是埃文·戈多尔芬,因飞机坠毁而毁容,整容失败,他成了畸形人。就是这件事触动了当时还是机修师的舍恩梅克,成为了整容师。在第十一章"福斯托·马伊斯特罗尔的忏悔录"中,突然出现的坏神父,让读者很难将她与哪个人物联系起来,但她被拆解时有一个玻璃的眼球,让读者想到了薇拉·梅罗文有这样一个假眼球。只有在第十四章"恋爱中的V."中,品钦正式将她称之为V.,因为这个时候,她身上已经充满了机械的物体,假牙、银子的手臂,还成了同性恋者。以上四个章节都是斯坦西尔所了解的V.。在尾声中,西尼德斯·坦西尔与维罗妮卡·曼加尼兹在马耳他最后相遇,而且西尼德·斯坦西尔在最后才醒悟曼加尼兹的畸形看门人就是埃文·戈多尔芬。在离开马耳他的途中,西尼德·斯坦西尔葬身海底。然而这段故事斯坦西尔却无从得知了。在这个扑朔迷离的故事中,读者必须反复阅读才能将V.的全部线索联系起来,因为其中还夹杂了一些费尔林神父和老鼠维罗妮卡的故事,关于V.的各种符号,让读者无所适从。除了V.的复杂线索,对于葆拉这个人物,品钦也采取了隐晦的手法,她什么时候成了妓女鲁比我们不知道,最后还是葆拉自己说出了真相,读者才恍然大悟。品钦让读者不时地调整阅读的位置和思维,这不能不说是一个挑战。

《拍卖第四十九批》的结构和人物相比之下简单一些,但是读者丝毫没有轻松的感觉。因为品钦让我们卷入了俄狄帕的调查之中,读者像俄狄帕一样面对着各种不断出现的线索和符号感到兴奋、紧张、困惑、无助,最后却是没有答案的结局。皮尔斯这个人物其实从未出场过,读者只是凭借俄狄帕的回忆以及同别人的谈话中了解到有关他的信息。

《万有引力之虹》中的庞大的人物迷宫对读者来说就像是一座难以逾越的大山,仅提到名字的人物就有400多个,真真假假、虚虚实实,考验着读者的耐力。多个人物的碎片和信息在不同的时空转换中时而闪现,人物的思绪呈波状——跌宕起伏。叙述者会从全知叙述突然转向人物视角叙事,然后又不知不觉返回到全知叙述者。在叙述中经常会用到"你",这个"你"可能指人物,也可能指读者,意义模糊。一些在第一章出场的人物,在第二章或第三章会突然没有了踪影,如:特种行动处的泰迪·布娄特和斯洛索普的好友"快蹄儿"马尔曼菲克在第二章就消失了。一个关键人物"海盗"普伦提斯在第二章没有出现,波因茨曼在第三章没有出现,当读者要把他们忘记了的时候,他们在第四章又出现了。一些次要人物雅夫、布兰德、斯洛索普的父亲等都没有真正出场过,有关他们的信息也都是间接地从别人的回忆和想象中体现的。斯洛索普与火箭的关系,也从未直接地、正面地向读者表述,只是通过一些迹象、斯洛索普的言行和内心、语言暗示以及别人的讨论中展现的。布利瑟罗这个形象也是从卡婕、玛格丽塔、珀克勒、恩赞、坦纳茨等人的回忆中呈现的。除了从各个不同的角度来塑造人物,品钦还善于运用隐晦的手段,不正面直接将人物身份告诉读者,只是给出一些暗示,让读者自己猜测其人物的身份。在卡婕对普丁准将施性虐待场景中,她的身份始终是神秘的,品钦一直在使用"她",只在一个地方给了我们暗示"她看到布利瑟罗上尉和戈特弗里德做过,学得分毫不差"(品钦,2011:255)。这时读者才恍然大悟,意识到这个人物是卡婕。这种隐晦的表现手法,一方面让读者体会到卡婕性格中扭曲和黑暗的一面;另一方面增加了小说的神秘感,同时也增加了读者阅读的难度,对读者的阅读能力提出了挑战。

品钦三部小说中的人物均属开放性的人物,具有未完成性和未定论性。从《V.》中的普鲁费恩、斯坦西尔,到《拍卖第四十九批》中的俄狄帕,再到《万有引力之虹》中的斯洛索普,无一不处在变化之中。人物的善与恶、人物的分与合也都是变动不居,难以预测的。法国结构主义者拉康认为,人一旦进入符号序列就不可避免地会产生说话的"我"与话语中被表现的"我"之间的分裂,具体到人物活动中,也就出现了充当角色的自我与只能在那里得到部分表现的自我之间的矛盾。正是人物自身所体现的说话的我与被表现的我、现在的我与过去的我、理性的我与非理性的我的矛盾和分裂构成了人物变化的根源。未被充分表达的被叙述主体是一个潜在的破坏性的恒流,它不断地冲击着人物的"现在"。因此,人物是一个构建过程,他将在矛盾中不断地被否定和置换。正如一贯倡导新的写作方法的布莱希特所说:"自我的连续性是一种神话,一个人就是一个原子,他不断地分裂和重新组合。"(何立明,2006:10)

  品钦笔下的人物有着这样或那样的缺陷和不足,但是他们的身上仍闪动着人性的光辉。蕾切尔虽然爱上了自己的莫里斯跑车,却是一个最有爱心和独立的姑娘,吸引了普鲁费恩、斯拉伯和温森姆。她给埃斯特付了整形手术的费用,帮助普鲁费恩找工作。而普鲁费恩虽然行动蠢笨,没有固定工作,但所有的人都对他有好感,尤其是女人。他使葆拉不受皮格·博丁的侵犯,为菲娜的安全担心。他还帮助斯坦西尔成功偷盗了艾根瓦吕收藏的假牙,陪伴他去了马耳他。"全病帮"的艺术家们虽然生活堕落,不创造什么,但却为埃斯特凑够了去古巴堕胎的费用。皮格·博丁这个心术不正且爱开小差的水手,在关键时刻却救了想要跳楼的鲁尼·温森姆。斯坦西尔用不断追寻 V. 的方法避免半醉半醒的生活。正是这些社会底层的"弃民",用他们自己的方式同这个物化的、异化的世界进行着默默抗争。俄狄帕正是在调查皮尔斯的遗产和"特里斯特罗"的过程中,从封闭的自我世界走出来,了解到充满"弃民"的夜晚之中的美国。当她看到根吉斯·科恩感冒时的情形,顿时感到了做母亲的情怀。她在一个公寓的楼梯上遇到了一个哭泣的老海员,把他拥在怀里,帮助他回到住所,并通过 WASTE 帮他寄了一封给妻子的信件。斯洛索普也是通过他在占领区的各种经历,变得有人情味,充满爱心了。他给孩子和村民们当了一把猪侠,一个小女孩的帮助使他的心灵得到净化。他开始关注树木了,他为自己家族砍树的行为向树道歉。斯洛索普变得有人性了,成熟了。小说中的其他人物也对人生有了新的看法和行动。葆拉回到马耳他,见到丈夫帕皮·霍德,将自己的梳子交给他,示意两人将在美国团聚。埃斯特离开舍恩梅克,不再做牺牲品。小说中对抗力最后在一起汇集,海盗·普伦提斯、奥斯比·费尔、卡婕、摩西哥、博丁都成了对抗力中的一员。品钦笔下人性尚存的社会底层的"弃民"们,在无形的社会压力之下被动地抗争着。

品钦在塑造人物时,注意不将人物类型化或绝对化,他笔下的邪恶人物却无法让人憎恨。如,因果论者波因茨曼一直与他人有矛盾,与上司存在分歧,与下属不停论战,尤其是与摩西哥之间的论战从未停止过。他利用卡婕为工具控制上司普丁,使他成为嗜粪狂和受虐狂,最后普丁大肠杆菌发作而死。他还将杰茜卡视为障碍,将其从摩西哥身边调走,棒打鸳鸯。然而就是这样的一个人物,最后也成了"昨日黄花",被"他们"称之为驯狗的,弃之不用了。他只不过是"他们"的一个工具,所以最终波因茨曼也成为了"弃民"中的一员。布利瑟罗这个纳粹火箭狂人,内心黑暗无比,渴望死亡和超越,他无疑代表着权力与邪恶,但当读者最终看到他的形象时却无法将他与恶魔联系起来。我们看到的是:"魏斯曼(布利瑟罗的另一个名字)开始谢顶了,学究气十足,从酒瓶子那么厚的镜片后面凝视着非洲人。"(品钦,2011:433)他与非洲人恩赞站在一起时,恩赞比他高出一英尺,形成了强烈的反差。"魏斯曼鬓角的头发染上了银白色,乱蓬蓬的……他眼镜的一条腿是用一个回形针勾住的……像是承受压力的公务员,一副饱受困扰的样子……(品钦,2011:455)"读者看到的布利瑟罗不是穷凶极恶的样子,反而像一个普通人。这样的处理手法防止读者将人物类型化或模式化。

品钦在塑造人物时对所有人物的最终去向也不给出定论,给读者留下了悬念和想象的空间,让读者自己去构建。《V.》中普鲁费恩在马耳他的街道上狂奔,斯坦西尔去了斯德哥尔摩追踪另一个关于 V. 的线索。《拍卖第四十九批》中俄狄帕在等待第四十九批邮品的所有者的到来。《万有引力之虹》中斯洛索普的身体奇怪地消散了,却有人还能看到他;布利瑟罗是死是活还是个悬念,"海盗"普伦提斯乘飞机去了哪里?齐切林还在占领区徘徊?卡婕与恩赞将走向何方?发射的火箭是 00000 还是 00001?以摩西哥为首的对抗力能持续多久?……一切都没有定论。

正是基于后现代的人物不确定性原则和开放性原则,品钦通过自己独特的手法塑造了一群后现代社会中无助与无奈的人,再次揭示了世界是一个无意义的、不断熵化的迷宫。

二 戏仿与反讽塑造反英雄人物

戏仿和反讽是品钦塑造其后现代反英雄人物的主要手段。戏仿(Parody)的希腊词根 Counter - song,意为重复曲,含有模仿之意。借用一个文本或一个作家的个人语言的技巧与风格以创造一种幽默讽刺的效果,中文译为戏仿、戏拟、滑稽模仿,艾布拉姆斯将其称为戏谑作品。实际 burlesque 也可译为戏拟、讥讽、嘲弄。前者仿文成体,后者滑稽戏弄意味更浓。今天中文里稳定译 Parody 为戏仿。同时也指称为后现代写作中的一种文体(刘恪,2007:209)。戏仿的文本中,叙述语言、人物言行等,或直接或间接,或明或暗地模仿、套用、隐含着历史典故材料,以揭示现实是历史的滑稽重演,但模仿、套用、借用得极不严肃庄重。戏仿作为小说中的一种非直白叙述手法,注重文字背后深层次的含义,它往往强调文字的表面意义与其背后文化、宗教等因素的相悖。在这种悖立状态下所形成的艺术张力使得文本叙述内容有了更加深刻的意义(吴庆军,2006:114)。

反讽(irony)早期叫讽刺,在口语中叫反话。反讽有两个来源,一个是幽默(humor),一个是英文 irony 的希腊词(eironeia),意指佯装,但实际指喜剧角色"愚人"(eiron)。夸大、假装,言不及义地说大话,有掩饰的含义。而作为修辞手段,表明话语表层意义在此,而真正的意图在彼。反讽是后现代的基本术语,它贯穿于后现代的一切艺术规范之中,它是对历史所有反讽的一次超越,后现代的反讽是彻底否定的,并且使反讽日趋复杂化(刘恪,2007:239)。刘恪称后现代反讽为中断式反讽,它表明的是一种荒诞和多重解释的语境,在逻辑上是随机的、或然的,在文本组织上是散漫的。后现代小说先构建一个悖反的结构,其中人物是反英雄式的,意义是不确定的,文体上混杂与戏仿共存。在小说人物塑造中,反讽既是一种修辞技巧,也是增强人物个性特征、深化主题的方法和手段。

在传统的文学创作中,戏仿和反讽被看作是一种局部修辞技巧,而在后现代写作中它已发展成一种文体,成为一种准则,并在文体内又融合了很多其他的技巧。当戏仿和反讽成为小说的文体,它便会贯穿在小说的语言、结构、叙述立意中,而其他的技巧与方法围绕着它而展开,这样该文体便成为一个经典的范式,同时具有后现代的特征。所以,戏仿与反讽是一种批评性或颠覆性的文本(刘恪,2007:208)。

之所以将戏仿和反讽手法放在一起来分析品钦小说中的人物,是因为这两个概念既相互侵略又相互联系。任何戏仿中必含有反讽的因素,任何反讽中又含有对某客体的嘲弄模仿的性质。品钦在人物的塑造中将两者融合在一起,本书也将两种手法联系起来一同分析,能达到较好的分析效果。品钦通过戏仿和反讽手法塑造了反英雄人物——荒诞人物、偏执狂人物和虚幻人物。

(一) 荒诞人物

品钦的三部小说都是戏仿的文本,但不是对某一部经典文本极端戏仿,而是对经典文本的全方位冒犯,属于破碎性戏仿文本,即对文体、人物、故事进行解构。品钦三部小说中的主人公都是对传统追寻文学中英雄人物的戏仿。古代史诗中的英雄不畏艰险去征服邪恶,传奇中的英雄历经磨难去寻找圣杯,浪漫主义作品中的英雄满怀希望去实现人生的理想,现实主义作品中的主人公在生活中探求生命的意义,现代主义作品中的人物在苦苦寻觅迷失的自我。传统文学中的英雄能把握环境,控制局面,能掌握自己的命运,对普通人与事件有优先决定权,社会权力也造就了这么一批人,因而人物的形象远远超出现实中的人,是高、大、全的形象。然而后现代小说家认为存在是荒诞无意义的,人物是宿命的,从根本上否认了英雄存在的基础,后现代小说中的人物从性质上都是反英雄的,或者说是对英雄的反讽。品钦后现代作品中的主人公都无法掌握自己的命运,他们言行荒诞,随着一种机械的惯性而展开。众多的人物形象都是虚弱的、病态的、颓废的,随波逐流,但人性尚存,还是好人。他们不是社会精英和社会强者,受环境戏弄,受他人戏弄,是一种反讽人物,也被称为多余人、二维人、漫画人,人物本身也是自嘲的。

《V.》中的普鲁费恩和"全病帮"艺术家们就是这样一群随波逐流的人物,普鲁费恩的形象除了是对传统英雄人物的戏仿,还是对20世纪60年代美国的"垮掉的一代"形象的戏仿。普鲁费恩的生活漫无目的,到处游荡,没有固定工作,跟其他人保持着一种随意的关系,不时地出现在一些年轻人的聚会中,就像一个溜溜球一样。普鲁费恩的生活是二战后美国青年所效仿的"垮掉"的生活方式,他们对战后美国社会现实不满,又迫于麦卡锡主义的反动政治高压,便以"脱俗"方式来表示抗议。他们蔑视传统观念,厌弃学业和工作,长期浪迹于底层社会,形成了独特的社会圈子和处世哲学。

第三章 品钦小说人物塑造的迷宫

"垮掉的一代"小说家约翰·克莱伦·霍尔姆斯和钱德勒布·罗萨德曾描述了纽约"垮掉青年"的生活感受,使得美国青年纷纷接受"垮掉"生活方式,从爵士乐、摇摆舞、吸大麻、性放纵直至参禅念佛和漫游旅行,一时成为风气。品钦《V.》中的普鲁费恩和"全病帮"艺术家们就选择了这种生活方式。然而,普鲁费恩的溜溜球生活与"垮掉的一代"作家凯鲁亚克《在路上》中的"垮掉的主人公"萨尔·派瑞戴斯有着本质的不同,萨尔决定到西部去是满怀着自信,希望能在一个特殊的地方找到幸福和朋友。在凯鲁亚克的小说中道路成了一种可能性的隐喻,在路上成为一种希望的隐喻。而普鲁费恩在路上的意义只是他干过修路的活儿,他没有目标,也没有方向,是一种无意义的在路上(David Seed,1988:74)。

普鲁费恩这样的小人物,他所面对的是强大的异化的后现代社会,随着生产力的空前发展,自然界已经失去了作为人类主要对手的资格,个人所面对的压迫来自于人类社会内部,他不愿意被物化和异化。普鲁费恩认为无生命的物体会向他发起进攻,他不能与无生命的物体相容。品钦通过普鲁费恩荒诞的言行,体现他荒诞的性格:

> 一天早上……突发奇想,决定像溜溜球一样度过白天,乘地铁在四十二街底下来来回回,又从时代广场到中央大车站再折回。他朝……盥洗室走去,……被两张无人睡的床垫绊了一下。剃须时割破了皮,……在手指上划开一条深长的刀口。他要……冲去血迹。那些把手无法转动。……出来的水毫无规律地忽冷忽热。他蹦来跳去,时而嗷嗷叫,时而瑟瑟发抖,……踩上一块肥皂,差点儿把脖子摔断。在擦干身体时,他把一块边缘已磨损的毛巾撕成了两片……他把圆领衫前后穿反了,花了十分钟拉上裤子拉链,又用了十五分钟修接……弄断的鞋带。他的"晨曲"中所有的休止符都是无声的骂人

话。这并非他过度疲劳或明显动作不协调。这只是他作为一个笨人多年来所熟知的事:无生命的物体与他不能和平共处。

(品钦,2003:34-35)

从这段夸张的行为描写中读者可以体会到普鲁费恩之所以被称为"笨人"的原因。普鲁费恩就像滑稽剧中的小丑,总是笨手笨脚,跌跌撞撞,一不小心就会受伤。他每次出现,行动都带有荒诞、滑稽可笑的特点,使读者忍俊不禁。在这些荒诞的场合中,读者会越来越感觉他不像一个现实生活中的人。普鲁费恩用"笨人"作为一个自我保护的标签,因为在他的眼里现实世界是一个充满了无生命物体的世界,无生命的物体总是要对他实施一个阴谋,会向他发起进攻,他以"笨人"的方式,即完全被动的方式,站在无生命物体的对立面,同无生命的物体抗争。他以这种被动方式逃避现实,随波逐流,随遇而安,失去了人的能动性。他的被动还表现在他与别人的关系中,他用"笨人"的标签来避免卷入与他人的联系中,他故意将自己的人性缩减到最小,像阿米巴虫那样被动地生活。普鲁费恩的另一个标签是溜溜球,说明他活动的方式像溜溜球一样。他的基本理念是:做任何事情都没有什么原因。在小说的第一章,他只碰巧或正好经过弗吉尼亚的诺福克市。他选择的职业介绍所是因为他的勃起在《纽约时报》的报纸上形成了一个"十"字形的褶皱。总之,普鲁费恩荒诞的形象是因为他做任何事情都是偶然机会的指使。他以最小的努力来抗拒做事,他乘坐地铁在纽约的时代广场来来回回,就是溜溜球生活的典型写照。

普鲁费恩的名字也是一种双关和反讽。本尼·普鲁费恩的英文为 Benny Profane,有许多不同的解释。格兰特认为 Benny 是一个反讽,"易出事的笨人"与"本杰明'幸运的右手孩子'"形成反讽(Patrick J. Harley,2008:127)。Safer 和大卫·西德都认为 Benny 指一种解除忧郁、疲劳的药——安非他命、苯丙胺(benzedrine pill)

(David Seed,1988:75),因而与毫无生气的普鲁费恩形成反讽。正如泰瑞·凯萨所指出:"品钦在给人物命名上所采用的戏仿手法,使人物在名字的背后失去了身份。"(Terry Caeser,1981:5-10)词典中 Profane 意为亵渎神灵的意思,并且 Benny 来自拉丁语 bene(意思是很或非常),两者合起来就是强化亵渎神灵的意思。正好与他平庸、无所事事、漫无目的、随遇而安的笨人溜溜球的形象相符。Benny 的意大利语意为"好(good)"的意思,又与拉丁语形成反义,构成善良(goodness)与亵渎神圣(profanity)的对照。普鲁费恩又是广大弃民(没有被基督选中的人)的一个代表。而品钦的小说充满了对弃民关注与同情(Patrick J. Hurley,2008:127)。总之,品钦赋予了普鲁费恩这个名字诸多的反讽意义,使其成为一个荒诞、滑稽的卡通形象。

《拍卖第四十九批》中俄狄帕的心理治疗师希拉里乌斯全名是希特勒·希拉里乌斯(Hitler Hilarius),显然是对阿道夫·希特勒的戏仿。希拉里乌斯二战期间在纳粹的布痕瓦尔德集中营做过实习医生,战后他虽然躲过了审判,暗自苦行赎罪,但终于导致精神崩溃。Hilarius 的英文意思为"滑稽可笑的",是对他最后自己精神失常的一个反讽,显然也是对纳粹灭绝人性做法的辛辣戏仿和讽刺。作为心理医师,希拉里乌斯竟然在凌晨三点给俄狄帕打电话,他听上去就像是皮尔斯在扮演盖世太保军官,询问俄狄帕是否服用他帮社区医院进行的试验的致幻药剂,并问俄狄帕还有什么别的事想谈论的。希拉里乌斯作为心理治疗师,在凌晨三点给患者打电话的这种行为本身就是一种不正常,说明他自身有着严重的心理疾病,却给别人进行治疗,异常的荒唐可笑。并且他用于给病人治疗心理疾病的方法,也颇为荒唐:

他声称有一次他用了第三十七号脸,"傅满楚"脸,治愈了一个癔症性失明的病例,做这个鬼脸包括用食指把眼睛斜向上拉,用中指扩大鼻孔,用小指把嘴巴拉宽,并伸出舌头。这种脸型在希拉里乌斯身上确实令人惊恐。

(品钦,2010:9)

这里品钦对精神病医生或心理治疗师进行了滑稽的反讽,他给病人治病的方法竟然是采用做鬼脸,行为极其的荒唐可笑。最后他自己终于发疯了,正如诊所的护士布莱姆所说的:

他以为有人在追赶他……他拿着那支枪,把自己锁在办公室里……他向五六个人开过枪……他说是三个带冲锋枪的男人。恐怖主义者,狂热分子……然后他就动手毁坏交换机了……

(品钦,2010:105)

后来又上演了他将俄狄帕劫持为人质,反而被俄狄帕所控制,最终被警察带走:

在外面,神经紧张的巡警举着用不着的束缚疯子用的紧身衣和警棍逼近希拉里乌斯,三辆抢生意的救护车吼叫着倒上草坪,抢占有利位置,护士布莱姆边哭边痛骂那些司机,周围是探照灯和目不转睛的人群和KCUF广播电台的移动式设备车,俄狄帕的丈夫坐在里面,正对着一个麦克风滔滔不绝地说话。

(品钦,2010:10)

通过这些细节的描写,品钦戏仿了美国电影中典型的绑架和解救人质的场面,这是对荒诞的社会及其荒诞的人物进行了辛辣的讽刺。在《拍卖第四十九批》中,俄狄帕的私人律师罗斯曼也是一个品钦嘲讽的对象,他妻子很喜欢电视上关于佩里·梅森的节目,他梦想成为一个像佩里·梅森那样成功的出庭辩护律师。但是,又因做不到而想通过暗中破坏来摧毁他:

> 俄狄帕走进房间,多少有些吃惊地看到她所信任的家庭律师心虚地把一叠大小和色彩不一的纸张急速地塞进一个书桌抽屉里去。她知道那是《律师职业与佩里·梅森》:一个并非假设的控告的粗糙的草稿,它自那个电视节目播放以来就一直进行。
>
> (品钦,2010:9)

律师本来代表着公正和无私,但在品钦的笔下他们成了心理阴暗、相互攻击、彼此诋毁的扭曲形象。不仅如此,他还试图在桌下偷偷地碰俄狄帕的脚与之调情,并且说:"与我私奔吧。"当俄狄帕反诘道:"到哪儿去?"让他闭上了嘴。一个猥琐、无聊、好色、无能的人物形象展现在我们面前。品钦通过他辛辣的笔触对后现代社会中的人平庸、无助进行了无情的讽刺。

《万有引力之虹》的主人公斯洛索普也是对传统英雄人物的戏仿与反讽。他的行为更显滑稽和荒唐,全然没有军人的威严和神圣。他已经超期服役四年,战争使他远离美国,他内心异常孤独,除了和一大群往往只见一面的小妞说说话,好像找不到任何聊天的对象。当他发现自己的性行为竟然同德军的火箭落点有某种关系时,每天处于极度的恐惧之中。他开始暗中对此事进行调查,并荒诞地将自己每次与女人发生关系的地点在地图上用彩色的星星标注出来。这纯粹是对战争中指挥官们在军事指挥地图上标注战况的行为的戏仿与反讽。他戏谑地将火箭弹的残渣称为:"恶兽"的粪便。他这种奇异的行为招致了盟军情报部门"白色幽灵"的关注,他们将其送到圣维罗妮卡医院进行药物测试。为了表现人物的荒诞,品钦采用了荒诞文学中夸张的手法,故意使情节漏洞百出,横生枝节,让斯洛索普的口琴掉入马桶,并使其变形钻进马桶里,与各种人的粪便和污物为伍。这是戏仿了童话《爱丽丝漫游奇境》中爱丽丝掉进了兔子洞的情节。这个钻马桶的经历在暗示他后来的追踪也像在马桶里一样荒诞无意义。而实际上他在马桶里畅游的过程,只不过是在圣维罗妮卡医院他被注射了一种药物而导致的幻觉而已。斯洛索普被送到法国尼斯的埃尔曼·戈林赌场进行休假,由盟军情报处的波因茨曼一手导演了一场海滩英雄救美的闹剧:斯洛索普在章鱼爪下用螃蟹解救了美女间谍卡婕,这是对美国间谍电影场景的戏仿和反讽。"白色幽灵"将卡婕安插在斯洛索普的身边,教他学习有关火箭的知识,同时派人监视他们的性行为。在整个的过程中,斯洛索普都处于被动的状态,他时时感觉到背后总有一双眼睛在监视他,令他感到不安和恐惧。随后他的衣服和证件不翼而飞,上演了他披着床单捉贼,又从树上掉下来的滑稽喜剧。经过在赌场的一番反阴谋间谍大战,他仓皇从"他们"的控制中逃出来,以英国战地记者伊恩·斯加佛林的身份来到了占领区。在买来的情报中发现在大萧条期间,自己被父亲出卖给德国化学家拉兹洛·雅夫做实验:用 G 型仿聚合物作为刺激,产生条件反射,而这种材料又被用在德军火箭上,这就是他在火箭降落之前会产生勃起的原因。但一切已成定局,无法挽回,斯洛索普注定成为科技的牺牲品。

在塑造斯洛索普这个形象时,品钦还戏仿了希腊神话中的俄耳甫斯,其父是太阳神兼音乐之神阿波罗,母亲是缪斯女神卡利俄帕。俄耳甫斯生来便具有非凡的艺术天分。小时候,阿波罗将把自己的竖琴送给他。这把琴经俄耳甫斯一弹更是魅力神奇。传说俄耳甫斯的琴声能使神、人闻而陶醉,就连凶神恶煞、洪水猛兽也会在瞬间变得温和柔顺、俯首帖耳。俄耳甫斯带着竖琴到处旅行,爱上欧律狄克,欧律狄克被毒蛇咬伤致死,死后被困在地府。俄耳甫斯为寻欧律狄克舍身来到地府。斯洛索普使用的是口琴,为追口琴钻入马桶,之后进入纳粹地下火箭工厂。俄耳甫斯死于酒神下的迈那德的狂女之手,被撕成碎片。斯洛索普最后肉体消散在空中。斯洛索普虽然逃离了"白色幽灵"的控制,似乎是获得了自由,但是他的行为却受到神话原型的限制,最终难逃厄运。

描述斯洛索普在占领区调查与逃亡时,品钦多次使用戏仿手法。当斯洛索普在德军北豪森的地下火箭工厂中被美国情报机构的爪牙马维追杀时,他在逃跑中抓了一件火箭工厂的连裤工作服,钻进去,用头发遮住前额,用小刀把胡子两边削了一下(品钦,2011:332),这显然是对希特勒戏仿。后来他乘热气球逃跑,荒诞地用馅饼击退了追赶的飞机,到达了柏林。又巧遇瘾君子埃米尔(酸爷)·巴摩,与瘾君子们为伍,他们把斯洛索普打扮成"火箭人",戏仿了美国电视节目《独行侠》中的唐拓或超人形象。斯洛索普身着火箭服帮"酸爷"在波茨坦会议期间取毒品包裹,被苏联情报人员齐切林抓获,利用致幻剂使他说出在追寻导弹计划。品钦又让斯洛索普跟随一个滑稽的包括黑猩猩、乐师、女孩在内的马戏团去解救被俄国人抓去的德国导演"老马"。斯洛索普还穿上闪电猪侠装,给德国维斯马附近一个小镇上的孩子们当了一回猪侠赖夏尊迦,戏仿了猪猪侠。然后与母猪弗里达相依为命,在母猪的引导下找到了德军火箭工程师珀克勒。他的猪侠装无意间保护了他,因为美军上校马维在慌乱之中穿走了猪侠装,使斯洛索普免受阉割。然而,在经历了一系列的荒诞闹剧之后,最终品钦还是让斯洛索普离开了我们的视线,他与自然合为一体了。他最初的追查已经没有了意义,他已经不是一个完整的人了,因为身体里有了"雅夫",他的行为到处都受到控制,他无处可藏,肉体的存在已经没有了任何的意义,活着对他是一种折磨。所以,品钦让斯洛索普的肉体消散了,他的追寻以自身荒诞的消失而结束。

关于斯洛索普的名字,批评家们各执一词。哈利认为斯洛索普的名字 Slothrop 是品钦对温斯罗普 Winthrop 的戏仿和歪曲。约翰

·温斯罗普是马萨诸塞湾殖民地的创立者,是选民的先父,代表着新教徒的道德标准。而斯洛索普代表的是大多数的弃民、失败者和笨人(Patrick J. Harley,2008:146)。实际上,斯洛索普是品钦小说中一系列失败的主人公(普鲁费恩、斯坦西尔、俄狄帕)中的一分子。卡波坦认为这个名字与懒惰的罪恶(deadly sin of sloth)有明显的联系,再加上侦探(sleuth)这个意思,使这个名字有了两层含义:一是斯洛索普家族的造纸业面对着马萨诸塞州到处都是机会的懒惰,二是斯洛索普自己对火箭的神秘追踪(Theodore Kharpertian,1990)。霍曼认为 sloth 是热力学第二定律的首字母缩写(Second Law of Thermodynamics),他认为物理学定律可以解释斯洛索普的消散(Charles Hohmann,1986:21)。Rushdie 认为斯洛索普是 Sloth or entropy(热力学第二定律或熵)的变位词,揭示了人物的本质。

总之,品钦通过戏仿和反讽的手段给我们塑造了一个个荒诞、滑稽、平庸、猥琐的形象。这些形象失去了以往英雄形象的崇高与伟大,他们无力与强大的社会力量抗衡,但却以被动的,甚至是自欺欺人的方式努力地抗争着。

(二)偏执狂人物

品钦在三部小说中通过戏仿和反讽的手法还塑造了偏执狂人物。偏执狂人物是 20 世纪五六十年代美国文学中出现的一种大量的精神异常现象,品钦三部小说的主人公都是偏执狂人物。偏执狂具有两个特点:一是具有强烈的自恋性和自大自狂特色;二是将外部世界集中在自己的幻想之中,通过严密的逻辑思维,从常人无法把握、无法察觉的原因和事实中得出看似严谨的结论(欧红燕、蒋天平,2012:10)。在 20 世纪 60 年代的美国,人们失去信仰和追求,个体不得不"在意义失落的世界中"追寻一个虚构的信念,以抵抗异化。品钦的后现代小说利用荒诞的创作方法,结合流浪汉小说和追寻小说的模式,以人物的精神疾病隐喻社会无价值、无意义的荒诞性,构成疯狂与后现代写作之间的内在联系。《V.》中另一个主人公斯坦西尔也是一个反英雄偏执狂形象。1945 年以前他的生活与普鲁费恩一样,浑浑噩噩,把睡觉当成人生最重要的事。与普鲁费恩被动对抗熵化社会的行为相反,斯坦西尔采取积极主动的方式来对抗熵化的生活。他之所以会采取积极的生活方式,是因为他偶然发现父亲留给他的日志中的一个神秘代码 V.,而这个 V. 有可能是他失踪的母亲。关于斯坦西尔的身世,品钦采用了传统的直接塑造人物的方法,因为直接塑造法具有不容置疑的客观性和权威性,它为读者提供关于人物的基本情况,使读者更直接地了解人物的概况。

> 斯坦西尔生于维多利亚女王死去的 1901 年,正好赶上是个世纪婴儿。他并非由母亲抚养长大。父亲西尼德·斯坦西尔曾在英国外交部供职,沉默寡言但精明能干。母亲失踪的事实模糊不清。死于生孩子,与人私奔,自杀:她消失的那种方式使西尼德痛苦万分,以致在所有现存的给儿子的信中从未提及此事。父亲于 1919 年在马耳他调查六月骚乱事件中死去,情况不明。
>
> (品钦,2003:52)

在这一段叙述中,品钦对斯坦西尔的身世、家庭背景进行了概述,让读者了解到他的出生年月和维多利亚女王的去世,暗示他这个"世纪婴儿"注定要完成一项使命。因为 20 世纪文学的一个重要特征之一就是原初感的丧失,爱德华·赛德将其称之为"开端"。文学最初的源头现在正不断地遭到质疑。斯坦西尔这个"世纪婴儿"象征着他要去寻找"世纪的母亲",是谁或是什么创造了 20 世纪,并促使它快速引向一个集战争、种族灭绝、核弹为一身的世纪,把整个世界变成了一个各种政治事件、发明和非人化的兵工厂,继

而加速了世界熵化的进程(托尼·坦纳,1982:45)。斯坦西尔父亲日志中的话为他打开这种追寻的可能:

> 隐藏在 V. 的背后与内里的东西超出我们任何人的猜想。不是谁,而是什么:她是什么。但愿上帝保佑永远不会有人要求我在这里或任何官方报告中写出答案。
>
> (品钦,2003:54)

所以斯坦西尔即将追踪的 V. 是一个不确定的"谁"和难以描绘的"什么"。这里提到斯坦西尔母亲的失踪是关键性的,因为斯坦西尔认为父亲日志中的 V. 有可能是他的母亲,这是导致斯坦西尔对 V. 追踪的直接原因。他对 V. 的痴迷可能就是一个梦,一种头脑简单的、缺乏想象力的追踪(品钦,2003:64)。他设法避开马耳他,因为父亲死在那里,那儿有某种东西把他挡开了,因为那东西使他害怕(品钦,2003:64)。他对 V. 知之甚少,全凭想象和推断,他只有那本日志里关于波彭泰因的隐晦的提示,其余的是扮演角色和幻想(品钦,2003:66)。斯坦西尔与各种人打交道,只是为了获取关于 V. 的信息,他以自己的偏执狂思维方式来推测事物之间的联系。他通过自己的幻想塑造了一个不确定的 V. 的形象,醉心于其中,并希望自己的行为像间谍活动一样令人尊敬。但却适得其反,他的行为看起来荒唐可笑:

> 但不知怎么的,传统的工具和姿态到了他的手中总是被用于卑下的目的:大氅做洗衣袋,匕首用来削土豆,档案用于打发死气沉沉的星期日下午;尤其糟糕的是,伪装本身不是出于职业的需要,而只是一种伎俩,以使自己少卷入追踪,并摆脱一部分因多样的身份造成进退两难而带来的痛苦。
>
> (品钦,2003:64)

其实斯坦西尔并没有把 V. 当作一个具体的人,并且他追寻的方法也颇为荒唐:接近和避开。这本身就是一个矛盾的方法,因为他一旦找到了她,他就失去了这种生机勃勃的感觉,又回到以前半清醒的状态。要维持这种感觉,他只有继续去追寻 V.。斯坦西尔的矛盾是出于对自我毁灭的恐惧,他追寻的真正动机是让自己有活力免于物化。所以,斯坦西尔对 V. 的追寻就是要有意不断增殖、扩大她的意义,以此来无限期延长他的追寻之旅。品钦在这里既向读者明示了 V. 的虚构性,也指出了斯坦西尔的分裂人格和其单调无聊、无意义的生活。斯坦西尔追寻 V. 的目的和方法颇为荒诞,可称为一种极端的理性,这种极端的理性和普鲁费恩的随波逐流形成了鲜明的对照。品钦在《V.》中将一个人物的两个部分分别赋予了普鲁费恩和斯坦西尔,普鲁费恩是身体,斯坦西尔是精神。斯坦西尔就像希腊神话中的西西弗斯一样在不停地向山上搬石头,最终是搬起石头砸了自己的脚,这是一种变态的偏执狂。斯坦西尔的这种性格最终奠定了整个追寻过程和结果的荒诞性。

亨伯特·斯坦西尔(Herbert Stencil)的名字也同样具有反讽意义。Stencil 是一个典型的双关语,其英文意义为图案,或用模板印刷图案。因此,斯坦西尔这个名字对于一个想在混乱的世界中寻求出一种结构或图案的人来说,无疑最恰当不过了。斯坦西尔想要在一个混乱的世界中找出联系,这种行为显然是一种枉然。所以格兰特说,斯坦西尔人如其名(Grant,2001:25)。它是一个典型的特征名,体现了小说中的人物特征。

斯坦西尔的偏执狂追寻就是要在这个无意义的世界中努力找出世界的意义,在过去的历史中发现时间之外的真正历史。品钦在蒙多根的故事中进一步阐述了这个主题。其中一个人物魏斯曼向蒙多根宣称他解开了一个天电的密码:

"这是你的密码,我破解开了。看:我取出每第三个字母,得到了 GODMEANTNUURK。它们重新排列一下,拼成 Kurt Mondaugen。"

"那么,好吧。"蒙多根咆哮道,"哪个该死的告诉你可以读我的信件。"

"信的余下部分,"魏斯曼继续说,"现在是 DIEWELTISTALLESWASDERFALLIST。"

"世界是由诸事实构成,"蒙多根说,"我以前在一个地方听到过。"

(品钦,2003:311)

这句话是 1921 年德国哲学家路德维希·维特根斯坦《逻辑哲学论》中的一个命题。他认为,世界的意义存在于世界之外。在世界里的一切都是按照其本来面目而存在、而产生的:没有价值存在于世界之中(T. 6. 41)。事实是不依赖人的意志和感情而存在、变化的。人的意志和感情却能赋予事实世界以不同的价值和意义(赵敦华,2006:91)。品钦借维特根斯坦的理论讽刺了魏斯曼想要通过语言了解世界的秘密的疯狂想法。

《拍卖第四十九批》中的俄狄帕也是对传统英雄人物或侦探形象的戏仿,也是一个偏执狂人物。俄狄帕是一个典型的家庭主妇,让一个家庭主妇去清查一个房地产巨头的财产,本身就具有一定的荒诞性。她的生活平庸、无聊,神经敏感、脆弱,要定期地看心理治疗师。她崇拜物质主义,皮尔斯就是用他许多信用卡中的一张,打开了通向她的大门。她极其自恋,把自己想象成一个童话中的好奇的、拉彭泽尔般的、忧心忡忡的角色(品钦,2010:11)。她缺乏道德约束,第一次与律师梅茨格见面就与之上了床。她认为梅茨格漂亮的外表很不真实,以至于怀疑他第二天一早就会消失。

她的偏执狂是自恋、自大、自疑式的,当她来到圣纳西索感觉到

"仿佛来到了一个奇异的宗教性瞬间的中心"(品钦,2010:14)。她看到这个地方地址号码在70与80000之间的工厂,认为"这显得很不正常"(品钦,2010:15)。她看到汽车旅馆中的宁芙女神像与自己的脸非常相似。随后她在圣纳西索发现了越来越多的超乎她的想象的符号和信息,在她眼里这一切都预示着什么。这里人们的行为都不正常,他们似乎对她隐瞒着什么。她发誓要成为"天文中心那架黑黑的机器,把那遗产变成搏动着的带入跳动着的繁星点点的意义"(品钦,2010:63)。在追查中,她总是处于自疑的状态中,"她只见到烟雾。那是薄雾,她纠正自己,是薄雾。旧金山怎么会有烟雾呢?"(品钦,2010:86)为追查"特里斯特罗"这个神秘的地下组织,她不停地调查这一组织的本质与活动范围,走遍了南加州。就像通过分拣分子而获得关于分子信息的小精灵一样,她调查清理了无数的人与地点,获得了无从捉摸的关于"特里斯特罗"的大量信息。但是她所获得的具体信息又总是被增大了的混乱所抵消。她获得的线索在无限增殖,她逐渐意识到这些无限增殖的线索虽然给人以越来越多的暗示,但它们却从不产生任何结论。即便意识到了这一点,她也不放弃追踪,体现出她的偏执狂。《信使的悲剧》含有"特里斯特罗"有关的信息,但追寻的线索总是指向别的方向,构不成结论和意义。WASTE 及其标志——弱音邮递号角,并不指向一种确定的意义,而是指向上千个不同的方向,永远也没有一个确切的结论。因为热力学理论告诉我们,在一个与外界没有物质和能量交换封闭的热力系统中,分子的运动将会越来越混乱,最终达到极点,形成热平衡状态。在信息论中,"熵"同样存在。沟通系统的信息传递是通过信号和代码进行的,但在传递过程中可能会发生噪音和扭曲。噪音对沟通渠道的侵入可能改变信息,结果是所得到的信息与原来发出的信息不一致。俄狄帕调查中的信息在传递过程中不断地被扭曲,所以她注定得不到确切的答案。在这个信息不断扭曲的社会中她的追寻注定是荒诞、毫无意义的。

《万有引力之虹》中也存在各种偏执狂人物。泰荣·斯洛索普是自我身份怀疑的偏执狂。在伦敦遭受德军火箭爆炸的巨大恐惧之下,他发现火箭的落点跟他的性行为有某种关系,他"满脑子都在想象一个火箭上面写着他的名字"(品钦,2011:28)。他发誓"有人跟着他,或者用什么方法监视他。有些'尾巴'很滑溜,但另外有些尾巴就能看出来了"(品钦,2011:125)。当他在法国尼斯海滩章鱼爪下救出卡婕时,他已敏锐地察觉到周围有一种阴谋"章鱼或者小姐也不是偶然碰到的,哼哼"(品钦,2011:203)。他逐渐意识到"他们可能早已把完全相同的控制方式也安置在自己身上了"(品钦,2011:226)。面对"他们"对自己进行的监控,他创造了自己的"多疑症患者谚语1:你可能永远碰不到主谋,但你可以咯吱他的亲信们"(品钦,2011:257);"多疑症患者谚语2:这些人儿的无辜与其主子名垂史册的时间成反比"(品钦,2011:261);"多疑症患者谚语3:如果他们能让你问错误的问题,也就不必担心问题的答案了"(品钦,2011:272);"多疑症患者谚语4:你躲,他们找"(品钦,2011:282)。当斯洛索普处在一个无形的巨大的阴谋之网中,没有人告诉他真相,只能以自己的方式来猜测"他们"的意图和做法。当他决定反抗时,他感觉"站在那儿看见所有吃饭的人都盯着自己看——搞砸了,搞砸了",现在"他们"知道他在和"他们"作对了(品钦,2011:283)。我们看到在"他们"的控制中,斯洛索普简直是惶惶不可终日,寝食难安,精神极度紧张,跟在充满火箭爆炸的伦敦没有什么两样,他已经失去了真实的自我。当他最终摆脱了他们的控制,在占领区寻找自我真实身份时,却不断成为别人的替身。当他最后意识到自己的局限性,已经无处可逃时,他的多疑症已经成为一种近乎疯狂的行为,"他看鸟飞,研究抓来洗净的鳟鱼的内脏、丢弃的小纸片、断墙上涂写的文字……"(品钦,2011:666)。"他仔细闻着汤里的配料,在每一个骨头、每一片白菜里都能找到自己的注解……"(品钦,2011:669)。我们看到斯洛索普处于无名的恐惧或害怕之中,他最终崩溃了,肉体消散了。同斯坦西尔和俄狄帕一样,斯洛索普妄想在这个荒诞的世界中追寻着秩序和意义,注定是一个无结果的悲剧。斯洛索普悲剧的根源来是来自他的清教徒的多疑症?还是战争?还是火箭?还是人类的控制欲望?品钦没有给我们确切的答案。但科技作为一种摧毁人类或地球的手段,类似于怪物弗兰肯斯坦一样,最终会失去控制。

《万有引力之虹》中的皇家科学院研究员波因茨曼,是一个典型的因果二元论的偏执狂。他是一个巴甫洛夫条件反射学说的忠实信徒,笃信巴甫洛夫的"那本书",把其奉为圣经。波因茨曼是《万有引力之虹》中偏执狂的另一个极端。小说中充满了行为主义的术语,行为理论成为具有威胁性的绝对论的一部分。在绝对论中,历史就是个巨大的斯金纳的盒子,"自由"就是我们行为条件反射的一个寓言。斯洛索普疯狂追求的"隐性的背后的秩序"——是对清教主义的反思,也是品钦对机械论观点的质疑,并暗示了超越因果关系而存在的另一种"秩序"。在《万有引力之虹》中偏执狂被用作一种手段来达到各种可能。波因茨曼的偏执狂是建立在极端亵渎神灵的心理基础之上的。他认为"斯洛索普有精神异态和强迫症,是潜在的多疑症患者……"(品钦,2011:100)。他的理由是斯洛索普记录其性行为的地图上的星星与摩西哥的火箭落点完全一致。斯洛索普的行为在火箭爆炸之前发生,这是对因果关系的神秘的逆转。他认为一定是火箭对斯洛索普的性生活有某种刺激才导致这种结果。他把人的有机体视为一个完整的体系,希望通过行为心理学的研究试验达到对人的行为完全预测的效果,从而进一步通过技术手段实现对人的身体和心理的完全控制。他身上的人性已经完全让位给理性,他虽然在盟军的心理情报部门工作,但是其冷酷程度不亚于法西斯分子。他用动物和人来进行试验,他想用斯洛索普进行试验,以控制他的心理和行为。就连他的上司普丁准将都表示怀疑,他曾问他:"波因茨曼,这不是太下作了吗?用这种方式干预别人的心理?"(品钦,2011:93)但他执迷不悟,并希望这些试验能成为他通往诺贝尔奖的敲门砖。品钦对这种人物极端地厌恶,所以在他一出场时形象就极为滑稽可笑,他为了用狗进行巴甫洛夫的条件反射实验,到处去捉狗:

> 医生的脚踩进了一个抽水马桶静张以待的桶眼里——他太专注于猎物了,没有看见。他狼狈地弯下腰,把埋住马桶的残渣拽松了些,嘴里骂着所有那些粗心人,但不包括他自己,而是专指这座塌屋的主人(如果还没有被炸死的话),或者随便哪个该收这个马桶又没收的人——看情况,马桶卡得很紧……波因茨曼先生拖着一条腿,走到一段残破的楼梯前,在烘栎木栏杆柱的下半截上甩砸着马桶,又不敢出声,怕惊动了狗。马桶纹丝不动地弹回来,木柱一阵颤抖。这是在嘲笑他——好啊!他坐到直通天空的楼梯上,试图把这该死的玩意从脚上扒下来。拔不下来。
>
> (品钦,2011:47)

这个破马桶就是品钦给波因茨曼贴的一个标签,极权主义"他们"的帮凶,最后他的每一个阴谋都没有得逞。"他没有什么荣誉,只有因果和剩下的一堆毫无用处的设备……他的矿物之廊没有光亮"(品钦,2011:799-800)。品钦通过波因茨曼这个异化的形象,对极端理性或披着科学外衣对人类进行无情残害的行为进行了无情的反讽。

波因茨曼的名字 Pointsman 也具有反讽意义。Pointsman 是一个英国术语,美语为 switchman(扳道工)。这里明显是指波因茨曼把其全部精力都投入到巴甫洛夫的条件反射理论中,并将其作为对人类的一种控制工具(Patrick J. Hurley,2008:123)。他想通过条件反射手段创造出一种"快乐"的人类。霍曼把波因茨曼与决定论联系起来,宣称这个人物是因果关系的奴隶(Charles Hohmann,1986:166)。俄尔勒指出这个名字的反讽意义在于"他不能成为自己的扳道工,尽管他想成为每一个人的扳道工"(Earle,1983:232)。

托马斯·H.斯考伯认为《万有引力之虹》中的所有人物都对火箭有一种恐惧,并且这种恐惧已经演变成了一种迫害妄想狂(Thomas H. Schaub,1981:89)。圣维罗妮卡医院的心理学家托马斯·格温迪针对波因茨曼的想法,提出了一个历史的妄想狂理论。格温迪的理论来源于他对 V-2 火箭轰炸伦敦的恐惧。他怀疑为什么火箭会袭击东部而不是白厅,是因为他们带有妄想狂的迹象:

> 在某些城市,有钱人往往住在高处,穷人们则住在下面。在另外一些城市里,有钱人占据了海岸线,穷人们则必须住在内地。而目前的伦敦,这种可怜程度也呈阶梯状? 泰河越宽、离海越近,就越可怜。我只是想问,这是为什么? 因为船舶运输吗? 与土地使用的模式,特别是与工业时代有关的模式一致吗? 是古代部族的一种禁忌,在英格兰世代相传至今吗? 非也。真正的理由是来自东面的威胁,你瞧见的。还有来自南面的威胁:当然是来自欧洲大陆的。这儿的人都想的是先往下走。我们是牺牲品,西区的、河北边的那些人就不是。……可是万一这座城市是一个不断长大的肿瘤,已经若干世纪了,而且一直在变化——如果真是这样该怎么办? ……我的朋友,那里是臭虫栖息之所,也是导弹落得最密的地方。
>
> (品钦,2011:187)

苏联情报人员齐切林,恩赞的同父异母的哥哥,一直不明白他被派往荒凉的中亚的原因。

齐切林十分清楚地认识到,和他同姓的这个人在拉帕洛与那个被刺杀的犹太人精心上演了一出戏,其真正的也是唯一的目的就是要让瓦斯拉夫·齐切林知道恩赞的存在。

(品钦,2011:376-377)

被黑人支队抓获的V-2火箭工程师霍斯特·阿赫特法登认为:

1904年海军上将罗日杰斯特文斯基率舰队绕世界半周来解救阿瑟港,把现在逮你的人恩赞带到了这个星球上。

(品钦,2011:481)

所有人物都把历史理性地看成是朝向他们的一种阴谋诡计。

品钦笔下的偏执狂人物都处于强大的、无形的社会压力之下,他们通过自己的偏执狂思维为自己编织了一个幻想的世界,并沉迷于其中。他们在自己的迷宫中进行着无意义的追寻。

(三) 虚幻化人物

品钦的三部小说还通过戏仿和反讽的方式塑造了虚幻化的人物。在后现代主义者眼里,所谓"人物"只不过是文本中语言符号的构建物,体现出了对"本源"和"意义"的高度不信任。罗兰·巴尔特说,人物是能指聚集的结果(Barthes,1970:69)。能指和所指是脱节的,符号所指涉的实体永远是不在场的。人物是语言的产物,语言的意义又是不确定的。这样一来,人物也就失去了固定的本质和统一的性格,不再有血有肉,而是模糊、破碎的。《V.》中的斯坦西尔追踪的神秘女人V.就是对传统的确定性人物的反讽,V.是斯坦西尔的一个虚构物,她没有明显的个性特征,每次出现都是以不同的形式和身份。在埃及开罗是以年轻的姑娘维多利亚·雷恩出现,诱惑了英国外交部的代表古德费洛,并导致了波彭泰因的死亡。在意大利佛罗伦萨出现时诱惑了斯坦西尔的父亲,同时爱上了埃文

·戈多尔芬,亲眼见证了委内瑞拉使馆的骚乱。在西南非以薇拉·梅罗文的身份出现,她的伴侣是德国中尉魏斯曼,是她性虐狂的对象,她的左眼变成了人造眼球。在马耳他被围困轰炸期间,她以坏神父的形象出现,被轰炸倒塌的屋梁压死,她戴着白色长假发,镶有假牙,装有假足,并且她的肚脐处有个星彩蓝宝石。在法国以贵妇人 V. 出现时,有着用银子制作的手臂,爱上舞蹈演员女孩梅勒尼,导致了梅勒尼的死亡。在尾声中,她以间谍维罗妮卡·曼加尼兹的身份出现在马耳他。她又是下水道中的雌鼠维罗妮卡,费尔林神父的情人。可以说 V. 的身份漂浮不定。她每一次出现,身上的人性就逐渐减少,不断地物化,最后变成机器人,被拆解了。除了物化和异化外,V. 还显示出严重的幻化。V. 是人还是物?斯坦西尔也不知道。V. 不仅仅代表一个人物,甚至也不仅仅代表一群人物,而是几乎可以代表以字母 V 开头的所有的人和物(Hite,1983:47-66)。按照佛克马的说法,人物变成了"代码"、"影子"和"卡通"是因为后现代作品中的人物缺乏"自我"的身份,而这种"自我"的身份对于表现来说则是至关重要的(Fokkema,1991:60)。品钦通过 V. 对传统小说中的确定的人物进行了极端的反讽,既然人物不确定,也就无所谓意义了。后现代就是一个意义失落的世界。

《拍卖第四十九批》中的皮尔斯也是一个虚幻化的人物,在小说中没有他的真实存在,失去了固体的本质。像 V. 一样,在小说开始时,他已不在人世,我们看不见他的真实面孔,也不知道他的真实目的,他是品钦给读者和主人公布下的一个迷宫。我们不知道他从哪里来,又到哪里去,他像是一个盘旋在小说上空的一个幽灵。关于他的性格我们更是无从了解,我们只通过俄狄帕的回忆,听到他模仿各种腔调的声音,只闻其声,不见其人,但可以感觉到他的阴森和恐怖及他性格的扭曲。他已经成为一个虚幻的概念,成为控制与欲望的代名词,不能被看作一个具体的人。所以我们不知道他到底是一个真实的人,还是一个阴谋集团?就连跟他在一起相处多年的俄狄帕也不了解他,她只知道他在各地都有投资和财产,但没想到竟然会是整个美国。实际上他成了这个国家"是组织、秩序、权力机构的化身",这些人牢牢控制着整个社会的政治经济命脉,他们的权力和影响没有边界,即便人死了,依然能操控社会中其他个体的命运(孙万军,2006:69)。

《万有引力之虹》中德国化学家拉兹洛·雅夫也是一个虚幻化的人物。像皮尔斯一样,雅夫也是小说中一个重要人物,小说开始时他早已去世,然而他却是斯洛索普恐惧的直接制造者,他的缺场给读者和斯洛索普留下了一个解不开的谜。在小说中我们看不到雅夫的身影,但是他的名字却反复不断地出现在一系列的阴谋和控制计划之中(David Seed,1988:194)。当斯洛索普来到苏黎世雅夫的墓地上,他感到雅夫的灵魂已经拜访过他了。在斯洛索普从手头文件中得到了相关的重要发现之后,雅夫在他的脑海里已经内化成了一个残酷的暴君。同样珀克勒也在梦中把他昔日的化学老师转化成了一个具有威胁性的形象,雅夫滔滔不绝地向他传授着有机化学的伟大发现,并责问珀克勒:"是谁送来了这个梦?"(品钦,2011:442)雅夫在梦中反复出现的形象暗示了他幽灵可以控制墓地内外的两重世界。他的名字和一些神秘的事件联系在一起,尽管雅夫在慕尼黑工学院珀克勒的班上这样讲:

> 狮子不懂婆婆妈妈、不懂得妥协退让。他做任何事情都不会接受"共有"这样的原则!他索取,他占有!他不是布尔什维克,不是犹太人。他从来就没有相对性这样的说法。他要的是绝对。要么生,要么死。要么赢,要么输。没有缓和,没有协商。只有跳跃、吼叫、血腥给他带来的快乐。
>
> (品钦,2011:615)

第三章 品钦小说人物塑造的迷宫

品钦在这里辛辣地讽刺了以雅夫为代表的纳粹化学研究和无处不在的"时代精神"。他在最后一堂课上向学生叫喊:"远远离开生命,走向无机世界。在那里没有脆弱,没有死亡——在那里有的是刚健,是不朽。"(品钦,2011:618)品钦还将他与战前的德国电影《大都市》中的发明家洛宏和《赌徒马布思博士》中的马布思博士联系起来,因为他们都有着共同的渴望——以死亡来结束一切。雅夫被品钦戏仿成狂妄法西斯分子。但是雅夫的另一个侧面更加邪恶,他的名字出现在"染共体"下属的 AGFA 公司一种新产品的广告手册上。他还同一些匿名的商业交易有着紧密的联系,而这些交易远比他的对"硅"和"碳"狂热更令人恐惧。最令人费解的是,这样隐晦的语言出现在买卖斯洛索普的文件中:

> 卖方同意继续行使监督权,直到买方以同等机构替代施文德尔侦探部为止,届时由卖方认定该同等机构是否合格。"
> (品钦,2011:308)

除了明显的人性丧失,合同中的条目还用了密码,"监督"和"侦探"这些词语都是与间谍活动相联系,揭示了一种特殊的变了形的官僚黑暗政治内幕。因此雅夫呈现出公司的特性,他的名字与德国商业联合体"染共体"一起出现的频率相当多,这个商业联合体为雅夫这个名字提供了一个语境,所以雅夫成了一个虚幻的形象,不断变成公司的本身,代表着"他们"、"公司",成为一种超越人性之上的权力机构的象征。

品钦小说中这些虚幻化的人物体现了品钦创作的不确定性原则,同时也表达了品钦对所谓的清教选民地位的质疑,和对社会底层"弃民"或"边缘人物"的关注。

三 通过空间叙事预示人物的命运揭示内心

与人物塑造有密切关系的是人物所处的外部空间环境,它给人物活动提供给了一个必需的场所,同时还具有一定的象征意义。经典叙事学从"故事"和"话语"两个层面对"空间"进行了探讨。1978年,叙事学家查特曼在《故事与话语》中首次提出了"故事空间"(story space)和"话语空间"(discourse space)两个概念。他指出,故事事件的纬度是时间性的,处于故事空间中的人物与环境则是空间性的(Chatman,1978:96)。查特曼继承了传统叙事理论认为叙事属于时间艺术的观点,但他从故事层面提出的"空间维度"将传统小说批评几乎边缘化的背景(setting)作为一个"存在物"摆到了理论研究的视野中。他认为,"故事空间"指事件发生的场所或地点,"话语空间"则是指叙述行为发生的场所或环境。如,《拍卖第四十九批》中故事发生地点为美国南加利福尼亚州的圣纳西索,这个地点构成了小说的"故事空间"。而故事外的叙述者(通常是全知叙述者)进行叙述时的空间也就是"话语空间",既然不是故事的内容,小说家也无须通报,读者也就无从知晓。作品内的叙述者是作者用文字创造出来的看不见、摸不着的虚构物,就这些虚构叙述者而言,只有在成为叙述的对象时,其叙述行为和叙述场所等才有可能被展现出来。如,在《V.》中斯坦西尔向艾根瓦吕叙述蒙多根的故事时的场所为"话语空间",其目的在于展示不可靠的叙述者,与故事空间构成呼应。因此,"话语空间"与"故事空间"通常属于两个不同的时空。不过相比之下,研究者们更关注"故事空间"及其展现手法,因为绝大多数全知叙述者一般不提及自己叙述行为的话语空间,而是直接把读者引入故事空间,在一种身临其境的阅读状态中"聆听"故事的下文(申丹,2010:129)。

结构主义叙事学家普遍认为,"故事空间"在叙事作品中具有重要的结构意义。除了为人物提供必需的活动场所,还能展示人物心理活动、塑造人物形象、揭示作品主题(申丹,2010:132)。

空间因素对小说叙事中的人物塑造和主题深化发挥了重大作用。一系列错综复杂的空间意象和场景事件突破了原来的时间序列,为空间式的阅读增加了难度。品钦小说人物众多、关系复杂,叙述时空交错。主人公均为普通的边缘人物,为追踪某个事件,足迹遍及全美甚至多个国家,涉及许多政治历史事件和不同的国家(从二战的欧洲、拉丁美洲、亚洲、非洲到战后的美国)。主人公在不断的追寻过程中,历经不同的人物、事件、空间,使他们保持活力,虽然他们没有追踪到所谓的终极意义,但对生活、世界和自身都有了新的认识,以此来对抗熵化的世界。

本书将品钦小说的"故事空间"分为"现实空间"和"心理空间"。"现实空间"即人物的物理生存空间,为人物活动提供了环境和场所(胡妮,2010:26),品钦三部小说的现实空间是美国和欧洲的都市生活空间,主要是二战后美国50—60年代的都市纽约和南加利福尼亚以及二战结束前后的欧洲各国的城市如伦敦和柏林等地。无论是和平时代美国现代的都市,还是二战结束前后的欧洲各国的城市,在政治、经济、文化、宗教思想各个方面都间接或直接受到战争的影响,到处都是腐败与堕落的熵化状态,各种权利集团为了自身的利益相互勾结,制造各种阴谋,世界仿佛成了一个人间地狱。在这个地狱中生活的人们梦想不断地破灭,尤其是生活在社会底层的"弃民"们难以摆脱他们被控制的悲剧命运。在这些大的城市空间中又存在着各种小的生存空间,如,酒吧、影院、赌场、医院、街道、下水道、地下废旧矿井、地窖、各种交通工具等。这些小的空间场所与小说人物的日常生活紧密相关。"心理空间"是现实空间投射于人物内心世界并作用于思想意识之后产生的结果。体现人物的心理活动,揭示人物的内心纠结。在这个人间地狱中,人们普遍丧失了宗教信仰和道德准则,人物不同程度地遭遇了情感缺失,从而不能形成正确的自我认识与评价(胡妮,2010:39)。现实空间折射出人物的心理空间,两种空间共同揭示了人物性格变化和命运,同时深化了作品的主题。

(一)现实空间预示人物的悲剧命运

品钦小说中的现实空间都选在了现代都市,现实空间主要通过具体的空间意象来体现。在《V.》中,品钦给我们描绘了一个现代社会大都市的亚文化空间。在20世纪50年代的纽约,受战争的间接影响,经济危机以及国内的社会问题使得这个曾经的伊甸园——美国梦的基石——变成了一个梦想破灭的人间地狱,街道、酒吧、下水道……这些散落的破碎的图像用来描述一个到处都散发着腐朽的地狱般的城市。"纽约一定是一个烟雾之城,它的街道是地狱边缘的庭院,它里面的人如阴魂一般"(品钦,2003:52)。品钦描写到纽约的中央公园是"眼前突然一片荒凉。……有人正活跃在灌木丛中;偷袭抢劫,强奸,凶杀。……这里似乎按照公约是警察、罪犯和各色各样异常者的保留地"(品钦,2003:106)。而地铁的车厢是游民和领救济的老妇这些常客的"滩地"。还有表演杂耍节目讨赏钱的波多黎各孩子,穿着"花花公子"字样的黑色帮派夹克衫的同性恋者。在这部小说中,到处可以看到和纽约相连的无数的标记都是"熵"的预兆。在这个空间中生活着一群自称为"全病帮"的边缘人物,他们生活在主流社会的边缘。对他们来说过上体面生活的机会很小,社会几乎忘记了他们,只有在最肮脏、最阴暗、最痛苦的地方,像暗淡的街道、地铁、下水道和酒吧才能找到他们的生存之地。

在《V.》中,典型的空间意象为街道和酒吧,酒吧成了人堕落与疯狂的地方,街道是供行人和交通工具行驶的处所。在《V.》中,街道属于普鲁费恩、全病帮,甚至是匪徒。在品钦的世界中,街道被看作是异化的象征,没有开始没有尽头,适合像普鲁费恩这样的无目的流浪汉们。然而,在这样一个混乱的地方一个流浪汉不可能获得和平的。像普鲁费恩这样的溜溜球,拒绝进入邻近的建筑,要想在这个无生命的世界找到合适的一席之地,注定要经历艰难的时刻。如果一个人没有了归属感,他就一定会感到疏远、失落、被遗弃,由此而抗拒社会。普鲁费恩曾做过铺路工人,一年半后,他对这些街道有了一点疑惧,因为他现在是一个旁观者而不是上面的居住者。

> 尤其是像眼前的东大街。事实上它们都已融化成一条单一的抽象的街道,每当月圆的时候,它就会使他大做噩梦。东大街,这个谁也不知道如何对付的醉醺醺的水手的聚居地,会使人的神经突然绷紧,把一个平常的夜梦变成令人惊怖的梦魇。狗变成了狼,白天变成了黄昏,空虚变成了等候着的鬼魂。
>
> (品钦,2003:2-3)

普鲁费恩建过好多这样的道路。这个曾经像家的地方对待他像个外人,局外人感觉使他从一个旁观者的视角去看待街道和那些醉醺醺的水手。东大街混乱的、噩梦般的画面或"单一的抽象的街道"可以从不同的角度被观察。米克·巴尔认为人物和空间的关系可以大致分成两类:空间内的人物和空间外的人物。对于普鲁费恩来说,曾经像家的地方变得"疑惧"了,是因为他作为局外人很难让自己融入街道上的颓废生活。因此,空间叙事能异化人物和其所在的空间。

《V.》中一个经常被描写的地方就是酒吧,"水手之墓"酒吧、地铁酒吧、锈匙酒吧、第一大街上的酒吧、百老汇上的邻里酒吧、V-诺酒吧……人们在这些地方酩酊大醉、失去自控能力。他们的堕落和自我放纵,像火山爆发一样喷发出来:

> "吸奶时间!"普洛伊一声尖叫……他们抬起普洛伊,举着

他像发起攻击的先锋一样直冲最靠近的橡胶乳头。如同站在克拉科夫城堡防御土墙上的号手一样的布福太太在第一阵人潮用过吧台时便遭到猛烈的冲撞,仰天朝后倒了下去,掉入置放冰块的木桶里……普洛伊的带队军士匍匐在地上,抓住普洛伊的双脚,随时准备把它们从自己的身下拉出去,以便普洛伊一喝够他就能取而代之。冲动号的小分队在冲锋中已经组成了一个飞进的楔形。紧跟在他们后面至少有六十个水兵竭尽全力要从缺口处挤入,他们淌着口水,用脚踢,用手抓,用肘撞,吼声如雷;还有些人挥舞着啤酒瓶开道前行。

(品钦,2003:9 – 10)

普洛伊,断头台号船上的疯狂水手,同其他醉汉一起正在掀起一场大搏杀,这种行为或许是特定场合所具有的特定的行为。酒吧是人容易变得疯狂和无政府的地方,人们临时用来发泄沮丧和挫败的地方。当水手们在船上工作时,必须遵守规则,他们的本性受到了极大的压制,只要违反规矩就要受到惩罚。可是酒吧里不会执行对水手们限制的规则,一个水手在酒吧里可以暂时丢掉他的身份。普洛伊就是利用这种机会,在酒吧里表现他的疯狂。因此,空间叙事可以充当一个多棱镜使读者从新的角度来观察人物(王健,2009:37)。

无论是街道还是酒吧到处都充满了人类的堕落与疯狂,在这样的空间穿行,注定得不到任何的改变和启示。在这样的现实生活环境中,《V.》中的人物都在以各种方式来逃避这个不断熵化的世界,普鲁费恩以被动的流浪的方式来逃避家庭、工作和责任,像一个溜溜球一样在街道上游荡,他的工作也是在肮脏、黑暗的下水道中捕杀鳄鱼。他混迹于纽约的"全病帮"艺术家们之中,参与各中年轻人的聚会,狂欢、堕落。最后在马耳他他悲伤地意识到:"似乎他所有的家都是暂时的,而且甚至它们也是无生命的,像他一样也在漂泊;因为运动是相对的,他现在不正像一个愚笨的救世主一样真实地依然站在那海边,……一个可以居住的内部空间和一个不会上当受骗的姑娘都徐徐地离开他而去"(品钦,2003:521)。结果像他自己所说的"该死的我什么也没学到"(品钦,2003:523)。

同《V.》的现实空间类似,《拍卖第四十九批》的现实空间是20世纪60年代美国加州的基尼烈和圣纳西索。60年代的美国正处于动荡不安、文化冲突不断的时期,二战后的冷战状态,越南战争、美苏争霸和麦卡锡主义的盛行使一向以美国精神为自豪的美国人感到困惑和迷惘。整个社会消费主义盛行,思想贫瘠,精神空虚,人际关系冷漠,缺乏交流。废旧的二手车市场,喧闹、放荡的汽车旅馆,酒吧,精神病诊所,工厂,剧院,养老院都是普通下层边缘人物栖息之地。主人公中产阶级家庭主妇俄狄帕所处的空间是一个消费主义盛行的世界,人们都在追求物质生活的享受。她每天所做的是准备一日三餐,逛超市,参加特百惠举行的聚会。然而面对着每天似乎都是重复的日子,她内心却充满了躁动和不安,她想逃避这样的生活。就是这样的背景使她接受了已故婚前男友加州房地产巨子皮尔斯的指定,成了替他清查遗产的角色。然而她前往的南加州圣纳西索却是这样一番景象:

> ……一片蔓延的房屋,就像从那暗褐色的泥土里冒出来的精心耕作的庄稼;接着它想起了过去她打开晶体管收音机更换电池时第一次看见的印制电路。从这高度处往下看,房屋和街道组成的整齐的漩涡状此时跃然目前,如同线路板一样出人意料、令人惊讶的清晰。虽然她对无线电的了解甚至比对南加州的人更少,两者的外观模式却如象形文字一样具有一种隐藏的意义和一种与人交流的意图。那印刷线路所能告诉她的似乎是无穷尽的;同样在她抵达圣纳西索的第一分钟里,有一个启示也刚颤抖着跨过她的理解阈。……烟雾悬

浮在四周的地平线上,……她和那辆雪弗兰仿佛停在一个奇异的宗教性瞬间的中心。

(品钦,2010:14)

上述对圣纳西索景色的描写,明显地加入了俄狄帕的主观关照,似乎是这些看似电路板的景象要告诉她些什么,实际上是俄狄帕自我意识或过度敏感的反应,她试图弄清这景色背后的意义。在她面前展开的圣纳西索的景象引起了她的好奇心,驱使她去探寻。在这里空间体现了人物的思想,它引诱俄狄帕去探究,不过探究的结果注定会是一团乱麻,因为到处都笼罩着烟雾。烟雾使人无法看清世界的本来面目,从而迷失在这个世界中,这无疑预示着俄狄帕最终的悲剧命运。

在"回声宫"汽车旅馆里,她对所看到的景象感到惊讶,因为那尊宁芙神像的脸与她的脸非常相似,且穿着暴露,还有与女神身份不符的笑容。品钦在这里用宁芙女神的形象暗示俄狄帕将在这里受到诱惑,有放荡的行为,并且还会被抛弃。果然她遇上遗嘱共同执行人梅茨格律师,梅茨格代表一种诱惑,两人一起上了床。梅茨格的另一个主要作用就是通过电视节目暗示俄狄帕:皮尔斯代表一种强大的力量,他的财产无处不在。在这里俄狄帕与梅茨格玩了一个"扒光波提切利"的游戏。俄狄帕花了似乎数小时穿戴上她所有带来的衣服和首饰,但又一件件脱下,暗示当她在不可避免地与强大的技术社会接触的时候,她的无数自我保护层会毫不留情地被剥光,就像她与梅茨格的行为暴露在"妄想狂"乐队的人员眼底之下一样。在浴室里被她碰倒在地的一罐定型发胶破裂,将一面镜子撞裂。这罐发胶象征着在封闭系统里的熵化状况,预示着俄狄帕圣纳西索之旅即将遇到混乱信息。当俄狄帕照镜子时,竟看不到自己,后来意识到被打碎了。镜子在小说中一方面暗示了自我欣赏的封闭系统,另一方面它至少给俄狄帕提供了一个自我形象,使她从孤独、封闭的环境中走了出来。这里电视的噪音、发胶罐的爆裂声和妄想狂乐队的音乐声汇集在一起,使这里成为一个喧嚣、放荡和恐怖之地。

在俄狄帕的调查中,她了解到以皮尔斯为代表的房地产商和金融寡头们——"选民"们,他们牢牢地控制着美国的经济命脉,他的财产竟然是整个美国。俄狄帕去过皮尔斯旗下的一家悠游弹公司,这里的办公室弥漫着一种令人昏昏欲睡的气氛,员工们的创造力被扼杀了,因为每个工程师在与悠游弹公司签约时把任何他们可能做成功的发明专利权也签掉了。员工的一切都被公司牢牢地控制了,还冠以联合作业的虚假的名称。俄狄帕在这里迷失了方向,似乎没有路能走出这个令人窒息的地方。预示着她追寻的无果。然而,在夜晚的旧金山,她遇见了以前从未见到的"另一个美国"——"弃民"的世界,在这里有流浪汉、聋哑人、妓女、同性恋者、失业者、水手等各种生活在底层社会的人们,他们聚集在酒吧里,参加各种非官方组织,在这个空间里他们用一种自己的方式交流着,与官方邮政系统抗衡着。在这个荒诞的、毫无意义的现实世界里,人们在以一种异化的方式进行无意义的交流。

《万有引力之虹》中的现实空间选择在二战结束前后的欧洲,到处是战争导致的破败景象,简直是一个人间地狱,每个人都经历从肉体到精神的堕落。在第一部分,品钦通过"海盗"普伦提斯的梦境给我们描绘了一个令人恐怖的黑暗世界,正如米尔顿的《失乐园》中伊甸园的坠落。由于战争的破坏,伦敦变成了一个黑暗之地,街道上充满了恶臭的气味和炸弹爆炸过后的烟雾;充满漆黑的木头散发的气味。不断有火箭托着尾气尖啸着划破天空。这个开场白,给读者定下了一个"伤感地带"的基调,在这里永远没有希望和安宁。被疏散者沿着黑暗的、被炸后的伦敦街道"无目的的呈曲线移动",道路越来越窄、越来越破,最后发现"没有任何出路"。

战争使整个伦敦变成了恐怖的人间地狱。伦敦几乎每天都处在德军火箭弹爆炸声中,在这样的生存背景环境下,人的生命显得如此的脆弱。到处是火箭弹爆炸后的惨景,每个人都生活在恐惧的阴影之下:

> ……露出的手或白晃晃的肌肤,等着他们去救,有的还活着,有些已经死了。
> ……一个小女孩,还活着,困在屋子里钢壁防空室内,几乎已经窒息。
> 身边的城市变成了一座寂寥的大冰柜,发出陈腐的气味,柜子里永远不会再有惊喜出现。……死亡的发生简直无处不在……斯洛索普的心得是:伦敦这座凡间城市教会他一个道理:随便转过一个街角,就会走入某个寓言故事。
>
> (品钦,2011:27—28)

斯洛索普发现,自己每天看到的废墟,都像是一场教堂讲经,在说明一切都是空无。火箭在以明确的、德国式的自信向他许下死亡的诺言。火箭和它到来之前的预兆是一种可怕的白光。白色的光芒在小说中反复地出现,是死亡的象征。斯洛索普每次看到天空中的白色光芒,都预示死亡的到来。"是的,那只光芒四射的巨手从云层中伸了出来……"(品钦,2011:33)。这只手就是斯洛索普家族墓地上的那只上帝之手,死亡之手。它在不停地向斯洛索普召唤。

盟军的一个心理研究机构"白色幽灵"也秘密地将控制之手伸向斯洛索普。"白色幽灵"所在地是一座废弃的疯人院:

> 上面密密麻麻画着卫理公会版基督王国图……画面上所有的表情都有点问题。小生灵们眼放淫光,猛兽们都是一副被麻醉或被镇静的表情,任何人之间没有任何目光交流。天花板还不是"白色幽灵"唯一的怪物。这里到处都是典型的

第三章 品钦小说人物塑造的迷宫

"胡闹"……其中有一个图书馆曾做过猪圈……辉格式的诡异在这座建筑里达到了极端的病态。房间呈三角形、球形,墙壁交错,犹如迷宫。那些肖像画,那些素描……在每一个有利的位置上瞪着你、嘲笑你。……喷水器的造型是莎乐美拿着约翰的头颅,水从耳朵、鼻子、嘴巴里涌出来;地板上嵌着不同类型的巨人族图案,有独眼巨人、人形长颈鹿、半人马,向各个方向重复开去……阳台也设计在出人意料的地方,贴满了怪兽雕饰,怪兽的长牙不知狠狠磕过多少陌生人的头。

(品钦,2011:92)

对于"白色幽灵"的空间描写展示了这座建筑的怪异、阴森和恐怖。"白色幽灵"代表着极强控制欲的控制者"他们",战争使他们的控制欲望极端的膨胀,他们企图对人的各个方面进行控制。在极权主义盛行的社会里人们是没有任何个人自由的,个人的一言一行,甚至是思想和心理活动都处于统治者的监控之下。"他们"为了控制人的心理活动,到处网罗各种有特异功能的人,通过这些人来进入别人的思想,控制或管理别人的思想。"海盗"普伦提斯就是这样被"他们"利用来进入各种人物的思想中。斯洛索普与火箭之间的特殊关系引起了"白色幽灵"的关注,他们以个性测试为名将他调到"政治战务管理处"配合试验,目的是测试他的幻觉。测试的地点圣维罗妮卡医院的宣泄病房,品钦将这个医院的病房描述为:

漆黑的病房犹如半开的文件柜,里面储存着痛苦,一张病床就是一个文件夹,从床上传来哭叫声,病痛折磨的哭叫声,犹如发自冰冷的金属器物。今晚凯文·斯佩克特罗将拿着注射器和针头,十几次走进黑暗中,让他的"狐狸"镇静下来(狐狸是他对病人的通称)。

（品钦，2011:52）

这些病人都是因为遭到导弹袭击后而患有精神方面的恐惧症，然而在医院却不能治愈，他们只是受人摆布的"狐狸"，在各种药剂下暂时获得宁静。他们给斯洛索普注射致幻剂来测试他的幻觉，但一无所获。于是他被送到法国尼斯的海边去度假，在这个表面看似安逸的生活环境中，斯洛索普的言行却受到了监控。在伦敦，他生活在火箭的恐惧之中，在法国也生活在恐惧和疑虑之中。在这里，他失去了自己的身份和安全感。

斯洛索普摆脱控制来到苏黎世，然而在这里他看到的依然是空无，"那就是空无，就是他的清教徒前辈们所知会的虚无，是骨头和心对一切的麻木……还有什么地方比苏黎世更适合让人找到空无呢？这个国家经历过宗教改革，……到处是扔石头提醒你的人。间谍、大企业，它们在自己的环境中不知疲倦地前进着，周围是墓碑"（品钦，2011:289）。当他来到雅夫的墓地时，看到"下方的城市此时沐浴在半明的光里，正如一座大大的坟墓"（品钦，2011:291）。品钦反复强调苏黎世的石头和骨头暗示着这个城市与死亡之间的联系，像一座大大的坟墓。在这里，城市只不过是政治化和工业化过程的一个产物，正如斯洛索普踏入了雅夫的坟墓一样恐怖。更恐怖的是他从买来的资料中发现了自己被父亲卖给雅夫做实验的秘密，他感到一种绝望，占领区成了一间流放他的更大的禁室，他将永远被囚禁在这里。

为了寻找和火箭相关 G 型仿聚合物他来到柏林，他在柏林所看到的一切，代表着战争对城市的摧残：

> 柏林如此空旷，……那些散布在各处的瓦砾场有如无人耕种的田地，那千篇一律的混凝土毫无特色……只有一点例外：如今，这里的一切都被从内到外翻了个底朝天。……街道

成了蜿蜒小径,穿插于废墟堆里,形状很统一……老百姓住到了外围,军队却驻扎在里面。……疤痕累累的树木又长出了叶子。小鸟又孵出来了,在学飞。可是,在夏天的表面下,冬天已经来临——地球在梦中翻了个身,冷热反过来了……

(品钦,2011:399)

我们看到柏林正从城市的废墟中长出了树木和青草,人口退到郊外游牧时代篝火生存的时代,占领区的城市变成了废墟。正如刘易斯·芒福德在《城市的文化》一书中总结的农村社会发展为城市,实际上就是从大都市走向大坟场的过程。他认为在最后一个阶段,"战争、饥荒和疾病折磨着城市和乡村。城镇只剩下空壳……街道破损无法修复,人行道的空隙中杂草丛生……一切都恢复到原始的乡村栖息的状态(Lewis Mumford,1944:291-292)。品钦同样运用大坟场来指西欧各个城市,它们正在经历演化周期的最后一个阶段。这些演化迹象都与商业和死亡相关。斯洛索普在占领区看到柏林的命运更是如此,当它从法西斯的统治恢复为"有机"形状时,"这里的宁静不是夏末那种忙碌的宁静,而是墓地里的宁静。在史前的德国部族眼里,这才是这个国家的真实面目:死亡之国"(品钦,2011:652)。

在这个"死亡之国"没有人能逃脱悲剧的命运。战争虽已结束,但所有一切自然的生命似乎都正在遭受战争带来的恶果,奶牛因无人挤奶在田野中吼叫;失去了驯狗师的狗成群地出没在乡村,见人就往死里咬;马戏团里的猩猩喝了黑市上的伏特加,醉得一塌糊涂。这些有关战后自然景色的描写反映了品钦对极端科技理性的质疑。技术不仅被用来制造杀人武器火箭,也用来毁掉自然界的动物和像斯洛索普这样的人。

斯洛索普在占领区历经磨难,死里逃生。他的生命轨迹就像火箭的抛物线轨迹一样,经历了摆脱万有引力的控制阶段后,注定要屈服于地球的引力,开始下降。在占领区恶劣的条件下,斯洛索普身心备受煎熬。当他得知他所崇敬的罗斯福总统去世了,他的信仰和精神支柱完全倒塌了。他甚至在霓虹灯里看见了"死吧,斯洛索普"的字样。在严酷的现实面前,斯洛索普无论从外形和内心都发生了转变,身体开始变得虚弱,瘦骨嶙峋、胡子拉碴、面色黝黑。他认识到自己不是什么英雄,追查"黑色装置"的雄心壮志也化为乌有了。他现在是有家难回,处于人生的十字路口,在经历各种磨难之后,他选择与自然合为一体了。品钦没有让斯洛索普死去,而是让他的肉体奇迹般地消散了。说明斯洛索普终于摆脱了肉体的控制,灵魂获得了自由。因为在严酷的现实生存空间里,没有人能逃脱悲剧的命运。

在《万有引力之虹》中不仅斯洛索普难逃他的悲剧命运,同他一样生活在这个人间地狱的弃民们也都摆脱不了自己的悲剧命运。占领区的赫雷罗人也是纳粹德国的牺牲品,在《V.》中,品钦就描写过德国在西南非殖民地对赫雷罗人的种族灭绝性的大屠杀。在《万有引力之虹》中,赫雷罗人的命运再次受到关注。因为品钦看到了德国对待赫雷罗人和犹太人的做法与美国对待印第安人和越南人的做法类似。占领区的赫雷罗人是1904年德国在西南非殖民地大屠杀的幸存者的后代。在不到五十年的时间里赫雷罗人从部落转变成基督徒并且被殖民化,处于文化的边缘,既没有了自己过去的历史,也不属于未来的欧洲,成了流失了历史的民族。他们被带到了德国当仆人或代表一个可能要灭绝的种族。现在被称为黑人火箭支队,他们住在德国北豪森和布莱克罗德周围山里的矿井下面,生活极其艰难,被称为"厄德士温洞穴人"和"空壳人"。他们是"零"的革命者,整个计划就是种族自杀。其领袖人物是混血的恩赞,恩赞是纳粹火箭狂人魏斯曼的崇拜者,魏斯曼把恩赞塑造成了另一个火箭狂人。恩赞认为黑人的命运跟火箭的命运是一样的,随时都会爆炸,厄德士温洞穴和火箭一样,将脱离时间,通向灭亡。随着纳粹德国的灭亡,作为纳粹的牺牲品,黑人支队也将走向死亡。与之相伴的还有德国火箭工程师珀克勒、纳里奇、阿赫特法登们。

现实生活空间描写给人物提供了一个活动的场所,品钦小说中的空间都是流动的空间。人物在不同的空间穿行时,人物的性格和内心都会有所改变,然而无论空间如何变化,人物都难以逃脱自己的命运,也无法掌控自己的命运。因为现实世界是一个荒诞的、混乱的、堕落的世界。

(二)心理空间揭示人物纠结的内心

现实空间的严酷、荒诞和无意义,在人物的心理空间呈现出来,品钦小说中所有的人物都有这样或那样的心理问题,他们内心的欲望与现实形成了鲜明的反差与冲突,导致人物心理扭曲和言行变态。他们的内心普遍感到孤独、无助以致绝望,在行为上则表现为逃避和堕落,甚至将痛苦转移到别人身上。佛洛姆认为,"现代社会的形态对人们的影响同时产生了两种现象:一,他变得更加自立自主,而且不满现实,喜爱批评。二,他也同时觉得更加孤单无依,并产生一种惶恐不安的心理。"(佛洛姆,1987:70)这种逃避自由的心理机制越来越影响和决定着现代人的生存方式。一些极端的逃避自由的心理机制不仅会妨碍个体人格的健康发展,而且在一定的历史条件下会造成很大的社会弊端,甚至成为诸如法西斯主义悲剧的心理基础。佛洛姆认为有三种典型的逃避自由的心理机制,即:受虐狂和虐待狂共生的极权主义;攻击性和破坏性;顺世和随俗(衣俊卿,2008:192)。这种极端的心理机制典型在品钦小说中反映在两种极端的人物身上:一种控制者(选民),他们有一定的社会地位,其物欲和控制欲极端膨胀,想通过各种极端手段来控制别人;另一种被控制者(弃民),他们处于社会的底层,自身愿望得不到满足,内心极端压抑,只能被动的逃避或自甘堕落。

《V.》中的普鲁费恩无疑是一个自由和孤独共生的后现代人,

他随波逐流,无牵无挂,到处流浪,但时常会感到恐惧和孤独。他害怕无生命物体的入侵,"普鲁费恩怕的是像眼前这种除了他之外再无其他生命的大地或海景。他似乎总是在走进这种境地:拐过一个街角,打开一扇通往露天甲板的舱门,他就会处身于一个完全陌生的地带"(品钦,2003:15)。由于失去了在一个封闭社会中的固定地位,他也失去了生活的意义,其结果是他对自己和对生活目的感到怀疑。他遭到威力庞大的超人力量,资本及市场的威胁。由于每一个人都成为一个潜在的竞争者,人与他人的关系变成为敌对的和疏离的;他自由了,但这也就表示他是孤独的、隔离的,受到来自各方面的威胁。他没有财富或权力,也失去了与人及与宇宙的同一感,于是一种个人无价值和无可救药的感觉压倒了他(衣俊卿,2008:191-192)。普鲁费恩自称是笨人,没有灵魂。他对无生命的物体有一种天生的恐惧,与之不能和平相处。皮格和他的摩托车让他感到神秘、恐怖;达·霍康对机枪的酷爱令他感到不解;蕾切尔对爱车的亲昵让他呕吐。"天堂永远失去了,个人孤独地面对着这个世界——像一个陌生人投入一个无边际而危险的世界。新的自由带来不安、无权力、怀疑、孤独及焦虑的感觉"(佛洛姆,1987:35-36)。他不愿同人进行交流,但他会同海鸥说"如果我是上帝",也会对被捕杀的鳄鱼说:"我很抱歉。"他不想陷入爱情的牵连中,他认为笨人就是笨人,不会爱。普鲁费恩逃避自由的方式是佛洛姆所说的顺世与随俗,他为了消除自由和责任带来的重负和孤独,倾向于通过采取与世无争的方式或沉溺、封闭内心世界的方式来摆脱世界,摆脱威胁与孤独,主动放弃自己的个性和主体性,变成海德格尔所说的无主体的"常人"(海德格尔,1987:155-160)。他参与全病帮的聚会,喜欢看年轻人的聚会,将自己的爱欲变成纯粹的性欲。他内心中充满了矛盾和纠结,他爱上了蕾切尔却不想放弃自由。他被动的生活方式时常会被女人打乱,对于他来说"女人就像是意外事故:断了的鞋带,掉下的盘子,新衬衫上的大头针"(品钦,2003:

149)。他一切全凭机会,不掌握生活的主动权,生活在被动之中。

《V.》的另一个人物斯坦西尔,患有现代人格分裂症。品钦通过直接塑造法简明扼要地指出斯坦西尔的性格特点,让读者一目了然:

> 赫伯特·斯坦西尔像某个年龄段的小孩,《教育》一书中的亨利·亚当斯和自古以来各种各样的专制君主一样,总是以第三人称指称自己。这有助于斯坦西尔仅以全套身份中的某一种出现。"人格的强制错位"是他对这种总技巧的叫法,这与"设身处地看问题"不尽相同,因为它牵涉到,譬如说,穿会使斯坦西尔感到尴尬的衣服,吃会使斯坦西尔呕吐的食品,住在陌生的居所,频频光顾与斯坦西尔性格不符的酒吧或咖啡馆。这种情况会持续几个星期,为了什么?为了使斯坦西尔安分守己,即安于第三人称。
>
> (品钦,2003:64)

这段文字描述了斯坦西尔的人格分裂,怪异的性格和对真实自我的隐藏,同时展示了现代社会人类善于伪装和隐藏的本质。品钦对人物性格的直接描写使人物形象陌生化,不同于现实主义小说,后现代小说中的人物自身也能够意识到自己处于虚构之中,他无法把自己与另一个空洞的人格区分开来,已经或正在意识到自己有一种表演某种真实主体的需要,意识到自己虚假性和表演性。即王钦峰所说的后现代表演型人格。他与周遭社会的不协调之处,就在于他始终意识到自己是角色,却不是一名真实的人和陶醉者。斯坦西尔对于 V. 的态度也反映了他内心的纠结:"找到她,然后又是什么?……一种生机勃勃的感觉……要维持它,他只有去追寻 V.;但要是他找到了她,他除了回到半清醒状态之外还有什么去处?因此他努力不去考虑搜寻的任何结果。接近和避开。"(品钦,2003:56)这是典型的后现代人的尴尬处境。

《拍卖第四十九批》中的俄狄帕也一直处在一种不能自拔的内心纠结之中。当她得知皮尔斯的死讯时,反应是:

> 他是否就是那样被房间中唯一的那尊雕像砸死的?然而那却只使她笑了起来,大声无助地笑:你病重了,俄狄帕,她对自己说,或者对房间说,它能听懂。
>
> (品钦,2010:1—2)

从上述的描写中我们可以看到俄狄帕反应很奇怪,听到皮尔斯的死讯,她没有悲伤,反而笑了起来。这种不正常的举止,说明她与皮尔斯之间没有真正的感情。对皮尔斯,她没有任何美好和值得留恋的回忆,她首先想到的是房间里的雕像,而不是皮尔斯的音容笑貌,并且怀疑是不是他被雕像砸死的。可以看出俄狄帕内心的恐惧和敏感。

俄狄帕还陷入一种自我忧郁之中。认为自己像格林童话中被女巫关在森林里一个无梯塔里的拉彭泽尔一样,而她被魔法囚禁在基尼烈的松林和烟雾中,期待着有人来救她出来。当她在墨西哥城观看西班牙流亡者雷梅迪奥斯·巴罗的一幅《绣地幔》的画时,她站在画前,莫名其妙地哭了:

> 画中是好几个纤弱的、心形脸、大眼睛、金发如纺纱般的女郎,她们被囚禁在一座圆塔的顶楼,绣着一种花毯,那毯子从扁狭的窗口溢出,掉入虚空中,无望地试图把那虚空填满:地球上所有的其他建筑物和生物,所有的波浪、船只和森林都包容在这块花毯里,而这花毯就是这个世界。
>
> (品钦,2010:12)

第三章　品钦小说人物塑造的迷宫

巴罗是超现实主义绘画的杰出代表,女性艺术的先驱,其作品最常出现的意象就是象征着囚禁的城堡、房屋、坚塔、笼子,这是巴罗所感受到的生活,无处不在禁锢中。超现实主义绘画的最高境界则是要让观者从中看到人人身处其中而不自知的"真实",——他们认为传统的貌似"写实"的绘画反而是一种非真实。他们要以梦幻的形式绘画,但画的却不是梦,是真实的人,真实的生命,真实的生存处境。品钦小说同巴罗的绘画有着异曲同工之处。俄狄帕正是通过这幅画感觉到了自己的真实处境,她感觉自己就是在墨西哥的塔里编织着虚空,皮尔斯没有带她逃离什么,她本来就无处可逃。她意识到真正将她拘于此地的是那匿名的恶毒的魔法,它从外面毫无道理地侵袭她。这个魔法可能是一种男性控制的社会力量,那就是俄狄帕要在一个男性主导的社会中穿行,必定也是孤独的。如果说俄狄帕的塔是一种偶然的,那也必将是无处不在的。它是人的一种处境,人的处境就是一种偶然,人作为一种次要的附属,一种剩余物、残渣,或废物,也是俄狄帕在南加州即将遇到的一种神秘的交流系统和群体。俄狄帕要试图走出禁闭她的孤塔,她的内心充满了躁动和不安。

在俄狄帕对皮尔斯的财产和"特里斯特罗"的调查陷入困境时来到旧金山,俄狄帕内心在纠结:

> 要么特里斯特罗确实存在,要么它是别人假设和推测出来的,或是俄狄帕的幻想所致,……她今天晚上只要任意游荡,看到什么都没发生,便能相信这纯粹是神经紧张所造成,是一件由她的精神病医生来处理的小事。
>
> （品钦,2010:86）

她认为可能是自己的精神出了问题,如果那样她就可以解脱了,直接去看精神病医生了。当她坐在一个挤满了喝醉的男同性恋的房间中时,发现自己是这里唯一女人,感到孤独。在参加悠游弹公司股东大会时,周围都是男人的世界,没有人同她说话,似乎没有路可以走出这个地方。这种纠结在内心的孤独情绪一直困扰着俄狄帕,使她变得敏感、脆弱,趋向于偏执狂。这无疑是后现代人的一种无助和无奈处境。

《万有引力之虹》中存在一些控制欲极强的科学狂人。佛洛姆认为这是一种极具攻击性和破坏性的逃避自由的心理机制表现形式。它所采取的方式是摧毁一切威胁到自身存在的外力,由此来缓解内在的孤独和无权力感。人们常常用爱、责任、良知、爱国主义等字眼来掩饰自己的破坏行为,用各种方式使这些迫害合理化(佛洛姆,1987:107)。盟军的"白色幽灵"这个机构就是打着和平的幌子,进行着各种不可告人的阴谋。波因茨曼假借科学的名义来达到他自己通向斯德哥尔摩的大门。在《万有引力之虹》中,品钦主要通过波因茨曼流动、混乱的意识流,来展示他内心的恐惧、欲望、矛盾和绝望。这个巴甫洛夫的忠实信徒,将工作视为他的最爱。他外表很恐怖,连他自己都知道自己恐怖的样子,女人躲着他,他认为女人会让他分心,影响他的工作。然而他的内心却在说:

> 波因茨曼对她们是多么渴求啊!漂亮的宝贝们。他灰褐色的内裤不知趣地、世俗地因欲望而近乎胀破:他需要利用她们的纯洁,在她们身上写下新的话语,写下自己,写下自己阴暗的强权政治之梦……

(品钦,2011:55)

当听说斯佩克特罗被炸死的消息,他独自一人,在昏暗的办公室里无助地打着喷嚏、发抖:

> 干嘛不和那本书断绝关系呢?不要了不就行了。……你

不需要它们,不需要那本书和它可怕的诅咒……放弃,投降,哦好极了……那么,自己该怎么办呢?去心理部,请埃温特做一场请神会,……不能,他不能迈进那个特别的走廊,甚至不能有任何想念他们的表示……

(品钦,2011:154)

我们看到波因茨曼内心的矛盾和扭曲,他看到那本书的信奉者们被死神一个个拉走,感到了内心的恐惧,想放弃自己的信仰了,投降了。但是他又抑制住这种想法,他甚至不敢想念他逝去的朋友们,他认为自己会超越自己的导师,获得诺贝尔奖:

他要活下去……他要申请诺贝尔奖——并非为了自己出名,不是的——而是为了兑现承诺,对他曾经作为其中的一员、未能实现这一夙愿的七位斗士负责……

(品钦,2011:155)

我们再一次看到了波因茨曼的虚伪,把自己对名利的追求冠以神圣的幌子,来掩盖自己的行为。对于斯洛索普他的看法是:

这个美国人即便不是法律上的杀人犯,那也是病人。应该查找病因,寻找疗法。这次机会太好了,这个实验品就在自己的手上。他得马上攥紧了,否则自己的命运也是一样——进入石廊。……无论从心理学还是从历史的角度看,他都是个怪物。我们永远不能放掉他。一想到他战后会消失在茫茫人海中,我就有一种恐怖感,而我自己又无力驱除它……

(品钦,2011:157)

波因茨曼将斯洛索普看成是他手中的一个绝佳的试验品,想要牢牢地将他控制在自己的掌心,可见他没有任何的同情心和人性,同时也预示了斯洛索普最终的命运。当他的下属们对他的计划有所担心时,他却认为:

> 要生存下去就得有足够强的欲望——渴望对这个系统了解比别人多,渴望了解操纵这个系统的方法。这是工作,如此而已,容不下任何超出人类之外的忧虑——它们只会消弱、软化意志:作为男人,要么任其发展,要么勇敢地将其斗败。
>
> (品钦,2011:247)

波因茨曼对自己的做法颇为欣赏,还有些狂妄和盲目的乐观,他的做法也与别人不同,只要达到目的就可以。他用卡婕控制住了他的上司普丁,让他成为卡婕皮鞭下的受虐狂和嗜粪狂,后来老普丁终于因为大肠杆菌感染而死去。波因茨曼的残酷同纳粹相比,没有什么差别。当斯洛索普逃脱了他的控制后,他一个人承担着重压。他还自认为是:

> 元首的寂寞啊:他感到自己在这种黑暗的陪伴下、在黑暗的光线里变得强大,成为一颗正在升起的公众之星……他不想和别人分担这种寂寞,不,现在还不想……自己进入一种(我就是国家)的心态——除了自己还有人做事吗?还不是自己每每依仗天生的意志,维持着全局……
>
> (品钦,2011:294-295)

我们看到波因茨曼的自我意识在无限地膨胀,甚至有些扭曲了,他把自己看成了救世主,国家栋梁。波因茨曼的破坏性心理机制在于想消灭它的目的物。佛洛姆认为由于我把外在的东西摧毁了,因此我可以免除我自己无权力的感觉。当然,如果我成功地消灭了外在的目的物,我还是孤独和孤立的,可是我这种孤独是一种绝佳的孤立状态,在这种孤立状态中,外在的目的物之力量不能在压服我了(佛洛姆,1987:108)。然而当他的计划落空,派人错误地阉割了马维,在上司面前丢尽了脸面,被摩西哥戏耍了一番后,他知道斯德哥尔摩的大门在他身后永远地关闭了。他什么荣誉也没有,只有因果论和剩下的一堆无用处的设备,这是对他最大的嘲讽。

《万有引力之虹》中还存在一种极端的逃避自由的心理机制的表现形式:受虐狂与虐待狂。佛洛姆认为,受虐狂和虐待狂表面上是矛盾冲突的,但实质上是相互依存的。它们都是内在孤独和恐惧感的表现,都倾向于与某种外在的权威或力量认同,以获得安全感。佛洛姆、赖希和其他一些思想家断言,以受虐狂和虐待狂的共生为基础的极权主义构成法西斯主义兴起的社会心理基础。虐待狂想使"别人依赖他们",他们以绝对手段控制别人,或操纵别人,或使别人痛苦。佛洛姆认为:"他们想完全主宰别人,使别人在我的意志下完全屈服,使自己成为真神,甚至于做到与其同乐的地步,屈辱他们,奴役他们的最终目的无非是使他们痛苦,因为控制他人的权力越大就越使别人增加痛苦,虐待狂动力的本质便是由完全主宰他人而得到的快感。"(佛洛姆,1987:97)而受虐狂的特征是,这种人有着内在的自卑、无能及无意义的感觉,他们有意识地轻视自己,使自己软弱,不愿主宰一切,而愿意依靠具有权威的他人、组织、大自然或自身之外的任何力量。受虐狂的目的就是"除掉自己。换句话说,即消除自由的负担"(佛洛姆,1987:95)。品钦小说中的纳粹火箭狂人布利瑟罗、双面女间谍卡婕、赫雷罗小伙子戈特弗里德、普丁准将、德国女演员玛格丽塔等等人物都是不同程度的受虐狂与虐待狂。

布利瑟罗/魏斯曼上校渴望死亡,希望通过死亡达到生命的超越,以至永恒。里尔克的诗歌是他的《圣经》。在纳粹德国大厦将倾之时,他的内心充满了恐惧,导致他的性变态行为,反映出这个人物性格的极端扭曲和黑暗。这个纳粹上尉是品钦塑造的一个在心理上最为可怕的人物,像撒旦一样冷酷无情,酷爱摧毁。撒旦的摧毁是为了向上帝报复;布利瑟罗的摧毁是仇视良知,是对人性的挑战,或是说人性残留的兽性的爆发。他像是一个恶魔或巫婆以摧毁无辜生命——卡婕和戈特弗里德为生。如在森林中的一个诱人的房子中:

> 他戴上了假阴道和黑貂皮阴毛,两样东西都是由柏林臭名昭著的奥菲尔夫人手工制作。……逼真的粉红色液体上竖立着微型不锈钢刀片,有好几百个,卡婕跪在那儿,被迫在刀片上割破自己的舌头。
>
> (品钦,2011:105)

不管布利瑟罗如何让自己投入活动中,他也像撒旦一样,无法释放自己的绝望。不管是他让戈特弗里德穿上女人的衣服,让卡婕穿上男人的衣服,还是作为V-2火箭基地的指挥官,带着他的非洲黑人敬爱者恩赞出现在众人面前,这些活动对布利瑟罗来说都仅仅是一个引子,"他只想从寒冬里逃脱,钻进温暖、黑暗的烤箱,享受铁壳的保护"(品钦,2011:105)。他是一个黑暗世界的生物,地狱之火驱使他向前。他将从西南非带来的怪物"恩赞"塑造成了一个渴望死亡的火箭狂人。他希望卡婕为他而变形,超越死亡,他将他的恋童戈特弗里德装入火箭一起发射,带着他超越死亡达到永恒存在的梦想。赫雷罗人恩赞和戈特弗里德同为受虐狂,恩赞虽然高大威武,戈特弗里德弱不禁风,他们在魏斯曼那里都是为了需求逃避战争与死亡的保护,他们与魏斯曼的虐待狂是共生的。

而卡婕这个受虐狂其目的是为了窃取情报。她可以随时终止这个游戏,然而布利瑟罗的行为却影响了她,使她又变成虐待狂。在这个荒诞的人间地狱中,每一个人都成了变态狂,布利瑟罗的痛苦和绝望传递给了卡婕,她仿照他的行为,将痛苦和折磨又传递给别人。她对"白色幽灵"的傀儡领导普丁准将实施性虐待,而老普丁却跪在她面前,顺从地接受她抽向他的每一次皮鞭(品钦,2011:253-254)。在卡婕的内心有一个燃烧的地狱,对于她,所有的运动都朝向死亡,她感觉到她已"腐朽成灰"(品钦,2011:104)。像撒旦一样,她内心的黑暗像无底深渊要将她吞噬。她像布利瑟罗一样企图逃避她的绝望,不管她是在树林和灌木丛中或是在岸边水手面前裸舞,还是对普丁准将施虐或是同斯洛索普做爱,不管她做什么,她一直被一个事实所苦恼:她是一个腐烂的生物,属于烤箱里的黑暗,这种城市黑暗属于她自己,在这种黑暗的底面上,事物向四面八方流动着,既没有开始,也没有结束。(品钦,2011:705)

四 外部特征和言行描写揭示物化、异化的人

除了运用后现代戏仿和反讽手段和通过空间叙事来塑造人物,品钦还采用了传统现实主义描述外部特征和言行的手法来刻画人物,这也是品钦对现实主义人物塑造手法的继承。品钦通过对人物外貌形象和个性化言行的描写展现了后现代社会人的物化与异化。物化与异化是后现代人的一个基本特征。马克思在《1844年经济学—哲学手稿》中最先论述劳动异化,继而提出了"物的异化"和人的"自我异化",并在《资本论》中描述了商品拜物教现象。卢卡奇认为这种商品拜物教现象,正是现代人的物化现象,它使商品结构中物的关系掩盖了人的关系,或者说,它使人的关系变成了一种物的关系。卢卡奇给物化(reification)下的定义是:"人自己的活动,自己的劳动成为某种客观的、独立于人的东西,成为凭借某种与人相异化的自发活动而支配人的东西。"(卢卡奇,1989:85)也就是说,在发达商品经济条件下,人的活动结果反过来成为统治人和支配人的力量。卢卡奇认为物化是发达工业社会中所有人的普遍命

运。马尔库塞认为,在以科学技术发展为背景的相对富裕的消费世界中,在技术理性所形成的新的统治体制中,出现了新的异化和物化的生存方式。现代社会的异化机制主要不是表现为外在的异己力量对人的直接压抑和统治,而更多地表现为人的"自我异化",表现为无形的文化力量对人的内在的操控和人的主体性的自我消解。因此,现代文明对人的压抑是一种具有"合理的"和"自愿的"外观的更深层、更隐蔽的压抑(马尔库塞,1987:17)。他断言,现代文明从总体上具有压抑性质,而现代人的心理机制和生存方式具有压抑的特征。与现代时期相比,后现代社会的工业化进程又朝前推进了一大步,与之伴随的是新型机器形式的出现。这种巨变影响了当代具有再现或表现功能的文化与美学。新的技术和机器不仅影响了我们的美学,也影响到了我们生存的根基,它使人类面临着并进入一种比过去任何时候都要严重的非自然的机器化和异化的状态。一个重要表现就是,人体和机器均已成为对方的延伸部分和终端机,使机器和人的界限趋于消失、机器人和活人的界限趋于消失(王钦峰,2001:237)。同时后现代社会中的艺术和文化呈现异化性,即具有欺骗与操控特征的大众文化。所谓的大众文化是指借助大众传媒(电影、电视、广播、报刊、广告、杂志等)流行与大众的通俗文化,如通俗小说、流行音乐、艺术广告、批量生产的艺术品等。它融合了艺术、商业、政治、宗教与哲学,在闲暇时间内操纵广大群众的思想与心理,培植支持统治和维护现状的顺从意识,行使社会欺骗的功能。在品钦的三部小说中充满了这样被物化和异化的人物,品钦主要从人物的外部特征和个性化言行两个方面揭示了人的物化与异化。

(一)外部特征描写展现物化与异化的人

外部特征是刻画人物最常见的一种方法,能形象准确地展现人物个性特征。自从有了叙事作品,外部特征描写就被用于展现人物的性格(Rimmon Kenan,1983:67)。品钦小说中的一些人物深受现代社会大众文化或工业文化的影响,表现出对无生命商品的迷恋和崇拜,并自愿接受无生命物体对人体的入侵,品钦三部小说都存在这种物化、异化的人物。

在《V.》中,"全病帮"中的弗格斯·米克瑟莱迪安就是这样一个自愿让身体物化的人:

> 弗格斯·米克瑟莱迪安,这个爱尔兰的亚美尼亚犹太人和万能人,宣称自己是纽约最懒的人……他唯一的活动是每星期一次到厨房的洗涤槽旁边摆弄干电池、曲颈瓶、整流器和盐溶液。他所做的是制造氢气;氢气用来充入一个结实的绿色气球,上面印有一个巨大的Z字母。每当他打算睡觉时,他就用一根绳子把气球系在床柱上,这是让拜访者用来判断弗格斯究竟是清醒还是昏睡的唯一方法。
>
> 他的另一个娱乐是看电视。他设计了一个巧妙的睡眠开关,它能接收来自植在他前臂皮下的两个电极的信号。当弗格斯的意识降低到某一水平时,皮肤的阻力便增加到超过预定值而使开关关上。这样弗格斯变成了电视机的延伸部分。
>
> (品钦,2003:57)

通过对弗格斯外部特征和活动的细节描写,展现了他荒诞滑稽的形象和单调无聊的生活。他把自己与电视连接起来,仿佛变成了一个机器人,人性已经退化,成为了机器的一部分。流行的大众审美和价值观,让犹太姑娘埃斯特对自己标志性的鹰钩鼻感到不满,她通过整容手术将自己的鹰钩鼻换上了玛丽莲·梦露式的塑料翘鼻子。面目被毁的飞行员戈多尔芬接受了一个象牙的鼻梁,一个银子的颧骨和一个石蜡与赛璐珞的下巴,但手术后不久就变形了。邦戈·沙夫茨伯里手臂下缝了一个微型电开关。这些人都有意或无意地将自己物化了。普鲁费恩自认为是一个没有灵魂的人,在梦中好像总是在寻找某样东西以使自己能如任何机器一样实现解体。他的臀部、手臂、大腿、海绵大脑和时钟心一定会遗留下来,乱抛在人行道上,散落在窨井盖之间(品钦,2003:38)。他希望有朝一日拥有一个全电子器件的女人,她的任何毛病你可以在一本维修手册里查到(品钦,2003:442)。当他看到人体研究所的人体模型肖克时,他感觉到自己与肖克有某种亲属关系,它是他首次遇到的无生命的笨人(品钦,2003:320)。他还与另一个像弗兰肯斯坦似的人造形体施罗德进行交谈,施罗德告诉他"终有一天你和大家会像我与肖克一样……你们都来日不多了"。品钦似乎通过施罗德暗示现代人最终都会像他们一样被物化,走向无生命的世界。

斯坦西尔追踪的 V. 每出现一次,身上物化的程度就加深一层。在西南非时,蒙多根发觉她的左眼是人造的;她注意到他的好奇,主动取下那个眼睛,放在手心,送到他面前:

> 一个吹制而成的透明的泡状物,放在眼眶里时它的"眼白"会呈现出半亮的海绿色。它表面上覆盖着一层精密的几乎是极细微的裂纹组成的网。里面是制作精巧的齿轮、发条和棘轮构成的钟表,用一把以细链条挂在梅罗文小姐颈部的金钥匙上发条。深绿色和金斑点熔成不太清晰的黄道十二宫图呈环状置于泡状物面上兼作虹膜和钟面的表层。
>
> (品钦,2003:264)

在法国时她穿着:

> 黑人头颅色的乔吉特绉绸制作的普瓦雷式夜礼服,上面缀满了小珠,外面套着一件在她胸脯下收紧的法兰西帝国式的樱桃红束腰外衣。一块伊斯兰面纱遮住了她的下半部脸,

在后面系着一顶热热闹闹地插满赤道鸟羽毛的小帽子上。扇子有琥珀的柄、鸵鸟的羽毛和丝线流苏。沙色的长袜,在腿肚处绣有精美的边花。两个有星星点点闪亮镶嵌的玳瑁发夹卡在头发中;银色的网线袋,有着漆皮鞋尖和法国后跟的高扣小羊皮鞋。

(品钦,2003:459)

在这里品钦一反常态,详详细细地描绘了她的衣着打扮,让读者感到她身上除了衣服和饰品,没有人的存在了,读者看到的是各种鲜艳的颜色、各种与国家地域名称相关的衣服、各种质地材料甚至是来自动物身上的皮毛制成的饰品,她的身上就像一个物品展销会,五花八门无所不有,就是没有"灵魂"。"它总是重复惯常的鬼脸和微笑……漠然的眼睛"(品钦,2003:460);"……一条用银子制作的纤细的女臂"(品钦,2003:462)。V.在马耳他被孩子拆解时:"她的脐眼处有一颗星彩蓝宝石……一副假牙……在腿底部假足的残根"(品钦,2003:392)。通过详细的外部描写,品钦揭示了V.的不断趋向严重的物化和最终的解体。

《拍卖第四十九批》中,主人公俄狄帕也沾染了时代的恶习,她沉迷于消费主义和物质主义。她的生活模式化,像诸多的美国家庭主妇一样,参加针对家庭主妇的产品推销聚会、购物、打理家务、准备饭菜、等待丈夫下班。在小说一开始,她参加了一个特百惠家用塑料制品的推销会后回到家。在下午去商业区市场购买意大利乳清干酪和聆听米由扎克的甜丝丝的背景音乐,然后阅读最新一期《科学美国》的书评,在意大利卤汁面条上加层层调料,给面包抹上蒜泥,撕碎生菜叶,最后开启烤箱,同时赶在她丈夫温德尔·马乔下班回来前调制好黄昏时饮用的柠檬威士忌鸡尾酒。结婚前曾与加州房地产巨子皮尔斯有过一段情缘,皮尔斯用他的金钱打动了她,让她在墨西哥过了一段奢华的日子。我们不知道什么原因导致他们分手,但我们知道皮尔斯的兴趣在投资上。俄狄帕知道在皮尔斯眼里,邮票远比她重要,她也是皮尔斯用金钱买到的一个物品。在拜金主义的社会中,爱和情感都已经退居到次要地位。

《万有引力之虹》中斯洛索普从小被父亲卖给化学家雅夫做婴儿勃起实验,使他成为一直被监控的"塑料人",从而失去了真实的自我。《万有引力之虹》中另一个身体不断物化的人物就是苏联情报人员齐切林,他称自己为"狼人",他的形象是:

> 他身上的金属比什么都多。他的大背头下藏了一块银板,右膝盖下软骨和骨头的细缝有一片立体文身,里面都布上了金丝线。他总能感觉到膝盖里的造型。那是别人看不见的。当时动了四个小时手术,在黑暗中。那是在东部前线,没有磺胺药,没有麻醉剂。他当然自豪了。

(品钦,2011:362)

从齐切林身上我们看到的是战争对他身体的残害,他一步步成了金属的人,正如品钦讽刺地说:"齐切林在这些跳荡的肉体间进进出出,拼命地捡垃圾。"(品钦,2011:362)因为他曾与"染共体"的传奇人物温佩有过交往,温佩是"染共体"驻外代表,其真实身份是柏林间谍。所以苏联各级指挥机构采取保守疗法,将齐切林派往中亚吉尔吉斯,去给这个地方部落的人教会一个突厥字母表。在这个偏远的地方他诅咒军队、诅咒党、诅咒历史,凡是把他弄到这儿来的东西他都诅咒。他这个狼人连自己同父异母的弟弟也要杀害,可以说灭绝人性。

《万有引力之虹》中占领区的难民们也成了被物化的对象,他们处境悲惨,像动物一样被别人转来倒去。

> 他的手上、额头上、屁股上都盖上了橡皮印章,除虱、挨

戳、把脉、更名、编号、托运、上发票、误转、扣押、遗忘。他在纸面上被苏联、英国、美国和法国等国家的人口工作者在手头转来转去,在这个职业的圈子里打转转,不断认识新主子的脸孔、咳嗽、靴子。

(品钦,2011:713)

他们失去了自由,没有了身份和地位,成了一批批的货物或动物,自己的命运被别人所控制。

总之,在后现代社会里,人不断地被物化、异化,失去自我,从主体变为客体。正如霍克海默和阿多诺所说:"当技术理性成为失控的、自律的、自我发展的存在时,它就成为人所面临的一种新的统治力量,一种比传统的政治力量更为强大的力量,成为扼杀人的自由和个性的异化力量。"(霍克海默、阿多诺,1990:421)

(二)个性化言行描写展现物化、异化的人

人物的语言不管是对话,还是沉默的内心活动,都可通过其内容和形式反映其性格特点。同时人物的非习惯性行为和习惯性行为都体现了人物个性特征(Rimmon Kenan,1983:61-65)。除了通过外部特征揭示人物的物化、异化,品钦小说中的个性化言行描写也反映了人物的物化、异化。这种异化的言行表现为对流行文化、艺术的痴迷与模仿,宗教信仰的缺失以及对战争的恐惧。马尔库塞在1964年出版的《单向度的人》一书中直言不讳地指出:"发达工业社会已蜕变为一种'单面的社会',活动在其中的只是具有'单面思维'的'单面人'。"他更是尖锐地指责现代人们的生活已被过度商业化与大众化的潮流所包围,这种过分物质化、利益化的堆积与渲染以至于生活在其中的社会人已全然被这种畸形的文化所覆盖,从而导致了社会中的人及其文化的单向度思维的演化(马尔库塞,1988:37)。

在品钦小说中,流行电影中的人物和情节都成了人们竞相模仿的对象,电影对人的生活方式和行为起到很大的影响。如:《V.》中的普鲁费恩不想与菲娜交谈时,他采取的是正在看的电影中兰道夫·司各脱的态度:冷静,不露声色,保持缄默。一个水手酒鬼以为自己是著名的巨猿金刚,并模仿金刚的嚎叫、捶打自己的胸部、抓住电扇一圈一圈地旋转摆脱前来拘捕他的警察——给小说增添了滑稽的情调。普鲁费恩的另一个海军好友帕皮·霍德模仿电影中的黑帮。还有两个人物模仿西部电影中酒吧打架的模式进行打斗。《拍卖第四十九批》中的马乔像美国著名电影演员杰克·莱蒙那样梳头。91岁老人索斯面对着暗淡的电视屏幕上利昂·施莱辛格的一个动画片《小胖猪》在点头,当俄狄帕向他询问关于"快马邮递"的事时,他将他祖父的事与《小胖猪》动画片混淆起来,他已经分不清现实与电影的区别了。

　　《万有引力之虹》中斯洛索普把自己的头发梳成时髦的美国男演员宾·克罗斯比式的大背头,喜欢用喜剧演员"牢骚"马克思的口气说话,模仿斗牛士舞动斗篷的引牛动作,模仿美国广播公司的节目《孤独的守林人》里守林人呼唤他的马"银子"的声音。著名逃犯布劳吉特·马科星专门从事各种军人文书证件的伪造,同时还兼卖武器设备,面临死刑的危险却依然在夜间跑到美军陆军基地的食堂看西部电影。为了看电影,他竟然偷了一个将军的吉普车,冒着危险把《杰克·斯莱德归来》看了27遍。美国土匪头目约翰·迪林杰在被击毙之前竟然还在电影院里观看克拉克·盖博主演的《曼哈顿传奇》。一些孩子穿着美国演员乔治·拉夫特在扮演强盗的套装。电影在品钦的小说中已经成为一些人的精神鸦片,火箭工程师珀克勒已经将冯·高尔的《梦魇》中的情节和现实混同起来,因为这个电影,他和列妮有了女儿伊尔莎,被他称之为他的电影孩子。人们沉迷于电影的世界中,分不清真实与虚幻,丧失了自我。而绰号"老马"的德国导演兼商人葛哈特·冯·高尔,是占领区棋盘上的马,他跟某些人物沾亲带故,从"染共体"获得了拉兹洛·雅夫发明的那种独特的"J氏乳剂"可以应用在电影拍摄上。他狂妄自大地认为自己的《梦魇》是一个不朽的名片。他洋洋自得,并认为有了他的影片才诞生了黑人支队。他还要为阿根廷无政府主义者拍摄《马丁·菲耶罗》,他宣布:"我的使命就是在占领区里种下种子。这是时代的召唤,我只能俯首听命。不知怎么回事,我塑造的形象被选去当化身了。我为黑人支队做的,同样也能为你们的草原和天空做……我可以拆掉你们的篱笆,拆掉迷宫的后墙,我可以把你们带回快要记不起来的家园……"(品钦,2011:416)虚幻的电影使他变得异常的疯狂。

除了电影,流行音乐、绘画和戏剧等艺术也影响了品钦小说中的人物。在当代,同商品拜物教相一致,出现了"音乐拜物教",人们对音乐的崇拜已经异化为对音乐所能取得的交换价值的崇拜。在《V.》中,品钦展示的是与美国主流文化相背离的亚文化群体"全病帮"的艺术家们,这些成员懒散、堕落、纵欲、吸毒,呈异化状态。斯拉伯称自己是患有紧张症的表现主义艺术家,他模仿后期的莫奈,只画各种丹麦奶酪酥饼,称他的作品是"非交流的极致"。他说:"他画各色各样的睡莲。他喜爱睡莲。眼下是我的晚年。我喜欢丹麦奶酪酥皮饼,它们已经使我活得比我所能记忆的还长久。为什么不画它们?"(品钦,2003:316)黑人萨克斯手麦克林蒂克每一次录音时,都会习惯性地与录音室里的音响人员和技师谈论电。他曾经对电毫无兴趣,竟然希望电能帮助他赢得更多的观众,使唱片公司保持巨大影响力,使他穿上名牌服装(品钦,2003:329)。"拉乌尔为电视写作,他把电视赞助商的所有迷恋和崇拜小心地记在脑子里而又加以尖酸刻薄的抱怨";梅菲娅·温森姆写畅销小说等等。作为现代社会的人,他们都卷入了消费主义的网络之中,为了生存,他们不得不迎合大众的品位。所以实际上他们所标榜的只是虚假的前卫艺术,他们仅仅是贫乏、反叛和艺术"灵魂"的精疲力竭的表现。蕾切尔对"全病帮"的评价是"'全病帮'不是活着,它只是体验。它不创造,它谈论创造的人们"(品钦,2003:436)。

在《拍卖第十九批》中,妄想狂乐队的成员们模仿披头士乐队,用英国口音唱歌。其中一个成员迈尔斯是个16岁退学学生,他说:"我们的经纪人说我们应该那样唱,为了那个口音我们看了很多英国电影。"(品钦,2010:17)俄狄帕的丈夫马乔是广播电台的流行音乐栏目主持人,从前是一个旧汽车推销员,所以特别珍视目前的工作,尤其注重自己的外表,以至于他的工作时间对他都成了一种强烈的折磨:

> 每天早晨马乔三次顺着须根,三次逆着须根刮他的上唇,以除去胡髭留下的任何微乎其微的痕迹,哪怕是新刀片总是让他出血,他依旧坚持不懈;他购买全天然肩的套服,然后去找裁缝把翻领改得异乎寻常的狭窄;他在头发上只用清水,像杰克·莱蒙那样梳头,把头发甩得更开。看见木屑,甚至削铅笔的刨花,他都会畏缩……虽然他节食,但他做不到像俄狄帕那样用蜂蜜给自己的咖啡添加甜味,因为它如同所有其他黏糊糊的东西一样令他悲伤……有一天他退出了一个聚会,因为有人似乎恶毒地在他能听见的地方用了"奶油泡芙"这个词……他脸皮很薄。

(品钦,2010:5)

马乔是一个胆小怕事、过分敏感、腼腆、消极、极其注意自己形象、缺乏男子汉气概的"奶油泡芙"的形象。他惧怕贫穷,过去的工作对他来说是个噩梦。他胆小到连刨花都惧怕,蜂蜜也能让他悲伤。在这个物欲横流现代社会中,人已经失去了其固有的个性,尤其是社会底层的小人物们,他们在社会的底层为生计而奔波,性格扭曲、思想贫瘠,对自己的命运感到无助。当俄狄帕接到信件想向马乔寻求意见时,他先对她倾诉自己在单位的不如意,然后对俄狄帕事情的反应是:"他读了那封信,眨了一阵眼睛之后腼腆地缩回去。"并且说自己对此无能为力,他这种消极被动的态度让俄狄帕很失望,又无法理解。夫妻双方无法正常的沟通与交流,最后马乔成了俄狄帕的心理治疗师希拉里乌斯致幻剂药品的试验对象,经常会产生幻想,以此来麻痹自己,彻底失去了真实的自我。

在塑造皮尔斯这个异化形象的时候,品钦通过俄狄帕的回忆对他怪异言行进行细致的描写:

> 有一天凌晨三点左右有过这个长途电话……说话者先以浓重的斯拉夫腔开始,说他是特兰西瓦尼亚领馆的二秘,在寻找一只逃亡的蝙蝠;接着调节为滑稽的黑人腔;随后是怀有敌意的墨西哥裔花衣少年流氓腔的方言,满口"他妈的"和"鸡奸"的词语;然后是一个盖世太保军官的尖叫声问她在德国有无亲戚;最后是他的拉蒙特·克兰斯顿蓝调乐团的强调,他用这一腔调一路讲到马萨特兰。
>
> (品钦,2010:3)

从上述对皮尔斯言行的描写,让读者看到了一个言行怪异、令人困惑和恐怖的异化形象。在没有任何紧急事件的情况下,他竟然在凌晨三点给俄狄帕打电话,只能说明是一种恶意的骚扰。他还使用了各种腔调和脏话,电话中没有任何实质内容更显出他的险恶用心,难怪俄狄帕接到关于指派她为皮尔斯遗产的执行人时,感到是一种阴谋。皮尔斯就像一个幽灵一样控制了她,他在生前和死后都想控制她,她感到被暴露,被愚弄,被羞辱。

现代社会人们生活物质化,精神趋于贫困化,普遍失去了信仰,宗教也失去了神圣。在《V.》中普鲁费恩捕杀鳄鱼的下水道里,有一个费尔林教区,在30年代大萧条期间,费尔林神父预言纽约死亡后老鼠将接管整个城市。他在下水道里让老鼠皈依罗马教会,并以鼠肉为食。其中的一个叫维罗妮卡的雌鼠还爱上了他。这显然是对美国清教主义的极大讽刺。斯坦西尔追寻的 V.——维多利亚·雷恩从名门闺秀到修女最后堕落成坏神父,在马耳他她劝告女孩子去当修女,避开生育的痛苦,教导男孩子从他们岛屿的岩石中寻找力量。在《拍卖第四十九批》中,有诸多民间团体和协会,从"特里斯特罗"、"平奎德协会"、"失恋者协会"到"无政府主义起义者的召唤组织",其成员都不信仰上帝。其中一个无政府主义者对俄狄帕说:"正像我们憎恨教会,无政府主义者也信仰另一个世界。在那个世界里革命自发地发生,没有谁来领导,而灵魂的统一意见的禀赋使得群众能轻而易举地协同工作,就像身体本身一样能自动协调。"(品钦,2010:95)

在《万有引力之虹》中,战争带来的恐惧使许多原本正常的人言行变形、异化、失去了信仰。"白色幽灵"里搞统计的"冷面小生"摩西哥说:"战争就是我妈妈。"(品钦,2011:44)因为他身处战争的状态已经六年了,她总是即若即离,可望而不可即,她在他的生命里挥之不去。战争就是罗杰的妈妈,冲掉了所有温柔的东西,连微弱的希望和赞扬也冲得四散。战争的恐怖使他沉默寡言、心力交瘁、孤独。他和部门里的人不和,就像一只只顾用数字拉网的蜘蛛。战争使他变成了冷酷、盲目的科学家。他曾经恼怒、厌倦地对杰茜卡说过:"等你从第 n 堆瓦砾中把你的第 n 个人或第 n 个人的一部分拽出来的时候,自己就没有太多感觉了……n 的值可能因人而异,但麻木是迟早的事……"(品钦,2011:46)正是因为战争他与杰茜卡结识并相爱相依,以此来躲避战争带来的恐惧。还有一个有多年精神分裂症病史的患者认为自己就是二战:

他不看报纸,不听收音机,然而在诺曼底登陆那天,体温却骤升到华氏 104℃。现在,东、西两把钳子在继续缓慢地、反射式地收紧,他却说黑暗占据了他的头脑,在进行自我消耗……但是隆施泰特反击战又使他鲜活、振作起来……每当导弹落下时,只要他能听见,就会报以微笑,站起来在病房里踱步,泪水随时会从欢乐的眼角飞溅开来,整个人骤然变得健康、红润,病友们都不由得受到了感染。……他将在胜利日死去。即便他不是真正的战争,他也是战争的替身童子……这个老奸巨猾的杂种,宁可让无数的青年人为他而死,也要保住自己的命。

(品钦,2011:143)

通过上述的言行描写展示了在战争阴影之下,人的信仰缺失、行为异化,几乎变成了非人的状态。还有一个波兰殡仪员在美国人的传单上读到本杰明·富兰克林、风筝、雷电和钥匙的故事以后,就一心一意从事起让闪电击中自己头部的工作来:

殡仪员希望能吸引电流,所以穿着一套结构复杂的金属衣服,像深海潜水员穿的那种,还戴了一顶纳粹国防军头盔,在上面钻了两百来个小孔,往小孔里塞了各种形状的螺帽、螺钉、弹簧和导电金属棒,所以他点头或摇头的时候就会叮当作响,而他又经常点头摇头。他是个十分合格的数字型伙伴,不论问什么都是"是"或"不是"。

(品钦,2011:707)

科技在这里被品钦戏仿为滑稽的恶作剧,人的言行明显被物化和异化。

另一个失去人性被物化和异化的人物就是马维上校,他是个满脑子种族歧视、自私、残暴、令人厌恶的人物,品钦透过斯洛索普的视角让我们看到了他如下的形象:

> 这个马维可真够胖的。裤子塞入战靴里,一股股的肥肉盖住了一根编织带,上面挂着太阳镜和45式手枪,角质镜架。头发光溜溜地梳到后面,眼睛像安全阀,只要脑袋里的压力太大,就会朝你鼓出来。

(品钦,2011:309)

他的言行更加突出了他无所顾忌、蛮横和放荡的个性。在占领区的火车上,他同伪装成英国战地记者的斯洛索普谈论黑人支队:

> "他们是美国兵吗?"
> "他妈的不是。是德国兵。非洲西南部的人。有点难缠。你是说你不知道?算了吧。唉。英国情报部门可不太聪明啊,哈哈——没有恶意呦,明白吗?我还以为整个世界都知道了呢。"

(品钦,2011:310)

> "……嗨,你说什么,兄弟?哝,你瞧,我们面对的不只是普通黑鬼,而是德国黑鬼。哦,天哪。胜利日的时候几乎每个地方都有一枚火箭,都有一个黑鬼……"他每说一个字就用胖乎乎的手指在胸口戳一下……"他们不可靠——把火箭给他们?他们那个种族像孩子。脑子小了些。"

(品钦,2011:310-311)

从上述对马维外形、服饰和言行的描写,我们看到了一个臃肿、满嘴脏话、充满歧视、蛮横无理、狂妄自大、行为放肆的美国军人形象,用斯洛索普的话来说,他是整个操蛋占领区里最卑鄙龌龊的技术情报组——"马维之母"的头子。也是"他们"的爪牙和帮凶,为了私利他什么都做得出来。但最后却因出去嫖妓,穿了斯洛索普的猪侠装,而误被波因茨曼派来的两位医生给阉割了,成为了"他们"

的牺牲品,这也是对他此前疯狂行为的一个莫大讽刺。

总之,现代社会中的人处于一种无形的、强大的、不可预测社会异化力量控制之下。极端的科技理性和极权主义使人的生存环境不断恶化,人逐渐失去了主体地位,让位于客体世界,处于不自由的、非健康的、被动的物化和异化的状态。品钦小说中的人物在不断地寻求摆脱这种物化和异化的途径,其中一些人物已经采取了行动,打破封闭的空间,积极的沟通,通过爱和交流来恢复人性,对抗熵化,这或许是品钦透露给我们的答案。

本章首先分析了品钦小说中人物的特点和人物塑造的原则。指出品钦小说中的人物具有反英雄的特点,人物趋于荒诞、滑稽、平庸、猥琐。从人物的性格上来看,人物都有不同程度的性格扭曲,呈现物化和异化的状态。从人物的形象塑造上来看,人物的本体已经虚幻化,固定的本质、身份变成了难以捕捉的影子和碎片。这些人物的塑造方法体现了不确定性原则和开放性原则。其次根据瑞蒙－凯南有关人物塑造的理论和后现代小说中人物塑造的相关理论,并结合品钦小说中人物的特点,从三个方面来分析品钦三部小说中的人物塑造的技巧。(1)戏仿与反讽塑造反英雄人物,展示人物的荒诞、偏执狂和虚幻性;(2)空间叙事预示人物命运揭示人扭曲的内心;(3)外部特征和言行描写塑造物化异化的人。总之,通过对品钦小说中人物塑造技巧的分析,使我们拥有了穿越品钦人物塑造迷宫的一个阿里阿德涅的线。然而,叙事结构迷宫和人物塑造迷宫均建立在叙事话语的迷宫基础之上,本书将在第三章探析品钦小说的叙事话语迷宫。

第四章　品钦小说叙事话语的迷宫

品钦三部小说的叙事结构迷宫和人物塑造迷宫,归根结底是建立在其叙事话语迷宫的基础之上。因为不论是叙事文本的结构、人物和事件都由叙事话语来完成的。从某种意义上说,品钦小说的叙事迷宫也是叙事话语的迷宫。本章将根据互文性理论和陌生化理论来剖析品钦小说的叙事话语迷宫。

叙事又称叙述,指的是对故事内容的讲述,这类作品被称为叙事文。话语(discourse)指的是故事内容被讲述的文学模式。在一个叙事文本中,故事是小说的叙述素材和内容,话语是情节编排的选择、语言文字运用等叙述行为的总称(吴庆军,2006:142)。正如查特曼认为"每一个叙事文都含有两个部分:一是故事(Story),也就是内容或一系列事件(行为、事情),再加上各种存在物(人物、场景);二是话语(discourse),所谓话语就是表现,也就是内容通过何种方式被表达出来。简言之,故事是叙事中所描述的内容,而话语则是指这些内容如何被描述出来。"(Seymour Chartman,1978:19)

小说的叙事话语在不同文本中表现出不同的特征。在现实主义小说中,叙事话语一般严格遵循时序一致的原则。在技巧上,强调文体和技巧的统一一致。其叙述话语倾向于保持原有文体风格,注重表现小说的思想内容,而不注重话语模式的创新(吴庆军,2006:144)。

现代主义小说的叙事话语除了强调深度探索人的精神世界,还强调各种话语模式的创新和探索,追求独特的叙事风格,出现了意识流、空间叙事、元小说等各种新型叙事话语模式。20世纪初在现代语言学家索绪尔的语言理论影响下,现代主义小说家开始了一场语言革命,语言和话语不再被看作是自身没有意义的语义符号。小说话语也被看作是自身可以产生意义的能指系统(吴庆军,2006:144)。于是"发生了语言学'转型':语言并不是在描绘或反映世界,语言被认为是在创造世界"(Michael Bell,2000:16)。因此,现代主义小说家开始在叙事话语上进行探索和创新。如,戴维·洛奇(David Lodge)在《小世界》中就运用了蒙太奇的叙事手法,将各种场景的叙事相互交错,形成空间并置,产生时间停滞的叙述效果,以此揭示人们思想精神的空虚和异化。

虽然现代主义小说颠覆了现实主义小说的表现原则和方式,在小说的结构、技巧和语言方面进行了内部革新。但它并未触动小说这一文学形式的整体性、封闭性和单一性,小说与其他文学形式和体裁的界线依然是泾渭分明的,保持着自身类属的纯洁性,其文学语言和艺术技巧依然保持着纯粹和高雅。现代主义小说的"创新"技巧与形式一旦被广泛模仿和运用,也会变成一种僵化的模式,于是有人断言"小说已经死了",旨在揭示小说这种文学形式正在走向穷途末路。"小说这一文学体裁,如果尚无可挽救地枯竭,肯定进入了它的最后阶段,可用题材的严重贫乏迫使作家们不得不用构成小说本体其他成分的精美质量来弥补。"(陈世丹,2010:4-5)

后现代主义小说的出现拯救了即将"枯竭的文学",其生命力在于其创新的形式和技巧。作为后工业大众社会的艺术,后现代主义小说"摧毁了现代主义艺术的形而上常规,打破了它封闭的、自满自足的美学形式,主张思维方式、表现方法、艺术体裁和语言游戏的彻底多元化"(柳鸣九,1994:13)。后现代主义认为,世界根本就不可及,世界、现实、历史都是由语言虚构的,虚假的语言造就了虚假的现实。传统小说虚构出一个虚假的故事来"反映"虚假的现实,因而把读者引入双重虚假之中。后现代小说的任务是揭穿这种欺骗，把现实的虚假和虚构故事的虚假展现在读者面前（曾艳兵，2006：45）。后现代主义小说不仅以荒诞的、幻想的、闹剧的、滑稽模仿的创作形式来展示现实的虚构性，而且还向读者直言故事的虚构性。品钦的小说《V.》突出地体现了后现代主义文学创作的"语言转向"特征。作者在小说中有意淡化语言的表意功能和逻辑原则，采用了神秘的符号 V 来强调语言的代码功能（曾艳兵，2006：79－80）。后现代"元小说"的出现推翻了"纯小说"的概念，破坏了传统小说的叙事常规（线性叙事、因果逻辑），模糊了它与各种文学体裁的界限，大量采用其他文学体裁的表现技巧，谋求与大众文化的和解。所以后现代小说往往采用侦探小说、间谍小说、科幻小说创作形式（胡全生，2002：27）。布闰·尼柯在《剑桥后现代小说导论》中，将品钦的小说归类为后现代主义元小说（Bran Nicol，2009：72）。品钦的小说也采用了侦探小说、间谍小说、科幻的叙事形式，在叙事时间上跨越过去、现在和未来，人物众多，名字与身份不定，没有了终极的确定性意义。在后现代主义小说里，作者失去主体地位，即罗兰·巴尔特所说的"零度写作"。因此，虚构文本的写作仅仅是一种语言游戏。任何文本都是开放的、未完成的，它依存于别的文本，特别依赖于读者的解读，是读者的解读使这种符号组合获得了某种意义。

  品钦小说是美国后现代主义文学的代表作品，其叙事话语尽管保留了传统话语技巧，而更多的是创造性的突破。现代派惯用的叙述技巧都为其所用且发挥至极端，品钦小说大量地引用和借用了文学文本和非文学领域（艺术领域和科学领域）中的叙事话语，与其形成一个"百科全书式"的强大的互文体系。最为突出的是将科学领域话语引入文学领域，并起到隐喻的作用。品钦小说叙事话语的继承和创新还体现在叙事话语的陌生化上，他借助各种奇特修辞、语言文字游戏和各种叙事技巧（拼贴与杂糅、迷宫与含混、元叙述等），使叙事话语呈现出独特的色彩和形式，旨在使"石头显示出石头般的质地"，产生"惊愕和新奇感"，增加感悟的难度。"百科全书式"的强大的互文体系同语言形式和叙事技巧的陌生化构成了品钦小书叙事话语的迷宫。

一 品钦小说叙事话语的互文性

互文性（intertextuelite/intertextuality）又被称作"文本间性"，由法国批评家朱丽娅·克里斯蒂娃提出。克里斯蒂娃于1966年首次在《词·对话·小说》中提出互文性这个概念，是她研究巴赫金的对话理论时所使用的批评词汇。巴赫金第一个在文学理论中提出："任何一篇文本的写成都如同一幅语录彩图的拼成，任何一篇文本都是吸收和转换了别的文本。"（Julia Kristeva, 1969:145）互文性后来又被索莱尔斯重新定义为："每一篇文本都联系着若干篇文本，并且对这些文本起着复读、强调、浓缩、转移和深化的作用。"（Philippe Sollers,1971:75）1974年在《文学创作的革命》中克里斯蒂娃说，互文性一词指的是一个（或多个）信号系统被移至另一个系统中，即巴赫金的文本易位（transposition）理论（Julia Kristeva,1974:60）。巴赫金从未用过诸如"互文性"或"互文"一类的词，但他提出了通过词语来承担多重言语的思想。故而文本变成各式表述片段的交汇处，它将这些片段重新分配和互换，在现存文本的基础上，得出一篇新文本。克里斯蒂娃借用巴赫金这一思想，提出了互文性理论（蒂费纳·萨莫瓦约,2003:6）。任何文本既是我们这个时代的产物，又是所有时代的产物（刘成富,2002:218）。互文性的第一个含义，就是克里斯蒂娃和索莱尔斯所定义的，指所有的表述中携带着所有前人的言语及其涵盖的意义。互文性的第二个含义，是指文本作为文学概念，指任何一种文学的表述都是重复，这种重复实际上是通过一系列修辞手段而实现的，引用、影射、迂回、挪用、双关、浓缩、抄袭等进行相关的综合的前文本改造。实际上任何文本写作均是二度创作,罗兰·巴尔特和麦克·里法特尔把互文性引入批评理论和阅读理论。罗兰·巴尔特以此写成了他的《S/Z》。并提出了他的文本理论:可读文本与可写文本。互文性的第三个含义是哈罗德·布鲁姆的互文性理论,他认为一首诗的产生与另一首息息相关,一首诗的意义总是指向另一首诗。他认为:"不存在文本,只有文本之间的关系。"(Harold Bloom,1975:3)按照布鲁姆的观点任何一部文学作品,都是文本相互作用的产物。第四个含义指互文性的关系揭示出文本间模仿、隐喻、寄生的性质。德里达把文学文本话语看作是各种话语之间的"交织物"(interweaving)或"纺织品"(textile),文本的意义就存在于相互交织的作用之中。他认为文本是一个文本对另一个文本的模仿,而模仿同样被另一个文本的幽灵所困,或被嫁接到另一个文本的枝条上去(德里达,1998:92)。德里达的互文性是为他的结构策略服务的。第五个含义是热奈特的互文性理论。这是一种广义文本论,他认为所有使这一文本与其他文本产生明显或潜在关系的因素,均为跨文本性。他的互文性理论是一种批评理论,从理论上找出各种互文性的类型与相互之间的关系。第六种互文性是后现代的互文性。后现代互文性是建立在对现代性含义的基础之上,是对现代性的一个全面悖立。也就是说后一个文本的特征必须依靠它对前文本含义的相悖才能明确。后现代的主张是建立在后现代的反对的基础之上。后现代文本本身是互文性的,所有后现代文本必须通过对传统文本中故事、人物、文体等全面地颠覆与解构而成立。后现代文本中必定含有一种否定性的批评。这种文体中的对立、矛盾和批评必然含有双重文本的纳入,因此后现代文本与互文性可视为同义词(刘恪,2007:335)。

互文性研究强调话语内容之间与话语形式之间的相互作用,将单个文本放在广阔的文化背景中加以审视,个体文本的意义产生于和前人文本的相互交织作用之中(吴庆军,2006:146)。品钦小说叙事话语的互文性表现在三个方面。首先,品钦小说的叙事话语有不少出自古希腊神话、《圣经》、莎士比亚戏剧和其他的欧洲文学经典。其次,出自于美国文学经典作品,如纳博科夫和狄金森等人的作品,其中包括品钦自己的一些作品。再次,与非文学小说领域的话语形成互文性,大量引用欧美电影、戏剧、音乐、舞蹈、歌唱、哲学、历史、宗教、政治、科学等其他非文学领域中的话语,形成一种超文本性互文。这种互文性超越出文体,跨越文类成为一种超美学状态,并形成一种百科全书式的互文体系。小说文本的意义就产生于不同话语间的相互交织的关系上。而后现代揭示的就是文本的虚构性,通过这种强大的语言游戏,品钦使自己的小说成为一个开放性的本文。品钦作品的互文性,渗透了西方的文学作品和非文学领域及欧美现代生活的方方面面。在互文性的作用下,传统的文明和文学文本与后现代文明文本形成强烈的反差,映射出品钦后现代小说对传统叙事话语的继承与创新。

(一)品钦小说同欧洲经典文学话语的互文性

品钦的三部小说广泛引用了欧洲文学经典的话语,在引用这些文学作品时,品钦非常注重对这些文本的戏仿与反讽,以达到嘲讽的目的。品钦的三部小说除了戏仿传统追寻文学,还引用了包括莎士比亚的戏剧、希腊罗马神话、北欧神话与民间传说、基督教的《圣经》、伊斯兰教的《古兰经》、里尔克的诗歌和《格林童话》、弗雷泽的《金枝》和格雷夫斯的《白色女神》等不同的话语形式。品钦小说中最显著的特征莫过于同欧洲其他"追寻"文学文本的互文性。品钦的三部小说都采用了追寻叙事模式。人物、情节都与传统的追寻文本形成互文。然而,后现代主义作品中的追寻和传统作品中的追寻有着根本的不同。传统文学作品中的追寻往往意在实现人生的价值,探索终极真理。而后现代的世界是一个意义已经失落的世界。在这样的世界中追寻注定是得不到终极意义的。

《圣经》是无数文学作品的引用的源泉,品钦也不例外,三部小说大量地借用了《圣经》中的人物和情节。《V.》中提到 V. 和基督教《圣经》中所载的世界末日的决战场——哈米吉多顿的那些重大阴谋相关联。在福帕尔的回忆中提到《圣经》中"救世主的旱道",据说摩西带领以色列人逃离埃及时来到红海边,他根据耶和华的授意,伸出手杖把海水分开,劈出一条旱道,让以色列人走到彼岸,然后他向海里伸杖,海水便开始合拢,把追赶的埃及军队全部吞没。《圣经》中"救世主的旱道",在现实世界中是不存在的。现实世界是一个残酷的世界,在西南非只有殖民者残酷与暴戾和被殖民者的无助与凄惨。赫雷罗姑娘萨拉不堪凌辱,最后投海自尽。此外还提到基督教的各种节日,如圣诞节、大斋节、圣灰星期三等,还有有关基督教的人或物,如基督教《圣经》所载专记人的行为善恶供末日审判使用的记录天使,斩去了圣约翰头颅的莎乐美,《马太福音》中圣约翰的面包、终缚仪式等等。

　　在《万有引力之虹》中,品钦将二战拟人为一个老奸巨猾的杂种,宁可让无数的青年人为他而死,也要保住自己的命。品钦对二战深恶痛绝,通过戏仿《圣经》中耶稣诞生的情节,对他进行了辛辣的讽刺:

　　　　今年冬至来临时,他(二战)会不会摇身一变,出现在那颗星星下面,和别的国王一起,在马厩里跪拜新生的耶稣?给酋长们的宫殿里带去钨、火药和高辛烷?那样的话,圣婴会不会躺在堆积的金草里向上凝望,凝望上方的老国王弯着腰、匍匐着身子,靠近来送上礼物?他们的目光会不会相遇?圣婴和国王之间又会传达出什么样的信息、什么样的问候、什么样的约定?圣婴是在微笑,还是根本就没有圣婴?你想选择哪一个?

　　　　　　　　　　　　　　　　　　　　(品钦,2011:143)

第四章 品钦小说叙事话语的迷宫

基督耶稣降生时，东方三贤士给圣婴送去了黄金、乳香和没药三样礼物，被品钦戏仿成了钨、火药和高辛烷，这些都是用于制造枪支、弹药和汽油催化剂的原材料，在战争中起到了巨大的摧毁和破坏作用。揭示二战元凶冒充基督的伪善，不是给世界带来善良、救赎和和平，而是无尽的灾难。

在《拍卖第四十九批》结尾处的邮品拍卖会上，拍卖师帕瑟林"张开双臂，姿势就像遥远的古代祭祀仪式中的祭司，像一个正在降临人间的天使。拍卖师清了清喉咙，俄狄帕往后靠了靠身子，等待第四十九批拍卖品的喊价"（Pynchon，1966：138）。这里明显是对基督教"主显节"仪式的戏仿（Mendelson，1978：134）。主显节是在复活节之后第七周的周日，和复活节正好相隔49天，这也是小说题目数字"49"的寓意。然而，主人公等到的不是圣灵的降临，而是还在空中飘荡的答案。把神圣的"主显节"仪式移植到了拍卖会上，其目的是告诉读者不存在神秘的天启。

除引用《圣经》中的人和物，品钦还引用了其他宗教体系中的人和物。在《V.》中，伊斯兰教《古兰经》传达安拉启示的四大天使之一——哲布勒伊尔的名字与一个生活在埃及沙漠之城中贫穷的马车夫的名字相同。这无疑不是一个莫大的讽刺。他常对妻子说"城市不过是伪装的沙漠"（品钦，2003：90），来发泄他对生活状况的不满：

> 安拉的天使哲布勒伊尔把《古兰经》口授给安拉的先知穆罕穆德。如果这本圣书仅是对沙漠二十三年倾听的结果，那真是天大的笑话。沙漠没有嗓子。如果《古兰经》毫无意义，那么伊斯兰教也毫无意义了。于是安拉就只是一个故事，他的天堂仅是一厢情愿的想像了。

（品钦，2003：90）

品钦将残酷的现实与《古兰经》的教义形成鲜明的对照,没有什么能解救生活在沙漠中为生活而奔波的穷人们。沙漠将他们一步步逼入绝境,人类处于死亡的边缘。

诗歌也是品钦创作引用的源泉,在众多的诗歌中,品钦引用最多的是里尔克的诗歌。里尔克虽出生于奥地利,但也属于德语诗人,他自幼家庭不和谐,母亲将他按女孩来抚养,导致他内心极端压抑。所以他的诗充满孤独痛苦情绪和悲观虚无思想,诗中充满了对死亡的渴望。在《万有引力之虹》中,里尔克的诗句随处可见,以此彰显小说的意指和情调。在小说中,受里尔克影响最大的一个人物就是纳粹火箭狂人布利瑟罗这个人物。对于他来讲,里尔克的诗歌就是他的"《圣经》",表达了所有存在的秘密:短暂的生命只是作为永恒的存在的一个必要的附属品。他去西南非时,妈妈送给他一部里尔克的《杜伊诺哀歌》。这本诗一直伴随他度过了西南非痛苦、孤独、黑暗的时光,也将他变成了一个内心黑暗,渴望死亡的一个撒旦式的人物。当他意识到纳粹德国和自己即将灭亡的命运时,他想起了《杜伊诺哀歌》中他最喜欢的《第十哀歌》中的一句… Und nicht einmal sein Schritt klingt aus dem tonlosen Los…(而他的脚步踩在静默的命运上,发不出任何回响)(品钦,2011:108)。他想起其中的任何一段,都会感到渴望在涌动。他觉得自己就像诗中的那个刚刚死去的少年,拥抱着自己的"悲伤",他孤单地爬上了那个"原苦"之山,不管怎么取悦那个有吃人欲望的巫婆,都是受不尽的苦,他觉得那种欲望应该是和自己同体的。在这里品钦借用了里尔克的诗歌来表现布利瑟罗孤独和黑暗的内心,体现了一种精致的互文,布利瑟罗的内心就是朝向黑暗和死亡的。里尔克小时被母亲当作女孩来养,与布利瑟罗经常将自己装扮成女人的形象又形成一种互文,前者是被迫的,而后者是自愿的,也形成一种强烈的反讽。通过里尔克的诗我们看到布利瑟罗的内心:

第四章 品钦小说叙事话语的迷宫

> 里尔克有诗云:"希望变形。哦!为火焰而兴奋!"变作月桂,变作夜莺,变作风……我要这样,迷醉、拥抱、跌入火焰中,让它越燃越旺,充满所有的感官,以及……不要因为无所作为才去爱……而是要爱得不能自拔……
>
> (品钦,2011:107)

这是里尔克的十四行诗《致俄耳甫斯》第二部第十二首,抒发的是一种近乎疯狂的爱。恰如其分地揭示了布利瑟罗内心的阴暗,希望卡婕为他而变形,为他而疯狂,做扑火的飞蛾。他要摧毁卡婕和戈特弗里德,通过他们的变形,实现他通过死亡来达到永久存在的梦想。他与戈特弗里德、恩赞的同性恋以及对卡婕性虐待都是为了驱赶内心的恐惧。但他知道这一切只是暂时的游戏,他对此无能为力,只能得过且过,他只想躲在黑暗、温暖的烤箱里。

里尔克的名字与诗歌在《万有引力之虹》中不时闪现。黑人"恩赞"的名字也是布利瑟罗根据里尔克诗歌中描写的"龙胆"而起。斯洛索普也从里尔克诗歌中看到灵魂的永存:

> 但如尘世将你遗忘,
> 对静止的大地说:我流淌。
> 对湍涌的流水讲:我在。
>
> (品钦,2011:665)

这首诗预示他将会选择一另一种存在的方式——肉体的消失,表明自己灵魂的存在。

除了对里尔克诗句的借用,其他著名诗人的作品也是品钦引用的来源,如,19世纪英国作家沃尔特·司各特所著叙事诗《玛密恩》中的男主人公洛金法尔,在其情人要与别人结婚时携其潜逃,被泛指为男私奔者。在《V.》中,品钦将斯坦西尔幻想中假扮的乞丐老马克斯年轻时勾引小姑娘的这个形象比喻为洛金法尔。而小姑娘爱丽丝的形象同时也戏仿了纳博科夫的《洛丽塔》。在福斯托写给葆拉的信中还提到了莎士比亚、T. S. 艾略特和英国诗人霍普金斯、小说家基里科。其中一个马耳他诗人德努比耶特纳写了一篇评论艾略特诗的"讽刺"。福斯托和马耳他的诗人们都喜欢艾略特的《空心人》。因为它表现了西方人处于现代文明濒临崩溃、希望颇为渺茫的困境,以及精神空虚的生存状态。在《空心人》中,人是空心的,头脑里塞满了稻草,人的声音也是完全没有意义的,像风吹在干草上,整个世界也将在"嘘"声中结束。空心人是失去灵魂的现代人的象征,这与品钦所描绘的现代人的物化倾向十分一致。

莎士比亚戏剧历来是作家的最爱,品钦也不例外。《拍卖第四十九批》中,品钦戏仿了莎士比亚《哈姆雷特》中的"戏中戏"。在小说中,主人公俄狄帕为了探明骨炭一事,前去观看了一场名为《信使的悲剧》的詹姆斯一世时期的复仇情节剧。剧中图尔恩和塔克西斯邮递系统与特里斯特罗邮递系统的争斗暗指当今美国社会中政治与经济权力方面的类似斗争。《信使的悲剧》也是对复仇剧的滑稽模仿,剧中营造了一种令人恐惧的阴谋与复仇氛围,品钦模仿了复仇剧的复杂情节暗示皮尔斯的遗产同特里斯特罗邮政系统相互交织形成了一个复杂的关系网络。这部戏展示了各种文艺复兴时期人们所能用到的残酷刑罚和暴死的方法,讽刺了当时观众可怕的欣赏品味。剧中邪恶的安杰洛谋杀了邻近领地的善良公爵,方法是在宫廷教堂里的耶路撒冷主教圣纳齐苏斯(Saint Narcissus)雕像的脚上涂上毒药,因为公爵每个礼拜天在做弥撒时都要亲吻那脚。这既是对《哈姆雷特》谋杀情节的戏仿,又是对基督教的反讽。

在《万有引力之虹》中,描写1944年战争即将结束前的圣诞节时期那些从印度支那回来的囚犯们的状况时,叙述者描述道:"如果天降好运,有缘碰到新奇的世界,他们一定会有时间适应的……"

（品钦,2011：145）这句话源自莎士比亚的《暴风雨》:"啊,新奇的世界,有这么出色的人物！"并且英国作家赫胥黎也描绘过一个"美丽新世界",他在《美丽新世界》中描绘以科学方式组织的理想社会的恐怖"新世界"。《暴风雨》中的新世界是米兰公爵普洛斯彼罗通过所学的强大魔法,解救了荒岛上受苦的精灵,借助精灵的力量呼风唤雨,让仇人悔悟,使得他离开海岛能重返米兰继续治理国家的新世界,这是一个充满神奇力量的新世界。而《美丽新世界》是一个科学理性占了上风的恐怖世界。《万有引力之虹》中战争过后的新世界会是怎样的一个世界呢,谁也不知道,它像"枝叶干枯的花园遇到星期天"(品钦,2011:145)。战争已经把人变得麻木,他们已经不奢望有什么新世界了,他们只希望能在眼前的一个星期圣诞节中奢侈一下。品钦借用经典的话语对现实世界进行了反讽。

　　古希腊罗马神话是文学创作的源泉,品钦也大量借用了希腊罗马神话中的人物和事件。在《拍卖第十九批》中,《信使的悲剧》中主教圣纳齐苏斯(Saint Narcissus)的名字与俄狄帕前往的圣纳西索(San Narciso)的名字戏仿了希腊神话中那喀索斯拒绝了居于山间水边的宁芙女神艾柯(Echo)的爱情而顾影自怜的故事。暗示着俄狄帕在圣纳西索看到的一切只是虚幻的倒影,而她自己正如回声宫旅馆中神色有些与她相似的宁芙女神一样,不论怎样追寻,最后只能被拒绝、憔悴消损,躲到深山里,留下的只有声音。

　　在《V.》中,品钦在描写埃及古代依洛西斯遗址时,说它看起来像是多产的希腊神话中农神和丰产女神德墨忒耳在地球上从未见过的一个巨大土墩。暗示着地球上的荒凉,四周都是死亡的预兆：沙漠。在描述整形师舍恩梅克年轻时的梦想时,品钦引用了希腊神话中的人物伊卡罗斯,伊卡罗斯与其父被困于其父代达罗斯为克里特国王建造的迷宫,后父子各以蜡粘翼于身飞离迷宫。而伊卡罗斯因飞得太高,蜡被太阳熔化,双翼脱落,坠爱琴海而死。品钦将舍恩梅克比作"一个勇敢的伊卡罗斯",意味着他最终飞翔梦想的破灭,也暗示了后文他所崇拜的戈多尔芬坠机而毁容的情节。在蒙多根的歌曲中出现了希腊与罗马神话中的一种脸与身躯似女人,而翼、尾、爪似鸟的怪物哈比,以象征隐喻殖民者的残忍、贪婪,是似人而兽的怪物。品钦把水手皮格·博丁比喻成希腊神话中的具有人形而有羊尾、耳、角的森林之神萨提,形象地描绘了博丁的好色、嗜嬉戏的品性。在《V.》的尾声中,穆窄穆德给老斯坦西尔讲述一个关于马耳他的神灵——马拉的故事,说她照料遭遇海难的圣保罗如同希腊史诗《奥德赛》中的瑙西凯厄帮助遭海难的奥德赛一样。这两个故事都暗示着善变的、善于伪装的 V. 和老斯坦斯尔的最终命运,一个被砸死,一个葬身海底。这也是品钦所要传递的主题:事物之间没有必然的联系,历史由偶然无序的事件构成。

北欧神话也是品钦引用的源泉。在《V.》中,品钦提到了北欧神话中的财神玛门神和丰饶、兴旺、爱情、和平之神弗雷神。在《万有引力之虹》中,品钦引用了日耳曼神话中的人物:

> 这时候,那个白女人会从山体里出来,钥匙叮叮作响,你有可能见到她。她是给你"神花"的美少女,也是长相丑陋的长牙老妇,会在梦里找到你,却不说一句话。……山又在斯洛索普的身后隆隆关闭了,很近很近,像是要压到脚后跟。在等白衣仙女出来恐怕得几百年。
>
> (品钦,2011:401-403)

这里的白女人是指日耳曼神话中的胡尔妲夫人,她经常以两种面目出现:或为善良少女,以"神花"为钥匙,可打开山中宝藏之门;或为貌丑长牙老妇。这里借指主人公斯洛索普内心世界,他希望酸爷能帮他尽快找到黑色装置,所以他想象着听到白衣仙女拿钥匙的声音,以为很快就会打开山中宝藏之门。但酸爷给他提供的能帮助他的老马,却是行踪不定的人,斯洛索普必须得找上一段时间,因而山门又关闭了,希望又变成了失望。借用这个典故使作品洋溢着调侃揶揄的情调。

另外,民间传说也是品钦广为借用的源泉。当斯洛索普辗转来到占领区柏林时,各国的巡逻兵来来往往,坦克在街道上移动。在这里,品钦借用了北欧的民间传说:

> 巨怪们和森林女神们在外面玩耍。五月份的时候炮弹把他们从桥上、树上轰了出来,把他们解放了,现在早就适应城市生活了。"嗨,看那家伙,"巨怪里的妙龄女子们在谈论没她们时髦的人,"他竟然没有从树上下来做一点点事情。"
>
> (品钦,2011:393)

巨怪是斯堪的纳维亚民间传说中的超自然生命,或被描述成友好顽皮的侏儒,或被描述成巨人,居住在山洞里、小山上或桥下。战争的炮声让这些巨怪们都不得安宁,离开了自己的家园,来到了城里。经过炮火洗礼的柏林,到处是一片破败的景象,各国都在这里派兵巡逻,抢夺胜利果实,计划着如何来瓜分这块肥肉,连巨怪和女神们都想要出手了。品钦借用民间传说揭示战争对这个世界造成的破坏和各个国家、各种利益集团争先恐后抢夺胜利果实的欲望和行径。

经典童话中的人物和情节也是品钦引用的来源。在《拍卖第四十九批》中,品钦引用了《格林童话》中女主人公拉彭泽尔的故事,拉彭泽尔有着美丽的长发,十二岁被一个女巫关在森林中一个无门无梯的塔里。女巫要进塔时就叫道:"嘿,把你的头发放下来。"拉彭泽尔就把她的长发从窗口放下,女巫攀缘而上。后来一位王子仿照女巫的做法也爬上塔与拉彭泽尔相识并相爱。《拍卖第四十九批》中的俄狄帕也是一个长发美女,她把自己也想象成童话中的拉彭泽尔,希望有一天王子也能爬上来,将她救出孤塔。但是爬上来的是皮尔斯,不是王子,不是用爱,而是用金钱打开了塔门。她后来的丈夫马乔,也未能解除那魔法,所以俄狄帕感觉她实际上始终没有逃出塔的禁闭。这个典故起到反讽作用。

在《V.》中,品钦描述斯坦西尔对 V. 的追寻时,借用了英国人类学家、民俗学家和古典学者弗雷泽(Frazer)所作的《金枝》(*Golden Bough*)和英国诗人、小说家、评论家罗伯特·格雷夫斯的《白色女神》(*White Goddess*)的结构。这两部小说都是通过对神话典故的分析,进而论述人类思想发展的过程。品钦将斯坦西尔对 V. 的追踪看作是对这两部作品的一种探讨:

  ……对于 V. 的追踪完全是按照在《金枝》或《白色女神》的传说所进行的一次学术性的探索和一场心智上的冒险。

(品钦,2003:63)

可见斯坦西尔追踪的艰巨性;同时将学术研究跟追踪人类比,显示这追踪的荒唐可笑。在《V.》中,品钦通过现代世俗环境下的神话典故来戏仿弗雷泽的研究,目的在于提醒读者神话在现代社会中只是一个可以利用的碎片。《金枝》和《白色女神》都将人类思想进化分析方法应用到神话和宗教上。格雷夫斯想要展示的是"充满诗性的神话语言"的原初语言在现代诗歌中的延续性(Robert Graves,1961:9)。他的研究旨在恢复那些已成惯例的宗教形式之外的精神活力。然而斯坦西尔在他的思想之旅中,没有任何确凿的证据,也没有产生任何精神方面的积极活力,但他的追寻方法与格雷夫斯的做法形成互文,斯坦西尔是在 1946 年在西班牙的马略卡岛开始他的追寻,这也是格雷夫斯创作《白色女神》的地方。

托尼·坦纳和爱德华·孟德尔逊都注意到在《万有引力之虹》中两次提到社会学家马克斯·韦伯的"神性的日常化(routinization of charisma)"(品钦,2011:349),"马克斯·韦伯式的(魔力)"(品钦,2011:495),可见韦伯的思想对品钦作品的影响。奥地利精神分析学家西格蒙德·弗洛伊德也是品钦作品中提到的人物,在《万有引力之虹》中提到"弗洛伊德的崇拜者们"(品钦,2011:18),其中的人物还探讨了弗洛伊德的一些思想"S"与"M"(虐待狂与受虐狂)。并且"白色幽灵"中的一个跳海自杀的精神病人的名字为"Froyd"是对弗洛伊德(Freud)名字的戏仿。

除了与上述欧洲经典作品形成互文,品钦还提到了其他著名作家的名字和作品。阿根廷作家博尔赫斯对其影响是显而易见的,主要体现在品钦作品所呈现的迷宫般的形式和百科全书式的叙事形式。像博尔赫斯一样,品钦喜欢将各种多变的、晦涩的元素编织到虚构的世界中,以展现一个丰富多彩的、复杂的超现实世界。在《万有引力之虹》中,品钦会不时戏仿或模仿博尔赫斯的风格,如,在讲述自阿根廷女人波塔莱斯时,据说博尔赫斯还为她献过一首诗:"你变幻无常如同迷宫,将我与忧急的月儿一同幽禁……"(品钦,2011:411)而另一个阿根廷人斯卡里道兹"走进一幢迷宫似的砖头建筑……"(品钦,2011:411)。就是对博尔赫斯的风格进行戏仿的颇为有趣的例子。

总之,这些经典文学作品为品钦提供了取之不尽用之不竭的源泉,他们都以另一种形式出现在品钦的作品中,与源文本形成矛盾、反讽,从而揭示小说的虚构现实。

(二)品钦小说与美国文学经典和自身作品的互文性

作为美国后现代主义作家,美国文学经典对品钦产生了直接影响,尤其是纳博科夫的作品。关于品钦与纳博科夫之间的关系,学界还没有定论。但二者的师生关系是确定无疑的,应该说纳博科夫给了品钦很多启发和灵感,以下就品钦的《V.》和纳博科夫的《塞巴斯蒂安·奈特的真实生活》来探讨一下两者的互文性。

首先,两部小说在情节上形成互文,都采用追寻情节。《V.》中的斯坦西尔寻找可能是他母亲的神秘女人V.；《塞巴斯蒂安·奈特的真实生活》里的V寻找与自己同父异母的塞巴斯蒂安·奈特。被追寻者都已不在人世，两个追寻者都是通过大量的走访、回忆和查阅走进过去、重构历史；也都遇到诸多困难，真假难辨，但追寻者都坚持不懈，他们的追踪过程组成了小说的大部分内容。其次《V.》与《塞巴斯蒂安·奈特的真实生活》在命名上形成互文，《V.》中的书名和《塞巴斯蒂安·奈特的真实生活》里的叙述者的名字都是V。再次，两部小说的人物形象上形成互文，都涉及了变化多端、行动诡秘的女人，她们都身材苗条、爱穿黑衣、常戴面纱、姓名与身份多变、行踪不定。《V.》中的女人对斯坦西尔的父亲产生了很大的影响，"母亲消失的那种方式使西尼德痛苦万分，一直在所有现存交给儿子的信中从未提及此事"（品钦，3003:52）。《塞巴斯蒂安·奈特的真实生活》中的两个女人，一个是塞巴斯蒂安小时候离家出走的母亲弗吉尼亚·奈特，另一个是在他去世前不久与他分手的恋人尼娜·吐罗维茨，她们对塞巴斯蒂安产生过很大影响，所以对塞巴斯蒂安的寻找实际上是对这两个女人的寻找。这些多变、神秘女人的对追寻者是一种挑战、刺激，同时也推动了小说情节向前发展（刘建华，2010:64）。

然而每一种互文都不是直接的借用，而是变化了形式的借用。在《塞巴斯蒂安·奈特的真实生活》中，V只是叙述者的名字；而在《V.》中，V.无处不在，是人名、神名、动物名、物名、地名、情节名、主题名，它变幻无常，随处可见。V出现在各章标题的最下端，标题文字也被排成V状。V频繁出现，是对《塞巴斯蒂安·奈特的真实生活》一个寻找者的戏仿，也反映出寻找者的偏执狂。《塞巴斯蒂安·奈特的真实生活》中的V寻找的目的清楚，要为塞巴斯蒂安写出真实的传记，他最终找到了神秘女人，找到了作为塞巴斯蒂安替身的自己。而《V.》中斯坦西尔寻找是为了寻找而寻找，他在寻找自我身份，最终他找到的只是一些V.的踪迹，没有最终的结果。

在《V.》中的女人更加多变,她变形、变性、从异性恋变成同性恋。《塞巴斯蒂安·奈特的真实生活》中的尼娜仅仅变名隐踪,而《V.》中的 V 的变化与宗教的衰变、科技的渗透、道德的丧失、人体和人性的堕落等社会历史变化联系到一起。《塞巴斯蒂安·奈特的真实生活》中女人的变化是服务于人物塑造和情节设计的文学目的。所以品钦的《V.》对纳博科夫《塞巴斯蒂安·奈特的真实生活》中名称、人物、情节的互文,体现了品钦作品中更多的后现代性。在国外也有评论说,品钦作品里的后现代性多于纳博科夫的作品,代表了 60 年代出现的美国后现代小说运动(Fokkema,1991:83)。

在《V.》中,除了戏仿纳博科夫的《塞巴斯蒂安·奈特的真实生活》,品钦还借用了亨利·亚当斯自传中的第三人称模式。一些批评家发现斯坦西尔的追寻与亨利·亚当斯的自传形成一种平行关系,但是对这种平行关系的处理需要格外的小心(Slade,1974)。《亨利·亚当斯的教育》描述的是在令人困惑的历史与现代生活的精神逆流中个人想要获得一种支撑力的努力。亚当斯用第三人称来描述自己是一种扭曲的坦白,因为他自己总是下意识地受到一种强大力量的支配。在他的《亨利·亚当斯的教育》(以下简称《教育》)的"发电机与贞女"一章中,亚当斯将这两种力量的象征形成对照,并暗示两者之间的连续性。他认为,月亮女神黛安娜就是一台活力发电机。他对贞女力量的探寻:"……历史学家的任务,就是要跟踪这股能量的轨迹,找出它所从来和准备去的地方,它复杂的来源和不断变化的渠道,它的价值,等同物、转换率。"(亨利·亚当斯,2003:415)

在《教育》的姊妹篇《蒙特·圣米歇尔与沙特尔》(*Mont St. Michel and Chartres*)中,亚当斯开始他的追寻,把维纳斯扩展成一个女性的原则。但是在《教育》一书中,他感觉很难获得一种确定性,致使他不断地意识到自身局限性。斯坦西尔的追寻就是对亚当斯追踪的模仿。显然,《V.》是对亚当斯贞女追寻的部分模仿,但是从文本戏仿来说,品钦对于《教育》的戏仿明显少于对《白色女神》的戏仿。在《白色女神》中明显缺少了对自我意识讽刺。事实上,正如唐·豪斯多夫(Don Hausdorff)所指出的,与斯坦西尔相比,斯坦西尔父亲与亚当斯的怀疑立场的相似处更多一些。《教育》中的亚当斯对各种相互矛盾的理论学说产生了疑虑和怀疑,同时他又能坦诚地接受各种疑虑和对自身的怀疑,这种立场与品钦在《V.》中的立场是一致的。

除了与纳博科夫和亚当斯的作品在整体上的互文,品钦的作品在局部上也与纳博科夫形成互文,如在《拍卖第四十九批》中妄想狂乐队的瑟奇,当其女友跟俄狄帕的律师梅茨格律逃到内华达去结婚时,瑟奇写了一首歌,自然地唱出了自己的仙女被一个中年男人骗走的痛苦故事,并想象与一个8岁的女孩约会作为对女友行为的报复。这个情节与纳博科夫的《洛丽塔》中亨伯特与小女孩洛丽塔私奔的情节构成互文。主人公俄狄帕还提到她的丈夫马乔对小女孩特殊的钟爱,并提醒过他这样做是否想过触犯法律,也是对《洛丽塔》情节的戏仿。在《V.》中,斯坦斯尔幻想的一个身无分文的老马克斯,就是另一个亨伯特,他有个毛病:他发疯似的喜欢小姑娘,这个女孩叫爱丽丝,就是她毁了老马克斯,他被迫来到亚历山大,在饭店以向游客近乎乞讨的方式为生。同时在《V.》中,亨伯特·斯坦西尔就是公开借用了《洛丽塔》中的男主人公亨伯特·亨伯特的名字。在《万有引力之虹》中,斯洛索普对小女孩有着不可抵制的欲望,当他看到卞卡时就是这种感觉。对卞卡的描写也是出于对洛丽塔的戏仿。这些较为公开的借用都经过了品钦的间接化和自然化加工,这种互文对人物的塑造和对主题的深化都起到了很好的衬托作用。

如果说品钦对纳博科夫和亚当斯的引用是出于一种刻意的戏仿,那么他对同乡爱米丽·狄金森诗歌的借用显得更为自然,狄金森和品钦都住在马萨诸塞州。作为美国传奇诗人的狄金森,1830

年12月出生于马萨诸塞州阿默斯特镇,1886年5月15日去世。她一生创作了1800多首诗,她在世时,作品未能获得青睐,直到1896年,爱米丽·狄金森才成为家喻户晓的知名诗人。死亡与永生,痛苦与狂喜都是她诗歌表现的重要主题。作为同乡,狄金森的孤独精神和死亡感受对品钦及其家族的影响显而易见。在《万有引力之虹》中,品钦在叙述斯洛索普家族的历史时,写到其祖父弗雷德里克以其特有的讥嘲和狡黠将爱米丽·狄金森的诗句作为自己的墓志铭,而且没有注明作者和出处:

> 我不能停下来等候死神,
> 死神便殷勤地停车接我。
> （品钦,2011:31）

这是品钦或其祖父借用狄金森的诗句表达自己对死亡感受,当面对死亡时每个人都是无助和无奈的,只能选择自嘲的方式来聊以慰藉。这是斯洛索普祖父的感受,同时也预示了斯洛索普的悲剧命运,谁也逃不脱死神的掌心。品钦家族在马萨诸塞州不断创业,他们不是贵族,甚至没有进入社区名人录。他们努力工作,也没有繁荣起来。后来斯洛索普的父亲开始投资造纸业,使周围林地面积逐渐缩小,林地变成了纸张:手纸、纸币原料、印报用纸,成了大便、金钱和文字的媒体或底板。斯洛索普成长时期,正值美国经济大萧条时期。在表现萧条的预兆时,品钦借用了狄金森如下的诗句:

> 毁灭是刻板的、魔鬼的工作,
> 断断续续、点点滴滴——
> 失败绝非瞬间的结果,
> 潜损暗亏才是破败的规律。
> （品钦,2011:31）

品钦一字不差引用狄金森的诗句，一方面暗示了斯洛索普家族纸业的式微，致使其父为了能供他上哈佛大学，将他卖给化学家雅夫做实验，最终酿成斯洛索普一生的悲剧。另一方面，狄金森一生的孤独与斯洛索普的孤独形成互文，狄金森才华出众，一生未嫁，在世时没有得到承认，是不幸的。斯洛索普从小就被当作试验品，行为受到监控，代表死亡的火箭总是跟随着他，他孤独恐惧，也是不幸的。这就是狄金森与斯洛索普的潜对话。

美国童话也是品钦的最爱。在《万有引力之虹》中第三部的题记中，品钦引用了莱曼·弗兰克·鲍姆的《绿野仙踪》中多萝西到达欧茨仙境时所说的话："坨坨，我觉得我们已经离开堪萨斯了。"（品钦，2011:301）在这里，品钦将斯洛索普来到占领区之后所遇见的一切，与多萝西和小狗坨坨被旋风吹到欧茨国所见到的一切形成对照。同多萝西摆脱了堪萨斯叔叔和婶婶一样，斯洛索普在占领区摆脱了"白色幽灵"的控制，有了自由呼吸的空间。然而不同的是，多萝西面对着她所不熟悉的非人世界，渴望回到自己的家乡。女巫告诉她只有欧茨国王能帮助她。多萝西在渴望有一个头脑的稻草人、希望有一颗心的铁皮人、希望自己变得大胆的狮子的陪伴下，一路经过各种艰险，终于来到欧茨国。经过一番历险，各自都实现了自己的梦想，多萝西也终于回到了堪萨斯。然而斯洛索普却不像多萝西那么幸运，他虽然了解了自己的身世，但科技使他从肉体人变成了塑料人、火箭人，他的身体越来越衰弱，胆子也越来越小了，精神也变得疯狂了，行为古怪了。所以在经历了诸多的事件之后，他不可能回到美国了，因为他失去了自我身份。

品钦还直接或间接地提到许多美国伟大的作家和诗人，如梅尔维尔、乔伊斯、惠特曼、福克纳、达希尔·哈米特等等。在《笨鸟集》的"导言"部分，品钦向他得以借鉴的"垮掉的一代"作家表示感谢，尤其是对杰克·凯鲁亚克的《在路上》的敬意。他还揭示了自己作品与其他一些文学作品的相似性,其中包括 T. S. 艾略特、欧内斯特·海明威、亨利·米勒、索尔·贝娄、赫伯特·古德、菲利普·罗斯和诺曼·梅勒等人的作品。除此之外,还有海伦·沃德尔、诺伯特·维纳和艾萨克·阿西莫夫等人的非小说类作品。

除了与美国经典文学形成互文外,品钦小说自身也是互文的。像许多小说家一样,作家自己的小说内部也形成一种一致的互文。品钦的短篇小说《玫瑰花下》被品钦改写成《V.》的第三章。《玫瑰花下》是一篇以间谍活动为题材的小说,包含了许多品钦后来小说中涉及的主题,如对世界未来的担忧,对个人与历史关系的思考等。小说中的英国间谍波彭泰因试图以个人之力阻止不可避免的战争,像可爱滑稽的堂吉诃德。这部小说还涉及了对机器与人性的思考,以及对机器渗透和入侵人性的担忧,如其中的一个间谍在手臂上装上了机械开关,变成一个没有感情的机器人,而正是他杀死了波彭泰因。这部小说还体现了日后品钦小说中常见的品钦式的幽默。后来品钦将《玫瑰花下》进行了彻底的改写,使其构成了《V.》的第三章。但故事人物、情节并不完全一致,变成了一个完全不同的故事,只是一种借用和变形。

值得一提的是 V 这个字母在品钦的三部小说中都以不同形式出现,在《V.》中出现了 98 次,在《拍卖第四十九批》的希拉里乌斯医生提到 V-2 火箭。在《万有引力之虹》中出现了 57 次,分别以 V-1、V-2、V 4 火箭或 V 型炸弹、V-E 胜利日、双臂举成 V 字(既代表胜利,又代表投降)、手指摆成的胜利 V 到 V 型等等。这些不断闪现的 V 使品钦的小说形成了一种绵延不断的连续性和一种迷宫的特征。

在品钦的三部小说中,有很多人物的名字与形象都是互文的。《V.》中的在游游达因动力公司的德国工程师库特·蒙多根,负责开发一级与二级报复性武器。蒙多根毕业于慕尼黑工业大学土木工程系,在大学毕业后,曾在 1922 年被派往西南非的德国殖民地监听无线电信号,适逢当地的邦德尔人叛乱,他躲进福帕尔庄园,遇见了斯坦西尔所要追寻的薇拉·梅罗文和她的伴侣魏斯曼中尉。魏斯曼是一个神经过敏、阴险的异装癖和性虐狂。他强迫蒙多根为他工作,并希望从蒙多根的天线中监听到情报。在福帕尔庄园,蒙多根目睹了这里人们的纵情与堕落和对邦德尔人的残酷,最后带着一种绝望走了。《V.》中的蒙多根和魏斯曼同时出现在品钦的《万有引力之虹》中,而且名字和身份都没有变化,只是魏斯曼中尉又有了另一个名字布利瑟罗上校(死亡),是德军火箭发射基地的几个幕后人物之一。蒙多根依然是工程师的身份,出现在纳粹的火箭工厂。他同火箭工程师珀克勒是慕尼黑工业大学的同学,也是他介绍珀克勒进入了火箭基地。至于蒙多根为什么出现在佩纳明德火箭基地,珀克勒回忆道:

> 蒙多根是这儿的菩萨,从卡拉哈里沙漠流放回来,在那儿不知受到了什么佛光点化,回到这尘世精心选择了一个位置来履行他的使命,但决口不做任何解释。

(品钦,2011:432)

魏斯曼为了控制珀克勒将他的女儿作为人质送到党卫军的劳教营,在火箭基地珀克勒唯一的朋友是蒙多根,为不让女儿受到伤害,珀克勒通过蒙多根帮忙向魏斯曼请求,因为他们关系较好。至于他与魏斯曼为什么重归于好,有如下的解释:

> 他们在西南非就认识,在围城的几个月里他们曾一起在福帕尔的城堡里待过,魏斯曼是那些把蒙多根最终赶到丛林去住的人之一。不过在佩纳明德,在火箭中间,他们又重归于好了。

(品钦,2011:437)

第四章 品钦小说叙事话语的迷宫

可见这时的蒙多根已经不是在西南非那个对欧洲深恶痛绝的年轻人了，他成了纳粹火箭基地的一个工具，他最终还是与魏斯曼同流合污了。而魏斯曼这个变态狂已经完全变成了一个恶魔撒旦。他又有了一个嗜好——同性恋，他从受虐狂变成施虐狂。这两个人物在品钦的小说中形成互文，但是这两个人都发生了本质的变化，所以不再是原来的人物，是一种改写和反讽、颠覆。其真正目的是想引出在占领区的黑人支队和他们在西南非的历史，以揭示西南非黑人经历的殖民、殖民化到后殖民的一个过程。

由于品钦有两年参加海军的经历，所以海军水手的形象一直是他小说中所着力表现的人物。《V.》中的普鲁费恩曾做过水手，还有帕皮·霍德、普洛伊等一大批水手的形象。其中一些人物又出现在品钦的其他小说中，如《V.》中出现的美国断头台号舰上的水手皮格·博丁，是一个行为粗野、好色、放荡角色，他爱讲黄段子、开小差、擅离职守、戏弄人、搞恶作剧、偷卖电子元件、酗酒、赌博。他一直垂涎马耳他姑娘葆拉，但都被普鲁费恩所制止。他做了唯一的一件好事就是使鲁尼·温森姆自杀未遂。在《万有引力之虹》中，他是西曼·博丁，身份是美国驱逐舰"约翰·E.捣蛋"号水手，也爱开小差，贩卖大麻。他将六公斤尼泊尔大麻粉藏在柏林市中心，让斯洛索普在波茨坦会议期间冒险去取。他出钱让人互相决斗，在各色人种中兜售着毒品，最后品钦让其成为了对抗力中的一员，在一个聚会中参与了令人作呕的报菜名大战。在斯洛索普肉体消散后，他是仍然把斯洛索普作为一个整体生命来看待的少数几个人之一。然而，最终他也走向了变态。品钦无疑将西曼·博丁塑造成了一个同社会对抗的一个人物，以他堕落的方式来宣告对这个世界的对抗，然而这种对抗却是不堪一击的。

在《V.》中的游游达因（Yoyodyne）动力公司在《拍卖第十九批》中继续以悠游弹（英文一样"Yoyodyne"，本文采用叶华年2010年译本)公司出现形成互文。在《V.》中游游达因动力公司最初是一个叫奇克立茨的小玩具工厂,由于生产美国孩子喜欢的陀螺仪("Yo-yo"英文为"溜溜球"或"游游球",是一种小玩具的商标名)而发家,顺利走向垄断玩具陀螺市场,后来开始为政府制造使用在船只、飞机与最新导弹上的陀螺仪,逐渐扩大到一个连锁王国,负责管理系统、飞机机体、推进器、指挥系统和地面支持设备制造。一个新近雇佣的工程师告诉总裁奇克立茨,"dyne"达因是物理学中一个力的单位。于是奇克立茨就命名公司为游游达因动力公司,以象征奇克立茨帝国卑微的开头,也体现它内部所具有的力量、进取心、工程技术和粗犷的个人主义。在《拍卖第十九批》中,译者叶华年先生认为"dyne"其音接近中文的"弹",并且该公司在小说中依然生产飞机和导弹,故将其译成悠游弹公司。品钦在这里用一个小孩玩的溜溜球来给这个公司命名,显然是一种嘲讽。并且在《V.》中普鲁费恩的绰号也叫"溜溜球",来表现他无所事事的流浪汉生活,说明品钦对这个名字的喜爱。玩具公司的总裁叫"血腥"契科立茨,在《V.》中被译为奇克立茨,在《拍卖第四十九批》中他还带领员工唱了歌曲。"血腥"契科立茨这个名字又出现在《万有引力之虹》中的一个人物身上,他依然在美国有一家玩具公司,在德国公开身份是美国工业家,随技术部队来到这里侦查德国的技术设备,尤其是秘密武器。目前做的是皮衣生意,麾下有三十个孩子为他效劳(品钦2011:596)。通过契科立茨这个人物,品钦让我们看到垄断资本积累的过程,还有从生产孩子手中的玩具到制造飞机,以至于杀人的导弹火箭,揭示现代社会垄断集团的利欲熏心。

美国文学为品钦提供了大量的互文素材,品钦自身的小说也成为其互文的一部分。这种强大的互文使品钦的小说形成了巨大的互文体系和网络,反映了品钦对传统叙事话语的继承和创新。

(三) 与非文学领域话语的互文性

品钦一方面在他的作品中大量引用了电影、戏剧、音乐、舞蹈、歌唱等艺术领域的话语形式。像乔伊斯和莎士比亚一样,品钦将文学与时代流行的艺术形式相结合,同时又不失严肃。另一方面品钦又引用了大量科学领域的话语形式,如统计学、物理学、弹道学、化学等领域的话语,使品钦的小说形成了一个超文本的互文体系。

电影是品钦所喜欢引用的一种艺术形式,他在小说中频繁地提到各种电影、演员、角色和故事情节。在三部小说中品钦提到了20世纪前半叶的60多位的电影演员及其所饰演的角色和影片(见表6),并且提到了一些著名的电影导演及电影拍摄的过程和技巧。在《万有引力之虹》中,品钦直接或间接地提到了30年代和40年代早期好莱坞各种题材的电影。如1926年的经典科幻默片《大都会》(*Metropolis*),1939年的童话歌舞剧《绿野仙踪》(*The Wizard of Oz*),1933年的科幻惊险片《金刚》(*King Kong*),1928年的科幻片《月球上的女人》(*Die Frau im Mond*),1955年的《杰克·斯莱德》(*The Return of Jack Slade*),1932年的《白色僵尸》(*White Zombie*)等。电影在品钦小说中不仅仅是小说中人物的一种娱乐方式,还被用来引导、控制和麻醉人。《万有引力之虹》中,卡婕的一举一动被拍摄下来让章鱼产生条件反射。奥斯比·费尔戏仿美国电影拍摄一个脚本向卡婕暗示对"白色幽灵"的反抗。更多的人物将虚幻的电影世界和现实混淆起来,他们盲目模仿电影中的角色和行为,陷入一种虚幻的世界之中,不能自拔。

此外,品钦还提到了德国20年代表现主义电影,尤其是弗里茨·朗的电影。由于一战给欧洲人带来了毁灭感和挫折感,所以战后欧洲特别是德国,形成了一股反思人类行为的思潮。在这股思潮的影响下,涌现了以弗里茨·朗为代表的一大批表现主义作家、导演和艺术家。表现主义对人类社会持悲观态度,善于运用象征和隐喻的手法,对人性中复杂和阴暗面进行变形揭示。弗里茨·朗的电影直接反映了人类对于权力和死亡的一种渴望和冲动。品钦将纳粹的化学家雅夫戏仿成《赌徒马布斯博士》和《大都会》中的疯子发明家,他们都如出一辙地渴望一种死亡形式,其学生珀克勒也沉迷在电影的梦想世界中而不能自拔。表6为品钦三部小说中出现的演员和其饰演电影的相关统计,足以说明流行的娱乐形式对品钦创作的影响。

表6 品钦的三部小说中提到的演员及影片

电影演员	国籍	电影演员	国籍
埃莱奥诺·杜丝	意大利女演员	葛丽塔·嘉宝	瑞典裔美国女影星《安娜·克里斯蒂》
黛德丽	德国女演员《蓝衣天使》	范·约翰逊	美国演员帅气、举止优雅
阿丝特·尼尔森	瑞典影星	鲁道夫·瓦伦蒂诺	意大利裔美国演员《酋长》
约翰·韦恩	美国"西部英雄"	宾·克罗斯比	美国演员、歌唱家《与我同行》
柯克·道格拉斯	美国"阳刚的男子汉形象"	W.C. 菲尔兹	美国男演员《我的小山雀》
贝蒂·葛兰宝	美国女演员《挂历女郎》	梅蕙丝	美国女演员《我的小山雀》
卡里·格兰特	英裔美国演员《费城故事》	朱力斯·马克思	美国喜剧演员绰号"牢骚"
乔治·冯比	英国喜剧人物	贾克奈	法国演员《公敌》
秀兰·邓波儿	美国童星	托马斯·埃德温·米克斯	美国演员西部无声片

第四章 品钦小说叙事话语的迷宫

电影演员	国　籍	电影演员	国　籍
弗雷德·阿斯坦	美国男演员《飞往里约》	鲍勃·斯第尔	美国演员《靠近彩虹之末》
琴吉·罗杰斯	美国女演员《飞往里约》	约翰尼·曼科·布朗	美国演员
玛丽·蒙丹		丽塔·海沃丝	美国女演员
乔恩·霍尔		斯坦·劳瑞尔	《幸运儿》1917
唐·阿米契	美国演员消瘦、孩子气	奥利弗·哈迪	《幸运儿》
埃洛·弗林	美国演员英俊高大	米基·鲁尼	美国演员《法官哈代的孩子们》
斯宾塞·特雷西	美国演员	卡门·米兰达	美国女演员、歌唱、舞蹈演员
乔治·拉夫特		亨利·芳达	美国男演员牛仔
巴希尔·拉司本	美国男演员福尔摩斯	S.Z.撒卡尔	美国南演员《卡萨布兰卡》
哈里·厄尔思	美国演员《怪物》	贝洛·卢卡西	匈牙利裔美国演员《吸血鬼》
亨利·威尔考克森	英国演员《埃及艳后》	费伊·雷	美国女演员《金刚》
奥笛·墨菲	美国男演员	贝拉·罗迦西	美国男演员《白色僵尸》
布里吉特·黑尔姆	德国女演员	鲁道夫·克莱因里吉	德国《大都市》

· 235 ·

电影演员	国　　籍	电影演员	国　　籍
詹姆士·梅森	英国男演员	迪安娜·德宾	加拿大女演员《春闺三凤》
詹姆斯·卡格尼	美国男演员（善演恶棍）	贝蒂·戴维斯	美国女演员
格劳乔·马克斯	美国男喜剧演员	玛格丽特·杜蒙	美国女演员
威廉·本迪克斯	美国男演员	道格拉斯·费尔班克斯	美国男演员《巴格达盗贼》
亚瑟·肯尼迪	美国男演员	玛格丽特·奥布赖恩	美国电影童星
汤姆·米克斯	美国男演员（牛仔）	诺玛·席勒	美国女演员《时装奴隶》
本特·埃克洛特	瑞典演员《第七封印》演死神	玛丽亚·卡萨雷斯	西班牙《奥菲》演死神
弗兰克·斯那瑞	美国歌唱家演员	克拉克·盖博	美国男演员《曼哈顿传奇》
迪克·鲍威尔	美国演员《42号街道》	丹尼斯·摩根	美国演员《与上帝同飞》
杰克·莱蒙	美国演员《罗伯先生》		

众多的演员和电影出现在品钦的小说中,说明品钦善于从时代的商业产品中获得创作灵感。相对于古典作品,他更倾向于仿效流行的娱乐形式:电影、收音机与电视机、流行音乐在其作品中都有充分体现。《拍卖第四十九批》中,品钦对电影的引用更为直接一些。俄狄帕的遗嘱共同执行人梅茨格律师曾是个童星,两个人在汽车旅馆第一次见面的背景就是电视里播放梅茨格小时演的电影《开

除》,并不时插入有关皮尔斯地产的广告。梅茨格还提到他的一个朋友从律师改行当演员了。后来他们遇到这个演员,他又开始当律师了。这无疑是品钦对美国电影行业和律师行业的反讽。在这部小说中提到一个91岁老人面对着暗淡的电视屏幕上利昂·施莱辛格的一个动画片《小胖猪》在点头,当俄狄帕向他询问关于"快马邮递"的事时,他将他祖父的事与《小胖猪》动画片混淆起来,他已经分不清现实与电影的区别了。

除了对电影这种艺术形式的引用,品钦还引用了滑稽喜剧的形式,来化解小说中的恐怖。大卫·西德认为在《万有引力之虹》的第一部分展现了一种世界即将毁灭的预兆。噩梦般的感觉和对人类自身脆弱性的反复强调,使这部小说呈现出哥特式灵异和恐怖。小说似乎体现了对人类命运的挽歌。但是,品钦却能从恐怖的情景中制造出一种自相矛盾的喜剧效果。这主要就是通过戏剧、音乐、舞蹈、歌曲等艺术方式的巧妙融合所达到的。一个较为鲜明的例子就是在小说噩梦般的开头之后,品钦设计了一个"海盗"普伦提斯与在伦敦出现的一个巨大的带着可怕控制计划的腺样增殖体(Adenoid)对抗的滑稽情节,化解了恐怖程度。品钦的这个想法可能来自查理·卓别林的《大独裁者》中戏仿希特勒的独裁者埃德诺伊德·海科尔(Adenoid Hynkel),因为埃德诺伊德(Adenoid)就是腺样增殖体的意思。品钦在整部小说中都贯穿了这种喜剧的形式,以此来对抗全能的控制力(纳粹、跨国公司等等)。

在某种程度上,《万有引力之虹》可以被看作是对历史的揭示,它真正的主题甚至更微妙——暗示着或许是欲望和恐惧摧毁了西方文明。

品钦小说融合了电影、戏剧、音乐、舞蹈、歌唱等各种艺术手段,使其呈现出立体的感觉,读者仿佛置身于一个剧院当中,在欣赏各种不同风格的艺术表演,而场景变换之快、角色之多、体裁之广令读者(观众)目不暇接、眼花缭乱。品钦将读者变成了观众,将叙述者变成了电影导演,使整个小说变成了一部融合了各种表演风格和题材在内的长篇电影画卷。这里有哥特式恐怖体验、有间谍的追杀、有神秘的科幻、有刺激的历险、有各色的黑帮混战、有粗犷的西部牛仔、有政治的阴谋、有殖民的残酷、有浪漫的情节闹剧,还有戏中戏。并且各种场景都伴有音乐,在读者或观众丝毫没有任何心理准备的情况下,人物常常会突然开始一展歌喉或突然起舞,而他们周围的人却不感到惊讶,隐形的乐队让观众感觉自然,犹如影片中的音乐,使整个小说变成了一个歌舞剧的大舞台。

在品钦的三部小说中将电影、戏剧、音乐、舞蹈、歌唱融合为一体的例子比比皆是,《V.》中斯坦西尔想象的历史中读者(观众)和斯坦西尔一样变成了咖啡馆的招待;在埃及,冷眼观察其中的两个人物在咖啡店门前策划一场暗杀,其中一个人物波彭泰因竟在广场上唱起了意大利歌剧:

雨下大了。……穿花呢服的那个人突然像发条玩偶一样跳了起来,并开始讲意大利语。……花呢服已开口唱道:
疯疯癫癫的孩子!
看!像我一样痛苦和哀求……
那古怪乖张的英国人跳向空中,鞋跟相击;站着摆姿态,一拳放于胸口上,一臂向外伸出:像我一样恳求同情!

(品钦,2003:68)

读者(观众)本来正陷入一种密谋策划的紧张状态中,却被人物的滑稽舞蹈和歌声化解了。

《万有引力之虹》的一个场景运用了好莱坞舞蹈家巴斯比·柏克莱的无声推拉镜头:"白色幽灵"实验室的一个工作人员韦伯利·希尔弗内尔从德国相机的角度来观看行为主义者实验室里关在笼子里的小动物们:

第四章 品钦小说叙事话语的迷宫

他们从各自的笼子里走出来,随着他在长长的通道和金属设备间舞蹈着,一些康加鼓和一支精神饱满的热带交响乐队奏出了下面这支歌曲的节奏和旋律:

巴甫洛夫学说(比根舞曲)
那是巴甫洛夫学说的春天,
我在迷宫之中迷了路……
来苏水的芳香在空气里荡漾,
为此我已经寻找了好多天。
……

群魔乱舞。老鼠们围成圆圈,将尾巴内外卷动,形成菊花和阳光四射的图案,最后所有的老鼠组成了一幅巨大的老鼠图形,大老鼠的眼睛处是希尔弗内尔。他面带微笑,摆出个造型来,双臂举起成"V"字形,保持在歌曲的最后一个音符上。

(品钦,2011:248—249)

这里品钦将电影、戏剧、音乐、舞蹈、歌唱等艺术形式巧妙地结合在一起,给读者呈现了一个荒诞、滑稽的歌舞片。将动物们在试验室笼中那种阴森、恐怖的氛围通过黑色幽默的喜剧方式化解了,既嘲讽了那些巴甫洛夫的信徒,又让读者紧张的情绪得到舒缓。因此,R. B. Henkle 认为品钦的喜剧代表了"通过玩笑的方式隐喻地将事情可怕的程度降低,通过丰富的想象将恐怖转换成一个主题,然后对它的各个构成因素进行荒诞的戏仿,以这种方式就可以控制那些不吉祥的预兆"(R. B. Henkle,1978:274)。喜剧是小说中人物通过幽默的方式彼此开玩笑的一种延伸,展示了对战争的对抗。在第一部分的片段 21 中描绘了一个童话剧《汉赛尔与格莱特》场景,当一个 V-2 火箭弹在剧院外面爆炸时,格莱特号召观众一起唱一首歌,开头是:

> 啊,别让它抓到你,
> 它会抓到你,只要他们愿意……
>
> (品钦,2011:189)

这种显而易见的恐惧通过转化成一首歌曲而趋于缓和了。在整部小说中歌曲、游戏和喜剧都是一种人对抗战争的断断续续的符号。在建立"我们"的系统中,这些符号有了一种暗含的政治维度,以此来对抗"他们"的利用和威胁。

品钦小说还创造性地与科学话语形成了互文。品钦三部小说中都不同程度地出现了大量的科学话语。《拍卖第四十九批》直接提到了物理学中的热力学第二定律"熵"定律和信息论中的"熵"。还有与"熵"对抗的麦克斯韦精灵。一个叫约翰·内法斯蒂斯的人向俄狄帕讲述了"熵"的东西:

> 有两种不同的熵。一种与热机有关,另一种与信息交流有关。以往30年代,一种熵的等式看上去与另一种熵的等式很相似。这只是巧合。这两个领域完全不相关,但有一点例外:麦克斯韦精灵。当那个精灵坐着把分子分成热的和冷的两类时,那系统据说会失去熵。然而从某个角度看这种损失被精灵所获得的关于哪个分子在哪儿信息抵消。
>
> (品钦,2010:83)

"熵"是品钦小说中的一个关键词语,品钦将其引入文学领域主要作为一种隐喻手段,包括在《万有引力之虹》中引用的各个科学领域的话语,都是为了达到一种修辞目的。在《万有引力之虹》中品钦借用了火箭工程学、空气动力学、高等数学、统计学、化学、心理学等领域的话语形式。尤其是关于火箭的术语充满了整部小说,如:关于火箭制造的增压器、中段、前端部件、动力装置、控制装置、尾段等等;关于火箭发射的燃烧终止、弹道、飞行轨迹、塑料整流罩、风洞、冷却导管、汽缸、喷油器、移动线圈、变压器、电解电池、二极管电桥、四极管、惠斯通电桥、电荷量、氧化剂、蒸汽、过氧化物和高锰酸系列、阀门、发射膛等等;关于数学的图表、等距图、静态空间、动态空间、二重积分、函数、幂级数、概率、或然性、泊松公式等等;关于化学的 G 型仿聚合物、芳族杂环聚合物、哚吲分子、环化苯甲基等喹啉、罂粟碱、生物碱等等;关于巴甫洛夫条件反射行为心理学的拉森·基勒三变量"测谎器"、条件反、临界点、越界状态、相互诱导、大脑皮层、等价时相、反常时相等等。

这些艺术话语和科学话语的借用,起到了多方面作用,一方面体现了品钦深厚的自然科学功底,他的理工背景是其他作家无法企及的,从而奠定了其小说百科全书叙事的基础。不同文体的互文不仅打破了文学话语与艺术话语的界限,也打破了科学话语与文学话语的边界,使品钦的小说呈现出各种文体交织的超文本互文体系,体现了品钦对传统叙事话语的创新。

二 品钦小说叙事话语的陌生化

陌生化(defamiliarization)是俄国形式主义文学理论家维克多·什克洛夫斯基(Viktor Shklovsky)于 1917 年在《作为技巧的艺术》(Art as Technique)中提出的。他指出:"艺术之所以存在,就是要恢复人们对生活的感觉,使人们感受事物,让石头凸显出石头的质感。艺术的目的在于让人们感知到事物,而不是仅仅知道事物。艺术的技巧是要使对象'陌生化',使形式变得难以理解,增加感悟的难度,增长感悟的时间,感知过程本身就是审美的目的,必须延长感悟的时间。艺术是要体验感知对象的艺术性,而感知对象本身并不重要。"(Hazad Adams,1992:745)陌生化的实现过程是创造复杂化和难化形式的过程。为了打破自动化感受的定势,冲破审美惯性,使接受主体获得新颖奇异之感,艺术家必须通过创造"复杂化和难化的形式,不仅打破原有形式的规范和格局,而且独辟蹊径地营造异于前在感受的艺术迷宫"(杨向荣,2005:64)。也就是说不管语言采用什么样的组织方式,只要达到奇异的效果,引起视觉和感官的异常反应即可。所以说它是一种语言修辞艺术,也就是将语言扭曲、断裂、变形、拼合都可以使语言常规发生变化,从而制造陌生化的效果。俄国形式主义批评家罗曼·雅各布逊(Roman Jakobson)认为文学语言就是要打破常规,进行特殊的选择与配置,也就意味着对传统修辞的背叛。他说:"文学是对日常语言的有组织化的暴力"(Terry Eagleton,1996:2)。语言的音响、节奏、韵味、速度、色彩是人感受及审美的载体,它们使语言成为一种个人的体验。从这一点上来说品钦似乎走得更远,可以说,他的三部小说都体现了艺术原则的一个重大转变,它将时间、空间、话语、秩序的权威性一一消解,代之以断裂、多元的语言和颠覆性的叙事结构,通过写作技巧的暴露达到陌生化效果(何卫,2006:90)。

"文学语言不仅制造陌生感,而且它本身也是陌生的"(司有伦,1996:64)。这个理论强调的是在内容与形式上违反人们习见的常情、常理、常事,在艺术上超越常规惯例。陌生化的基本构成原则是表面互不相关而内部存在联系的诸种因素的对立和冲突,正是这种对立和冲突造成了"陌生化"的表象,给人以感官的刺激或情感的震动。

什克洛夫斯基认为陌生化是一种文学艺术的重要技巧,它将原来生活中所熟悉的事物变得陌生起来,对习以为常的语言修辞、叙事技巧经过艺术加工,使这些为人们所熟悉的文学形式不见了,于是产生审美距离,增加审美感悟的难度,同时展现作者的创作观念。

陌生化的精髓在于去除文学表现的惯常形式,如,诗歌中的诗体、意象,小说中的语言修辞和叙事技巧的习惯化和自动化。小说叙事话语的陌生化通常要达到两种叙事目的:一是要增加文本话语感悟的时间和难度,使读者产生新奇或惊愕感;二是要表达作者某种强烈的思想情感。

品钦小说在语言和叙事上与现实主义和后现代主义有较大区别。首先,小说语言和修辞技巧繁多且显得奇特和变异,其次,小说的叙事技巧运用了拼贴与杂糅、迷宫与含混、元叙述等的陌生化叙事手段。这些陌生和变异的语言形式成为品钦的主要叙事手段。品钦利用这些"陌生"、"异常"的叙事手段,生动地展示了现代社会存在的荒诞和无意义以及人的荒诞与无助。

(一)品钦小说语言的陌生化

品钦小说历来以晦涩难懂而著称,其原因之一就在于语言的陌生化。品钦精心构筑了一个语言的迷宫,让读者在其中穿行,感受到语言的存在和理解的困难。品钦小说语言的陌生化主要表现在三个方面:其一,奇特的修辞;其二,各种民族语言和雅俗语言的混杂;其三,文字与符号游戏。

1. 奇特的修辞

品钦小说语言的陌生化主要表现在奇特的修辞技巧上。品钦在小说中使用的大量日常罕见、奇特的修辞技巧,其中最突出的一个修辞技巧就是创造性地将科学现象、概念作为一种隐喻。作为后现代小说的代表作家,品钦一直在尝试寻求一种新的隐喻方式来质疑和回答普遍存在于人类物理与精神世界的问题:是有序还是无序、是差异还是混乱、是模式还是存在的模糊性?在早期的短篇小说中,品钦就对物理学中的理论进行了隐喻实验。如,将"熵"作为一种隐喻。热力学第二定律预测宇宙最终将会趋于"热寂",人类社会和知识领域也会像宇宙那样最终趋向衰败,自然最终会达到一种最大的熵或无序的状态,能量最终会被耗尽。在《V.》中,品钦再次提到了熵,但仅在有限的范围之内,宇宙中的混乱虽然在不断增加,但是还存在神秘的事件和通向有序的线索。主人公亨伯特·斯坦西尔希望通过整理混乱的事件找到相关的模式,以此来对抗熵。在《拍卖第四十九批》中,既有对有序的追寻又有随处可见的熵的意象。两种模式形成了明显的类比,对有序的追寻变成了一种"麦克斯韦精灵"的复制,"麦克斯韦精灵"是 19 世纪物理学家克拉克·麦克斯韦提出的一种假设,对热力学第二定律提出了挑战。将"熵"这一物理学概念引入文学文本中,并且作为一种隐喻,这种科学的叙事话语不仅让主人公俄狄帕也让读者感到了陌生和困惑,由此造成读者理解上的困难。这也是品钦小说晦涩难懂的一个原因之一。后现代小说一个目的之一就是要制造理解上的障碍,在这一点上,品钦做得尤为出色。

在《万有引力之虹》中,品钦已经发现了一个普遍适用的隐喻,可以说也是对他所关注的问题给出了一个最终的答案。这个隐喻依然来自现代科学,并在小说中起到了非常重要的作用。其中出现了微积分方程式,从量子力学到弗雷德曼的几何学,读者发现自己身处在化学、物理学、数学和宇宙学的纷乱的事实中,无所适从(Harold Bloom,1974:24)。在小说中,品钦提出:虽然个别的系统可以变得更有序,更富于活力,但其代价是打破了或耗尽了宇宙中其他部分的秩序和能量。生命过程的秘密骗局就在于品钦所称之的"熵管理"。"熵管理"意味着有序是作为无序的一种补偿。普遍存在的混乱困扰着品钦小说中的人物。死亡和衰败是一种无序,就是这种无序产生无尽的变化和生命的更新。在这个过程中,熵最终会取得胜利,人体将会衰退、死亡、返回到无序的分散的原子之中。生命的基本模式就是来自尘土,又归于尘土,这与小说的题目《万有引力之虹》的意象形成呼应。彩虹就是万有引力之虹赋予 V-2 火箭的抛物线轨迹。生命的轨迹与 V-2 火箭的轨迹形成了一种平行,V-2 火箭的建造过程——从无序的原子中建立了有序,暂时减少了熵。然而它一旦被发射,虽然会暂时脱离万有引力,但最终还是会屈服于引力,回落到大地上,能量被分解,再次成为分散的原子。生命和火箭都是出自碎石瓦砾,会暂时燃烧发出光芒,然后又归于碎石瓦砾重新开始编织新的生命。生命就是通过一个持续不断的衰败和重建过程使热力达到平衡:"上帝既是创造者又是毁灭者"(品钦,2011:110)。

生物的生命和火箭处于同样的轨迹,这个隐喻在小说中通过堆肥花园的意象不断地被阐述。这个意象反复出现了 17 次,一些动物、矿物质和蔬菜的聚集物构成极端的无序,达到熵的最大化,最后在堆肥花园中产生新的生命。堆肥花园意象与火箭出自于碎石瓦砾构成平行。正如小说中的旧牙膏皮堆积在一起,最后被融化成金属重新利用,成为火箭的一个组成部分。

战争也是人类社会无序的产物,正如人的精神分裂症一样。"白色幽灵"里的一个有多年精神分裂症病史的患者他觉得"自己就是二战……在诺曼底登陆那天,体温骤升到华氏 104℃……隆施泰特反击战又使他鲜活、振作起来……每当导弹落下时,只要他能听见,就会报以微笑,站起来在病房里踱步,泪水随时会从欢乐的眼角飞溅开来,整个人骤然变得健康、红润,病友们都不由得受到了感染。……他将在胜利日死去"(品钦,2011:143)。读者可以感觉到,品钦在精神分裂症患者和战争两者之间找到了一种相似性,他们都以摧毁和破坏为乐,这就是战争的本质。这种奇特比喻在小说中很常见,如,《万有引力之虹》中的摩西哥竟然将战争称为妈妈,这种比喻匪夷所思,因为"妈妈"总是和温暖和爱联系在一起。然而,品钦借用的是妈妈给孩子带来的一种强大的影响力和孩子之间不能割舍的关系,战争像妈妈一样"冲掉了所有温柔的东西,连微弱的希望和赞扬也冲得四散"(品钦,2011:44)。战争像妈妈一样"已经六年了,她总是即若即离,可望而不可即"(品钦,2011:44)。在这种表面看起来似乎矛盾的修辞手法,形成了一种强烈的黑色幽默和陌生化效果。这种奇特的修辞手法在小说的结尾又一次得到展现,人的命运与火箭的命运形成一种平行。布利瑟罗这个恶魔将年轻的戈特弗里德绑在特制火箭内,这个无生命/有生命的怪物象征性地代表了人与火箭的命运最终的融合。这就是品钦熵的隐喻,人类社会和整个世界处于混乱、无序的状态,最终会趋于热寂。品钦小说混乱、无序的文本结构本身也是一个很好的隐喻,暗示着世界的无意义和不确定性。熵在品钦小说中既是一种隐喻修辞手段,又是小说传递的一个主题。

借助火箭运行的轨迹和可预测性,品钦还对人类二元对立的思维模式进行了探讨。火箭上升与下降的普遍运动究竟是可控制的还是不可预测的偶发事件?这种二元对立的思维模式在小说中体现为两组人物的对抗。一组是以波因茨曼为代表的巴甫洛夫条件反射学派,他们坚持严格的决定论和物质与精神事件的可预测性。另一组是以统计学家摩西哥为代表的概率论学派,他们坚持或然性和随机性。双方对斯洛索普潜在预测火箭落点的能力,有着截然不同的看法。摩西哥认为斯洛索普是"统计学上的异态"(品钦,2011:94),波因茨曼坚信它一定是某种条件反射的形式。两种假设都是建立在科学的信条基础之上的。波因茨曼坚信巴甫洛夫的机械因果哲学,他相信"没有无因之果,两者之间有一系列清晰的联系"(品钦,2011:99)。当初雅夫选择婴儿勃起做目标反射也是基于二元论:

但勃起不是有,就是无。二元,好极了。学生就可以做观察。

无条件刺激 = 用消毒棉签摩擦阴茎。

无条件反应 = 勃起

条件刺激 = X

条件反应 = X 出现即发生勃起,已不再需要摩擦,只要 X

即可。

(品钦,2011:94)

在这里品钦采用的是冷叙事的手段,但是科学语言的使用,让读者感到无形的恐怖,人类对知识的疯狂追求,已经达到了非人的境地,他们对一个孩子进行这种可怕的实验,并且还津津乐道,以此作为科学的探讨。科技理性使人变得残酷和不择手段。他们醉心于因果关系的探讨,把人的生命和尊严完全抛到了脑后。这种科学语言的使用,既起到了陌生化的效果,又起到强烈的讽刺效果,品钦无情地讽刺了二元对立的思维模式。

而摩西哥基于的是概率论,当提到火箭的落地概率时,品钦将幂级数比喻为摩西哥这一类的工作人员的音乐,而且这种音乐也是不乏威严的:

$N_e^{-m}[1+m+\frac{m^2}{2!}+\frac{m^3}{3!}+\cdots\cdots+\frac{m^{n-1}}{(n-1)!}]$,其中各项的取值为每个方块内落下的火箭数,泊松分布不仅支配着这种人人难逃的毁灭,也支配着骑兵的事故、血球的计数、放射性衰变和每年发生战争的次数……

(品钦,2011:152-153)

这个统计学的泊松公式形成一种隐喻,对于摩西哥来说生命是一种来自于偶然性的反常,偶然性代表着一种真正自然的混乱状态,不存在确定的必然性。除了这个公式外,小说中还提到了另一个来自现代物理学的一个隐喻,那就是海森堡的测不准原理。这个原理是建立在物质的属性和物理测量内在混乱的基础之上,因为"似乎没有办法将两个属性分离出来,就像粒子物理学家要确定粒子的位置,就不得不放弃粒子速率的确定性一样——"(品钦,2011:

373)。它也是一个用来解释生命存在偶然性的一个隐喻。黑人火箭支队的领袖恩赞将存在看作是一个混乱的事件:

> 你瞧,我们此时在这儿,我觉得这只是一种统计意义上的存在。那边那块石头只是 100% 的概率而已——它知道自己在那儿,所有人都知道。但是我们此时此刻在这儿的概率只不过略高于 50%——概率略有变化,我们就不在这儿了——唰! 就这样子。
>
> (品钦,2011:387)

恩赞的话同样反映了海森堡的"波粒二象性"测不准原理。存在是一种偶然,不确定的事件。但对于普通读者来说,这些公式和原理简直就是天书和迷宫,它需要读者积极的阅读才能理解其中的奥秘。

在小说中持两种对立态度的人还有很多。那些纳粹火箭工程师们一直以决定论为指导,他们的生活中除了火箭一无所有。与其说他们造就了火箭,还不如说火箭造就了他们,火箭成了他们的生命,控制了他们的生活。火箭工程师珀克勒是其中之一,他是一个"因果人"(品钦,2011:172)。他自认为是火箭的一部分,是火箭的延伸,早在火箭造成之前就是。因为他对火箭的痴迷,妻子列妮离开了他,女儿伊尔莎也成为纳粹的人质,最后不知去向,随着德国的失败,他的失败也早已注定。而另一个火箭制导员纳里奇也拥有同样的命运,当他孤身一人陷在了排水管里,面对苏联人的攻击,他的脑海里出现的是这样的景象:

> 要点是一直要携带一个固定的量,A。有时候你会用维恩电桥,调到一定的;频率 A_t,沉甸甸满载着预兆在电廊里呼啸……而外面,根据这些领域的惯例,随着火箭加速,量 B 会在

第四章 品钦小说叙事话语的迷宫

某处聚集、建构,一直到指定的燃烧中断速度"$V_1°$"受到电击后像老鼠一样沿着这道非常狭窄的迷宫式净空间飞行——是的,地面传来的无线电信号会进入火箭机体,然后通过条件反射作用——严格地说是通过反射弧上运行的电信号,使控制表面急速抽搐,你刚刚开始偏离,就会把你拉回航线……

(品钦,2011:550—551)

这段晦涩的关于火箭发射控制科学语言,结合了纳里奇自己的工作经验和身处困境的绝望心情。科学语言再次作为一种隐喻,暗示了纳里奇难以摆脱的被控制的命运。纳里奇曾参与德国火箭修改制导的工作,这使他受宠若惊,认为此事是他人生第一个辉煌的历史时刻。当德国大厦将倾时,他本可以去俄国人的火箭研究所,或去美国,但是他却选择了与冯·高尔合作,因为他许诺让他名利双收。但是为了从苏联人手里救出冯·高尔,他陷入了齐切林的包围。他意识到了其实自己一直受到别人的控制,以前是党卫队的控制,现在是他为冯·高尔卖命,但却不知道他的真实意图,目前又将落入苏联人之手,他感到无比的可怜和绝望。

另一个决定论者卡婕谈到火箭发射后"剩下的过程将会依照弹道学的法则进行,导弹本身是无法主宰的。它被别的东西控制了。设计范围之外的东西"(品钦,2011:241)。卡婕自己的幂级函数是:

她想起了一个数学函数、开花般在她眼前展开成没有通项的幂级函数,无穷无尽,阴森森的,却从不叫她完全意外……令人窒息的熏香味+忏悔者/刽子手+卡婕和戈特弗里德(双双跪在黑暗的忏悔室里)+古老童话里的孩子们(跪在烤箱前,膝盖又冷又痛,对它悄悄讲述着不能讲给别人的秘密)+布利瑟罗上尉的巫婆式多疑症(对他们俩都怀疑,尽管卡婕有"国家社会主义运动"的证件)+作为倾听者/复仇者的烤箱+跪在布利瑟罗前面的卡婕。

(品钦,2011:105)

这种怪异的语言表达方式用数学符号与加号串联起一些离散的文字,反映了卡婕作为双面间谍,自身被别人控制的恐惧、绝望,内心的荒凉和对死亡的渴望。科学语言与文学语言交织在一起,产生了一种强烈的陌生化效果。而这种奇特的语言让读者又一次陷入了迷宫之中,让人对卡婕的思维,或者品钦诡异的思维感到迷惑。这正是品钦所要达到的效果,晦涩、含混充满歧义。还有德国的盥洗船"莽夫"号上数学家兴之所至的涂鸦:

$$\int \frac{1}{(仓房)} d(仓房) = 木仓房 + c = 家庭船$$

(品钦,2011:479)

又是一个变了形的语言形式,数学公式与文字结合在一起,纯粹是数学家的娱乐活动,也是品钦对精细的德国分工和绝对理性的讽刺。在这艘盥洗船上,厕所是分等级的,娱乐内容也是分等级的。一切都按照机械的、绝对的理性方式来运行。无怪乎数学家将其化成仓房的方程式,同时批判了以德国为代表的极端科技理性对人类的残害。借用科学语言,将数学公式隐喻日常生活小事,二者毫无关联,却被有机地联系在一起,这无疑是品钦一种创造性的陌生化手法,也是品钦所独有的修辞手法。

除了将科学作为一种隐喻,品钦小说在局部的语言修辞上,也显示出奇特的陌生化效果。在《V.》中,品钦将纽约的街道比喻成地狱边缘的庭院,它里面的人如阴魂一般(品钦,2003:52),以此来讽刺现代都市的阴暗面和人的毫无生气。正如其中的一个人物认为"城市不过是伪装的沙漠"(品钦,2003:90)。还有无政府主义者优素福喜欢气球,希望自己在梦中能像月亮一样围绕着任何一根染成花花绿绿的猪肠转动,用自己温暖的呼吸让它膨胀起来(品钦,2003:71)。以此来揭示人内心各种古怪和丑恶的想法。以至于女招待汉娜认为政治对于男人是一种性(品钦,2003:98),他们热衷于搞各种权术与阴谋活动,这种比喻离奇,本体跟喻体几乎风马牛不相及,但品钦竟能找到二者的相似之处。品钦还将招待、脚夫、车夫、店员比喻为机器人,因为他们每天都重复着同样的动作,已经跟机器人没有什么区别了(品钦,2003:75)。正像机器人施罗德对普鲁费恩说的"终于有一天你和大家会像我与肖克一样"(品钦,2003:320)。通过各种奇特的比喻,品钦向读者展示了一个熵化的、无生气的世界。

在《拍卖第四十九批》中,品钦将俄狄帕在圣纳西索看到"一片蔓延的房屋,就像从暗褐色的泥土里冒出来的精心耕作的庄稼;接着她想起了过去她打开晶体管收音机更换电池时第一次看见的印制电路"(品钦,2010:14)。这种奇特比喻暗示了俄狄帕试图要找出事物背后隐藏的意义的欲望,她希望得到神的启示。品钦还将公路比喻成皮下注射的针头,刺入了高速公路的血管。将城市比作海洛因,可能是指城市像海洛因一样具有麻醉功能,使人能产生幻觉、保持亢奋的特性,但是这一切都是暂时的假象。品钦将俄狄帕比作海洛因的一颗单一的熔化的晶体,说明虽然她也具有同样的偏执狂和迫切想要揭示一个真相的欲望,但将不会在这个城市海洛因中起到什么作用,她的追寻之旅也不会有任何意义和结果。

在《万有引力之虹》中,奇特的修辞比比皆是。"电话铃响了起来,就像有人放了一个放肆的双响钢屁,毫不费力地穿过整个房间,刺醒了残留的醉意,盖过了所有的打闹声……"(品钦,2011:12)以此来反讽上级的命令。"大便、金钱、文字是美国的三大真理……"(品钦,2011:31),揭露美国经济发展的动力。品钦将殖民地比喻为欧洲人灵魂的厕所。"他可以在那里脱裤子、放松、可以享受自己大便的臭味"(品钦,2011:341),揭示了欧洲殖民者对殖民地的肮脏恶行。这几个比喻的嘲讽力度可谓一针见血,尖锐至极,还能收到诙谐幽默的效果。"这些年来的圣杯就成了塑料做的,角钱一打,一分钱一罗"(品钦,2011:345),揭示人们信仰和精神追求的丧失。医院里的疯子们"哭泣声由 E 大三和弦转成升 G 小三和弦……"(品钦,2011:87)使哭声与音乐有了联系,无疑是一种黑色幽默的表达方式。"火箭连的头儿变得跟疯子似的,大喊大叫。他称自己'布利瑟罗'(日耳曼死神),说话开始跟《沃采克》里面的上尉歌唱一样,嗓子突然喊破了,成了高音区的歇斯底里。形势在土崩瓦解,他回到了远古时代的自己,对着天空尖叫,几个小时一动不动地坐着出神,眼睛向上一直翻到脑袋里。随时会迸出可怕的花腔女高音"(品钦,2011:495-496),形象地展示了布利瑟罗的末日形象。"'邮包'们喘着气,隔一小时就叮叮当当进来一批"(品钦:2011:144),展现圣诞节的繁忙。还有波因茨曼的狂妄,在他眼里"别人都好像得了毋庸置疑的帕金森病,麻木僵硬,只有他灵敏异常,成为没有麻痹症状的唯一幸存者"(品钦,2011:292)。描写瘾君子巴摩看见大麻的情景:"这个罪恶深重的老烟鬼还是忍不住……他的眼睛像雪坡上撒尿冲出来的两个洞。"(品钦,2011:466)"库尔特·蒙道根将宣布以他命名的定律'人的密度与时间带宽完全成正比'。'时间带宽'就是你的现世,你现在的宽度,就是那个大家熟悉的被认为是因变量的'Δt'。你越沉迷于过去和未来,你的带宽就越厚,你的人格就越结实。你对现在的感觉越狭隘,你就越单薄。"(品钦,2011:542)品钦通过科学语言与文学语言的结合,揭示了斯洛索普消瘦分解的定律。

除了上述这些奇特的修辞手法,品钦还使用了大量的隐喻、反讽、双关、夸张等修辞手法,尤其是在人物名字上的双关和反讽,本文已在第二章中进行分析过,此处就不再赘述。总之,将科学话语作为一种隐喻增加了品钦小说的难度,科学语言与文学语言的结合产生了极端的陌生化效果,这些奇特的修辞手段是品钦小说在后现代修辞领域的一种创新,同时也是一种揭示主题的全新叙事方式。

2. 各种民族语言和雅俗语言的混杂

品钦小说语言陌生化的另一个方面表现在各种语言的混杂使用。被巴赫金称之为"杂语",意思是语言的混杂,它是单一声音的标准语言或官方语言的对立面,主要的方式是讥讽的模仿(梅兰,2005:151 - 152)。巴赫金认为:"小说应是时代的充分而全面的反映……(或)小说中应体现为一个时代所有的社会意识的声音……小说应是杂语的小宇宙。"(巴赫金,1998:202)在品钦的三部小说中,除了标准的英语和科学语言之外,还运用了诸多外来语,包括法、德、俄、日、拉丁、波兰、意大利、西班牙、希腊、赫雷罗和犹太人的意第绪语等,还有大量的民间语言包括俚语、行话、混成词、象声词甚至符号和图画等,形成了一种巴赫金所称之的狂欢化的语言和声音,即"狂欢"文本的特性。与高雅文化充满大悲大喜、高峰低谷、生死转折的屈折历程相比,民间文化似乎更加富于稳定性和韧性,有一种蓬勃的建构精神。在后现代语境下,大众文化与精英文化的差别日益被拉平,而民间文化依然很大程度上保持着独立性。小说不是教导人们如何学会教条式的标准用语,而是展现语言的活生生的实际存在状况,让人们警惕标准语言的权力背景,打破教条与语言的统治(梅兰,2005:162)。品钦狂欢化的语言就是对标准语言和"高尚"体裁为核心的官方语言的颠覆,体现了一种生机和活力。

首先,来自各个国家的外来语形成了品钦小说的一大特色。让读者领会到不同国家的语言特色。如在《V.》中,来到美国的马耳他姑娘葆拉教大家唱了一首法语歌。她是从一个在阿尔及利亚的作战中不辞而别的伞兵那儿学来的:

> Demain le noir matin, 翌晨一片黑暗。
> Je fermerai la porte, 我把门儿紧关,
> Au nez des années mortes; 往昔坚拒莫恋;
> J'irai par les chemins. 我沿小道向前,
> Je mendierai ma vie 行乞为生不惮,
> Sur la terre et sur l'onde, 跨越大海荒原,
> Du vieux au nouveau monde... 辞旧喜迎新天……
>
> (品钦,2003:12-13)

  这首法语歌表达了伞兵对战争种种暴行和野蛮的厌倦,希望告别过去,对自由流浪生活的渴望和向往,流露出一种淡淡的忧伤。在这里则衬托了葆拉的心情,她厌倦了马耳他的生活,跟水手帕皮·霍德来到美国,却又离开了他,因为她发现美国没有给她的生活带来任何改变。当蕾切尔打电话找到普鲁费恩时,希望他能到纽约来,这给普鲁费恩带来一丝爱的温暖,在电话结束时,蕾切尔用意大利语"乔(ciao)"来道别,一方面因为她受"全病帮"的影响,采用这种华而不实的格林尼治式再见语,另一方面她内心不想明说再见,所以就使用了意大利语。当普鲁费恩与葆拉、斯坦西尔要踏上去马耳他的船时,全病帮们又一起说了"乔",而葆拉用马耳他语回应:"沙哈(Sahha)",普鲁费恩也跟着重复了一遍"沙哈"。这种外来语的使用,表明了每个人的当时的身份和心情。"全病帮"的艺术家们继续以他们独特的方式生活,葆拉则卸下了伪装,回到自己的出生地。普鲁费恩依然前途未卜,他还是随遇而安,被动地生活,所以他只是简单地重复葆拉的话。

  如果说《V.》中的外来语只是一种点缀,那么《万有引力之虹》中的外来语简直多如繁星,包括法语、德语、意大利语、赫雷罗语、俄语、日语等五花八门,仿佛是一个众声喧哗的联合国。主人公斯洛索普在占领区德国火箭基地追踪火箭的过程中,遇到了形形色色的

第四章 品钦小说叙事话语的迷宫

人物,出现了各种语言,其中德语占了绝大部分。大量的外来语体现了品钦对各种语言的掌控能力,同时也增加了读者阅读理解的难度。其中一首15世纪的德国颂歌,混合了德语和拉丁语,集中体现了这种语言的混杂使用。

> In dulci ubilo　　　　　　在这欢乐的时刻
> Nun singet und seid froh!　　唱吧,尽情欢乐!
> Unsers Herzens Wonne　　　我们心中的欢喜
> Leit in *praesipio*,　　　　　向马槽里飞去,
> Leuchtet vor die Sonne　　　你偎依着圣母妈妈
> *Matris in gremio*.　　　　　太阳般闪耀光华,
> Alpha *es et O*.　　　　　　你就是α,你就是Ω
> 　　　　　　　　　　　　　(品钦,2011:141)

这首诗原文中正体为德语,译文为宋体,斜体为拉丁语,译文为楷体。希腊字母α代表开头的意思,Ω代表结束的意思,从开始到结束,代表一切的意思。这首歌是由一些士兵在英国教堂里合唱的,他们穿越潮湿泥泞的田野,或下了夜岗直接赶过来。这些士兵来自不同的国度,因为英美帝国的种种需要,离开自己的国家。虽然是在英国教堂的环境下,拉丁美洲人甚至是德国人都被音乐而感动。因为他们不是什么大人物,这样做也算不上是异端,战争压抑了人们的欲望,哪怕是娱乐的奢求,这样做在病态的帝国里,在毫无意义的现实中,无异于自杀(品钦,2011:140)。品钦在恐怖的战争背景下,通过一首两种语言混杂的宗教诗歌,揭示了人类对和平和自由的渴望以及对战争的对抗。

在《万有引力之虹》第四部分"听厕"这一片段中,一个声音在用日语叽里呱啦地朗诵:

> Hi wa Ri ni katazu,　　　不公征服不了原则，
> 　　Ri wa Ho ni katazu,　　　原则征服不了法律，
> 　　　　Ho wa Ken ni katazu,　　　法律征服不了权力，
> 　　　　　　Ken wa Ten ni katazu,　　　权力征服不了天空，
>
> 　　　　　　　　　　　　　　　　（品钦,2011:742）

这是日本"神风队"下属樱花队的口号，"神风队"又称"神风特工队"和"神风敢死队"，是二战时期日本天皇设立的自杀性敢死队，全部由十六七岁的青少年组成，生还几率很小。在太平洋战争中，这些日本青少年高呼"效忠天皇"的口号，驾驶飞机冲向对方与之同归于尽。品钦在这里引用了神风队口号，并且在排版上每行采用递进的方式，让人有一种咄咄逼人、视死如归的狂热的恐怖感觉。这种语言方式的运用，一方面揭示了日本帝国主义对年轻生命的无视和对人性的摧残，另一方面也讽刺了人类可怕的行为和欲望。

品钦在引用每一种语言时，都有他独特的用意，表现了这种语言魅力，也反映出使用语言的人的个性。被引用的德语多是与火箭和纳粹有关，如，Raketenflugplatz（火箭发射场）（品钦,2011:445），ein Volk ein Führer（一个民族，一位领袖）（纳粹口号）（品钦,2011:134），Götterdämmerung（世界末日）（品钦 2011:469）等等。当瘾君子酸爷与古斯塔夫谈论大麻时所用的德语：stahlig（金属的味道），Körper（浓郁），Bodengeschmack（泥土味儿），Bukettreich（香），kernig（劲儿大），pikant（刺激），Glatt（滑溜），blumig（香），würzig（老于世故），Fülle（丰满），zart（嫩）（品钦,2011:471）。这些德语词汇的使用，体现了他们对于毒品的种类、产地、味道的熟悉和了解，让人感觉毒品对于他们就像一种美味佳肴。品钦在此揭示了人类精神追求的匮乏和人内心的极度空虚，只能用毒品来麻醉自己。一方面展示了现代社会人的堕落，另一方面也揭示了欧洲毒品贩卖的泛滥和猖獗。表7是关于《万有引力之虹》中的各种外来语言的使用统计，

反映了语言的混杂状况。

表7 《万有引力之虹》中的外来语

外来语	语种	汉译	出处	备注
Und nicht einmal sein Schritt klingt aus dem tonlosen Los	德语	而他的脚步踩在静默的命运上，发不出任何回响	108页	里尔克《杜伊诺哀歌》
Auf Wiedersehen	德语	再见	111页	
ein Volk ein Führer	德语	一个民族，一位领袖	134页	纳粹口号
Eia wärn wir da	德语		147页	引自苏索歌
Vorrichtung fur die Isolierung	德语	绝缘设备	272页	
Summe	德语	积分	324页	
Gruss Gott	德语	伟大的主啊	332页	在北豪森火箭基地
Himmmel	德语	我的天呀	333页	在北豪森火箭基地
SCHWARZE BESATZUNG AM RHEIN	德语	黑人卫戍部队进驻莱茵河啦	351页	
GEHEIME KOMMANDOSACHE	德语	军事机密	337页	
O, wie spurlos zerträte ein Engel den Trostmarkt	德语	天使怎能踩过舒适的市场，不留痕迹	366页	里尔克《杜伊诺哀歌》
Erdmann	德语	爱德曼	424页	Erd德语是大地的意思
Kadavergehorsamkeit	德语	鬼迷了心窍	429页	

外来语	语种	汉译	出处	备注
Raketenflugplatz	德语	火箭发射场	445页	
Kot	德语	妈的	447页	
Vorrichtung für die Isolierung	德语	为隔离而做的装置	460页	
Fickt nicht mit dem Raketemensch	德语	别跟火箭人作对	463页	
Götterdämmerung	德语	世界末日	469页	
Fabelhaft, was?	德语	好极了，是不是	471页	
Hübsch	德语	挺好的	471页	
stahlig, Körper, Bodengeschmack	德语	金属的味道、浓郁、泥土味儿	471页	
Bukettreich, kernig, pikant	德语	香、劲儿大、刺激	471页	
Glatt, blumig, würzig, Fülle, zart	德语	滑溜、香、老于世故、丰满、嫩	471页	
Bad Karma	德语	摩羯镇	488页	bad德语为浴场，karma为摩羯，二者在英文中是恶报的意思
Schadenfreude	德语	幸灾乐祸	560页	
Pero ché, no sós argentino	西班牙语	干嘛不去呀？又不是阿根廷	258页	
Como no, señor	西班牙语	为什么不呢，先生	289页	

外来语	语种	汉译	出处	备注
El laberinto de tu incertidumbre/ Me trama con la disquietante luna	西班牙语	你变幻无常如同迷宫，将我与忧急的月一同幽禁	411 页	据说出自博尔赫斯的诗
Pitos, puchos, la tacuara, mamao	西班牙语	鸟子、婊子、长矛、醉汉	411 页	对应指香烟、烟蒂、咖那酒
mon ami	法语	宝贝儿	275 页	
bien	法语	好的	275 页	
IN HOC SIGNO VINCES	拉丁语	你将以此标记征服	111 页	康斯坦丁大帝皈依基督教时空中曾出现十字架，上显此语
Vanitas	拉丁语	空	289 页	
cioè	意大利语	也就是说	145 页	意大利战俘
Mano morto	意大利语	死手	145 页	意大利战俘
sfacima	意大利语	破坏	322 页	
Da capo	意大利语	重新	470 页	
mba rara mérota indyoze	赫雷罗语	我做了个噩梦	166 页	
mbañmu munine móruoto ayo u nómuinyo	赫雷罗语	梦里见他像活的一样	166 页	
okanumaihi	赫雷罗语	长庚星，即金星	352 页	奥卡努迈西
Mba-kayere	赫雷罗语	我指望不到了	387 页	
Mókamanga	赫雷罗语	马上过来	486 页	摩卡曼加

外来语	语种	汉译	出处	备注
Orururumo orunene	赫雷罗语	巨大的火焰	554 页	奥如如木奥如尼尼
apparatchik	俄语	机关工作人员	377 页	
Vsesoynznyy Tsentral´nyy Komitet Novogo Tyurks-kogo Alfavita	俄语	全苏联新突厥字母表委员会	377 页	缩写为 VTsK NTA
budka	俄语	岗楼	545 页	
Spyros Telangiecstasis	希腊文	人名	417 页	Spyros 为蜘蛛, Telangiecstasis 为医学术语, 意思是毛细血管扩张
Swinouj cie	波兰语	斯维内明德	490 页	
Hi wa Ri ni katazu	日语	不公征服不了原则	742 页	日本神风队下属樱花队的口号

除了各种外来语的使用,品钦引用了大量通俗甚至是粗俗语言。正如巴赫金所说:"民间诙谐历来都与物质肉体下部相联系,它构成怪诞现实主义的一切形式。诙谐就是贬低化和物质化。"(巴赫金,1998:25)巴赫金认为这种怪诞现实主义的诙谐比起表面一本正经的官方文学更富于活力和生命力。如在《万有引力之虹》中,海盗普伦提斯去格林尼治勘察火箭落点的途中,他听到的是要去附近清理废墟的美国工兵的歌声:

It's...
冷哟……
Colder than the nipple on a witch's tit!
冷得过巫婆的奶尖尖!
Colder than a bucket of penguin shit!

冷得过企鹅的屁蛋蛋！
Colder than the hairs of a polar bear's ass!
冷得过北极熊的毛尻尻！
Colder than the frost on a champagne glass!
冷得过香槟杯上的霜萧萧！

（品钦,2011:12-13）

这种诙谐粗俗的歌声表达了在寒冷的天气中下层士兵的心情,他们用自己的方式对抗生活中的种种不幸与不如意。品钦小说中随处可见一些骂人话、顺口溜、诅咒、吹牛、俏皮话、诨名和绰号等民间语言。如《V.》中,普鲁费恩在酒吧喝醉,在桌子底下睡着了,他的朋友们像抬棺人一样扛着他走,一边走,一边反复地唱到:"大粪。大粪。大粪……"（品钦,2003:151）《万有引力之虹》中,有各种各样下流、粗俗、诙谐的歌与诗。在北豪森地下火箭工厂,流行一首火箭打油诗：

从前有枚 V-2 火箭,
操作起来非常简单——
只要轻轻按一下键钮,
就会把一切炸得稀烂,
只留下尸体、窟窿和断壁残垣。

（品钦,2011:328）

……
有个小伙子名叫波普,
把家伙往示波里杵。
他们俩贴胸交股,
画着一个个圆弧,
还他妈接近无限大的坡度。

(品钦,2011:335)

这首打油诗充分表达了人们对火箭的恐惧和仇恨,但通过这种诙谐粗俗的方式表现出来,一方面化解了火箭的恐怖程度,一方面增强了生活勇气,起到了奇特的反讽效果。

在《万有引力之虹》中,最为粗俗的一段语言莫过于在第四部分以摩西哥为首的对抗力们在一个宴会上所报的菜名:一长串"排泄物馄饨"、"溃疡清汤"、"屁蛋白乳酪酥"、"囊肿沙拉"、"疖子薄卷饼"等等令人作呕的菜名,让在场的那些有教养的人发出了呕吐的声音,有的人离开了,有的惊惧,人们普遍失去了胃口。这场荒诞的闹剧就像是一颗定时炸弹,掀起了粗俗与高雅的决斗。品钦用这种极具夸张的手法,显示了民间话语的震撼力。这些粗鄙的行为和语言打破了所有的禁忌、等级和神圣。

除了粗俗语言的使用,品钦小说中的许多人物都有滑稽可笑的绰号。在《V.》中,普鲁费恩绰号"溜溜球"和"笨人",水手皮格·博丁是"擅离职守"者。《拍卖第四十九批》有"奶油泡芙"马乔,"血腥"契科立茨。《万有引力之虹》中有"火箭人"、"猪侠"、"塑料人"斯洛索普,"海盗"普伦提斯,"快蹄儿"马科曼菲克,"瘾君子"、"酸爷"巴摩,"老马"冯·高尔,"怪物"黑人恩赞,"女巫"盖丽等等。这些诨名和绰号赋予了这些人滑稽、荒诞的色彩,在粗犷喧闹的笑声中,让人摆脱了压抑的感觉,以此来对抗强大异化力量。

总之,外来语的使用,高雅与粗俗语言的结合使品钦小说语言呈现出狂欢化文本的特性,不同地域、不同阶层、不同思想意识和不同审美趣味的声音同台演出,表现为不同的语言风格和语言背景相互混杂、交织,相互指涉、映衬,呈现出对立又和谐的话语形态(孙万军,2011:219)。一方面它是品钦小说语言陌生化的一个叙事技巧之一,另一方面也体现了品钦小说与大众文化的合流。

3. 文字与符号游戏

除了作为隐喻的科学语言的运用和语言混杂所产生的陌生化效果,品钦还在其作品中以文字与符号游戏的方式设置了一个个迷宫,让读者充分感觉到能指意义的不确定性。在文字上主要表现为一种分离性的语言设计,尤其表现在词法和句法上。符号能指意义的不确定性,文字与符号混杂,给读者造成一种混乱的感觉,导致理解上的困难与陌生化。

品钦在用词上有着独特的风格,他喜欢用各种难词、怪词、废词,或干脆编造新词,从而达到陌生化效果(但汉松,2007:42)。品钦最擅长的是首字母组缩略词。如,在《拍卖第四十九批》中,品钦创造了众多的缩写词。马乔工作的广播电台的缩写是 KCUF,颠倒过来 FUCK 就是一个骂人话"他妈的"意思。俄狄帕遇到的第一个缩写词是 W. A. S. T. E——"WE AWAIT SILENT TRISTERO'S EMPIRE"(我们等待沉默的特里斯特罗王国),这是一个地下的邮政组织的符号,在英语中的意思为"垃圾,废物",社会底层的人们利用它来进行通信交流,以此来对抗官方邮政系统。另一个缩写词是 DEATH——DONT EVER ANTAGONIZE THEHORN(永远不要与号角为敌),在英语中为"死亡"的意思。意味着任何想破解"特里斯特罗"组织的人将不会得到任何结果。品钦还效仿美国著名的民间组织"Alcholic Anonymous"(嗜酒者协会),造出一个奇怪团体,即"IA"——Inamorati Anonymous,(无名情人协会),里面的成员们像戒酒一样戒掉爱情。而美国中央情报局的简称 CIA,则被赋予"Conjuration de los Insurgentes Anarquis-tas"(无政府造反同盟会)的另类含义。在《万有引力之虹》中它又成了"Committee on Idiopathic Archetypes"代表"先天疾病原型委员会"。品钦还造出了"ACHTUNG"——Allied Clearing House, Technical Units, Northern Germany(盟军北部德国技术机构情报交换站)ACHTUNG 在德语中恰好是注意、立正的意思。还有盟军的"PISCES"（促降计划）——Psychological Intelligence Schemes for Expediting Surrender（促进投降心理情报计划），PISCES 在英文中是双鱼座的意思。品钦在小说中叙述说，投降的究竟是谁，没说清楚，因为盟军内有上千个监测计划。这里每个缩写词都有极大的反讽含义，嬉笑怒骂，电台等于他妈的，邮政局等于垃圾，黑色幽默达到极致，体现了品钦独特的用词风格。

除了缩略词，品钦还擅长使用难词、怪词、合成词和变形词。如在《万有引力之虹》中的 Brennchluss（燃烧终止），ultraparadoxical phase（反常时相），good-whisky-and-cured-Latakia scent of Their rough love（上等威士忌和拉塔基亚烤烟草香味中的粗粝之爱），Our madmen, our paranoid, maniac, schizoid, morally imbecile（我们的疯子、偏执狂、躁狂症、精神分裂症、道德低能症）（品钦，201：54）。还有新创拟声词，如，hunh（哼声）（品钦，2011：434），yaaaggghhh（哇呀呀）（品钦，2011：677），KRUPPALOOMA（轰隆隆一声巨响）（品钦，2011：735），A-and（那）在文中出现 51 次，sez（说）在文中出现 129 次，押头韵词 Kute Korrespondences（巧妙的对应）（品钦，2011：630），晦涩难懂的词 ctenophile（梳痴）（品钦，2011：135），crwth（克鲁斯琴）（品钦，2011：683）。

词汇变形和独特的排版揭示出神秘的所指，如在一份报纸上印有如下的文字：

MB DRO　　　　弹
ROSHI　　　　　投在广

（品钦，2011：739）

暗示了"原子弹投在广岛"，以这种方式产生了强烈的陌生化效果。品钦还善于使用连字符来表达异常的音调模式：

第四章 品钦小说叙事话语的迷宫

The most famil – iar exam – ple of type(完—全不—同的另一种测试)。

(品钦,2011:90—91)

在《V.》的第九章中,蒙多根被魏斯曼从睡梦中唤醒,魏斯曼告诉他,他破解了这些日子以来一直困扰他们的一个无线电密码。电文是:DIGEWOELDTIMSTEALALENSWRASNDEURFUALRLIKST 他取出每三个字母得到了:GODMEANTNUURK。把它们重新排列一下,拼成了:Kurt Mondaugen,这是蒙多根的名字。剩余部分是:DIEWELTISTALLESWASDERFALLIST,德文句子的含义是"世界是事实的总和"(品钦,2003:311)。这是德国哲学家维特根斯坦在《逻辑哲学论》中的一个命题。维特根斯坦认为,可以言说的东西在语言的界限以内,不能谈论的东西则在界限以外。超越世界、超越语言的界限之外的东西不可谈论(陈嘉映,2006:136)。那么仅通过语言是不可能达到对世界的真正认知。品钦借用这个命题似乎在讽刺魏斯曼处心积虑想要解码天电乃至世界的意义,简直是"妄想狂"。同时暗示读者,要想通过语言,通过叙述来寻求确定的意义是徒劳的。

《拍卖第四十九批》中,俄狄帕收到马乔的一封来信,发现在邮戳的左边有政府盖上的告示"发现任何淫秽邮件请向你的 Potmaster 报告"(品钦,2010:33),本应为"Postmaster"邮政局长,被错印成"Potmaster"(餐具储藏室的伙计),这种文字上的变形,极大地讽刺了官方邮政系统的疏忽和敷衍作风。

品钦还善于巧妙地利用读音和方言音上的近似进行变形,把甲词借为乙词所用,产生奇特的效果。《万有引力之虹》中,一条受了伤的狗在躲避波因茨曼的追捕时说:

"You were ekshpecting maybe *Lessie*?" replies the dog.

"你可是在早(找)拉(莱)西?"狗问。

(品钦,2011:49)

这里品钦借"ekshpecting"指"inspecting",借"Lessie"指电影《灵犬莱西》中的狗"Lassie"。此处狗模仿美国哥伦比亚广播公司的广播喜剧《爱伦和隘巷》中努斯鲍夫人的犹太口音,这种口音有别于标准英语语音。通过这种读音变形,产生了一种陌生化效果,以此来嘲笑波因茨曼,这同时将狗拟人的修辞手法饱含贬义。又如,在第四部分片段3中,连队理发师一等兵彭谢罗,迷恋安非他命和颤抖。下面是他与班长的对话:

"Hey Pensiero." It is Eddie's Sergeant, Howard ("Slow") Lerner. "Getcher ass offa dat fire."

"嗨,彭谢罗,"是艾迪的班长霍华德·"老慢"·勒讷,"把你的屁股重(从)火丧(上)拉(拿)开。"

"Aww, Sarge," chatters Eddie, "c'mon. I wuz just tryin' ta get wawm."

"啊,头儿,"艾迪急急地说,"一起来。我债(在)卵(暖)和卵(暖)和呢。"

"No ick-skew-siz, Pensiero! One o'th'koinels wants his hair cut, *right now*, an'yer *it*!"

"别早(找)借口啦,彭谢罗!有个丧(上)校想理发,马上,你去!"

(品钦,2011:685)

这里通过语音变形,活灵活现两个士兵的滑稽形象,一个说话慢,一个颤抖。同时班长的名字"Slow learner"是品钦1984年的短篇小说

第四章 品钦小说叙事话语的迷宫

集书名《笨鸟集》(*Slow Learner*)的谐音。通过语音的变形,产生了奇特的陌生化效果,又达到了诙谐幽默的效果。语言在品钦的笔下成了魔法工具。

除了词汇、语音的陌生化,品钦在句法上也表现出陌生化的特征。在《拍卖第四十九批》中,他常常把句子的长度推向极致,尤其是当叙述声音内聚焦于俄狄帕时,这种长句让读者或如坠云雾,或不胜其烦。比如在小说开篇,俄狄帕回忆婚姻生活的一句话长达154个词。Through the rest of the afternoon, through her trip to the…; …then through the sunned gathering … she wondered, wondered … (Pynchon, 1976: 2)。作者运用3个"through"来引导方式状语,并不断地回旋错绕,直到第112个词才将主句"She wondered"告知读者,并将主动词连用两次。接下来俄狄帕又回忆丈夫在旧车交易市场工作时的苦闷,其中以"Maybe to excess"开头的一句竟然长达267个词。句中冒号嵌套出现了三次,而不断出现的"or"和破折号则将意义不断引向离散和不确定,将阅读过程不断引向迷乱和绝望。品钦的句子有时之所以费解,就是因为他"将两个以上的正常句子塞进一个句子"或用引号、破折号将游移的句子牵强地绑在一起。这种句法特征与强调"形合"的现代主义英语写作大异其趣,倒是和汉语句法中那种游离的"意合联结"非常相似(但汉松,2007: 34)。在后现代文论家哈桑看来,这种在句子微观层面上从从属结构向并列结构的转变,正体现了现代主义和后现代主义的异同。品钦在句法层面设置的障碍,一方面的确表现了女主人公意识流动时的自由联想,另一方面也让读者在阅读混乱、寻找意义时,感受到了俄狄帕破解谜语、处理各种信息噪音的痛苦(Ihab Hassan, 1981: 34)。又如《万有引力之虹》中,摩西哥对巫术的评论:

"could be fallen upon at any moment—pouring in the windows, hauling dangerous tough Even try away to the Scrubs on

pretending – to – exercise – or – use – a – kind – of – conjuratio
nto – cause – the – spirits – of – deceased – persons – to – be –
present – in – fact - at – the – placewhere – he – then – was – and
– that – those – spirits – were – communicating – with – livingper-
sons – then – and – there – present my God what imbecile Fascist
rot..."
（Pynchon, 1973: 33）

"从窗户里拥进许多人来,把这个强悍、危险的埃温特拖出去关进'苦艾丛',罪名是以'欺骗手段使用某种魔法招来死人灵魂到其所在现场让这些灵魂与在场之活人进行交谈'。哦天哪多么愚蠢的法西斯垃圾⋯⋯"

（品钦,2011:38）

这句话中,原文只有一个逗号,其余都采用连字符一气呵成,让人如入迷宫。用以表达摩西哥对巫术的反感,揭示盟军的做法跟法西斯的做法一样愚蠢、荒诞、可笑。

除了词汇和句法上的陌生化,品钦还利用了文字和符号的多义性和不确定性来产生陌生化效果。在《V.》中,小说的名字采用了一个字母"V",本身就是对小说名字的一种颠覆,用一个字母或符号来命名一部小说,可以说达到了陌生化的奇异效果,因为从小说的命名上,读者推断不出小说所涉及的任何内容,读者甚至会怀疑它是一本数学或自然科学书籍。在小说中,V这个符号竟然不是指一个人,还指向其他一切以V开头的任何东西。《拍卖第四十九批》的英文标题是"The Crying of Lot 49",其中"Lot"一词在小说中多次出现,有时指停车场、有时指命运,直到小说的结尾处才指一批批的拍卖品,给读者布下迷魂阵。此外,49这个数字也有寓意,一批假邮票拍卖品被标定为49号,因为它和"五旬节"（pentecost,即圣灵降临节)所代表的50天只差一天,这似乎暗示着"圣灵"的降临就在眼前,但又被无限期地悬置。为此,詹姆斯·华伦把"Lot

第四章 品钦小说叙事话语的迷宫

49"所代表的结尾形象地比喻为"一条天启的数学渐近线"会逐渐接近最终意义,但却永远无法抵达。在《万有引力之虹》中出现诸多的意象:火箭、香蕉、烤箱、上帝之手、黑色装置、彩虹、抛物线、曼荼罗、口琴、白光、吉尔吉斯之光等等都有所指,但都意义模糊,在后现代的语境下,符号的能指滑落,意义不确定。

除了文字与符号的游戏,品钦还将使用了图文拼贴的方式,把文字与图画结合起来。在《V.》第十五章"瓦莱塔"中,品钦嵌入了两张不同的"基尔罗伊"图画。基尔罗伊原指一个嗜好旅游的人或稍留即走的军人,因第二次世界大战期间美国士兵在世界各地的墙壁上留下"基尔罗伊在此"之类的字句而传开。"不知怎么的他获得了一个笨人或糊涂兵的名声。……他真实来源已被遗忘,他已使自己得到了人类世界的欢心,而对自己曾经是一个卷发青年的经历保持笨人的沉默。到了1940年基尔罗伊已经成了一个秃头的中年人"(品钦,2003:501)。在瓦莱塔小巷的墙壁上用粉笔画

图7 《V.》中的基尔罗伊
(品钦,2003:500)

着一个基尔罗伊(如图7)。这幅画很容易使读者联想起第一章中普鲁费恩在苏珊娜·斯夸杜西号船上对海鸥说话时的情形,他的鼻子、眼睛和牛仔帽露出在平台的边缘之外,就像一个水平的基尔罗伊。普鲁费恩的性格似乎也跟基尔罗伊一致:都是笨人。为了提醒人类他最初的卷发青年的经历,同时保持笨人的沉默,基尔罗伊将自己伪装成无生命的样子,作为无线电收音机的"带通滤波器"形象出现。品钦给出了如图8的形象。

品钦将物理学中的图示引入文学文本中,并能找到它与文学语言的相似之处,让人感到惊愕,这种图文的拼贴起到了奇特的陌生化效果。

在《万有引力之虹》中，品钦还嵌入了两个和火箭相关的图形，并配有相关的文字解释。一个是黑人支队所佩戴一个钢制的徽章，呈红、白、蓝三色。如图9："K"代表"清场结束"，"E"代表"燃料进舱"，"Z"代表"点火"，"V"代表"第一阶段"，"H"代表"主要阶段"，是A-4火箭控制车上发射开关的五个方位。与赫雷罗人的曼荼罗正好吻合，"K"代表"受孕、出生"，"E"代表"呼吸、灵魂"，"Z"代表"火"，"V"代表"准备工作或建筑工作"，"H"代表供养圣牲的圈，先人们的灵魂。所有的东西都统一在这里。生、灵魂、火、建筑、男、女，同在一起。而火箭的四翼组成一个"十"字，也是一个曼荼罗。在这里火箭与赫雷罗人的曼荼罗合二为一了。品钦通过赫雷罗人的火箭与曼荼罗的结合，揭示了殖民主义者对殖民

图8 《V.》中变形的基尔罗伊
（品钦，2003：501）

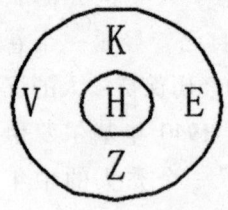

图9 《万有引力之虹》的黑人支队的徽章（品钦，2011：386）

地人们的残害。德国纳粹是极权主义的象征，他们利用科技理性造出了杀人武器火箭。赫雷罗人是被统治、被奴役的对象，他们虽然来到了德国，但却按照自己祖先的理念活着，他们实施集体自杀，以此对抗被奴役的地位，他们认为自己就是火箭。正如恩赞所说："我们和火箭十分亲近的一个原因，……强烈意识到4号火箭和我们一样，都是纯粹的偶然——很小的因素都会致命……，于是能存活下来的就只有取聚集体了，一个没有生命的残片组成的聚集体，再也不能动，也不具有任何形状……"（品钦，2011：388）占领区的赫雷

罗人意识到了他们悲惨的命运,随着德国的失败,他们注定会向火箭一样成为各种势力争相消灭的对象。

另一个和火箭相关的图形是斯洛索普身体消散之前在厕所的墙上画下的十几个标记,如下图10。这个标志可以理解为 A-4 火箭的标记,弗朗士·凡·格鲁夫喜剧中"风磨"的变体:卐,圆圈里上下左右都倒过来的体操符号 FFFF,纳粹的标语 Frisch Fromm Frölich Frei(生机、忠诚、活泼、自由),还有十字架(品钦,2011:667)。斯洛索普意识到自

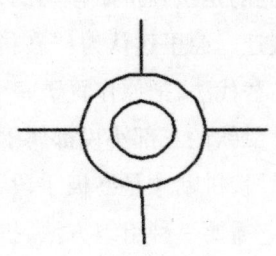

图10 《万有引力之虹》中的火箭标记(品钦,2011:667)

己已经处在火箭的包围之中,无路可逃,他处在人世与天堂的十字路口,把自己变成了一个十字架,像火箭一样,有两个矢量:一个指向超越,另一个指向死亡。他的消失既是自我整合,又是自我分解(Thomas H. Schaub,1981:73)。

然而,品钦在小说中拼贴的各种图形和符号确切代表什么,品钦并没有给读者最终的答案。这些图形和符号,与各种语言文字拼凑在一起,产生了奇特的陌生化效果,赋予文本以强大的艺术张力。

(二)品钦小说叙事技巧的陌生化

语言的陌生化注重叙述过程中文字的选择和修辞技巧等微观技巧,而叙事技巧的陌生化关注的是小说叙事话语的组织模式、展开方式等叙述话语的宏观布局。叙事话语中语言的陌生化和叙事技巧的陌生化相互交融,共同完成小说的叙述过程,并使话语产生新奇、陌生、杂驳的特质,增加感悟的难度,从而也增加读者阅读后的愉悦。品钦小说叙事技巧的陌生化主要表现在:拼贴与杂糅;迷宫与含混;元叙述。

1. 拼贴与杂糅

拼贴一词始于绘画,文学拼贴这个词是由绘画领域中借鉴过来的,不同的是绘画拼贴移动的是实物,文学拼贴移用的是生活中的文体搬迁。德里达认为:"在拼贴手法的过程中,以直接、大量的引用法与替代法,把原作置于一个全然陌生的环境之内"(刘恪,2007:205)。品钦的三部小说都属于后现代典型的碎片拼贴文本,碎片是先行手段,拼贴才是终极手段,当碎片成为后现代写作中的主流现象后,它需要一种组织方法,拼贴使所有的碎片按一定的方式集合起来,所以拼贴成了后现代结构的中心原则。

当我们第一次阅读品钦的作品时,会发现品钦小说中没有完整的人物和故事情节,充满了各种人物、情节、时空、意识、感觉体验和语言碎片,每部小说都是各种碎片拼贴出来的产物。

首先分析一下三部小说中人物、情节和时空碎片的拼贴。在《V.》中,有两个主要人物:普鲁费恩和斯坦西尔,故事以两个人物分别交替展开,没有完整的故事情节。一条叙事线索是第三人称全知叙述者,从客观的角度看,以普鲁费恩为贯穿线索的现在时空,断断续续将"全病帮"的人物和事件碎片拼贴起来。另一条线索表面上是全知叙述者的视角,但实际上是斯坦西尔,假借历史学家的身份从主观的角度展开的对V.调查的过去历史时空,也是断断续续的展开。两种时空体穿插在一起,各自在不同层面展开,即分又合,或穿插,最后交汇在第十六章马耳他的瓦莱塔,随即又分开,在尾声部分品钦以全知叙述者身份交代了斯坦西尔父亲死亡的原因:没有任何阴谋,纯属偶然。其中的一个神秘人物V.也是由各种碎片拼贴而成的,她以不同的形式和身份出现在斯坦西尔想象的历史时空中。这种碎片式的拼贴,也体现了品钦的写作意图,世界是由无意义的偶发事件所构成,充满了无序与不确定性,任何想要从中获得意义的企图都是徒劳的。

第四章 品钦小说叙事话语的迷宫

在《拍卖第四十九批》中，故事虽然呈线性向前发展，但俄狄帕所遇到的都是扭曲的关于皮尔斯遗产和"特里斯特罗"事件的碎片。像 V. 一样，皮尔斯这个人物没有一个具体的、统一的形象与性格，最后变成一种与其财产紧密相连的概念。而有关"特里斯特罗"的信息也是由各种支离破碎的碎片构成。俄狄帕努力将这些碎片编织成一个有意义的网，最后在等待中迷失。

在《万有引力之虹》中围绕"火箭"这个中心意象，将各种人物与事件的碎片拼贴在一起，形成了一个流动的碎片叙事文本游戏。小说的主要叙事线索是斯洛索普对自己身世与火箭关系的追查，在第一部分和第二部分这条线索还算清晰，但在第三部分这条叙事线索不断地被各种大量其他叙事碎片所打断。如，占领区恩赞领导的黑人火箭支队的历史与现状、苏联情报人员齐切林在占领区的活动及其在中亚的流放生活、火箭工程师珀克勒的故事等等。各种叙事碎片拼贴使小说呈现出无序和不稳定性。在第四部分叙事主线索似乎随着斯洛索普的肉体消散而消失了。在最后一部分介绍火箭发射时并置了 15 个带有副标题的碎片，这 15 个碎片犹如在电影中的蒙太奇手法，将各种镜头快速地跳动切换，把不同场景事物叠印在一起，造成连续发生的印象，或者是共时发生的效果。这种蒙太奇式的拼贴加快了叙事节奏，扩大了表现容量，让读者感到眼花缭乱，如入迷宫，产生了强烈的陌生化效果。

三部小说还存在着各种人物的想法碎片拼贴。如在《V.》的尾声部分，当叙述马耳他首都瓦莱塔的街头政治时，作者有意将社会各阶层的想法拼贴并置在一起：

  ☞穷人将向面粉厂主复仇，因为据称他们在战争期间利用面包牟取暴利。

  ☞文职人员将外出寻找更为公正的待遇；公开竞聘的预告，更高的酬金，取消种族歧视。

☞商人将希望废止继承和捐赠税法令。这项征税原定每年增收五千英镑;但实际的估算达三万英镑。

☞船厂公认的布尔什维克分子只有在取消无论是宗教的或世俗的全部私有财产后才会满足。

☞反殖民主义的极端分子当然寻求把英国从官殿中永久性地清扫出门。管它什么后果。虽然很有可能意大利会在下一个高潮时进入,并甚至将更难驱除。那样的话,将会有血缘关系。

☞不介入主义者要求有一部新宪法。

☞米济主义者……

☞教会……

(品钦,2003:542-543)

这种语言碎片的拼贴并置,如实地反映了马耳他当时的无政府状态:每一个人都只考虑自己的最直接的利益,动荡的时局犹如山雨欲来风满楼。由此展示出一种无序与混乱,从而体现了作品的熵化主题。

在《拍卖第四十九批》中有大量的感觉和意识碎片拼贴,当俄狄帕开始旧金山夜晚之旅时,叙述者采用了大量的意识碎片来展示她内心的困惑:

她做些破碎的梦,都与邮递号角有关……她都分不清哪些是梦,哪些是真实……这是她的城市,由那些原来不曾有的惯用语词和形象(世界主义、文化、缆车)构成并打扮得整洁漂亮:她今夜安全地抵达了它的血脉的最边缘的分叉处,无论它们是太纤细的,至多只能往里窥视一下的毛细血管,还是压碎在一起的,成为无耻的城市的吻痕,留在皮肤上只供游客观看的脉管……她面对那种可能性,就像在一个很高的阳台上面

> 对那小如玩具的街道,忽上忽下的过山车,动物园的动物进食的时刻——任何死亡愿望都可通过某个细微的动作得到满足。
>
> （品钦,2010:93）

这里俄狄帕梦幻碎片与所见到的号角混在一起,城市意象碎片与她的个人感觉和意识碎片交织在一起,揭示了俄狄帕内心的困惑——创造性偏执狂。

《万有引力之虹》中也存在大量无意义的语言碎片拼贴,在第四部分的"最后的绿色和洋红色"中只有三句话:

> 灌木林四面都变成了绿色和洋红色,土地和欧石楠成熟了。
>
> 不对。那是春天。
>
> （品钦,2011:796）

这种高度抽象的充满着隐喻的语言碎片令人费解,它们向读者昭示着什么,没有人能确切地说出来。在标题为"马"片段中,从马的视角来叙述它自身在祭司中的感受:

> 每一次,马都感到心理有同样的东西在升起,从眼角、耳朵、大脑……最后,作为一天的转机,他的头被风牢牢地抓住,升了起来,一阵战栗传遍全身,控制了他。
>
> （品钦,2011:796）

这种魔幻现实主义的手法,给读者有一种恐怖、神秘莫测的感觉。除了从动物的视角来叙事,有时叙述者会大量的使用第二人称"你"或人物的视角,使读者陷入文本之中并拒绝给读者一个全面的观点。品钦通过《万有引力之虹》似乎告诉读者不要在他的小说中寻找任何意义，因为不存在任何意义，只是一个文本游戏，他最终解构了自己的本文。这也是后现代小说的目的之一。

杂糅是各种不同类型的文体堆砌在一起，包括严肃与不严肃，通俗与高雅的。题材上各种异质的形式合在一起，包括各种地域文化，原始的、现代的图片、音乐等，五花八门杂糅在一起形成一种百科全书式的叙事形式。

在《V.》中，有对各种酒吧狂欢场景的描写，剧本中人物之间的对话，虚构的历史事件叙述，费尔林神父和福斯托忏悔信中的日志，7、8两个月份全世界大宗死亡的数字罗列，普鲁费恩和蒙多根诡异的梦境描述和各种打油诗、歌曲的拼贴。在题材上有水手和流浪汉生活、街头年轻人的打斗、间谍的追踪与谋杀，暴乱与无政府主义、殖民者与被殖民者之间的冲突、偏执狂、同性恋、恋物癖、异装癖等文化杂烩。

在《拍卖第十九批》中，有散文的叙说、韵文的歌词、戏剧的片断、故事的讲述、原理的阐发、历史的追踪、心理的探索、悬念的设置等，一切都有机地交织在一起，形成一个诡谲离奇、引人入胜的整体。前三章中就分别嵌入了三种文体：第一章结尾处嵌入了巴罗的三联画《绣地幔》；第二章嵌入了律师梅茨格做童星时的电影《开除》；第三章嵌入了詹姆斯一世时期的复仇戏《信使的悲剧》。在第四章嵌入了物理学的话语关于"麦克斯韦精灵"的解释，悠游弹公司股东大会上两首歌曲，范戈索环礁湖另一边的一座青铜纪念碑文。在第五章插入了《信使的悲剧》的另一版本的脚注和内法斯蒂斯关于热力学和信息学的"熵"的原理阐述，还有街头关于"特里斯特罗"的儿童歌谣。第六章插入了"妄想狂"乐队的一首《瑟奇的歌》和俄狄帕对特里斯特罗这个组织的历史阐述，以及对自己内心的探索。品钦将这些传统文体或非文学话语杂糅到一起，一方面表示了后现代创作所具有的互文性，另一方面打破了文体和题材的界限,形成了后现代文体与题材的驳杂,产生一种奇特的超文本的陌生化效果。

《万有引力之虹》是文体和题材杂糅的绝佳代表。在这部鸿篇巨制中品钦的叙事话语范围涉及更广,运用了多种表达形式。不仅有描写、说明、叙述、对话、书信等,还吸收了市井流行的卡通动画、五行通俗幽默诗、乐厅歌曲、打油诗、小笑话、小幽默等,囊括了各种非文学话语包括核物理、音乐理论、人类学、各种宗教、微积分和电影等等。话题扩展到熵、20世纪早期的欧洲政治、巴甫洛夫心理学等。叙述会在这些话语中毫无预兆地转向其他方向,使得读者不由赞同叙述者在德国北豪森火箭基地的评论:"这时候,你原本以为清楚的大脑就没有多少用处了。"(品钦,2011:320)无怪乎孟德尔逊称品钦的小说为迷宫般的"百科全书式"的作品。

《万有引力之虹》共有四个部分、73个片段(也可称之为碎片),每个碎片之间没有章节号和标题,全部采用电影胶片的小方格来作为一种碎片之间的空间分割,以至于斯科特·西蒙(Scott Simmon)把《万有引力之虹》看作是一种立体的电影叙事。第一部分插入了各种文体。如,斯洛索普与基诺莎小子的两封信件,诗歌哼唱,心理测试问答对话,军事情报中关于拉兹洛·雅夫教授的"克里普托散"的广告,统计学的泊松公式,巴甫洛夫条件反射原理,火箭的爆炸的恐怖场景,历史的回忆,人物的心理活动、梦境,荒诞的马桶之旅,灵魂附体的巫术,童话剧《汉赛尔与格莱特》现场表演等多种文体与题材的碎片,给人以零乱、混杂、无头绪、光怪陆离的感觉,形成一种从高雅到粗俗、从传统文体到新式文类各种表达方式和题材的拼贴。在第二部分,杂糅的文体有歌曲、游戏、招魂术、实验室笼子里的动物与人的滑稽歌舞、普丁受虐狂和嗜粪狂以及卡婕的施虐狂描写、斯洛索普所总结的自嘲式多疑症患者谚语、数学的方程式、G型仿聚合物的化学构成的说明、电影《金刚》的制作评述、墨菲定律和哥德尔的定律等等。第三部分杂糅的文体有火箭打油诗、毒品的分类与构成说明、苏联对中亚推行的"全苏联新突厥字母"政策实施状况的滑稽描述、哈萨克人对歌、电影的拍摄与放映等等。第四部分已经没有故事情节了,是对前三部分所出现的人物和事件进行讨论,主线索随着斯洛索普身体的消散,而被众多的碎片所淹没。各个碎片之间没有任何联系,节奏变化飞快,时空交错,东扯西拉,内容繁杂、混乱,语言跳动、闪烁,各种能指狂欢的碎片并置。在最后,还拼贴了28个有标题的小碎片,这些碎片之间没有逻辑上的联系。在碎片12中插入了一段《华尔街杂志》采访者和对抗力的一位发言人之间的对话。之后还附上了《大事录》中的一个脚注,如:

物品 S-1706.31,内衣碎片,为美国海军所藏,上有褐色斑渍,应为利剑从左下至右上洞穿身体所流之血。

(品钦,2011:787)

这块布据说是被枪杀的美国歹徒约翰·迪林杰的遗物,是由西曼·博丁交给肉体已经消散的斯洛索普的,他借这种方式来与斯洛索普的灵魂进行一种沟通。将这种客观纪实性的话语穿插在文本叙事中,给读者一种虚实混杂的感觉,让读者难以区分真实与虚构的世界。

在文体杂糅中,品钦最擅长的是将诗词和歌曲话语镶嵌到小说中。抒情歌曲和仿音乐剧的韵律出现在他的每部小说中,而且在他为短篇小说集《笨鸟集》所写的自传性导言中,显示出他对爵士及摇滚的特别喜好。《V.》中的角色麦克林蒂克·斯费亚(McClintic Sphere)就是一个依据像奥耐特·科尔曼、查利·帕克和特洛尼斯·蒙克这样的爵士音乐人塑造的一个虚构复合体。在《拍卖第四十九批》中,品钦共插入了8首诗或歌曲,在《V.》中品钦插入了24首诗或歌曲,在《万有引力之虹》中品钦插入了100首诗或歌曲,并伴有各种舞蹈和音乐,使品钦小说成为了一出滑稽、荒诞的歌舞剧。

下面是博丁用吉他弹唱的一首歌曲：

> 我的瘾君子华彩乐段
> 如果你听到，优美的吉他，
> 活泼的节奏，演奏着乐华，
> 那就是我的"瘾君子华彩乐段"哟！
> ……

以下是〔华彩乐段〕部分
> 我已经知道它没有罗西尼的热忱
> 　[这里偷了点罗西尼歌剧《贼喜鹊》]
> 也没有巴赫、贝多芬或勃拉姆斯恢宏
> 　(卜卜卜卜—卜—卜卜[伴奏为贝多芬第五交响乐起首,全体乐队])
> 可我愿献出一百个哈里·詹姆斯的声誉……什么,
> 声誉？一百个詹姆斯？很多詹姆斯？……唔……很多声誉？
> 恩……

> [戏谑地]我希望这首小歌，能把你带入我怀里！
> 　　咚得咚，得咚得嘀，
> 　　哦，好得赛过交响曲——
> 　　这就是我的"瘾君子华彩乐段"唱给你——！

　　　　　　　　　　　　（品钦,2011:730731）

品钦原封不动地将歌曲的全貌展现在读者面前，文学文本与歌曲和音乐等艺术形式杂糅到一起，起到了意想不到的美学效果，让读者置身于一个多姿立体的文本世界之中。

《万有引力之虹》中的一些歌曲和韵文诗词同《V.》和《拍卖第四十九批》中有所不同。在前两部小说中，读者还可分清楚是谁唱的歌，对谁唱，在何时何地唱。而在《万有引力之虹》中有时读者已经无法区分是谁发出的歌声，并且歌词与诗的界限难于区分，因为叙述者并没有明确指出它是歌还是诗，或者是人物发出的内心独白。诗与歌的界限变得模糊不清，增加了读者阅读的难度，产生了强烈的陌生化效果。

通过后现代碎片拼贴与文体和题材的杂糅,品钦模糊了文学与其他非文学的界限,形成了狂欢化文本,打破了雅俗的界限,以不确定性、开放性、异质性和多元化的形式,向传统的宏大叙事发起了挑战。

2. 迷宫与含混

迷宫与含混是品钦在三部小说中所采用的主要叙事技巧,这种叙事技巧是建立在后现代主义小说不确定性原则的基础之上的。迷宫始于认识上的不可知论,具有神秘主义色彩。含混源于表达上的困难,指作者本身的,也指语言功能上的问题。迷宫指向事物的本质属性,世界就是一所巨大的迷宫。含混,原本指向事物的错综复杂,要表达清楚准确是非常困难的事,人类知识的历史传统,从来是要求其准确、清晰,而不是要求含混。它主要包括两个方面:一方面作者极力表达知识、事物,但事物自身的复杂性、多义性和不确定性导致我们无法说清,或者说清了此特征,又混乱了彼特征。另一方面语言自身具有模糊性,按照维特根斯坦的说法就是"具有不可言说"的性质。到了20世纪后,迷宫和含混成为了文学创作中的两种极端表达方法(刘恪,2007:289)。

品钦小说中的迷宫手法主要是为了体现世界是一个充满着不确定性和多义性熵化的迷宫。品钦的迷宫手法主要通过开放性结尾、情节并置、增殖、重复等手段营造迷宫式的情节结构,将过去、未来、现在混为一体,将现实、幻觉、回忆交织一团,构成表面杂乱无章的场面,从而体现熵化的主题。品钦迷宫叙事手法在情节结构上的体现,本文在第一章已有所探讨,此处将不再赘述。

除了通过迷宫情节来体现熵化迷宫主题,品钦还通过迷宫意象等手段来揭示主题。迷宫意象是揭示迷宫主题的一个重要手段,同迷宫叙事大师博尔赫斯和卡尔维诺一样,品钦运用了诸多迷宫意象。这些意象有些是具象,是现代社会里实实在在的存在景象,如迷宫式建筑等。也有些是抽象物,如,塔罗牌、曼荼罗、科学术语、符号等。不管是具象还是抽象的迷宫意象,都描绘了现代社会的错综复杂、神秘莫测、难以挣脱、不断熵化的景象。

在品钦的三部小说中,堕落的城市就是揭示世界是一个熵化迷宫的一个典型迷宫意象。《V.》中的烟雾之城纽约,埃及的沙漠之城亚历山大,混乱的佛罗伦萨,黑暗、堕落的西南非殖民地庄园,病态的巴黎,被死亡笼罩的马耳他首都瓦莱塔;《拍卖第四十九批》中令人迷失的圣纳西索和旧金山,《万有引力之虹》中地狱般的伦敦、石头般的苏黎世、死亡之城柏林等,到处都是一片熵化的景象。《V.》中的纽约嘈杂、混乱、充满垃圾,"人如阴魂一般"这里有"死气沉沉的草地……瘦骨嶙峋的公寓楼"(品钦,2003:48),阴暗的下水道,喧闹的酒吧。人们普遍失去信仰、内心彷徨、行为堕落。《拍卖第四十九批》中的旧车市场,"车身歪斜,底盘生锈……覆盖着灰烬、浓缩的废液、尘埃、身体的排泄物"(品钦,2010:5)。《万有引力之虹》中"几千个旧牙膏皮,一般都堆到屋顶那么高"(品钦,2011:142)。现代人不仅被钢筋混凝土的城市迷宫所包围,而且被垃圾和各种肮脏的东西所包围(罗锡英,2008:57)。

城市之中各种迷宫般的建筑,不断地向读者暗示世界就是一个熵化的迷宫主题。如在《V.》中外科整形医生舍恩梅克的诊所就是"在一套时髦的迷宫似的或者说拥塞的房间里……"(品钦,2003:44)进入到迷宫里的人都生活在想象的虚幻世界中,那些畸形的人将大笔的钱送进入了整形诊所,以为从此就能改变厄运,殊不知,他们在这个迷宫中永远也找不到出口,最后都成了不断物化的人。V.也在不断地物化中,最后被拆解了。《拍卖第四十九批》中工厂的地址号码超大,在70与80000之间。"粉红色的建筑,围着它们的是一道数英里长、顶部装有带刺铁丝网、时而有座警卫岗亭的围墙"(品钦,2010:15)。这里制造着各种导弹,是圣纳西索的就业机会来源,也是皮尔斯投资的一部分。《万有引力之虹》中对"白色幽灵"的描写:"辉格式的诡异在这座建筑物里达到了极端的病态。房间呈三角形、球形、墙壁交错,犹如迷宫……任何两个站在远处的人看这座建筑,无论视角多么接近,得到的结果都不会相同"(品钦,2011:92)。还有波因茨曼的办公室"十二宫"能让人产生幻觉的角落。住在"白色幽灵"里的巴甫洛夫的忠实信徒波因茨曼为了获得诺贝尔奖,用狗做条件反射实验,最后丧心病狂不惜用人来进行实验,在这个怪异、恐怖、阴森的迷宫中丧失了人性,他最终也没能走出自己划定的迷宫。《万有引力之虹》中的纳粹火箭地下工厂,也犹如迷宫一样,它制造出各种类型的火箭,旨在毁灭人类。

  除了迷宫建筑,品钦小说中还存在揭示迷宫主题的重要意象:镜子。在《V.》中,舍恩梅克诊所的一面镜子,镜子下面的架子上安放着一座"世纪之交"的钟。在这里品钦让我们看到了时间与反时间,即真实时间与虚拟(镜中)时间的共存,正是因为有了镜子的存在,人们看到了自己的美或丑,而整形业就是利用人们的虚荣心来进行的一场可恶的骗局,他们把人一步步变成了物,塑料的鼻子、金属的手臂……镜中的世界实际上是虚幻的世界,但充满了诱惑。在《V.》中镜子还出现在第十四章恋爱中的V,神秘女人V爱上了芭蕾舞演员小女孩梅勒尼。她给梅勒尼提供了数以十计的镜子:有把手的镜子,有装饰框的镜子,全身长镜和袖珍小镜,来装饰那个顶层楼,使得一个人无论朝哪儿转身都能见到镜子和镜子中的自己。梅勒尼成了V的恋物,她陷入V为她营造的虚幻的镜像迷宫中顾影自怜,不能自拔。她成了V不断走向无生命和物化的牺牲品,最后上演了死亡的悲剧。《拍卖第四十九批》中也出现了镜子,俄狄帕在"回声宫"旅馆中,由于没有意识到镜子被打碎,使她看不到自己,她感到惊恐万分。在圣纳西索,无论是去酒吧还是去悠游弹公司的股东会议,她都有一种如入迷宫的感觉,感到孤立无援。

  除了镜子,品钦的小说中还充满了各种揭示迷宫的意象:气球、

第四章 品钦小说叙事话语的迷宫

火箭、香蕉、天使、吉尔吉斯之光、烤箱、曼荼罗、塔罗牌等等。各种数字"0"和"1"各种字母符号的迷宫,如,V字迷宫,V-1、V-2、V-4火箭,DT、Δt 等等都是未解的抽象的语言迷宫。

同博尔赫斯一样,品钦还塑造了一些次要的同貌人以表达迷宫主题。在《V.》的第一章中就出现了三个名叫比阿特丽斯的酒吧女招待,她们是普鲁费恩的旧情人比阿特丽斯、被水手普洛伊咬到臀部的比阿特丽斯和酒吧女老板比阿特丽斯。所有的女招待都可以叫这个名字,因为这个名字本身的意思就是快乐,到酒吧的人就是来寻找快乐的,所以酒吧女招待就成了提供快乐的人,她们之间没有区别,相互可以替代。在《V.》中,还出现了两对名字和外形相近的姑娘:一对儿空姐汉琪(Hanky)和潘琪(Panky):

> 她们实际上是可以互相替换的;两个都不是天然的金发,都在二十一岁到二十七岁之间,都是五英尺二英寸到五英尺七英寸之间(体重与此成比例),肤色光洁,不戴眼镜或隐形眼镜。她们读的是同样的杂志,用的是同样的牙膏、肥皂和除臭剂;不上班时交换穿便服。
>
> (品钦,2003:429)

汉琪是格鲁姆斯曼的情人,皮格是去找潘琪的。最后两人上演了有意或是无意的醉酒睡到了不同情人的床上。Hanky、Panky在英文中是把戏、花招的意思。另一对姑娘是在政府部门工作的弗莉珀(Flip)和弗萝珀(Flop),她们有着相同的首字母。Flip-Flop在英文中是电子触发器开关的意思。这些姑娘都是类似的,失去了个性,都可以相互替代,正如普鲁费恩说"她们都没有面孔","她们是一种可供消费的营妓。或至少是可替换的"(品钦,2003:58)。在《拍卖第十九批》中,人的职业也可随意转换,演员可以成为律师,律师又可以成为演员。前来营救被困在范戈索礁湖上的俄狄帕和妄想狂们的警察也曾是演员,人的职业竟然可以快速转换。在《万有引力之虹》中,虽没有近似的同貌人,火箭狂珀克勒、纳里奇等都是布利瑟罗的增殖,而齐切林、恩赞等人的追寻又是斯洛索普追寻的增殖,玛格丽塔也是卡婕的替身。品钦塑造了一大批同貌人、同质人来制造迷宫幻象。

总之,品钦通过诸多的迷宫意象和迷宫般的结构营造了一个后现代难解的熵化迷宫,体现了世界的荒诞与无意义。

含混(Ambiguity)一词源于拉丁文"ambiguitas",其原意为"双管齐下"或"更易",词源本身隐含着歧义、双指、指代不清、变幻莫测等语义。英国批评家威廉·燕卜逊(William Empson, 1906 - 1984)在《七种类型的含混》(*Seven Types of Ambiguity*, 1930)中,根据词语内涵与外延在逻辑上混乱的程度轻重,提出7类含混:(1)参照系的含混;(2)所指含混;(3)意味含混;(4)意图含混;(5)过渡式含混;(6)矛盾式含混;(7)意义含混。含混既是一种文学创作的策略,又是一种文学批评方法;既可以表示作者故意或无意造成的歧义,又可以表示读者心中的困惑(主要是语义、语法和逻辑等方面的困惑)。

品钦三部小说都使用并体现了含混的叙事策略。在《V.》中,品钦有意使用了一些含混的语言,斯坦西尔一直用第三人称"他"或"斯坦西尔"来称呼自己,混淆了第一人称和第三人称,称自己的父亲为"老斯坦西尔"或"西尼德",颠倒了视角,让读者感到困惑。斯坦西尔对V.的追寻方式是一种矛盾式的:接近和避开。而另一个人物麦克林蒂克·斯费亚的做法也是矛盾的:保持冷静,然而予以关心。女招待汉娜洗盘子时发现盘子上的一块若隐若现的褐色斑痕:一会儿呈三角形,一会儿又消失了,一会儿是新月形,一会儿是梯形。"那块斑痕是真的? 她不喜欢它的颜色。使她头痛的颜色:病态的褐色。"(品钦,2003:99)当普鲁费恩在下水道里捕杀鳄鱼时,经过的一个费尔林教区,想起了他听说过关于费尔林神父劝老鼠皈依罗马教会的故事,并评论说"下水道的故事就是这么一回事,它们只是故事,谈不上真假"(品钦,2003:133)。这种矛盾式的含混迫使读者寻求多种解释,但这多种解释也是相互矛盾的,旨在引起更多的歧义和含混。

《拍卖第四十九批》中,一个很重要的语言特色就是模糊字词(表示概数、几率、推测、假设或选择的词语)的运用,比如大概、可能、也许、或者、好像、应该、要么等等。选择不同的可能即不同的结点,就会出现不同的结局。例如:

> 或者在未得到迷幻药或别的生物碱的帮助下,你确实碰巧遇到了一个五光十色的浓稠隐蔽的秘梦……也许甚至遇到了一个真正可供选择的方法……或者你在幻觉中看见它经历它。或者针对你已经策划了一个密谋……或者你在幻想这样一个密谋……

(品钦,2010:135)

> 那些象形文字般的街道背后或者有一个超验的意义,或者只有地球……要么是非正义,要么是力量的缺乏……在明显的事物后面有另一种模式的意义,或什么也没有。或者是奥迪帕在一个真正的妄想狂的极乐轨道上运转,或者是真有一个特里斯特罗。因为要么在美国遗产的表象之外有某个特里斯特罗,要么只有美国……

(品钦,2010:144)

上述斜体部分词语的模糊性体现了作者之死、读者之生,每个人既可以是读者也可以成为作者,多结点,多选择,多意义。

在《万有引力之虹》中,更是采用了多种含混的叙事技巧,包括一词多义、同义重复、双关语、神秘词汇等等。一词多义是指赋予一个词多种含义,如,"零"暗含着终极的结束(开场部分的"绝对零",

赫雷罗人所追寻的"零")和死亡与空无(斯洛索普对于 V-2 火箭的爆炸极度恐惧,因为它发生在零度经线格林尼治)。"零"还是一个数学符号代表无。代码为 00000 的德国火箭朝向北方发射至死亡地带,这个词语早已失去了数字的意义,更多代表的是死亡与空无。品钦甚至将"零"创造性地变为一个动词:斯洛索普意识到"从那里向他逼近的东西比预想的还要多……(there is even more being zeroed in on him from out there than he'd thought…)"(品钦,2011:271)"。将一个表达缺无的词自相矛盾地赋予了如此多的意义,而且还能代表着死亡的主题,这从文体上可谓绝佳的含混技巧。

在小说《万有引力之虹》中存在大量重复提示主题的词汇和意象,在第一部分贯穿于小说之中的"火箭"和与之相对的"香蕉",火箭无疑是死亡的象征,"火箭"在小说中出现了 266 次,而香蕉却代表着一种旺盛的生命力,"香蕉"出现 32 次。同样"卡特尔"和"偏执狂"也是重复率较高的词汇,"卡特尔"出现了 29 次,"偏执狂"出现了 46 次。这些词语及其意象反复出现,其意义却不断向外扩散、增殖,旨在造成一种混乱。在第一部分片段 2 中品钦提到"幻灯滑轨的横截面颇有维多利亚风格,很典雅,侧面如国际象棋中的马……"(品钦,2011:14)。在第二部分片段 6 中这个马又出现了,斯洛索普从法国地下社会的一个成员马科星手中拿到一个名片,"他递过一张名片,上面凸雕着象棋里的马……"(品钦,2011:269)。在第三部分片段 7 中"酸爷"巴摩提到"老马"葛哈特·冯·高尔"在占领区的棋盘上跳动"(品钦,2011:403)。在第三部分片段 11 中珀克勒的故事中"一种象棋里的马一样可以跃过装甲部队……"(品钦,2011:430)。在第四部分片段 3 中"狗们的头、象棋里的马……"(品钦,2011:698)。这种间断的重复阻碍了读者获得文本连续性的通道,由此产生一种不确定性和模糊性(David Seed,1988:205)。有时一个相同的词语在不同的地方再次出现,但品钦却不给出任何理由和背景,故意造成一种混乱和意义的真空。如,齐切林的马斯奈克(Snake)(品钦,2011:366)又如何成了玛格丽塔·爱德曼在战前电影中使用的马(品钦,2011:514),两匹马为什么用同一个名字?为什么斯洛索普遇见女孩的父亲消失的地方新克尔恩(品钦,2011:514)又是吹玻璃工将灯泡拜伦拿走的地方(品钦,2011:694)?这些词语和意象的重复让读者产生了焦虑,因为它们暗示着更多的联系,但却无从得知。

双关语是用来表达含混的最常用的一种方法,如,"《易经》的信奉者们把最喜欢的卦文在每个脚指头上,他们在一个地方无法待很久,知道为什么吗?因为他们永远都是《易经》脚"(品钦,2011:793)。品钦充分利用了《易经》中变化的意思,形成了一种反讽性的双关。盟军的一份宣传单上写着 SETZT V-2 EIN!,德语 SETZ-TEIN 是插入的意思,这里双关为:把 V-2 火箭操起来!并在传单上加了注脚,说"V-2"的意思是举起双手臂"光荣投降"(临死还要幽默一把的意思),所以"V"字到底表示胜利呢还是投降呢(品钦,2011:249),不得而知。布利瑟罗是魏斯曼的化名,德语死亡的意思。然而品钦又给他增加了"蹬腿(Streckefuss)"、"冲切机(Blicker)"、"白色垃圾(Bleicheröde)"、"漂白者(Bleacher)"等诨名,他一会是布利瑟罗,一会是魏斯曼,让读者感到不解。甚至有很多词语都无法解释,如,"基诺莎小子(The Kenosha Kid)"到底指什么,就连编撰《万有引力之虹》指南的维森伯格都认为这是个多年的难解之谜(维森伯格,2006:51)。

总之,在品钦含混的迷宫中读者和人物都失去了方向,他拒绝给读者一个有出口的迷宫。普鲁费恩在马耳他究竟会怎样?是否会找到工作?斯坦西尔对 V. 的追踪是否会有结果?俄狄帕会等来她所期盼的邮票持有者吗?是否真的有一个地下组织特里斯特罗?斯洛索普和布利瑟罗是死还是活?卡婕与恩赞去了哪里?火箭有没有真的发射?读者和人物都在迷宫中徘徊。正如托尼·坦纳曾说:"阅读品钦的小说赋予我们仿佛在阅读当代世界的感受……虽然无法确定地说这部小说是关于什么的,但始终意识着它在昭示着许多东西。"(Tony Tanner,1982:74-78)这种迷宫与含混的叙事技巧最终指向了文本意义的不确定性。

3. 元叙述

Bran Nicol《在后现代小说》一书中将品钦与库佛、巴斯、纳博科夫和冯内古特五位小说家的小说称为后现代主义"元小说"(Bran Nicol,2009:72)。元小说(meta-fiction)这一概念是由美国作家威廉·加斯在1970年的《小说与人物生活》(*Fiction and The Figures of Life*)一文中正是提出的,并将其定义为"关于小说的小说"。即作家以小说的形式对小说本身的构思、技巧、诉求等进行反思与披露的创作。就技法而言,元小说具有鲜明的反传统艺术真实性的后现代色彩,它通过拉开读者与生活之距离的陌生化叙事策略,来引导读者对小说叙事过程本身的关注(赵坤,2010:21)。这种技巧也被称之为"元叙述"技巧。使用元叙述手法的小说与传统小说大异其趣,它们不仅在形式上而且在内容上都与传统小说迥然不同。这种内容与形式的不同,正是俄国形式主义的理论所谓的"陌生化"和布莱希特所说的"间离效果"(王正中,2012:45)。元叙述(meta-narrative)就是关于叙述的"叙述"。元叙述包含对象叙述和元叙述两套系统。对象叙述是一种事件与行为的陈述,表明的是什么,怎么样;而元叙述是对前一个叙述的再叙述,它回答的是为什么,怎么会这样,应该怎样。杰拉德·普林斯在《叙述学词典》中对元叙述的解释是:关于叙述的;描述叙述。将叙述作为(其中之一)话题的叙述即是(一个)元叙述。具体地说,它是一种指涉自身及其构成。交际元素的叙述、讨论自身的叙述、自我反思性叙述等都是元叙述。更具体地说,叙述中明确指涉叙述借此得以表达的编码或子编码的语段或单元是元叙述,并构成了元叙述符号(普林斯,2011:121)。热奈特总结了元叙述的几个类型:第一类是元故事与故事之间形成因果关系,赋予二度叙述中一种解释功能。巴尔扎克的"这就是为什么"就是很好了例子,具体解释由人物承担,隐含地回答了哪些事件导致了当前的局面。第二类是一种纯主题关系。在叙述和元叙述之间是一种对比关系。如,《尤利西斯》使两种叙述形成对比阐释。第三类是两层故事之间不包括任何明确的关系。基本故事本身不受元叙述牵制。元叙述只作为一种关节转换处的形式(热奈特,1990:161)。在传统文学中元叙述是一种非常局部的技巧,仅表明叙述者的在场感,证明一种叙述的类型:讲述。在现代主义文学阶段,元叙述已经是一门成熟的叙述技巧,如,《尤利西斯》就是对史诗《奥德修斯》的二度叙述(刘恪,2007:143)。后现代的元叙述已经成为一种整体的修辞手段和叙事技巧,具有两个特征:第一,元叙述是针对一个有影响力前文本进行叙述,是一种颠覆行为和证伪方法;第二,后现代作家普遍使用元叙述作为叙述进程中的解构策略,元叙述对叙述进行随机插入与干预,使两者都处于不完整状态,整个文本皆成为一堆碎片。传统的元叙述主要作用在于说明故事的真实性,目的在于作者、文本、读者在沟通时的同一性,即我告诉你我的故事是真的。后现代元叙述正好相反,目的在于揭露叙述的虚构性,表示对生活的不信任态度,即我告诉你我的故事是假的。刘恪将元叙述技巧分为三类:阐释性元叙述,互文性元叙述,戏仿性元叙述。品钦的三部小说属于典型的后现代戏仿性元叙述,品钦的后现代戏仿性元叙述主要是对传统追寻情节和人物的戏仿,本节将就此进行分析。

传统的追寻故事有两个基本要素:英雄和历险。这些英雄都是勇敢和正义的化身,充满力量、智慧和神性,拥有特殊的武器和超自然力量的帮助。与之相对,会有一个邪恶的对手,对其进行百般阻挠。罗索普·弗莱认为传统的"追寻"母题在情节上一般包括征程、战斗和英雄的胜利三个阶段(宋泽楠,2007:8),分别对应着矛盾冲突、生死搏斗和发现真理三个过程。这种追寻是一个充满了各种磨难和艰险的殊死搏斗的征程,在追寻中英雄会展示出强大的力量或获得神人相助,最终会找到圣杯或实现目标凯旋而归。其主要情节就是揭示主人公与对手之间的矛盾冲突,在冲突中刻画主人公的伟大(Frye,2000:187)。传统的追寻特点如下表8:

表8 传统追寻的特点

主题	人物塑造	情节结构	主要情节	结尾
传统追寻	主人公(英雄) 对手(敌人)	冲突 生死搏斗 发现	英雄与敌人之间的冲突	英雄胜利

品钦的戏仿性元叙述就是在传统追寻文学母题中找到了可以戏仿的前文本,并对其情节和人物进行重新改写。品钦的后现代追寻故事中同样也有两个基本元素:反英雄人物和对线索追踪。《V.》中斯坦西尔追踪神秘的 V.;《拍卖第四十九批》中俄狄帕企图解开皮尔斯遗产之谜;《万有引力之虹》中斯洛索普追查自己身世与 V-2 火箭的关系。然而品钦小说中的主人公已不再是昔日的英雄,退化成了芸芸众生,且等而下之,都是些卑琐低劣粗俗之人。斯坦西尔、俄狄帕和斯洛索普都是患有偏执狂、胆小懦弱的后现代人,表现出自恋和非道德性,处于精神分裂或人格不确定状态之中,缺乏意志、毅力、智慧和勇气,并为本能欲望所困扰,沾染上时代的恶习,行为卑琐。他们的追寻缺乏神祇的帮助,缺乏一个象征性的阻挠或妨碍其追寻对立者,也没有生死的搏斗,他们追寻的目标变成了虚无的影像,无尽的混乱、充满熵的社会秩序、无法克服的自然规律和科技理性给人类带来的极端残害。实际上,他们追寻的是失去的自我。传统的追寻情节被品钦戏仿为旅程、线索推测以及不确定的结局。由于对手和英雄的消失,他们之间的冲突情节也随之消

失。主人公与敌人之间身体上的冲突变成了主人公与其自身心理上的冲突,这种心理上的冲突体现为对线索的推测和分析。斯坦西尔、俄狄帕和斯洛索普对各种线索的收集和推测取代了传统追寻中伟大的英雄与邪恶的敌人之间残酷而激烈的斗争。品钦还改变了传统追寻胜利的结局,代之以不确定的结局。斯坦西尔的追寻结束在马耳他,在那里可能会最终解开 V. 之谜,但是他在马耳他所得到只不过是有一些可能有用或无用的线索。同斯坦西尔一样,在故事的结尾,俄狄帕在等待第四十九批邮票的拍卖,然而第四十九批邮票的拍卖可能会解开特里斯特罗之谜,也可能依然像"特里斯特罗"一样寂静无声。斯洛索普的追寻最终却以自己身体的消散而告终。

不仅结局改变了,情节也改变了。由于缺乏产生情节冲突的对手,对线索的收集过程和线索本身成了文本的主要情节。叙事焦点从一个人到几个人,从一个事件到几个事件,围绕着线索相关的叙述在小说中占了主导地位,这些叙述不仅包括斯坦西尔、俄狄帕和斯洛索普追踪线索所付出的努力,收集线索的经历还包括关于这些线索本身。收集线索的过程构成整个追寻情节的过程。通过这种戏仿性元叙述,品钦改变了传统追寻叙事的本质,将一个成功的英雄式的追寻变成了一个痛苦的、无目的的、充满歧义的后现代自我身份的追寻。对线索的追寻和线索本身成为叙述的主体,所以品钦的戏仿性元叙述充满了错综复杂的情节碎片而不是完整的情节。品钦的后现代追寻特点如下表9:

表9 品钦的后现代追寻特点

主题	情节结构	人物塑造	主要情节	结尾
后现代追寻	线索收集 心理斗争	反英雄	线索收集 作为独立情节的线索	不确定结局

品钦小说中的追寻失去了冲突、殊死搏斗或死亡这种壮烈的过程，主人公既没有神人来助，也没有得到天启，取而代之的是无限的混乱与迷失和追寻过程的荒诞性与滑稽性。品钦小说中的追寻是对传统作品中追寻母题的彻底颠覆和戏仿。这种戏仿性元叙述旨在揭示后现代的世界荒诞和无意义。

品钦小说中荒诞的戏仿性元叙述技巧不仅体现在文本整体叙事上，还体现在局部叙事上。在《V.》中，品钦让普鲁费恩在下水道中捕杀鳄鱼和费尔林神父在下水道里为老鼠布道的情节就是滑稽戏仿了美国战争电影、美国狩猎叙事、宗教殖民等文本。

捕鳄小分队的队长模仿美国的战争电影，自己营造了一个战争幻觉，他的队员（尽管都是流浪汉）都戴着袖标，要随时向他的办公室汇报捕杀情况，他把自己办公室布置得颇像一个战斗指挥中心。这种紧张的气氛感染了他的队员，尽管他们知道那只不过是一个幻觉。品钦用捕鳄鱼巡逻队戏仿了美国的战争电影，显示出下水道捕杀鳄鱼的荒诞与滑稽。普鲁费恩捕鳄鱼的环境不是传统狩猎叙事文本中的残酷的自然环境，如，赫尔曼·麦尔维尔的《白鲸》、电影《子熊故事》、海明威的《老人与海》里的自然环境，而是在一个完全相反的人造环境——下水道。在这里没有值得称赞的个人英勇行为，他们只不过是迫于生计而为市政府工作：

> 他们分成两个人一组，一个拿手电筒，一个拿一支十二毫米口径的连发猎枪。蔡特塞斯知道大多数追捕者看待这件武器的使用就像是钓鱼者看待炸鱼一样；但他并不追求《田野与河川》杂志栏里有捧场文章。
>
> （品钦，2003：124）

这种对一本时髦狩猎杂志的随意指涉表明：根本不存在个人与自然对抗的神话。梭罗笔下的瓦尔登湖已经变成了旅游胜地，普鲁费恩

第四章　品钦小说叙事话语的迷宫

在下水道里的西行方式就像第五章题目所隐含的"险些与鳄鱼一起上了西天"。在此通过戏仿打破了人与自然对抗的神话。捕杀鳄鱼的这个情节中还插入了一个费尔林神父的故事。在30年代大萧条期间，费尔林神父预见纽约城在死亡之后老鼠将接管一切，所以他来到下水道里，劝诫老鼠皈依罗马教会。更为荒谬的是，他与一个叫伊格内修斯的老鼠就神学问题争吵起来，并爱上了另一个叫维罗尼卡的雌鼠。当老鼠皈依行动缓慢时，他会选择吃掉他们。如果说康德拉的《黑暗的心》是一个对抗殖民主义的寓言，那么品钦的《V.》也是对宗教殖民主义进行的滑稽戏仿。

而《拍卖第四十九批》不但对传统追寻情节和人物进行戏仿，还对传统侦探小说的情节和人物进行了戏仿，这部小说可以被看作是对侦探小说的"颠覆"。典型的侦探小说中都有一个睿智的侦探，从一个个单独的事件调查开始，最后以一个谋杀事件而结束。随着调查的展开，一个神秘事件会引向其他神秘事件：谁是凶手？为什么一个嫌疑人在那天晚上行为如此奇怪？为什么受害者那天夜里恰好就在那个地点？等等。然后逐渐地，调查者的侦查工作会确保各种不同的猜测和可能性先后中止，最后只有一个叙事事实可以解释所有的神秘事件和线索。而《拍卖第四十九批》中的侦探俄狄帕是个患有自我偏执狂的家庭主妇，随着调查的展开，她所面对的符号非但没有减少，反而不断激增，一个线索不断引出另一个线索，最后无果而终。这种戏仿性元叙述完全颠覆了侦探小说的情节和人物。

而《万有引力之虹》也存在对传统间谍小说的戏仿。传统间谍小说一般都有一个肩负重任、坚毅而充满智慧的主人公，最终能够凭借自己的勇气与智慧，战胜敌人，完成使命。而斯洛索普是个从小被用作性勃起实验，一直受到监控的、荒诞的、患有多疑症的"塑料人"，他没有007的潇洒与果敢，也没有各种先进的武器装备，更没有国家重任在身，只是为了查明自己的身世。他历经磨难，身陷囹圄，又滑稽脱险。最终肉体分解消散在空气中。这种戏仿性元叙述对传统间谍小说中的情节和人物进行了滑稽的模仿。

品钦小说中的元叙述技巧不仅体现在文本的整体叙事上，而且还体现在局部叙事上，主要通过叙述者的入侵和荒诞的夸张两种手法，来揭示故事的虚构性。所谓叙述者"入侵"，是指作者在小说中突兀地楔入一段自我表白，将自己的叙事手法、表现风格以及虚构的痕迹等揭示给读者，而无视故事的连贯性和氛围的虚幻性（赵坤，2010：22）。如在《V.》中，艾根瓦昌认为斯坦西尔幻想的故事"全都斯坦西尔化了"。他还在斯坦西尔的叙述中打断并质疑他故事的虚构性。他说："你对于 V. 的态度一定包括更多的方面，比你愿意承认的还多。这就是心理分析学家过去常说的矛盾态度，而我们现在简单地称之为异牙构造。"（品钦，2003：279）斯坦西尔也对自己的叙述不时地发表评论。以至于最后"斯坦西尔勾画了一下 V. 的全部历史，这强化了一个由来已久的怀疑，即它加起来确实只不过是一个大写首字母的重复和一些死物品"（品钦，2003：511）。这样 V. 就被语言解构了，只剩下语言本身。

在《拍卖第四十九批》中，当俄狄帕看完《信使的悲剧》，向其中扮演根纳罗的演员德里布莱特求证剧本中的关于"特里斯特罗"的台词，德里布莱特对俄狄帕说：

"你们这些家伙，你们就像清教徒对待《圣经》那样。如此迷恋于词语，词语。你知道那出戏存在于什么地方，它不存在于那个文件柜里，不在你在寻找的书里……你想那样做吗？你可以把线索汇集起来，发展成一篇或几篇论文，讨论为什么角色们对特里斯特罗存在的可能性作出如此反应，为什么出现了暗杀，为什么戏服是黑色的。你可以用那种方式浪费你的生命而从来不触及真相。沃芬格提供了台词和一个故事。我给了它们生命。如此而已。"

第四章 品钦小说叙事话语的迷宫

(品钦,2010:60-61)

这番话讽刺了俄狄帕的偏执狂和那些企图在混乱的线索中找到意义的人。但在小说的最后,品钦又通过德里布莱特跳海自杀的情节化解了他自己的叙述,读者与俄狄帕一样陷入了不确定性的虚构之中,真真假假,虚虚实实,元叙述化解了叙述的肯定性。

在《万有引力之虹》中,这种入侵式元叙述更加普遍,叙述者经常莫名其妙地插话:"哎,话归正题吧。话说……"(品钦,2011:85)"对了,既然你已经知道了,再说说也无妨……"(品钦,2011:155)"还记得吧,我们上回写到他在酸爷·巴摩柏林家的浴缸里。"(品钦,2011:634)"其中就有泰荣·斯洛索普。他被派到占领区,参加自己的装配——可能多疑症特别严重的人悄声说过,是'他的时间的装配'。按说,故事里应该有一句妙语才对,可是却没有。计划出了差错。他被打碎分散了。"(品钦,2011:785)叙事者时刻提醒读者小说的虚构性,荒诞、夸张的情节更是比比皆是。斯洛索普的性勃起与火箭落点之间的联系显然是虚构的,不仅如此品钦还通过夸张的手法让斯洛索普的口琴掉入马桶,随后让他整个人跟着钻进马桶进行了一番荒诞旅行。对于占领区黑人支队的故事,品钦利用元叙述在第三部分片段3前加了题注说明"《黑人支队的故事》,由斯蒂夫·埃德尔曼搜集整理"(品钦,2011:339)。在第四部分对抗力中品钦对自己的小说做了全面的解构,针对前面三章出现的人或事进行逐一评论。尤其是对于拉兹洛·雅夫的事件有如下说法:

"从来就没有过雅夫博士这个人。"世界著名分析家米奇·瓦克斯特里评论道——"雅夫只是一个虚构,他用雅夫来解释自己的生殖器每次和空中爆炸相对应的那种可怕、直接的感觉……用雅夫来否认自己不愿承认的东西:他可能和自己的死亡,和自己种族的死亡发生了爱、性爱。"

(品钦,2011:786)

这段叙述完全解构了斯洛索普的神话。所有关于斯洛索普的故事都只是品钦的文字游戏,没有出场的雅夫被解构了,斯洛索普也被解构了。

《万有引力之虹》的第四部分是对前三部分的整体解构,品钦将前面出现的人物、事件一一给予分析、讨论,使情节、人物完全支离破碎,产生强烈的陌生化效果。并采用了一个完全虚构的灯泡拜伦的故事来揭示主人公斯洛索普的命运和小说的主题。

总之,品钦通过拼贴与杂糅、迷宫与含混和元叙述等叙事技巧,使品钦的小说产生了强烈的陌生化效果。然而,这三种叙事技巧只不过是品钦小说众多陌生化技巧中的一部分,除此之外品钦还运用了荒诞、魔幻、变形和黑色幽默等其他诸多的叙事技巧来共同达到陌生化的效果。

品钦小说叙事的迷宫,不仅体现在叙事结构和人物塑造上,其最基本的迷宫在于叙事话语的迷宫,本章主要从品钦叙事话语的互文性和陌生化两个方面分析了品钦三部小说中叙事话语的迷宫。品钦小说叙事话语的互文性体现在三个方面:与欧洲经典文学作品的互文,与美国文学作品及自身作品的互文,与非文学领域(包括艺术领域和科学领域)话语的互文。品钦小说叙事话语的陌生化体现在语言的陌生化和叙事技巧的陌生化。语言的陌生化体现在奇特的修辞手段,各民族雅俗语言的混杂,文字与符号游戏。叙事技巧的陌生化主要体现在:拼贴与杂糅,迷宫与含混和元叙述等三种主要叙事技巧。正是这种强大的互文性和陌生化形成了品钦小说百科全书式的叙事话语迷宫。

参考文献

[1] Abbas, Niran. Thomas Pynchon: Reading from the Margins [M]. London: Associated UP, 2003.

[2] Abbot, H. Porter. The Cambridge Introduction to Narrative [M]. Cambridge UP, 2002.

[3] Abernerhy, P. L. Entropy in Pynchon's The Crying of Lot 49 [J]. Critique Studies in Modern Fiction, 1972, (2): 18 – 33.

[4] Adams, Hazaded. Critical Theory since Plato (revised Edition) [M]. Harcourt Brace Javanvich College Publishers, 1992.

[5] Appel, Alfred Jr. "An Interview with Vladimir Nabokov," Wisconsin Studies in Contemporary Literature, 8 (Spring 1967), p. 139.

[6] Auden, W. H. "The Quest Hero" [A]. Sheldon Norman Grebstein. Perspective in Contemporary Criticism [C]. NewYork: Harperand Row, 1968. 370 – 371.

[7] Bal, Mieke. Narratologie [M]. Paris: Klincksieck, 1977.

[8] Barthes, Roland. S/Z. [M]. Paris: Seuil, 1970.

[9] Barthes, Roland. "The Death of the Author." [A]. Stephen Heath. Image – Music – Text [C]. London: Fontana, 1977. 142 – 149.

[10] Batchelor, J. C. " Thomas Pynchon is not Thomas Pynchon, or This is End of the Plot Which Has No Name." [J]. Soho Weekly News, 1976, (4): 22.

[11] Batchelor, J. C. The Ghost of Richard Farina´, Solo Weekly News (28 Apr, 1977) p. 20.

[12] Bell, Michael. The Metaphysics of Modernism [A]. The Cambridge

Companion to Modernism[M]. Michael Levenson, ed. Shanghai: Shanghai Foreign Language Press, 2006. 16.

[13] Berressem, Hanjo. Pynchon's Poetics: Interfacing Theory and Text[M]. University of Illinois Press, Urbana and Chicago, 1992.

[14] Black, J. D. "Probing a Post - Romantic Palaeontology: Thomas Pynchon's Gravity's Rainbow"[J]. Boundary, 2,8. ii. 1980 (Winter):233.

[15] Bloom, Harold. Thomas Pynchon [M]. New York: Chelsea House, 1986.

[16] Bone, James. "Who the hell is he?"[N]. Sunday Times (South Africa), June 7, 1998.

[17] Booth, Wayne C. The Rhetoric of Fiction[M]. 2nd ed. Harmondsworth: Penguin Books, 1983.

[18] Bourcier, Simon de. Pynchon and relativity: narrative time in Thomas Pynchon's later novels [M]. Continuum Intl Pub Group, 2012.

[19] Braha, Elliot. "Menipean Form in Gravity's Rainbow and in Other Contemporary American Text" [D]. Columbia University, 1979.

[20] Brook, Peter. Reading for the Plot: Design and Intention in Narrative [M]. Oxford: Clarendon Press, 1984.

[21] Brown, David. A Pynchon for the nineties [J]. Poetics Today, 1997 (Spring): 95 -113.

[22] Brownlie, Alan W. Thomas Pynchon's narratives: Subjectivity and Problems of Knowing [M]. New York: Peter Lang, 2000.

[23] Burrows, Miles. " Paranoid Quests." [J]. New Statesman. 14 April 1967,(73):513 -514.

[24] Caesar, Terry. Pynchon in China [J]. Pynchon Notes. 1984,(15):47 -57.

[25] Caesar, Terry. "A Note on Pynchon's Naming." [J]. Pynchon Notes. 1981,(5): 5 -10.

[26] Chambers, Judith. Thomas Pynchon [M]. Twayne's United States Authors Ser. New York: Twayne; Ontario: Maxwell Macmillan, 1992.

[27] Chabon, Michael. That's the best thing we've read all year Guardian Unlimited. 11/25/07.

[28] Chatman, Seymour. Story and Discourse: Narrative Structure in Fiction

and Film[M]. Ithaca: Cornell UP, 1978.

[29] Clerk, Charles. Approaches to Gravity's Rainbow [M]. Columbus: Ohio State UP, 1983.

[30] CNN. Where's Thomas Pynchon? [N]. 1997.6.

[31] Conte, Joseph Mark. Design and Debris: A Chaotics of Postmodern American Fiction [M]. Tuscaloosa: U of Alabama P, 2002.

[32] Cooper, Peter L. Signs and Symptoms: Thomas Pynchon and the Contemporary World [M]. Berkeley: U of California P, 1983.

[33] Copestake, Ian D. American Postmodernity: Essays on the Recent Fiction of Thomas Pynchon [M]. Oxford; New York: Peter Lang, 2003.

[34] Corey, Irwin. "Transcript of National Book Award acceptance speech." [N]. delivered April 18, 1974.

[35] Cowart, David. Thomas Pynchon: The Art of Allusion [M]. Carbondale: Southern Illinois UP, 1980.

[36] Cowart, David. "Attenuated Postmodernism: Pynchon's Vineland", in Critique32 (1990) 67.

[37] Cowart, David. Thomas Pynchon & the Dark Passages of History [M]. University of Georgia Press, 2011.

[38] Dalsgaard, Inger H. Cambridge Companion To Thomas Pynchon [M]. Cambridge University Press, 2011.

[39] Davis, Robert Maurray. "Parody, Paranoia, and the Dead End of Language in The Crying of Lot 49."[J]. Genre, 1972,(5): 367-377.

[40] Daw, Laurence. "The Ellipsis as Architechtonic in Gravity's Rainbow." [J]. Pynchon's Notes. 1983,(2): 54-56.

[41] Dembo, L. S. "An interview with Vladimir Nabokov," [A]. Nabokov: The Man and His Work[M]. Madison: University of Wisconsin Press, 1967.31.

[42] Dirda, Michael "Thomas Pynchon's Bleeding Edge", The Washington Post (September 11, 2013).

[43] Docherty, Thomas. "Postmodern Characterization: The Ethics of Alterity" [A]. Edmund J. Smith. Postmodernism and Contemporary Fiction [M]. B. T. Batsford Ltd. 1991.175-176.

[44] Draper, James P. "Thomas Pynchon: Introduction." [J]. World Liter-

ary Criticism. 1500 to the Present. Ed. James P. Draper. Detroit / London: Gale Research Inc., 1992,(5).

[45] Earle, James W. "Freedom and Knowledge within the Zone." [A]. Charles Clerc. Approaches to Gravity's Rainbow [M]. Columbus: Ohio State University Press, 1983. 299 – 250.

[46] Dugdale, John. Thomas Pynchon: Allusive Parables of Power [M]. NY: St. Martin's, 1990.

[47] Duvall, John N. Productive Postmodernism: Consuming Histories and Cultural Studies [M]. State University of New York Press, Albany, 2002.

[48] Eagleton, Terry. Literary Theory: An Introduction [M]. Basill Blackwell Publisher Ltd. 2ed, 1996.

[49] Eco, Umberto. The Role of the Reader: Explorations in the Semiotics of Texts [M]. London: Hutichinson, 1981.

[50] Eco, Umberto. The Open Work [M]. trans. Anna Cangni. Cambridge, Massaehusetts: Harvard UP, 1989.

[51] Eddins, Dwright. The Ghostic Pynchon [M]. Bloomington: Indiana UP, 1990.

[52] Empson, William. Seven Types of Ambiguity [M]. Pimlico, New edition, 2007.

[53] Fahy, Joseph. "Thomas Pynchon's V. and Mythology." [J]. Critique, 1977,(3): 5 – 18.

[54] Fludernik, Monika. Towards a "Natural" Narratology [M]. London: Routledge, 1996.

[55] Fludernik, Monika. "Temporality, Story, and Discourse." [A]. David Herman. Routledge Encycopedia of Narrative Theory [M]. London & New York : Routledge, (2005):608 – 609.

[56] Fokkema, Aleid. Postmodern Characters: A Study of Characterization in British and American Postmodern Fiction [M]. Amsterdam: Rodopi, 1991. 60 – 83.

[57] Forster. E. M. Aspects of the Novel [M]. London: Hodder & Stoughton, reprinted, 1993.

[58] Fowler, Douglas. A Reader's Guide to Gravity's Rainbow [M]. Ardis Press, 1980.

[59] Frank, Joseph. "Spatial Form in Modern Literature."[J]. Sewanee Review, 1945(53): 23-28.

[60] Friedman, Alan J. Black Humor: Critical Essays[C]. Bantam, New York, 1965.

[61] Friedman, Alan J. and Puetz, Manfred. "Gravity's Rainbow: Science as Metaphor."[A]. Harold Bloom, Thomas Pynchon [M]. New York: Chelsea House, 1986.24.

[62] Friedman, Susan Sanford. "Spatial Poetic and Arundhati Roy's The God of Small Things."[A]. ed., James Phelan and Peter J. Rabinowitz. A Companion to Narrative Theory[C]. New York: Blackwell, 2005.194.

[63] Frost, Garrison. "Thomas Pynchon and the South Bay."[J]. The Aesthetic, 2003.

[64] Frye, Northrop. Anatomy of Criticism: Four Essays[M]. Princeton University Press, 2000.

[65] Gasset, Jose Ortega Y. The Dehumanization of Art and Other Essays on Art, Culture, and Literature[M]. Princeton, New Jersey: Princeton University Press, 1948.

[66] Gentry, Kurt. "The Quest for the Female Named V."[N]. San Francisco Chronicle. 19 May 1963. 17.

[67] Gessen, Keith. The Year in Books New York Magazine. 12/4/06.

[68] Gibb, Robert. "Ideas of Order: The Shapes of Art in The Crying of Lot 49." [J]. Journal of Modern Literature, 1990, (1): 97-116.

[69] Gleason, William. "The Postmodern Labyrinths of Lot 49."[J]. Critique, Washington: Winter, 1993, Vol.34, Iss. 2, Academic Research Library pp. 83-99.

[70] Glenn, Joshua. "Pynchon and Homer."[N]. Boston Globe, October 19, 2003.

[71] Gordon, Andrew. "Smoking Dope with Thomas Pynchon: A Sixties Memoir."[A]. The Vineland Papers: Critical Takes on Pynchon's Novel [C]. Dalkey Archive Press, 1994.

[72] Grant, J. Kerry. A Companion to V. [M]. Athens, Georgia: The University of Georgia Press, 2001.

[73] Graves, Robert The White Goddess [M]. London: Faber &

Faber, 1961.

[74] Greiner, David J. "Thomas Pynchon and the Fault Lines of America." [A]. Pynchon and Mason & Dixon[M]. Brooke Horvath and Irving Malin., eds. Newark: U of Delaware P, 2000.

[75] Gussow, Mel. "Pynchon's Letters Nudge His Mask." [J]. New York Times, 1998,(4).

[76] Harris, Charles. "Thomas Pynchon and Entropic Vision." [A]. Contemporary Novelists of the Absurd[M]. New Haven: College and University P. 1971.76-99.

[77] Hassan, Ihab. The Postmodern Turn: Essays in Postmodern Theory and Culture[M]. Ohio State University Press. 1987.

[78] Hassan, Ihab. The Question of Postmodernism[J]. In Performing Arts Journal, Vol.6, No.1 1981.34.

[79] Hassan, Ihab. Quest: Form of Adventure of Contemporary American Literature [A]. Contemporary American Fiction [M]. ed. Malcolm Bradbury and Sigmund Ro. London. Edward Arnold. 1986. 136-137.

[80] Hawthorne, Mark D "Pynchon's Early Labyrinth." [J]. College Literature, West Chester: Spring 1998, Vol.25, Iss.2, 78-93.

[81] Hayles, N. Katherine. Chaos and Order: Complex Dynamics in Literature and Science [M]. Chicago P, 1991b.

[82] Henkle, Roger B. Pynchon's Tapestries on the Western Wall [A]. Pynchon: A Collection of Critical Essays[C]. Ed. Edward Mendelson. Englewood Cliffs: Prentice, 1978.

[83] Henkle, Roger B. The Morning and the Evening Funnies: Comedy in Gravity's Rainbow[A]. Clerc, Charles. Approaches Gravity's Rainbow [M]. Ohio State University Press, Columbus, Ohio, U. S. 1983. 274.

[84] Herman, David. Narratologies [M]. Columbus: Ohio State UP, 1999.

[85] Hite, Molly. Ideas of Order in the Novels of Thomas Pynchon[M]. Columbus: OH State UP, 1983.

[86] Hohmann, Charles. Thomas Pynchon's Gravity's Rainbow: A Study of its Conceptual Structure and of Rilke's Influence[M]. New York: Peter Lang ,1986.

[87] Hollander, Charles. Abrams Remembers Pynchon[J]. Pynchon Notes,

1995 – 1996: 36 – 39.

[88] Hume, Kathryn. Pynchon's Mythography: An approach to Gravity's Rainbow [M]. Southern Illinois University Press, 1987.

[89] Hurley, Patrick J. Pynchon Character Names: A Dictionary [M]. Mc Farland & Company, Inc., Publishers. Jefferson, North Carolina, and London, 2008.

[90] Ishiwari, Takayoshi. Postmodern Metamorphosis: Capitalism and Subject in Contemporary American Fiction [M]. Tokyo: Eihousha, 2001.

[91] Italie, Hillel. New Thomas Pynchon Novel is on the way [N]. Associated Press, July 20, 2006.

[92] James, Henry. The Art of the Novel [M]. Ed. R. P. Blackmur. Boston: Norhestern UP, 1984.

[93] Jameson, Frederic. Postmodernism, or The Cultural Logic of Late Capitalism [M]. Durham: Duke UP, 1991.

[94] Jarvis, Michael. "Pynchon's Deep Web." Los Angeles Review of Books 10 September, 2013. Web.

[95] Kaufman, Marjorie. Br: Women in Gravity's Rainbow [A]. Mindful Pleasures: Essays on Thomas Pynchon [M]. ed. George Levine and David Leverenz. Little, Brown, Boston, Massachusetts, United States. 1976. 197 – 227.

[96] Kakutani, Michiko. Another Doorway to the Paranoid Pynchon Dimension [N]. The New York Times. August 4, 2009.

[97] Kellogg, Caroline. "New Thomas Pynchon book on the way?". Jacket Copy´[N]. Los Angeles Times, October 3, 2008.

[98] Kharpertian, Theodore D. A Hand to Turn the Time: the Menippean Satires of Thomas Pynchon [M]. London: Associated UP, 1990.

[99] Kihss, Peter. Pulitzer Jurors; His Third Novel [N]. The New York Times, May 8, 1974. 38.

[100] Kirby, David K. "The Modern Versions of the Quest." [J]. Southern Humanities Review. 1971, (5): 387 – 395.

[101] Krafft, John M., Bernard Duyfhuizen & Khachig Tölölyan (eds). Pynchon Notes – Cumulative bibliography [J]. Issues 1 through 54 – 55, 2008.

[102] Krafft, John M. Thomas Pynchon[J]. The 60's without Apology. Duke University Press, 1984, (Spring – Summe): 283 – 286.

[103] Kristeva, Julia. Séméiotikè, Recherches pour ue sémanalyse [M]. Seuil, 1969.

[104] Kristeva, Julia. La Révolution du language poétique[M]. Seuil, 1974.

[105] Leithauser, Brad. "Any Place You Want" in the New York Review of Books23 (1990) 28.

[106] Lessing, Gotthold Ephraim. "Laoco? n" [A]. James Harry Smith and Edd Winfield Parks. The Great Critics: An Anthology of Literary Criticism [M]. New York & London: Northon, 1967. 472.

[107] Leverenz, David. On Trying to Read Gravity's Rainbow [A]. George Levine & David Leverenz. Mindful Pleasures: Essays on Thomas Pynchon [C]. Boston/Toronto: Little Brown, 1976.

[108] Levin, Michael. The Vagueness of Difference: You, the Reader and the Dream of Gravity's Rainbow [J]. Pynchon Notes, 1999, (Spring – Fall): 117 – 131.

[109] Lhamon, W. T. The Most Irresponsible Bastard [J]. New Republic, 1973, (4): 24.

[110] Lodge, David. Language of Fiction [M]. New York: Columbia UP, 1966.

[111] Lord, Geoffrey. Mystery and History, Discovery and Recovery in Thomas Pynchon's The Crying of Lot 49 and Graham Swift's Waterland [J]. Neophilologus 1997, (81): 145 – 163.

[112] Lubbock, Percy. The Craft of Ficiton [M]. London: Cox & Wyman Ltd. 1966.

[113] Mackey, Douglas. The Rainbow Quest of Thomas Pynchon [M]. San Bernardino. California: Borgo Press, 1980.

[114] Mackey, Louis. "Thomas Pynchon," in Review of Contemporary Fiction 268 (1993) 13.

[115] Madsen, Deborah L. The Postmodernist Allegories of Thomas Pynchon [M]. New York: St. Martin's, 1991.

[116] Mangel, Anne. Maxwell's Demon, Entropy, Information: The Crying of Lot 49 [A]. Thomas Votteler. Contemporary Literature Criticism [M].

Detroit/London: Gale Research Inc. , 1992. 300 - 304.

[117] Marjorie, Kaufman. Brunnhidle and the Chemist: Women in Gravity's Rainbow[A]. George Levine and David Leverenz. Mindful Pleasure: Essays on Thomas [C]. Little, Brown, Boston, Massachusetts, United States,1976. 197 - 227.

[118] Mattessich, Stefan. Lines of Flight: Discursive Time and Countercultural Desire in the Work of Thomas Pynchon [M]. Durham and London: Duke UP, 2002.

[119] Mattessich, Stefan. Imperium, Missogyny and Postmodern Parody in Thomas Pynchon's V. [J]. ELH, 1998,(2): 503 - 521.

[120] McConnell, Frank D. Thomas Pynchon[A]. James Vinson. Contemporary Novelists[M]. New York: St. Martin's, 1972.

[121] McGurk, Stuart The London Paper. 12/13/06.

[122] McHale, Brian. Postmodernist Fiction [M]. Methuen, New York, 1987.

[123] McHale, Brian. Constructing Postmodernism[M]. Routledge, 1993.

[124] McLemee, Scott. You Hide, They Seek. Inside Higher Ed. 2006 - 11 - 15.

[125] Mead, Clifford. Thomas Pynchon: A Bibliography of Primary and Secondary Materials[M]. The Dalkey Archive Bibliography Series, Dalkey Archive Press, 1989.

[126] Menand, Louis. Do the Math: Thomas Pynchon Returns [J]. The New Yorker, 2006,(11): 27.

[127] Mendelson, Edward. Gravity's Encyclopedia [A]. George Levine & David Leverenz. Mindful Pleasures: Essays on Thomas Pynchon[C]. Boston/ Toronto: Little Brown,1976. 161.

[128] Mendelson, Edward. The Sacred, the Profane, and The Crying of Lot 49 [A]. Edward Mendelson. Pynchon: A Collection of Critical Essays [C]. Englewood Cliffs, N. J: Prentic - Hall. 1978. 112.

[129] Moore, Thomas The Style of Connectedness: Gravity's Rainbow and Thomas Pynchon [M]. Columbia: University of Missouri Press, 1987.

[130] Mumford, Lewis. The Culture of Cities[M]. London: Secker & Warburg, 1944.

[131] Newman, Rober D. Understanding Thomas Pynchon [M]. Columbia: U of South Carolina P, 1986.

[132] Nichols, Lewis. In and Out of Books [J]. New York Book Review, 1963, (4):8.

[133] Nicol, Bran. The Cambridge Introduction to Postmodern Fiction [M]. Cambridge University Press. 2009.

[134] Olsen, Lance. Pynchon's New Nature: Indeterminacy and The Crying of Lot 49[J]. Canadian Review of American Studies 14, no. 2. 1983, (Summer): 153-63.

[135] O'Donnell, Patrick. New Essays on The Crying of Lot 49 [M]. Peking UP, 2007.

[136] Patell, Cyrus R. K. Negative Liberties: Morrison, Pynchon, and the Problem of Liberal Ideology [M]. Durham: Duke UP, 2001.

[137] Patterson, Richard. What Stencil Knew: Structure and Certitude in Pynchon's V. [A]. Richard Pearce. Critical Essays on Thomas Pynchon. Boston[C]: G. K. Hall, 1981.

[138] Patterson, Troy (b). Mystery solved[J]. Slate, July 20, 2006.

[139] Pearce, Richard. Critical Essays on Thomas Pynchon [M]. Boston: G. K. Hall,1981.

[140] Perrine, Lawrence. Story and Structure [M]. New York: Harcourt Brace Jovanovich, 1974.

[141] Phelan, James. World from Words [M]. U of Chicago P, 1981.

[142] Phelan, James. Narrative as Rhetoric [M]. Columbus: Ohio State UP, 1996.

[143] Plater, William M. The Grim Phoenix: Reconstructing Thomas Pynchon. [M]. Bloomington & London: Indiana University Press, 1978.

[144] Poirier, Richard. The Importance of Thomas Pynchon[A]. Harold Bloom. Thomas Pynchon: Modern Critical Views[C]. New York: Chelsea, 1986. 53.

[145] Poirier, Richard. Rocket Power[N]. Saturday Review of the Arts, 3 March 1973, p. 63.

[146] Prince, Gerald A Dictionary of Narratology [M]. Scholar Press, 1988.

[147] Pynchon, Thomas. Gravity's Rainbow [M]. New York: The Viking

Press, 1973.

[148] Pynchon, Thomas. Slow learner [M]. New York: Little, Brown, & Co. , 1984.

[149] Pynchon, Thomas. The Crying of Lot4 9 [M]. New York: Bantam, 1967.

[150] Pynchon, Thomas. V. [M]. New York: Bantam, 1979.

[151] Pynchon, Thomas. "Voice of the Hamster", "The Boys", "Ye Legend of Sir Stupid and the Purple Knight" [N]. Oyster Bay High School Purple and Gold, 1952 - 53.

[152] Pynchon, Thomas. A Journey into the Mind of Watts [N]. The New York Times , June 12, 1966, pp. 34 - 35, 78, 80 - 82, 84.

[153] Pynchon, Thomas. "Introduction" to Slow Learner [M]. Little, Brown and Company, Back Bay, 1984.

[154] Pynchon, Thomas. "Words for Salman Rushdie" [N]. New York Times Book Review, March 12, 1989, p. 29.

[155] Pynchon, Thomas. "Letter," in the New York Times Book Review3. 12 (1989) 23.

[156] Pynchon, Thomas. Letter to the Daily Telegraph newspaper [N]. December 6, 2006.

[157] Pynchon, Thomas. " Overview " [A]. Inherent Vice [M]. Penguin, 2009.

[158] Pynchon, Thomas. Vineland [M]. New York: Penguin Books, 1991.

[159] Pynchon, Thomas. Mason & Dixon [M]. New York: Henry Holt and Companyt, Inc 1997.

[160] Pynchon, Thomas. Against the Day [M]. New York Books, 2006.

[161] Pynchon, Thomas. Inherent Vice [M]. New York: Penguin Books, 2009.

[162] Pynchon, Thomas. Bleeding Edge [M]. New York: Penguin Books, 2013.

[163] Rimmon Kenan, Shlomith. Narrative Fiction: Contemporary Poetics [M]. London and New York , Methuen, 1983.

[164] Rolls, Albert. Inherent Vice's Two Directions Berfrois. 02/13/14.

[165] Royster, Paul. Thomas Pynchon: A Brief Chronology [J]. Faculty Pub-

lications, University of Nebraska – Lincoln, 2005.

[166] Safer, Elaine B. Pynchon's World and Its Legendary Past: Humor and the Absurd in a Twentieth – Century Vineland[A]. Green, Geoffrey. The Vineland Papers[C]. Illinois: Dalkey Archive, 1994.

[167] Schaub, Thomas H. Pynchon: The Voice of Ambiguity [M]. Urbana: U of Illinois P, 1981.

[168] Schroeder, Ralph. Weber, Pynchon and American Prospect[J]. Max Weber Studies, 2001, (5): 161 – 177.

[169] Seed, David. The Fictional Labyrinths of Thomas Pynchon [M]. Iowa City: University of Iowa Press, 1988.

[170] Seligman, Craig Washington Post. 08/03/09.

[171] Severijnen, Olav. "Bin Ich Ein Gott? The Problem of Narrative in Umberto Eco's Foucault's Pendulum and Thomas Pynchon's Gravity's Rainbow" [J]. Neophilologus, 75.3 (1991): 327 – 41.

[172] Siegel, Mark Richard. Creative Paranoia: Understanding the Sense of Gravity's Rainbow [J]. Critique, 1977, (3): 39 – 54.

[173] Siegel, Mark Richard. Pynchon: Creative Paranoia in Gravity's Rainbow [M]. Port Washington (NY): Kennikat, 1978.

[174] Sissman, L. E.. "Hieronymus and Robert Bosch: The Art of Thomas Pynchon"[N]. The New Yorker 49, 19 May 1973. 138 – 140.

[175] Simmon, Scott. Beyond the Theater of War: Gravity's Rainbow as Film [A]. Critical Essays on Thomas Pynchon[C]. Richard Pearce ed. G. K. Hall & Co. Boston, Massachusetts. 1981. 124.

[176] Slade, Joseph. Thomas Pynchon [M]. New York: Warner Bros, 1974.

[177] Smith, Evans Lansing. Thomas Pynchon and the postmodern mythology of the underworld [M]. New York: Peter Lang, 2013.

[178] Smith, Shawn. Pynchon and History: Metahistorical Rhetoric and Postmodern Narrative Form in the Novels of Thomas Pynchon [M]. Routledge, 2009.

[179] Smith, Zak. Pictures Showing What Happens on Each Page of Thomas Pynchon's Novel Gravity's Rainbow [M]. Tin House Books, Portland. Oregon and New York. 2006.

[180] Sollers, Philippe. Théorie d'ensemble [M]. Seuil, 1971.

[181] Stanzel, F. K. A Theory of Narrative [M]. Cambridge: Cambridge UP, 1984.

[182] Stark, John O. Pynchon's fictions: Thomas Pynchon and Literature of Information [M]. 1980.

[183] Strehle, Susan. "Actualism: Pynchon's De$_o$ to Nabokov," [J]. Contemporary Literature, 24:1(Spring 1983): 30 – 50.

[184] Sweeney, Susan Elizabeth. "The V – Shaped Paradigm: Nabokov and Pynchon" [J]. Cycnos, 12.2 (1995): 173 – 80.

[185] Tabbi, Joseph. "Pynchon's Groundward Art" in Geoffrey Green, Donald J. Greiner, LarryMcCaffery eds., The Vineland Papers: Critical Takes on Pynchon's Novel (Dalkey Archive Press, 1994) 89.

[186] Tanner, Tony. Thomas Pynchon [M]. New York and London: Methuen, 1982.

[187] Tanner, Tony. Caries and Cabals [A]. George Levine & David Leverenz. Mindful Pleasures: Essays on Thomas Pynchon[C]. Boston & Toronto: Little Brown, 1976.

[188] Terry, Eagleton. Literary Theory: an introduction[M]. Blackwell Publishers Ltd. 1996.

[189] Thomas, Samuel "Pynchon's political aesthetic" in Pynchon and the Political[M]. New York and London: Routledge, 2007.

[190] Tölölyan, Khachig. War as Background in Gravity's Rainbow [A]. Charles Clerc. Approaches to Gravity's Rainbow[M]. Columbus: Ohio State University Press, 1983.

[191] Ulin, David. Gravity's End [J]. Salon. Com, 1997, (4).

[192] Weisengurger, Steven C. A Gravity's Rainbow Companion: Sources and Contexts for Pynchon's Novel [M]. University of Georgia Press, 1988.

[193] Weisengurger, Steven C. Thomas Pynchon at Twenty – Two: A Recovered Autobiographical Sketch[J]. American Literature, 1900, (4): 692 – 697.

[194] Werner, Craig Hansen. Recognizing Reality, Responsibility. [A]. Harold Bloom. Thomas Pynchon[C]. New York: Chelsea, 1986.

[195] Wilde, Alan. "Love and Death in and Around Vineland, U. S. A." in BOUNDARY174 (1991) 71.

[196] Winston, Mathew. The Quest for Pynchon[A]. George Levine & David Leverenz. Mindful Pleasures: Essays on Thomas Pynchon[C]. Boston/Toronto: Little Brown, 1976.

[197] Wallen, James R. "The Absurdist Herione: A Wildean Critique of Pynchon's Uncertain Aesthetics" http://. www. themodernword. com/pynchon/paper._wallen. html.

[198] Wittgenstein, Ludwig. Tractatus Logica – Philosophus[M]. Barnes & Noble Books, 2003.

[199] Witzling, David. Everybody's America Thomas Pynchon, Race, and the Cultures of Postmodernism [M]. Routledge Taylor & Francis Group, New York and London, 2008.

[200] 阿瑟·沃尔德霍恩. 20世纪美国文学概览[J]. 王晓路译. 外国文学动态, 1988, (10):7.

[201] 艾伦口述, 冀明整理. 第二次世界大战后的美国文学[J]. 外国文学动态, 1980, (7):12.

[202] 巴赫金. 小说理论[M]. 白春仁, 晓河译. 河北教育出版社, 1998.

[203] 查特曼. 故事与话语[M]. 康奈尔大学出版社, 1978.

[204] 常耀信. 美国文学简史[M]. 天津: 南开大学出版社, 1990.

[205] 常耀信. 美国文学教程精编[M]. 天津: 南开大学出版社, 2002.

[206] 陈橙. 物化后的荒诞文明——论品钦《V.》中的物化[J]. 南方论刊, 2007, (9).

[207] 陈嘉映. 语言哲学[M]. 北京: 北京大学出版社, 2006.

[208] 陈焜. 黑色幽默——当代美国文学的奇观[A]. 载陈焜著《西方现代派文学研究》[M]. 北京: 北京大学出版社. 1981.

[209] 陈世丹. 美国后现代主义小说艺术论[M]. 大连: 辽宁师范大学出版社, 2002.

[210] 陈世丹. 美国后现代主义小说详解[M]. 天津: 南开大学出版社, 2010.

[211] 陈世丹. 论《拍卖第49批》中熵、多义性和不确定性迷宫[J]. 外国文学研究, 2007, (1).

[212] 陈世丹. 文学叙事文本中的科学知识再现——以《拍卖第49批》为例[J]. 外国文学, 2010, (2).

[213] 陈莉莎. 延宕中的追寻——《拍卖第49批》中的后现代交际困惑

[J].湘潭师范学院学报,2008,(3).

[214]陈淑兰.《拍卖第四十九批》的熵化世界[J].大众文艺(理论),2009,(2).

[215]陈文铁,郝利群.恶梦之旅的探求与失落——托马斯·品钦新著《穿越时空》及其他[J].外国文学动态,2007,(5).

[216]程锡麟,王晓路.当代美国小说理论[M].外语教学与研究出版,2001.

[217]程锡麟.虚构与事实:战后美国小说的当代性与新现实主义[J].外国文学研究,1992,(3).

[218]崔晗.噩梦之旅的探求与失落——托马斯·品钦新著及其他[J].外国文学动态,2008,(6).

[219]冀爱莲.托马斯·品钦研究在中国[J].三明学院学报,2010,(1):50.

[220]戴从容.这是一个怎样的世界——读托马斯·品钦的《V.》[J].当代外国文学,2004,(1).

[221]戴维·赫尔曼.新叙事学[M].马海良译.北京:北京大学出版社,2002.

[222]大卫·洛奇.小说的艺术[M].王峻岩等译.北京:作家出版社,1998.

[223]但汉松.魔鬼在历史的细节里——读托马斯·品钦《万有引力之虹》的爱与怕[J].书城,2009,(3).

[224]但汉松.作为文类的百科全书式叙事——解读品钦新著《反抗时间》[J].外国文学评论,2008,(3).

[225]但汉松.《拍卖第四十九批》中的咒语和谜语[J].外国文学评论,2007,(3):42.34.

[226]但汉松.做品钦门下的走狗——《性本恶》译后[J].书城,2011,(12):91.

[227]但汉松.洛杉矶、黑色小说和年代:论品钦《性本恶》中的城市空间和历史叙事,外国文学评论,2014,(2):24.

[228]但汉松.恐怖之"网"——托马斯·品钦《放血尖端》中的"9·11"叙事,当代外国文学,2014,(3):5.

[229]德里达.文学行动[M].北京:中国社会科学出版社,1998.

[230]蒂费纳·萨莫瓦约.互文性研究[M].邵炜译.天津:天津人民出版

社,2003.

[231] 典迪.1983年美国小说简评[J].外国文学动态,1984,(9).

[232] 董衡巽.美国文学简史(修订本)[M].北京:人民文学出版社,2003.

[233] 杜志卿.现实与历史的书写——品钦《V.》的主题探析[J].华侨大学学报,2008,(11):3.

[234] E.佛洛姆.逃避自由[M].哈尔滨:北方文艺出版社,1987.

[235] 佛克马、伯顿斯.走向后现代主义[M].王宁等译.北京:北京大学出版社,1992.

[236] 格雷马斯.结构语义学:方法研究[M].吴泓渺译.北京:三联书店,1999.

[237] 海德格尔.存在与时间[M].陈嘉映,王庆杰译.北京:三联书店,1987.

[238] 何立明.人物本质(1—1):构成"人物"之成为人物的东西[EB/OL].2006.3.10.

[239] 何卫.意象的转变与权力话语的丧失—托马斯·品钦《V.》解读[J].宜宾学院学报,2006,(2):90.

[240] 赫伯特·马尔库塞.单面人[M].左晓斯等译,长沙:湖南人民出版社,1988.

[241] 亨利·亚当斯.亨利·亚当斯的教育[M].周荣胜,严平译.北京:中国社会科学出版社,2003.

[242] 胡妮.托尼·莫里森小说的空间叙事研究[D].上海外国语大学,2010.

[243] 胡全生.英美后现代主义小说叙述结构研究[M].上海:复旦大学出版社,2002.

[244] 胡亚敏.叙事学[M].武汉:华中师范大学出版社,2008.

[245] 华莱士·马丁.当代叙事学[M].伍晓明译.北京:北京大学出版社,1990.

[246] 杰拉德·普林斯.叙述学词典 M.乔国强等译.上海:上海译文出版社,2011.

[247] 杰里米·里夫金,特德·霍华德.熵:一种新的世界观[M].吕明,袁丹译.上海:上海译文出版社,1987.

[248] 金学品.论《拍卖第49批》中的确定性与不确定性[J].名作欣赏,2008,(14).

[249]孔丽霞.《拍卖第49批邮票》中的隐喻与意象解读[J].华北水利学院学报,2007,(2).

[250]李公昭.20世纪美国文学导论[M].西安:西安交通大学出版社,2000.

[251]李平."物"时代的灵魂游荡——读《V.》[N].文学报,2003.11—13.

[252]李雪.品钦的"超文本"意识——《拍卖第四十九批》与超文本概念的对照[J].太原城市职业技术学院学报,2011,(7).

[253]李喜芬.后现代文化的热寂——论《熵》的艺术风格[J].郑州大学学报,2007,(5).

[254]廖存楷.《拍卖第四十九批》的后现代性解读[J].四川教育学院学报,2009,(5).

[255]刘成富.20世纪法国"反文学"研究[M].南京:江苏文艺出版社,2002.218.

[256]刘风山.奇幻北后的世界:托马斯·品钦小说研究[M].北京:外语教学与研究出版社,2011.

[257]刘风山,郭继德.边缘与中心的对话:托马斯·品钦小说中的殖民话语解读[J].外国文学研究,2014,(2).

[258]刘恪.反现代性,爱欲与科技——评《万有引力之虹》[J].外国文学动态,2009,(1).

[259]刘恪.现代性与反现代性——评《万有引力之虹》[J].中国图书评论,2009,(6).

[260]刘恪.先锋小说技巧讲堂[M].天津:百花文艺出版社,2007.

[261]刘建华.危机与探索——后现代美国小说研究[M].北京:北京大学出版社,2010.

[262]柳鸣九.从现代主义到后现代主义[M].北京:中国社会科学出版社,1994.

[263]刘雪岚.追寻死亡与再生的彩虹——托马斯·品钦《万有引力之虹》解读[J].国外文学,1999,(4).

[264]刘雪岚.文坛隐士的"觉醒"——评品钦新作《抵抗白昼》[J].译林,2008,(1):214.

[265]刘雪岚.结构、象征与语言功能——托马斯·品钦《拍卖第四十九批》风格初探[J].外国文学研究,1997,(2).

[266] 刘雪岚."丧钟为谁而鸣"——论托马斯·品钦对熵定律的运用[J].外国文学研究,1998,(2).

[267] 刘雪岚.俄狄帕的当代荒原历险记——试论托马斯·品钦对追寻叙事模式的运用[J].厦门大学学报,1998,(2).

[268] 刘雪岚.托马斯·品钦的奇谲世界——兼谈短篇小说《熵》[J].外国文学研究,2000,(3).

[269] 刘象愚.托马斯品钦创作初探[A].钱满素.美国当代小说家论[M].北京:中国社会科学出版社,1987年,第321页。

[270] 刘艳丽.托马斯·品钦:将"后现代主义"进行到底[J].科技信息,2010,(16).

[271] 卢卡奇.历史和阶级意识[M].王伟光、张峰译.北京:华夏出版社,1989.

[272] 吕慧.从秩序到混沌——论·品钦作品中的熵主题[J].外交学院学报,2003,(4):88.

[273] 吕同六、张洁."现实中的童话,童话中的现实"卡尔维诺文集:意大利童话(上)[M].南京:译林出版社,2001.

[274] 罗伯特·奥尔特.美国的政治小说[J].瞿世镜译.外国文学报道,1981,(2):53.

[275] 罗婷.克里斯特瓦的诗学研究[M].北京:中国社会科学出版社,2004.

[276] 罗锡英.卡尔维诺与迷宫叙事[J].玉林师范学院学报,2008,(1):57.

[277] 马尔库塞.爱欲与文明[M].黄勇、薛民译.上海:上海译文出版社,1987.

[278] 马克·柯里.后现代叙事理论[M].宁一中译.北京:北京大学出版社,2003.

[279] 马克斯·霍克海默,特奥多·威·阿多尔诺.启蒙辩证法[M].洪佩郁等译.重庆;重庆出版社,1990.

[280] 马小朝.品钦小说的"熵"定律视角和寓言化叙事[J].烟台大学学报,2005,(1).

[281] 梅兰.巴赫金哲学美学和文学思想研究[M].武汉:华中科技大学出版社,2005.151—152.

[282] 米克·巴尔.叙述学:叙事理论导论[M].谭君强译.北京:中国社会

科学出版社,2003.

[283]毛信德.美国小说发展史[M].杭州:浙江大学出版社,2004.

[284]欧红燕、蒋天平.上世纪中期美国小说偏执狂叙事研究[J].文学教育,2012,(4):10.

[285]钱满素."全部秘密就在于保持弹跳"——读品钦的《叫卖49号》[J].外国文学评论,1993,(4).

[286]乔国强.二十世纪西方文论选读[M].上海:复旦大学出版社,2006.

[287]乔国强.文学史叙事的述体、时空及其伦理关系——以王瑶的《中国新文学史稿》为例[J].思想战线,2009,(5).

[288]邱华栋.托马斯·品钦:熵的世界观[J].上海文学,2009,(9).

[289]让-弗·利奥塔.后现代主义[M].赵一凡等译.北京:社科文献出版社,1999.

[290]热拉尔·热奈特.叙事话语新叙事话语[M].王文融译.北京:中国社会科学出版,1990.

[291]瑞蒙-凯南.叙事虚构作品[M].伦敦,梅因休,1983.

[292]申丹.叙事、文体与潜文本——重读英美经典短篇小说[M].北京:北京大学出版社,2009.

[293]申丹.叙述学与小说文体学研究[M].北京:北京大学出版社,2004.

[294]申丹,王丽亚.西方叙事学:经典与后经典[M].北京:北京大学出版社,2010.

[295]什克洛夫斯基.散文理论[M].刘宗次译.南昌:百花洲文艺出版社,1997.

[296]菽豆.V字迷宫的重影[N].中华读书报.2004.11—17.

[297]司有伦.当代西方美学新范畴[M].北京:中国人民大学出版社,1996.

[298]孙万军.探究后现代小说〈V.〉的叙事轨迹[J].河北大学学报,2005,(4).

[299]孙万军.后现代叙事对元叙事的质疑——解读后现代主义经典小说《万有引力之虹》[J].东方论坛,2005,(6).

[300]孙万军.主体的幻化与人性的真实——托马斯·品钦后现代主义作品中的人物形象透析[J].外国文学研究,2006,(5):66.

[301]孙万军.追寻失落的意义——从托马斯·品钦的作品看后现代主义小说的追寻主题[J].当代外国文学,2005,(4).

[302] 孙万军. 论品钦后现代作品中的"复魅"主题[J]. 当代外国文学, 2007,(3).

[303] 孙万军. 品钦后现代小说对追寻叙事模式的创新[J]. 解放军外国语学院学报,2006,(3).

[304] 孙万军.严启刚. 探究后现代小说《V.》的叙事轨迹[J]. 河北大学学报,2005,(6).

[305] 孙万军. 美国文化的反思者——托马斯·品钦[M]. 北京:知识产权出版社,2011.

[306] 孙万军. 品钦小说中的混沌与秩序[M]. 保定:河北大学出版社,2008.

[307] 孙艳. 品钦小说的解构性与语言的模糊性[J]. 英语自学,2003,(12).

[308] 谭君强. 叙事理论与审美文化[M]. 北京:中国社会科学出版社,2002.

[309] 谭君强. 从经典叙事学到后经典叙事学[M]. 北京:高等教育出版社,2008.

[310] 谭学纯. 叙述与元叙述[J]. 当代作家评论.1987,(3).

[311] 唐建清. 国外后现代文学[M]. 南京:江苏美术出版社,2003.

[312] 唐建清.《V.》后现代小说迷宫[N]. 中华读书报.2003,12—10.

[313] 唐建清. 文学作品分析.载张寅德编选《叙述学研究》[M]. 北京:中国社会科学出版社,1989.

[314] 唐建清. 散文诗学——叙事研究论文选[M]. 侯应花译. 天津:百花文艺出版社,2011.

[315] 托马斯·品钦.V.[M]. 叶华年译. 南京:译林出版社,2003.

[316] 托马斯·品钦. 拍卖第四十九批[M]. 叶年华译. 南京:译林出版社,2010.

[317] 托马斯·品钦. 万有引力之虹[M]. 张文宇译. 南京:译林出版社,2011.

[318] 托马斯·品钦. 熵[M]. 萧萍译. 外国文学,2000(3).

[319] 托马斯·品钦. 葡萄园[M]. 张文宇译. 南京:译林出版社,2000.

[320] 托马斯·品钦. 性本恶[M]. 但汉松译. 上海:上海译文出版社,2012.

[321] 王瑾. 互文性[M]. 桂林:广西师范大学出版社,2005.

[322]王建平.解析《万有引力之虹》的清教主题[J].外国文学评论,2011,(1).

[323]王建平.《V.》:托马斯·品钦的反殖民话语[J].外国文学研究,2011,(1).

[324]王建平.历史话语的裂隙——《拍卖第四十九批》与品钦的"政治美学"[J].外国文学评论,2010,(1).

[325]王建平.《梅森与迪克逊》:托马斯·品钦对美国例外论的批判[J].国外文学,2009,(1):65—66.

[326]王建平,郭琦.《万有引力之虹》的隐喻结构与人文关怀[J].东北大学学报(社会科学版),2008,(1):81.

[327]王建平.《葡萄园》:后现代社会的媒体政治与权力谱系[J].外国文学评论,2009,(3):66.

[328]王巧玲.托马斯·品钦神话[J].新世纪周刊,2009,(2).

[329]王钦峰.后现代主义小说论略[M].北京:中国社会科学出版社,2001.

[330]王晓环.熵化与美国后现代主义文化——评托马斯·品钦的《熵》[J].黑龙江教育学院学报,2008,(4).

[331]汪小玲.美国黑色幽默小说研究[M].上海:上海外语教育出版社,2006.

[332]汪宇."伊甸园"的毁灭——托马斯·品钦的《熵》[J].重庆职业技术学院学报,2006,(6).

[333]王先霈,王又平.文学批评术语词典[M].上海:上海文艺出版社,1999.

[334]王艳霞.混乱与无序——托马斯·品钦《熵》中的后现代社会状况[J].边疆经济与文化,2008,(11).

[335]王一川.批评理论与实践教程[M].北京:高等教育出版社,2004.

[336]王岳川.后现代主义文化研究[M].北京:北京大学出版社,1992.

[337]王正中.元叙述的叙述功能[J].温州大学学报(社会科学版),2012,(6):46.

[338]翁振盛.叙事学[M].台北:行政院文化建设委员会,2010.

[339]吴定柏.浅谈"科学小说"[J].外国文学报道,1980,(4):3.

[340]吴庆军."尤利西斯"叙事艺术研究[M].北京:北京理工大学出版社,2006.

[341] 徐岱. 小说叙事学[M]. 北京:商务印书馆,2010.
[342] 许娟. 解读品钦的"追寻情节"[J]. 中国民航飞行学院学报,2010,(2).
[343] 许娟. 赏析品钦的"黑色幽默"[J]. 文教资料,2009,(11).
[344] 雅克·阿利达. 智慧之路——论迷宫[M]. 邱海婴译. 北京:商务印书馆,2004.
[345] 亚里士多德. 诗学. 罗念生译,北京:人民文学出版社,1962.
[346] 杨萍. 因果报应:品钦《葡萄园》中伦理的基调[J]. 怀化学院学报,2010,(6):59.
[347] 杨萍. 解读品钦《葡萄园》中的女忍者形象,黑龙江教育学院学报,2011,(2):125.
[348] 杨仁敬. 二十世纪美国文学史[M]. 青岛:青岛出版社,1999.
[349] 杨仁敬. 美国后现代派小说论[M]. 青岛:青岛出版社,2004.
[350] 杨向荣. 陌生化[J]. 外国文学,2005,(1).
[351] 杨燕. 什克洛夫斯基"陌生化"理论新探[J]. 俄罗斯文艺,2012,(2).
[352] 衣俊卿. 西方马克思主义概论[M]. 北京:北京大学出版社,2008.
[353] 尤迪勇. 空间在叙事学研究中的重要性[J]. 江西社会科学,2011,(8):49.
[354] 约瑟芬·亨登. 美国当代实验小说概况[J]. 凯忠编译. 外国文学动态,1981,(4):12.
[355] 约瑟夫·弗兰. 现代小说的空间形式[C]. 秦林芳编译. 北京:北京大学出版社,1991.
[356] 曾艳兵. 西方后现代主义文学研究[M]. 北京:中国社会科学出版社,2006.
[357] 詹姆斯·费伦等. 当代叙事理论指南[M]. 申丹等译. 北京:北京大学出版社,2007.
[358] 詹姆逊. 后现代主义与文化理论[M]. 唐小兵译. 北京:北京大学出版社,1997.
[359] 张德明. 批评的视野[M]. 上海:上海社会科学院出版社,2004.
[360] 张寅德. 叙述学研究[M]. 北京:中国社会科学出版社,1989.
[361] 张薇. 海明威小说的叙事艺术[M]. 山海:上海社会科学院出版社,2005.

[362]赵敦华.现代西方哲学新编[M].北京:北京大学出版社,2006.
[363]赵宏维.托马斯·品钦在中国的译介综述[J].遵义师范学院学报,2008,(1).
[364]赵宏维.托马斯·品钦与后现代主义[J].遵义师范学院学报,2007,(1).
[365]赵宏维.译者的操控:谈品钦作品的改写与变异[J].作家杂志,2008,(8).
[366]赵坤."元小说"的叙事策略[J].写作,2010,(5):21.
[357]赵炎秋.叙事情景中的人物、视角、表述及三者关系[M].文学评论,2002,(6).
[368]赵亚莉.文坛隐士重返文坛[J].外国文学动态,1997,(3).
[369]赵毅衡.当说者被说的时候:比较叙述学导论[M].北京:中国人民大学出版社,1998.
[370]郑小芸.一座没有出口的迷宫——读托马斯·品钦《拍卖第四十九批》有感[J].安徽文学(下半月),2009,(12).

国内硕士论文:

[1]安婕.黑色幽默研究——背景、渊源、主题、叙述技巧及艺术技巧.西北师范大学,2004.
[2]陈广兴.论品钦《葡萄园》中对元话语的怀疑.西北师范大学,2002.
[3]陈淑兰.透过"熵"的视角看西方社会.南昌大学,2010.
[4]贾博雅.《拍卖第49批》中的后现代主义不确定性.兰州大学,2009.
[5]丰蕴.狂欢面具下的复调人生——巴赫金理论关照下的托马斯·品钦及其短篇小说.北京交通大学,2011.
[6]郭艳英.试论《万有引力之虹》的后现代性.南昌大学,2010.
[7]胡云菁.空间寓意——运用当代西方空间理论探究托马斯·品钦笔下频繁出新"另一个世界"的文化寓意.江西师范大学,2010.
[8]兰萌.现实与虚幻:从一个全新的视角解读读者和《拍卖第49批》中的主人公.哈尔滨工程大学,2006.
[9]泥娜.论品钦《拍卖第49批》中的不确定性.中南大学,2008.
[10]李春香.AStudy of Entropy's Metaphorical Meaningin T. R. Pynchon's. The Crying of Lot49.电子科技大学,2010.
[11]李娟.绝望者的希望:解读《V.》中的严峻乐观精神.重庆师范大

学,2009.
- [12] 李晓梅.对托马斯·品钦《拍卖第四十九批》中存在主义主题的解读.兰州大学,2009.
- [13] 林金娣.论品钦《葡萄园》中的东方形象.南京师范大学,2009.
- [14] 刘进秀.论品钦《V.》中的时间与空间.广西师范大学,2008.
- [15] 刘蕾蕾.《万有引力之虹》中熵化的虚构世界.2005.
- [16] 刘明星.追寻真实——马斯·品钦小说《V.》拉康式解读.河北师范大学,2010.
- [17] 罗江.科学基地上生长的魔法城堡:简述《万有引力之虹》中的现代主义神秘思想.四川大学,2006.
- [18] 马春玲.《万有引力之虹》之熵主题文化研究.西南大学,2011.
- [19] 邵珊.托马斯·品钦小说中的技术思想研究.兰州大学,2014.
- [20] SongLinli. TheReconstructionofRationalityinThomasPynchon´sGravity´s Rainbow:From Decenterment of Technical Rationality to Establishment of Value Rationality.西安外国语大学,2011.
- [21] 宋泽楠.从原型批评解读品钦作品中的存在主义意义.贵州大学,2007.8.
- [22] 陶丽.浅谈《万有引力之虹》中的后现代特征.四川师范大学,2012.
- [23] 王建.走出时空碎片和叙事迷宫——托马斯·品钦《V.》之叙事学解读.西北师范大学,2009.37.
- [24] 邢冠英.托马斯·品钦的《拍卖第49号邮票》中的黑色幽默分析.内蒙古大学,2008.
- [25] 熊艳艳.论品钦小说《拍卖第四十九批》种的熵、迷宫和黑色幽默.首都师范大学,2004.
- [26] 严含.熵化的世界,熵化的艺术:论《拍卖第49号》中的熵.2008.
- [27] 杨娟.《万有引力之虹》中托马斯·品钦的人文主义精神.重庆大学,2013.
- [28] 杨赤东.《V.》中人物的存在主义解析.辽宁师范大学,2011.
- [29] 杨萍.从东方文明中寻找精神家园:论品钦《葡萄园》中的东方文明.2007.
- [30] 线宏力.《拍卖第四十九批》的对话性研究.齐齐哈尔大学,2011.
- [31] 詹秀伟.对托马斯·品钦《葡萄园》中的新历史主义解读.兰州大学,2010.

[32] 张静. 评《拍卖第49批》中的后现代性. 2007.
[33] 张晓. 托马斯·品钦小说中的"边缘人"群像研究. 江南大学, 2014.
[34] 张晓娟. 拼贴叙事：托马斯·品钦的《万有引力之虹》与刘索拉的《女贞汤》比较研究. 贵州大学, 2008.
[35] 张新礼. 双重背景——经典叙事与通俗文类交织下的现代. 西北大学, 2010.
[36] 肇红. 论托马斯·品钦《拍卖第四十九批》中的熵. 2005.
[37] 赵洁琼. 后现代主义视域下品钦作品的独特性研究. 安徽大学, 2011.
[38] 赵宏维. 品钦在中国的译介研究. 贵州大学, 2007.
[39] 赵灵芝. 托马斯·品钦《拍卖第四十九批》之后现代主义研究. 河北师范大学, 2009.
[40] 赵屹芳. 后现代主义小说中的碎片艺术研究——以三部小说为例. 南京航空航天大学, 2010.
[41] 朱思彧. 托马斯·品钦的《万有引力之虹》的黑色幽默特征解读. 新疆大学, 2011.

国内博士论文：

[1] 孙艳. 重构托马斯·品钦的热寂式文本：兼评《慢慢学》、《V.》、《拍卖第49批》. 上海外国语大学, 2005.
[2] 孙万军. 有序与无序：托马斯·品钦作品中多元化和动态发展思想研究. 南开大学, 2006.
[3] 刘凤山. 奇幻背后的世界：托马斯·品钦小说研究. 北京外国语大学, 2008.
[4] 朱桃香. 叙事理论视野中的迷宫文本研究——以乔治·艾略特与翁伯托·艾柯为例. 暨南大学, 2009.

国外硕士论文：

[1] Atkins, Andrew Ford. Tales from Somewhere: A collection of short fiction. University of Louisville, 1997.
[2] Conklin, John James. The novel and the world: The epistemology of fiction and the eclipse of tradition. York University (Canada), 1981.
[3] FIeld, Andrew. Redeeming the loss of being: Ontology and possibility in

thomas pynchon's later novels. M. A.; University of South Carolina. bEnglish,2013.

[4] Foltz, David Charles. Ambiguity and apocalypse: Metafictional reading strategies in "The Crying of Lot 49" and "One Hundred Years of Solitude". Clemson University. b English, 2009.

[5] Hanson-Finger, Jeremy. At the podium or suffering on the Grid: Postmodern politics and the affective carnivalesque in the encyclopedic novels of David Foster Wallace and Thomas Pynchon. Carleton University (Canada), 2010.

[6] Pokotylo, Heather. The film break: Thomas Pynchon's "Gravity's Rainbow", Gille Deleuze's "Cinema", and the emergence of a new history. McGill University (Canada), 2007.

[7] Pooley, Charles. The varieties of paranoia in "Gravity's Rainbow". McGill University(Canada),1998.

[8] Reilly, Geza Arthur George. "What is a human, anyway?" Representations of posthumanism in Thomas Pynchon's "V." and William Gibson's "Neuromancer". University of Manitoba (Canada), 2006.

[9] Sligh, Charles L. Moving within the ellipse of uncertainty: (Re)discovery as form in Thomas Pynchon's "Gravity's Rainbow". Baylor University, 1997.

[10] Walker, Ira A. Principles of Thomas Pynchon's literary realities. The University of Texas at El Paso. bEng. & Amer. Lit., 2011.

[11] West, Jodie M. The exclusion of the traditional villain from contemporary American literature (Saul Bellow, Thomas Pynchon). California State University, Dominguez Hill, 2002.

国外博士论文：

[1] Barker, Patricia A. The art of the contemporary historical novel. The University of Texas at Dallas, 2005.

[2] Benton, Graham Webster. Unruly narratives: The anarchist dimension in the novels of Thomas Pynchon. Rutgers The State University of New Jersey - New Brunswick, 2002.

[3] Berman, Jaye Ellyn. Parody as cultural criticism in the postmodern Ameri-

can novel: Donald Barthelme, Gilbert Sorrentino, and Thomas Pynchon. The University of Wisconsin - Milwaukee. , 1988.

[4] Blackwell, Brent Michael. Literary topology: Modern science and contemporary American fiction (Don DeLillo, Thomas Pynchon, Kathy Acker). Purdue University, 2004.

[5] Brownlie, Alan William. "Private colonies of the imagination" : Power and possibility in Thomas Pynchon's " V. ", "The Crying of Lot 49", and "Gravity's Rainbow". University of Massachusetts Amherst, 1997.

[6] Bull, Jeoffrey Steven. Trying nothing: Appraisals on nihilism in American fiction of the 1970s (Walker Percy, Joyce Carol Oates, Thomas Pynchon, Robert Stone, Don DeLillo). University of Toronto (Canada), 1997.

[7] Cahill, James. P A Bakhtinian analysis of four comic American novels: Henry Miller's "Tropic of Cancer", Joseph Heller's "Catch-22", Thomas Pynchon's "The Crying of Lot 49", and Ishmael Reed's "Mumbo Jumbo". Saint Louis University, 2005.

[8] Carswell, Sean. A Thomas Pynchon guide to contemporary resistance. Indiana University of Pennsylvania. bEnglish, 2012.

[9] Clare, Ralph Elliot. Fictions Ltd. : Representations of corporations in post-World War II American fiction and film. State University of New York at Stony Brook. bEnglish, 2010.

[10] Cohen, Samuel. T he novel of retrospect in American fiction of the 1990s: Pynchon, Morrison, Roth. City University of New York, 2003.

[11] Collins, Cornelius. No end in sight: Globalization narratives of decline, collapse, and survival. Rutgers The State University of New Jersey - New Brunswick. bGraduate School - New Brunswick, 2009.

[12] Comer, Todd A. At the limit of subjectivity: Ethics, community, birth, and the posthuman in the narratives of Thomas Pynchon, Samuel R. Delany, Steven Spielberg, and Joel and Ethan Coen. Michigan State University, 2005.

[13] Dewey, Bryan. The key to the garden of Eden, or, the way to Apocalypse. Ph. D. ; State University of New York at Binghamton. bComparative Literature. 2012.

[14] De Zwaan, Victoria Frances. Postmodern pirates: Metaphoric experi-

ments in the novels of Donald Barthelme, Thomas Pynchon, and Kathy Acker. University of Toronto (Canada), 1996.

[15] Dimovitz, Scott A. Subverting subversion: Contrapostmodernism and contemporary fiction's challenge to theory. New York University, 2005. .

[16] Disney, Abigail Edna. Shadows of doubt: The American historical war novels of James Fenimore Cooper, Stephen Crane and Thomas Pynchon. Columbia University, 1994.

[17] Doherty, Melanie. Networked subjects: Technologies of interiority in Henry James, Ralph Ellison and Thomas Pynchon. Brandeis University. bEnglish and American Literature, 2010.

[18] Donahue, James J. Rewriting the American myth: Post-1960s American historical frontier romances. University of Connecticu, 2007.

[19] Drown, Seth. Action in the age of intelligent machines: Posthumanist models of agency in contemporary cyberfiction. Indiana University. b English, 2011.

[20] Edelson, Cheryl Denise. Siting horror: Place and space in American Gothic fiction. University of California, Riverside, 2007.

[21] Farrell, John Charles. Thomas Pynchon and the postmodern language. Harvard University, 1988.

[22] Fest, Bradley J. The apocalypse archive: American literature and the nuclear bomb. Ph. D. ; University of Pittsburgh. bEnglish. 2013.

[23] Foltz, Anne B. Architectonics in the zone: Construction and implications in three contemporary novels. The University of New Mexico, 1999.

[24] Frusciante, Denise Marie. In-search of the psyche: The multiplicity of mythic selves in Wallace Stevens. University of Miami, 2006.

[25] Gass, Joanne Margaret Wells. Penelope's tapestry: The weave of history and fiction in John Barth's "LETTERS" and Carlos Fuentes' "Terra Nostra". University of California, Irvine, 1989.

[26] Gillota, David. Belly laughs: Body humor in contemporary American literature and film. University of Miami, 2008.

[27] Gloege, Martin E. The American origins of the postmodern self. Rutgers The State University of New Jersey - New Brunswick, 1992.

[28] Greif, Mark. The age of the crisis of man: Thought and fiction at mid-

century, 1939--1966. Yale University, 2007.

[29] Hardin, Miriam. Absurd America in the novels of Vonnegut, Pynchon, and Boyle. Lehigh University, 2001.

[30] Harrison, Katherine Cora. Tales twice told: Sound technology and American fiction after 1940. Yale University, 2010.

[31] Heon, John Patrick. The Dionysia of science: Humor, rational madness, and comic experimental methods in the works of Bruce Nauman and Thomas Pynchon. University of Pennsylvania, 2008.

[32] Hermanson, Scott Douglas. The simulation of nature: Contemporary American fiction in an environmental context (Thomas Pynchon, Richard Powers, Jonathan Franzen, Mike Davis). University of Cincinnati, 2001.

[33] Hink, Gary M., Jr. Apparatus theory and heuretics of literary encounters. Ph. D.; University of Florida. 2012.

[34] Hock, Stephen G. B. Serial postmodernists: Repetition and innovation in contemporary American fiction (Thomas Pynchon, Kathy Acker, Nathaniel Mackey). University of Pennsylvania., 2005.

[35] Hoffman, Todd A. Postmodern aesthetics and political dissent: Strategies of resistance in American postmodern fiction (Thomas Pynchon, Grace Paley, Ishmael Reed). Purdue University, 2005.

[36] Howard, Jeffrey Lamar. Heretical reading: Freedom as question and process in postmodern American novel and technological pedagogy. The University of Texas at Austin. bEnglish, 2007.

[37] Hurley, Patrick John. Names and naming in the novels of Thomas Pynchon: A critical dictionary. Saint Louis University, 2003.

[38] Kageff, Thomas C. Towards a transpacific dialectic: Encounters with Maoism in American literature of the long sixties. The Claremont Graduate University. bSchool of Arts and Humanities, 2011.

[39] Kaneko, Fumihiko. Conspiracy paranoia in the postmodern age: The study of Thomas Pynchon and Haruki Murakami. Indiana University of Pennsylvania, 2004.

[40] Kelman, David. Counterfeit politics: The conspiracy narrative in twentieth-century United States and Argentine literature. Emory University, 2007.

[41] Kocela, Christopher P. Fetishism as historical practice in postmodern American fiction (Kathy Acker, Thomas Pynchon, Robert Coover, John Hawkes, Don DeLillo). McGill University (Canada), 2002.

[42] Krause, Timothy. Twentieth-Century Catalogs: The Poetics of Listing, Enumeration, and Copiousness in Joyce, Schuyler, McCourt, Pynchon, and Perec. City University of New York. bEnglish, 2012.

[43] Kuhne, David Bryce. A continent of words: African settings in contemporary American novels. Texas Christian University, 1997.

[44] Leise, Christopher. A covenant in fiction: Legacies of Puritanism in the post-war American novel. State University of New York at Buffalo. bEnglish, 2007.

[46] LeMahieu, Michael. Making reference: American fiction between positivism and postmodernism. The University of Wisconsin-Madison, 2005.

[46] Lento, Stephen C. Cyberspatial paradigms in Thomas Pynchon's "The Crying of Lot 49" and Don DeLillo's "White Noise". Temple University. bEnglish, 2011.

[47] Li, Chi-she. The historical imagination in the age of globalization: Historical fictions by Toni Morrison, Thomas Pynchon, Wang Anyi and Zhu Tianxin. State University of New York at Stony Brook, 2001.

[48] Lister, Frances. The map and the labyrinth: Symmetry and chaotics in works by John Barth and Thomas Pynchon. University of Waterloo (Canada), 1996.

[49] Loeb, Jacqueline A. Between symptom and symbol: Freud, psychoanalysis, and the Jewish mystical text. Ph. D. ; Rutgers The State University of New Jersey - New Brunswick. bGraduate School - New Brunswick. 2011.

[50] Loranger, Carol Schaechterle. The transcendent postmodern: Noise and free agency in the novels of Thomas Pynchon and William Burroughs. University of Colorado at Boulder, 1992.

[51] Madison, Eunice Kudla. The romantic hero in a postmodern world: American culture and moral responsibility in the fictions of Morrison, Naylor and Pynchon. Purdue University, 2004.

[52] Martinez, Carlos. Beyond Postmodern Acquiescence: Cormac McCarthy

and the American Absurd. Ph. D. ; Brandeis University. bEnglish and American Literature. 2012.

[53] Marvin, John. Nietzsche and transmodernism: Art and science beyond the modern in Joyce, Stevens, Pynchon, and Kubrick. State University of New York at Buffalo. , 2004.

[54] Mascaro, John Albert. Beyond the zero: The conditions of uncertainty in "Gravity's Rainbow". State University of New York at Stony Brook, 1990.

[55] Mason, Gillian P. Porn is the theory: Pornography, Obscenity and the Politics of affect in the American sexual revolution. Boston University, 2012.

[56] Matthews, Kristin L. The re(a)d menace: Cold War fiction and the politics of reading (Alfred Hitchcock, J. D. Salinger, Thomas Pynchon, John Barth). The University of Wisconsin - Madison, 2004.

[57] MAZUREK, RAYMOND ALLAN. THE FICTION OF HISTORY: THE PRESENTATION OF HISTORY IN RECENT AMERICAN LITERATURE. Purdue University, 1980.

[58] McCormick, Ryan. The cultural afterlife of tragedy: Postmodern ethics and contemporary American fiction. University of Notre Dame, 2009.

[59] Meinel, Tobias Julian. The reader's progress: Thomas Pynchon's novels as allegories of critical reading practices since 1945. The University of Alabama. bEnglish, 2010.

[60] Messinger, David Scott. Narrative and the body in John Barth, William Gaddis, and Thomas Pynchon. University of Miami, 1999.

[61] Miccoli, Anthony. Posthuman suffering: The expression of the technological embrace (Thomas Pynchon, Don DeLillo). State University of New York at Albany, 2005.

[62] Mobili, Giorgio. Close encounters with the Real: Representing the body in Pynchon, Puig, and Volponi. Washington University in St. Louis, 2005.

[63] Muirhead, Marion Eleanor. Complexity and dissipation: Chaos and information in the technological novel. University of Waterloo (Canada), 1999.

[64] Muth, Katie Ruth. After: U. S. literary culture, 1989 - - present.

Washington University in St. Louis. bEnglish & American Literature, 2010.

[65] O'Hara, John Fitzgerald. History, monuments, and canonicity after the Vietnam War. University of Miami, 2003.

[66] Orban, Katalin. Ethical. diversions: The post-Holocaust narratives of Pynchon, Abish, DeLillo and Spiegelman. Rutgers The State University of New Jersey-New Brunswick, 1999.

[67] Orr, Stanley Dewayne. It was not midnight. It was not raining: Anti-detection, anti-noir, and the nostalgia for alienation. University of California, Los Angeles, 1997.

[68] Oxoby, Marc C A. merican literary fiction in a televisual age. University of Nevada, Reno., 2005.

[69] Pak, Inchan. Historical reconstruction and self-search: A study of Thomas Pynchon's "V.", John Barth's "The Sot-Weed Factor", Norman Mailer's "The Armies of the Night", Robert Coover's "The Public Burning", and E. L. Doctorow's "The Book of Daniel". University of North Texas, 1995.

[70] Palmer, Dexter Clarence. Arranging presences in the twentieth-century encyclopedic narrative. Princeton University., 2001.

[71] Pettijohn, Viki Spencer. Teleological contingency in T. S. Eliot's "The Waste Land" and Thomas Pynchon's "V.". The Florida State University, 1994.

[72] Pollard, Tomas Glover. Playing a terrible game of pretend: Masculine performance and gender humor in the World War II novels of Heller, Vonnegut, Pynchon, and Weaver (Joseph Heller, Kurt Vonnegut, Thomas Pynchon, Gordon Weaver). Texas A&M University, 2002.

[73] Pooley, Charles D. Narrative situations: The aestheticization of discourse in postmodern American fiction. The University of Western Ontario (Canada), 2007.

[74] Reyes-Conner, Marc Cameron. The beautiful and the sublime in the postmodern novel. Princeton University, 1994.

[75] Sapanaro, Richard G. Post-industrial society and Post-modern literature: A Systems approach to "Gravity's Raindow" (Pynchon, Culture,

Fiction, Sociology). University of California, Irvine, 1986.

[76] Severs, Jeffrey Frank. Reinventing totalitarianism in the postwar American novel. Harvard University, 2007.

[77] Simeone, Michael. American gadgets: Cybernetics, consumer electronics, and twentieth-century US fiction. University of Illinois at Urbana-Champaign. bEnglish, 2011.

[78] Sinowitz, Michael Leigh. Waking into history: Forms of the postmodern historical novel. University of Miami, 1997.

[79] Smith, Christopher B. The development of the reimaginative and reconstructive in historiographic metafiction: 1960 - - 2007. The Ohio State University. bEnglish, 2010.

[80] Smith, Shawn. Pynchon and history: Metahistorical rhetoric and postmodern narrative form in the novels of Thomas Pynchon. ; Ph. D. ; University of Delaware, 2004.

[81] Stone-Mediatore, John. Postmodernist literature and schizophrenia. Ph. D. ; The University of Chicago. bComparative Literature. 2014.

[82] Stacks, Geoffrey. Critical cartography in contemporary American fiction and art. ; Ph. D. ; Purdue University. bEnglish, 2011.

[83] Sood, Sujay. Dharmic-ethics: The ethical sociality of the self in postmodernism and post-colonialism (South Africa, India, Mahasweta Devi, J. M. Coetzee). Emory University, 1997.

[84] Stevenson, Sheryl anne. The Never-last word: Parody, Ideology, and The Open work (bakhtin, Pynchon, Barnes, obrien (ireland), brophy). University of Maryland, College Park, 1986.

[85] Stickgold-Sarah, Jessie. The Textual Body: Genetics and Dystopia in American Fiction. Brandeis University. bEnglish and American Literature, 2011.

[86] Stumphy, Brett. "Transcendent doings": Thomas Pynchon, Kathy Acker, and the postmodern sacred. Northern Illinois University, 2006.

[87] Stupp, Jason M. The Word and the World: The Activist Spirit in American Literature, 1968-1998. Ph. D. ; West Virginia University. 2012.

[88] Tabbi, Joseph Paul. The psychology of machines: Technology and personal identity in the work of Norman Mailer and Thomas Pynchon. Univer-

sity of Toronto (Canada), 1989.

[89] Tindol, Robert. The impact of science on the American literary jeremiad. The Claremont Graduate University. , 2007.

[90] Trumpeter, Kevin. Re(f)use: The aesthetics of waste in American fiction. Ph. D. ; University of South Carolina. bEnglish. 2011.

[91] Vanwesenbeeck, Birger. Art and community in postmodern American fiction (1955 - -2001). State University of New York at Buffalo, 2006.

[92] Vayo, Brendon K. Iconology and Iconoclasm in Contemporary American Fiction: Pynchon, Coover, Nordan, Bender. University of Louisiana at Lafayette, 2011.

[93] Watkins, Leah helen. Exploring the interface: Post – modernism and Changing Notions of Literature. University of Michigan. ,1981.

[94] West, Robert Malvern. Contemporary portraits of the fragmented self. The University of North Carolina at Chapel Hill, 2000.

[95] Wepler, Ryan. Laughing matters: Humor in the post – 1945 American novel. Brandeis University. bEnglish and American Literature, 2010.

[96] Wilcox, Johnnie A. Recombinant media: The mutation of subjectivity in a post – print culture (Thomas Pynchon, Ralph Ellison, Dwayne McDuffie, Gregory Wright). University of Virginia, 2005.

[97] Witzling, David Peter. Everybody's America: Thomas Pynchon, race, and the cultures of postmodernism. University of California, Los Angeles, 2003.

[98] Young, Thomas Earl. Mirror: Dimensions of Reflexivity in Post – modern British and American fiction. Michigan State University, 1980.

[99] Yu, Hsi – Hsi (Joseph) "Passionate uncertainty": Humanistic concerns in Thomas Pynchon's fiction. University of Georgia, 2000.

APPENDIX

CHRONOLOGY OF THOMAS PYNCHON'S LIFE

(Source: Royster, Paul. Thomas Pynchon: A Brief Chronology (2005). Faculty Publications, UNL Libraries. Paper 2. University of Nebraska – Lincoln Libraries June 21, 2005, Updated June 21, 2006, November 21, 2006, & July 31, 2009)

http://web. archive. org/web/20010217115655/pynchonfiles. com/PynchonFilesMainPage. htm

1937   Born Thomas Ruggles Pynchon Jr., May 8, in Glen Cove (Long Island), New York.

1941   Family moves to nearby Oyster Bay, NY. Father, Thomas R. Pynchon Sr., is an industrial surveyor, town supervisor, and local Republican Party official. Household will include mother, Catherine Frances (Bennett), younger sister Judith (b. 1942), and brother John. Attends local public schools and is frequent contributor and columnist for high school newspaper.

1953   Graduates from Oyster Bay High School (salutatorian). Attends Cornell University on scholarship; studies physics and engineering. Meets fellow student Richard Fariña.

1955　Leaves Cornell to enlist in U.S. Navy, and is stationed for a time in Norfolk, Virginia. Is thought to have served in the Sixth Fleet in the Mediterranean.

1957　Returns to Cornell, majors in English. Attends classes of Vladimir Nabokov and M. H. Abrams and serves on staff of college literary magazine.

1958　Collaborates with Kirkpatrick Sale on an unproduced musical called "Minstral Island," a dystopian fantasy set in the year 1998.

1959　Publishes stories "The Small Rain" in Cornell Writer and "Mortality and Mercy in Vienna" in Epoch, the Cornell English Department literary quarterly. Graduates from Cornell with b. a. in English. Turns down Wilson Fellowship, creative writing instructorship at Cornell, and editorial job at Esquire. Moves to Greenwich Village. Applies to Ford Foundation for grant to write an opera libretto, but is turned down.

1960　Moves to Seattle to work for Boeing Aircraft as a technical writer and engineering aide in nuclear missile programs — first with the Bomarc Service Information Unit and later with the Minuteman Field Support Unit. Stories "Low-lands" published in March in New World Writing and "Entropy" published in spring issue of Kenyon Review. Candida Donadio becomes his literary agent. Signs contract with J. B. Lippincott for untitled novel and begins working relationship with editor Corlies "Cork" Smith. Publishes "Togetherness," about safety procedures for the Bomarc

APPENDIX

guided missile, in Aerospace Safety in December.

1961 "Under the Rose" (later a chapter in V.) published in Noble Savage in May. "Entropy" selected for Best American Short Stories 1961.

1962 In March, "Under the Rose" awarded second prize and appears in The O. Henry Prize Stories 1962. September, leaves Boeing Aircraft job and spends time in California and Mexico.

1963 V. is published by J. B. Lippincott in April and receives favorable reviews. Pynchon is best man at wedding of Mimi Baez and Richard Fariña, Portola, CA, August 24. Flees Time magazine photographer in Mexico City. "Entropy" republished in Nelson Algren's Own Book of Lonesome Monsters, October.

1964 February 1, V. receives William Faulkner Foundation Award for best first novel of 1963, and in March is named as a finalist for the National Book Award (which is given to John Updike's The Centaur); paperback edition issued in March. Application for graduate study in mathematics at University of California, Berkeley, is turned down. "The Secret Integration" published in the Saturday Evening Post, December 19.

1965 "The World (This One), the Flesh (Mrs. Oedipa Maas), and the Testament of Pierce Inverarity" (later part of The Crying of Lot 49) published in Esquire in December. "A Gift of Books," review of the novel Warlock by Oakley Hall, published in December issue of Holiday.

1966 "The Shrink Flips" (portion of The Crying of Lot 49) published in Cavalier in March. The Crying of Lot 49 published by J. B. Lippincott, April 27. Friend Richard Fariña killed in motorcycle accident, April 30; Pynchon is a pallbearer at his funeral. "A Journey into the Mind of Watts" published in New York Times Magazine, June 12.

1967　In January signs contract with Viking Press (where editor Cork Smith had moved) for untitled novel to be delivered in December. The Crying of Lot 49 wins Richard and Hinda Rosenthal Foundation Award ($2,000) from the National Institute of Arts and Letters in May.

1969　Lives in Manhattan Beach, CA.

1972　Manuscript of Gravity's Rainbow delivered to Viking in January; working title is "Mindless Pleasures."

1973　Gravity's Rainbow published by Viking Press on February 28 in simultaneous cloth and paper editions; it sells 45,000 copies the first year.

1974　Gravity's Rainbow named co-winner of National Book Award for Fiction (with Isaac Bashevis Singer's A Crown of Feathers and Other Stories). It is also unanimously selected by judges for Pulitzer Prize in fiction, but advisory board declines to give the award, calling the work "unreadable," "turgid," "overwritten," and "obscene." Viking president Tom Guinzberg arranges for comedian "Professor" Irwin Corey ("the World's Foremost Expert") to give Pynchon's acceptance speech at National Book Award ceremony, April 18.

1975　Gravity's Rainbow awarded Howells Medal of the National Institute of Arts and Letters and the American Academy of

APPENDIX

Arts and Letters (given to one work of fiction every five years). Pynchon declines to receive the award.

1976 Aloes Press in London issues unauthorized edition of "Mortality and Mercy in Vienna," first in a series of piracies of his stories; later ones include "Low-lands" (1978), "The Secret Integration" (1980), and "The Small Rain" (1982).

1977 March issue of Playboy publishes article by Cornell classmate Jules Siegel, "Who Is Thomas Pynchon ... And Why Did He Take Off with My Wife?," containing unverifiable biographical information.

1982 Terminates his relationship with literary agent Candida Donadio.

1983 Writes introduction for Penguin reissue of Richard Fariña's Been Down So Long It Looks Like Up to Me in February (reprinted in Cornell Alumni News in July 1984). Unauthorized pamphlet publications in England of "Entropy" (dated "Troy Town: Trystero, 1957") and "A Journey Into the Mind of Watts" (dated "Westminster: Mouldwarp, 1983"). New literary agent Melanie Jackson sells rights to a book of uncollected short stories to Little, Brown for reported $150,000.

1984 Slow Learner, collection of five previously published stories, published by Little, Brown in April. Essay "Is It OK To Be a Luddite?" appears in New York Times Book Review, October 28.

1986 Former agent Candida Donadio sells more than 120 letters Pynchon had written to her agency for $45,000 to collector Carter Burden.

1988 Publishes review of Love in the Time of Cholera by Gabriel Garcia Marquez in New York Times Book Review, April 10. Awarded MacArthur Fellowship in fall, with stipend of $310,000, paid over five year term.

1990 Vineland published by Little, Brown in February. Marries literary agent Melanie Jackson, granddaughter of Supreme Court Justice Robert H. Jackson and great-granddaughter of Theodore Roosevelt. Lives in New York City. Blown Litter Press publishes letters stolen from files of Corlies Smith in pamphlet titled "Of a Fond Ghoul."

1991 Son Jackson Pynchon born.

1992 Writes introduction for Donald Barthelme's posthumous collection The Teachings of Don B, published in November.

1993 Essay (on sloth) "Nearer, My Couch, to Thee" appears in New York Times Book Review, June 6; collected in Deadly Sins (1994).

1994 Writes liner notes to Spiked! The Music of Spike Jones, CD compilation released by Catalyst in April.

1995 Father Thomas Sr. dies, July 21.

1996 Writes liner notes to CD Nobody's Cool by New York band Lotion, released February 27 by spinART label. "Wanda Tinasky" letters, which originally appeared between 1983 and 1988 in the Anderson Valley (CA) Advertiser, are published by Vers Libre Press with the suggestion they were written by Pynchon. He denies authorship, and experts eventually conclude the letters were the work of a since-deceased poet and postal worker Tom Hawkins. Carter Burden dies, and his family donates his collections, including the Pynchon letters purchased from Candida Donadio, to the Pierpont Morgan Library in New York. Mother Catherine dies in November.

1997 Mason & Dixon published by Henry Holt in April. CNN airs videotape of Pynchon on Manhattan street, but, at his request, does not identify him.

1998 Writes introduction to Stone Junction by Jim Dodge. New York Times publishes excerpts from his letters to Donadio held by Morgan Library, March 4. At Pynchon's request, the Burden family and Morgan Library agree to seal these letters until after his death.

1999 "Hallowe'en? Over Already?" (a 500 - word article e on son's school Halloween picnic) appears in The Cathedral School Newsletter.

2001 Harry Ransom Humanities Research Center at the University of Texas, Austin, acquires the corrected typescript of V. and eight letters written by Pynchon in the early 1960s.

2002 Ransom Center acquires manuscript of "Minstral Island" (1958).

2003 Writes introduction for Plume edition of 1984 by George Orwell. Makes voice "appearance" on episode of The Simpsons that airs January 25, 2004.

2004 Makes second voice "appearance" on The Simpsons in episode that airs November 14.

2006 In June, Penguin announces new novel scheduled for release in December. Against the Day published November 21 by The Penguin Press.

2009　Inherent Vice published August 4 by The Penguin Press.
2013　Bleeding Edge pulished September 17 by The Penguin Press.
2014　Film adaptation of Inherent Vice directed by Paul Thomas Anderson debut October 4 at New York Film Festival.

Useful or interesting online sites associated with Thomas Pynchon include:

［1］http://www.thomaspynchon.com/
［2］http://www.pynchon.pomona.edu/
［3］http://pynchonwiki.com/
［4］http://www.vheissu.net/biblio/allc.php?w=GR
［5］http://teczagrawitacji.ovh.org/
［6］http://www.sccs.swarthmore.edu/users/00/ariss/pynchon.html
［7］http://web.archive.org/web/20010217115655/pynchonfiles.com/PynchonFilesMainPage.htm
［8］http://www.hyperarts.com/pynchon/
［9］http://www.waste.org/pynchon-l/
［10］http://www.themodernword.com/pynchon/
［11］http://www2.ham.muohio.edu/~krafftjm/pynchon.html
［12］http://www.vheissu.org/varia/eng_intro.htm